Procura-se um novo amor

DEBBIE MACOMBER

Procura-se um novo amor

Tradução
Daniela Rigon

Rio de Janeiro, 2019

Título original: *A Girl's Guide to Moving On*
Copyright © 2016 by Debbie Macomber
Copyright da tradução © Casa dos Livros, 2018

This translation published by arrangement with Ballantine Books, an imprint of Random House, a division of Penguin Random House LLC

Direitos de edição da obra em língua portuguesa no Brasil adquiridos pela Casa dos Livros Editora LTDA. Todos os direitos reservados. Nenhuma parte desta obra pode ser propriada e estocada em sistema de banco de dados ou processo similar, em qualquer forma ou meio, seja eletrônico, de fotocópia, gravação etc., sem a permissão do detentor do copyright.

Contatos:
Rua da Quitanda, 86, sala 218 — Centro — 20091-005
Rio de Janeiro — RJ
Tel.: (21) 3175-1030

Diretora editorial
Raquel Cozer

Gerente editorial
Alice Mello

Editor
Ulisses Teixeira

Copidesque
Thaís Carvas

Revisão
Carolina Vaz

Diagramação
Abreu's System

Design de capa
Belina Huey

Imagem de capa
Debra Lill

Adaptação de capa
Osmane Filho

CIP-Brasil. Catalogação na Publicação
Sindicato Nacional dos Editores de Livros, RJ

M146g

Macomber, Debbie, 1948-
    Procura-se um novo amor / Debbie Macomber ; tradução Daniela Rigon. – 1. ed. – Rio de Janeiro : Harper Collins, 2018.
    384 p. ; 23 cm.

    Tradução de: A girl's guide to moving on
    ISBN 978-85-398-2701-5

    1. Romance americano. I. Rigon, Daniela. II. Título.

18-53255
    CDD: 813
    CDU: 82-31(73)

Vanessa Mafra Xavier Salgado – Bibliotecária – CRB-7/6644

Queridos amigos,

Como sou uma autora com um longo histórico de publicações, muitos me perguntam qual dos meus livros é o meu favorito. Certamente, algumas histórias são mais fortes do que outras. Mas tenho orgulho de toda a minha obra. Talvez a melhor maneira de explicar esse sentimento seja dizer que por trás de cada palavra escrita em uma página está o coração do escritor. Meu amor pela história se faz presente, pronto para conectar-se ao seu amor pela leitura.

Quero que vocês saibam que o *Procura-se um novo amor* é um livro especial. Eu mal podia esperar para sentar em frente ao computador todas as manhãs, e os capítulos saíam de mim com tanta pressa que eu mal conseguia colocar as palavras na página com rapidez suficiente. Espero que sintam o mesmo prazer ao ler as aventuras de Nichole e Leanne. Quando leio um bom livro, a história muitas vezes permanece em minha mente. É difícil abandonar os personagens. Tive dificuldade em deixar Rocco e Nikolai. Trate-os com carinho e se apaixone por eles como eu fiz.

Ter um feedback dos meus leitores é um enorme bônus para mim como autora. Eu adoraria ouvir o que vocês têm a dizer. Entrar em contato comigo é fácil: é só deixar uma mensagem no meu site, debbiemacomber.com, ou em meus perfis no Facebook ou no Twitter. Se preferirem escrever uma carta, meu endereço é PO Box 1458, Port Orchard, WA 98366. Estou ansiosa para ler todos os seus comentários.

Com grande carinho,

Para
Jim e Dolores Habberstad,
em agradecimento pela alegria e
amizade que trazem
a mim e Wayne

PRÓLOGO

Nichole

Até pouco tempo atrás, eu acreditava ter uma vida perfeita. Meu marido, Jake, recebia um ótimo salário, e eu cuidava da casa e de nosso bebê, Owen. Jake me amava. Vivíamos em um bairro nobre fora de Portland, Oregon. Jake e eu éramos membros de um dos mais prestigiados country clubs privados da região. Meus sogros moravam perto e adoravam o neto. Especialmente minha sogra, Leanne.

Então, em uma única tarde, todo o meu mundo desmoronou. Descobri que meu marido estava tendo um caso, possivelmente vários, e conseguira engravidar sua mais recente amante. Foi Leanne quem me contou.

Não era segredo que, em seu longo casamento, meu sogro não havia sido fiel. Sempre me perguntei se Leanne sabia ou se apenas fazia vista grossa.

Ela sabia.

Quando Leanne descobriu que Jake havia seguido os passos do pai, não aguentou me ver passar pela humilhação e pela baixa autoestima que ela havia cultivado no decorrer dos anos. O medo dela era de que Owen se tornasse como o pai e o avô, desrespeitando os votos matrimoniais e destruindo o amor-próprio da esposa.

Eu não era como Leanne. Decidi que não deveria ignorar a traição e não podia fingir que estava tudo bem no meu casamento. Mas estava com medo de me afastar de Jake. Temia ficar sozinha, encarando todas as dificuldades de ser mãe solteira e todo o resto. O divórcio significaria uma reviravolta completa na minha vida e na de meu filho, para não falar nas nossas finanças. Eu precisava de encorajamento e apoio.

Meus pais já tinham partido, morreram um logo após o outro. Minhas duas irmãs moravam em outro estado e, embora fossem solidárias e maravilhosas, eu precisava de alguém próximo que andasse comigo por esse vale de lágrimas.

Essa pessoa, para minha surpresa, foi Leanne. Quando pedi o divórcio, ela seguiu meu exemplo, dando fim a um casamento de 35 anos. Ela já havia sofrido o suficiente.

Foi assim que acabamos vivendo em apartamentos vizinhos, no centro de Portland. Acabamos nos tornando nosso próprio grupo de apoio, encorajando uma a outra. Ela me ajudou a atravessar todo o atoleiro emocional que costuma andar de mãos dadas com o fim de um casamento. Juntas, enfrentamos cada dia de nossas novas vidas independentes. Não acho que teria sobrevivido sem ela, e ela disse o mesmo de mim. Nós éramos próximas antes, mas estávamos ainda mais unidas agora.

Logo depois que nos mudamos para nossos apartamentos, Leanne e eu fizemos uma lista de táticas para ajudar a passarmos por essa dor. Nós chamamos isso de *Um guia para seguir em frente*.

O primeiro item dessa lista foi: **Não se permita afundar na dor. Procure ajuda. Seja voluntária. Faça algo que você ama ou para ajudar os outros.**

Isso é mais difícil do que parece. Muitas vezes me encontrei chorosa e lutando contra essa solidão desesperada. Sentia falta de Jake e de todas as pequenas coisas que ele fazia, como encher o tanque do meu carro ou trocar as baterias e consertar algo. Isso somado a mil tarefas chatas que eu era forçada a fazer agora. Além disso, ser mãe solteira não é moleza. Sempre vivi com outras pessoas, primeiro em casa com minha família, depois na faculdade com colegas de quarto, e de lá Jake e eu nos casamos. Pela primeira vez na vida eu estava basicamente sozinha, e levou algum tempo para que eu me acostumasse.

Leanne foi quem sugeriu que cada uma de nós assumisse um projeto de voluntariado. Algo que nos tiraria de casa e nos forçaria a parar de pensar em nossa própria perda. Ela optou por ensinar inglês a estrangeiros duas noites por semana. E eu... Eu amo moda e acompanho as últimas tendências. Uma das minhas atividades favoritas era ler revistas enquanto Owen dormia. Isso era um luxo agora. Quando chegou a hora de me voluntariar, encontrei uma agência que ajudava mulheres, que estavam entrando no mercado de trabalho, a se vestirem. Para minha alegria, descobri que gostava muito da tarefa.

O segundo item da nossa lista: **Cultive novas amizades.**

Nós duas vivíamos no clube, e nossa vida social girava em torno de amigos de lá. Eu achava que tinha boas amizades em Lake Oswego, mas de repente me senti sobrando ali. Assim que pedi o divórcio, meu ciclo social secou. Isso não me incomodou tanto. O que me incomodou foi como os meus supostos amigos estavam ansiosos para falar sobre Jake. Eles estavam procurando por fofocas. Alguns bem-intencionados mal podiam esperar para me falar que estavam cientes das indiscrições de Jake havia anos e só não sabiam como me dizer. Sim, definitivamente era hora de encontrar novas companhias, o que era uma das razões pelas quais Leanne e eu decidimos nos mudar para a próspera área central de Portland.

O terceiro item e, possivelmente, o mais difícil para mim: **Desapegar para receber.** Este veio de Leanne, que achava importante não acabarmos em um pântano de ressentimento e amargura. Ela parecia ter maior controle sobre isso do que eu. Para ser justa, Leanne havia se separado emocionalmente de Sean anos antes.

Este negócio de divórcio (separação emocional) era novo para mim e me esforcei para ter uma atitude positiva. (Mesmo agora, dois anos depois, o nosso divórcio ainda não está finalizado. Jake fez tudo o que era humanamente possível para atrasar o processo.)

Este foi de longe o item mais difícil porque foi um jogo mental. Não havia uma lista de tópicos que eu pudesse marcar. O objetivo era pensar positivo. Isso era uma piada, certo? Leanne me assegurou que uma vez que eu abandonasse minha amargura, meu coração e minha vida estariam abertos para novas perspectivas.

Eu tive dois anos para praticar e admito que tenho melhorado. Não odeio Jake. Nós temos um filho juntos e meu em breve ex--marido sempre será parte da vida de Owen. Leanne estava certa, mas esse passo exigia esforço. Um esforço real.

Leanne é emocionalmente mais forte que eu. Ela é mais velha e tem mais experiência de vida. Aprecio sua visão e sabedoria. Fui eu que sugeri o último item na lista apenas porque senti que era importante: **Ame a si mesma.**

Novamente, isso não é tão fácil quanto parece. Quando soube que Jake estava me traindo, imediatamente senti que havia algo de errado *comigo*. Ok, não imediatamente, mas um segundo depois da raiva que me atacou primeiro. Isso era realmente sobre nos separar das fraquezas de nossos maridos. Perdi sete quilos no primeiro mês após pedir o divórcio. Minha calça jeans justa voltou a servir, e mesmo que isso fosse ótimo, eu estava deprimida e infeliz. Foi um ponto baixo. Me amar significava comer, dormir e me exercitar — cuidar de mim mesma emocional e fisicamente (eu era muito melhor em fazer listas, e poderia fazer isso com este passo).

Significava cuidar de mim mesma espiritualmente também. Depois que Owen nasceu, fui negligente com minha presença nos cultos da igreja. Então, depois de pedir o divórcio, voltei, apreciando as mensagens positivas e o companheirismo. Leanne também. E Owen ama sua turma na escola dominical.

A igreja oferecia um grupo de apoio a divorciados, e Leanne e eu assistimos às palestras. Elas foram maravilhosas, e muitos dos itens que discutimos faziam parte da lista que elaboramos. O pastor fez um comentário engraçado. Ele disse que quando dava aula sobre casamento, a maioria das pessoas tirava sonecas. Eram nas aulas sobre divórcio onde todos tomavam notas. Eu conseguia entender isso. Certamente não tinha me casado pensando que Jake e eu estaríamos divorciados um dia. Para mim, casamento era para sempre.

Então é isso. Nosso guia para seguir em frente. Nosso guia para desapegar e dar o próximo passo em direção ao futuro.

CAPÍTULO 1

Nichole

O primeiro passo em nosso *Guia para seguir em frente* também foi o mais agradável. Em alguns sábados eu passava o dia inteiro na *Vestida para o sucesso*, uma butique de roupas usadas em bom estado. Eu adorava vestir essas mulheres, cuja coragem me inspirou e estimulou. Muitas haviam saído de relacionamentos abusivos ou queriam se ver livres da assistência do Estado e encontrar seu lugar no mercado de trabalho. Era uma alegria vesti-las com roupas que lhes davam confiança e a esperança de que poderiam ter sucesso.

— Olha só pra mim! — disse Shawntelle Maynor enquanto se olhava no espelho. Ela se virou e olhou por cima do ombro, assentindo, aparentemente gostando do que viu. — Isso esconde tão bem a minha bunda.

Shawntelle era uns bons cinco centímetros mais alta que eu, com meu um metro e sessenta. Seu cabelo era uma massa indomável de cachos pretos e definidos caindo sobre os ombros. Ela se analisou criticamente na roupa que eu havia escolhido para sua primeira entrevista de emprego.

Eu não conseguia acreditar na diferença que as roupas faziam. Shawntelle tinha chegado vestindo uma calça de moletom larga e uma camiseta grande demais. Agora, vestida com uma calça preta e uma jaqueta Misook rosa, estava fantástica e sofisticada.

— Nossa!

Dei um passo para trás e revisei minha obra. A transformação era impressionante.

— Preciso de ajuda com o cabelo — afirmou ela, franzindo a testa e tirando o cabelo do rosto. — Não devia ter deixado Charise cortá-lo. Ela estava confiante de que conseguiria depois de assistir a um vídeo no YouTube. Fui louca de deixá-la chegar perto do meu cabelo com uma tesoura. — Os dedos dela tocaram as pontas irregulares da franja, ou o que presumi ser a franja. — Pensei que iria melhorar quando crescesse, mas ficou ainda pior.

— Já marquei um horário para você aqui do lado.

A cabeleireira do salão ao lado da *Vestida para o sucesso* havia se oferecido para dar a cada mulher na boutique uma lavagem e corte antes da entrevista de emprego.

Os olhos de Shawntelle quase saltaram do rosto.

— Mentira! Você está falando sério?

— Estou. Quando é a entrevista?

— Segunda à tarde.

— Seu corte de cabelo está marcado para as 10h. Esse horário é bom para você?

O sorriso dela foi resposta suficiente. Shawntelle havia se formado recentemente em um curso de contabilidade e estava procurando seu primeiro emprego. Ela tinha cinco filhos e fora abandonada pelo marido. A agência havia conseguido uma entrevista com uma concessionária de carros local. Shawntelle tinha treinado bastante, ganhando confiança. Agora, com a roupa adequada, ela sorria e tinha autoconfiança.

— Nunca pensei que conseguiria viver sem LeRoy — sussurrou ela. — Mas estou vivendo e me recuso a deixar aquele maldito traidor entrar na minha vida de novo. Essa foi a última vez que ele me ferrou.

Sorri com a veemência da voz dela. Eu estava andando por esse mesmo caminho tortuoso. Além do trabalho voluntário, era professora substituta do Distrito Escolar de Portland. Meu diploma em literatura francesa com habilitação em educação me qualificava para o cargo. Infelizmente, nenhuma vaga de horário integral estava disponível, então eu substituía conforme necessário.

Felizmente, Leanne podia cuidar de Owen para mim e, como 'plano B', havia uma escolinha no fim da rua do nosso prédio. Eu trabalhava duro para ganhar dinheiro, em contraste com o estilo de vida luxuoso com o qual me acostumara enquanto estava casada.

Precisava lembrar que ainda era tecnicamente casada. Os papéis finais ainda precisavam ser redigidos para a satisfação de Jake. Meu marido havia dificultado o divórcio o máximo possível, pensando que conseguiria me fazer mudar de ideia. Ele estava me implorando para reconsiderar. Quando finalmente percebeu a minha determinação em seguir com o divórcio, ele montou todas as barreiras possíveis, arrastando as audiências e discutindo cada ponto. Nossos honorários advocatícios estavam estratosféricos.

O divórcio era difícil... muito mais difícil do que eu tinha imaginado.

— Você vai ligar depois da entrevista? — perguntei a Shawntelle, decidida a afastar os pensamentos sobre Jake da minha mente.

— Pode apostar.

— Sei que vai se sair bem.

Apertei levemente o braço dela, e Shawntelle se virou e me envolveu em um abraço.

— Essas tais Kardashians não chegam aos meus pés!

— Você é linda — falei com sinceridade.

Por volta das 17h, eu já tinha encerrado o trabalho e estava ansiosa para ver meu filho. Leanne levara Owen ao parque. Com quase 4 anos, meu bebê era uma bolinha de energia explosiva. Imaginei que minha sogra estivesse mais do que pronta para uma pausa.

Entrei no carro e liguei o motor quando meu celular tocou. Eu tinha um Toyota que já completava dez anos, enquanto meu futuro ex-marido desfilava em um BMW quase novo, um carro que tinha comprado com a herança que recebi depois que meus pais morreram. Essa era outra história, e eu precisava repetidamente empurrá-la para fora do meu pensamento. Regra número três: **Desapegar para receber.**

Eu procurei freneticamente na minha bolsa até localizar o aparelho. Vi que era Jake. Nenhuma surpresa. Ele encontrava uma desculpa para me ligar quase todos os dias. Conseguia permanecer civilizada, mas me ressentia pelos esforços dele de tentar me manter por perto. Meus amigos não perdiam tempo em me contar que ele não havia mudado seu jeito mulherengo. Agora que eu estava fora de casa, meu marido não se incomodava em esconder o fato de que era um garanhão.

Este deveria ter sido o fim de semana dele com Owen, mas Jake tinha uma viagem de negócios. Pelo menos foi o que ele disse. Agora eu suspeitava de tudo o que ele falava.

— Alô — disse, certificando-me de não soar muito amigável.

Era difícil manter distância emocional, especialmente quando ele sempre me procurava. Jake sabia como me fazer fraquejar. Durante as negociações para o divórcio, ele me manipulou como um fantoche.

— Oi, querida.

Procura-se um novo amor

— Você ligou para o número errado — respondi com dificuldade.

Toda vez que ele usava um apelido carinhoso, eu me perguntava quantas mulheres ele chamava de "querida".

— Ora, querida, não precisa ser tão amarga. Estou ligando com boas notícias.

Claro que estava.

— O que é?

Ele hesitou e sua voz se aprofundou mais, com tom de arrependimento.

— Aceitei as negociações finais. Você quer parte da casa? Então tudo bem, é sua, mas só quando eu decidir vendê-la. Isso é o que você pediu, certo?

— Certo.

O que significava que essa amarga luta terminara e o divórcio poderia continuar. Vinte e cinco meses depois que eu dera entrada, poderíamos assinar os papéis.

— Você assinou?

Se esse fosse o caso, o meu advogado entraria em contato em breve, provavelmente na segunda-feira de manhã.

— Essa enrolação estava nos matando.

Desde o minuto em que saí de casa, Jake acreditou que poderia me fazer mudar de ideia. Eu havia desistido de bom grado de morar na casa, apesar de meu advogado ter me aconselhado a continuar lá. Tudo o que pedi foi minha parte dos lucros quando ele optasse por vendê-la.

Não me interessava morar naquela casa chique por mais tempo. Minha vida lá, com todo o mobiliário caro e detalhes de design, tinha sido uma farsa. As lembranças eram demais para mim. Dormir em nossa cama, sabendo o que Jake havia feito, era tortura. Pelo que eu sabia, ele podia até ter feito amor com outra ali. Além disso, insistir em ter a casa seria uma luta financeira. Eu precisava me afastar e recomeçar minha vida. Jake ficou surpreso quando concordei em sair. Usei a casa junto com a associação do clube como fichas de barganha no acordo.

— Você não vai dizer nada? — perguntou Jake.

Eu não sabia o que dizer.

— Acho que é isso, então — sussurrei, me apoiando na parede devido à emoção.

Meu advogado havia me garantido que, eventualmente, Jake desistiria. Era isso ou acabaríamos em uma reunião com um conciliador indicado pelo tribunal. Eu estava disposta, mas Jake recusara. Nenhum de nós queria que isso fosse a julgamento. Os advogados e o processo de divórcio eram caros o suficiente.

— Sim. Logo isso terá um fim — disse Jake, a voz tão baixa que era quase um sussurro.

As palavras dele estavam cheias de arrependimento.

— Um fim... — repeti, e mordi meu lábio.

— Você está bem?

— Sim, é claro.

Mas eu não estava. Depois de todo esse tempo, era de se esperar que ficaria feliz por essa briga e toda a loucura estarem prestes a terminar. Eu deveria estar nas nuvens, ansiosa para deixar meu casamento para trás. Estava mais do que pronta para seguir em frente. Em vez disso, meu coração parecia estar prestes a se quebrar e um enorme nó bloqueou minha garganta.

— Pensei que você gostaria de saber — afirmou Jake, parecendo tão triste e miserável quanto eu.

— Obrigada. Tenho que ir.

— Nichole... Nichole, espere...

Eu não queria ouvir mais nada do que ele tinha a dizer, então encerrei a ligação. Com lágrimas embaçando meus olhos, devolvi o celular à minha bolsa cara da Michael Kors. Uma bolsa que eu havia comprado porque Jake insistira que eu merecia coisas bonitas. Agora, percebia que ele queria que eu tivesse a bolsa porque se sentia culpado. Pelas minhas contas, eu havia comprado a bolsa logo depois que ele descobrira sobre a gravidez de Chrissy.

Limpando as lágrimas, coloquei o carro em marcha a ré, pisei no acelerador e imediatamente enfiei o carro em uma vala.

CAPÍTULO 2

Nichole

Eu não sei por quanto tempo fiquei sentada no carro com a testa descansando contra o volante. Estava envergonhada e abalada, e não só por causa do acidente. Meu casamento havia acabado. Pensei que estava pronta, mais do que pronta. Mas aquilo me atingiu com força total, e um profundo e ao mesmo tempo etéreo sentimento de perda me deixou desnorteada.

— Nichole, você está bem?

Uma voz surgiu à minha esquerda. Levantei a cabeça e encontrei Alicia, a cabeleireira, parada ao lado do carro. Quando não respondi imediatamente, ela bateu na janela.

— Nichole! Nichole!

Eu assenti.

— Sou tão idiota!

— Você está ferida?

Assegurei a ela que não estava.

— Vai precisar de um reboque para tirar seu carro daqui.

"Percebi..." pensei sem responder.

— Você tem seguro?

Eu neguei com a cabeça. Era uma despesa adicional que eu não podia pagar.

— Você quer que eu chame alguém?

— Por favor.

Permaneci no carro, rezando para não ter causado mais nenhum dano ao meu veículo. Alicia hesitou.

— Você tem certeza de que está bem? Não bateu com a cabeça nem nada, não é?

— Não, não. Estou bem.

Eu não estava. Eu não estava nem perto de estar bem, mas isso não era devido ao fato do meu carro estar preso em uma vala.

Alicia hesitou novamente, mas se afastou. Sem fôlego, ela voltou alguns minutos depois. Permaneci sentada no carro, apertando o volante. Ela abriu a porta do lado do motorista.

— O pessoal do *Reboque do Potter* estará aqui dentro de trinta minutos.

Eu assenti.

— Obrigada.

— Você precisa de ajuda para sair?

Ela me estudou como se não estivesse convencida de que eu não tinha sofrido um ferimento na cabeça. Funguei, limpei o nariz e balancei a cabeça mais uma vez.

— Não estou ferida, apenas um pouco abalada.

— Olha, eu esperaria com você, mas estou fazendo um permanente na Sra. Fountaine e não quero deixar o produto no cabelo dela por muito tempo. Denise já foi embora, então estou sozinha.

— Não se preocupe! Vá cuidar da Sra. Fountaine. Vou ficar bem.

Eu queria culpar Jake pelo acidente, mas eu é que não tinha olhado para onde estava dirigindo.

Assim como Alicia prometeu, um reboque entrou no estacionamento cerca de 25 minutos depois. A essa altura, eu já havia saído do carro, recolhido minha bolsa e estava andando de um lado para o outro, ansiosa, esperando. Liguei para Leanne e contei o que aconteceu.

— Você está mesmo bem? — perguntou Leanne, e eu podia ouvir a preocupação em sua voz.

— Estou ótima. Só queria que você soubesse que chegarei mais tarde que o normal. Olha, preciso ir, o guincho acabou de chegar.

— Não se preocupe com Owen. Ele está bem. Não tenha pressa.

Eu desliguei quando um homem saltou do caminhão de reboque. Ele usava um macacão sujo de óleo e uma regata. Os braços dele eram musculosos e cobertos por tatuagens. Os olhos eram de um azul penetrante, e seu olhar deslizava de mim para o meu carro.

— Como isso aconteceu? — perguntou ele, estudando a posição do carro.

— Eu não estava bêbada, se é isso que está pensando.

Ele balançou a cabeça e sorriu.

— Você quer dizer que fez isso sóbria?

E foi assim que sorri pela primeira vez desde a conversa com Jake.

— Parece mesmo que eu tinha tomado algo.

O sorriso dele foi amigável e iluminou os olhos azuis.

Eu cruzei meus braços.

— Quanto isso vai me custar?

Ele disse uma quantia que quase me fez engasgar.

— Vou precisar pagar com o cartão de crédito.

Eu tinha um cartão que usava apenas para emergências. Eu já havia sido descuidada e despreocupada com dinheiro. Na época, eu poderia me dar ao luxo de ser, mas não mais.

— Posso dar um desconto se for em dinheiro — ele me disse enquanto puxava um fio grosso e o enganchava no para-choque do carro.

Procura-se um novo amor

— Quanto de desconto?

— Dez por cento.

Fiz um cálculo rápido.

— E no débito?

— Ainda tenho que pagar as taxas bancárias no débito. Apenas dinheiro.

— Você aceita cheque?

Eu tinha um talão de cheques na bolsa. O homem fez uma pausa e olhou por cima do ombro.

— É verdadeiro?

Fiquei irritada por ele perguntar isso.

— Sim, é verdadeiro.

— Então aceito cheque.

Que nobre da parte dele.

— Conheço a Alicia — disse ele, enquanto caminhava de volta para a caminhonete —, ela falou que você trabalha naquele lugar de roupas usadas. — O homem gesticulou com a cabeça em direção à loja.

— Sou voluntária, então não é exatamente um trabalho.

— Sim, foi o que ela me contou. Alicia comentou que é uma loja que veste mulheres procurando trabalho. Acho que você deve ter um bom olho para esse tipo de coisa.

Ele não esperava uma resposta, então não lhe dei uma.

Assim que o carro foi conectado ao reboque, levou apenas alguns minutos para tirá-lo da vala. O homem esperou para garantir que o motor continuava funcionando e verificar se eu não tinha causado mais nenhum dano ao veículo.

Coloquei minha bolsa no capô do carro e peguei meu talão de cheques. Ele recebeu o cheque, dobrou-o ao meio e olhou para mim antes de colocá-lo no bolso. Parecia que tinha algo a dizer. Esperei, e então percebi que ele devia estar preocupado com o cheque.

— É verdadeiro — assegurei novamente, aborrecida por ele parecer pensar que eu lhe daria um calote. Talvez ele já tivesse tomado muitos calotes antes.

— Tem mais alguma coisa que possa fazer por você?

— Não, obrigada. Preciso ir para casa.

Ele me deu uma saudação e disse:

— Foi bom fazer negócios com você, Sra. Patterson.

— Igualmente, senhor...?

— Nyquist. Me chame de Rocco.

— Rocco — repeti, com um sorriso. — Obrigado pela ajuda, Rocco — disse, ansiosa para voltar para casa.

Assim que Leanne atendeu a porta, Owen largou o brinquedo e correu para os meus braços. Eu me ajoelhei e meu filho abraçou meu pescoço, apertando com força.

— Você se divertiu no parque?

— Vovó me levou no escorregador!

— Foi assustador?

Ele assentiu e então, tipicamente, a primeira pergunta que ele queria fazer era sobre o jantar.

— Podemos comer cachorro-quente?

— Claro!

Salsicha era a comida favorita de todos os tempos do meu filho, seguida de macarrão com queijo. Ótimo, porque com o que eu tinha sido forçada a pagar pelo reboque, nós precisaríamos economizar nas compras do mês no supermercado.

— Teve um bom dia? — perguntou Leanne.

Eu assenti.

— Foi ótimo.

E havia sido até a ligação de Jake.

Eu não contei a ela sobre a discussão com ele. Contaria depois. O divórcio dela havia sido finalizado dezoito meses atrás. Sean tinha facilitado tudo ao máximo, dando a Leanne o que ela quisesse. Ele parecia quase feliz por terminar o casamento. Eu estava com inveja por Leanne não ter sido arrastada pelo campo minado de emoções pelo qual Jake parecia estar disposto a me fazer passar.

Isso até eu encontrá-la chorando quase histericamente em uma tarde, logo depois de ter assinado os papéis do divórcio. Não tinha sido bondade ou culpa que estimulara as ações de Sean, Leanne me contou. Sean falou que estava apenas feliz em tê-la fora de sua vida. De acordo com ele, Leanne estava acabada e ele perdera todo o desejo por ela anos atrás.

Se eu já não detestasse meu sogro antes, passaria a detestá-lo naquele momento. Não conseguia entender como um homem conseguia ser tão insensível e cruel com uma mulher que compartilhara a vida com ele durante tantos anos. Leanne era uma mulher linda. Sim, estava alguns quilos acima do peso, mas isso não diminuía sua beleza. Ela era gentil e atenciosa, amorosa e generosa. Eu a admirava mais do que qualquer outra mulher que já havia conhecido.

Owen recolheu seus brinquedos, e atravessamos o corredor para o nosso apartamento de dois quartos. Era cerca de um terço do tamanho da nossa casa perto do lago Oswego. Eu sentia falta do meu jardim e dos canteiros de flores. Jardinagem havia se tornado uma de minhas paixões. Quando Owen e eu conseguirmos nos manter, comprarei uma casa e plantarei um novo jardim.

Feliz por estar em casa, Owen correu pela sala de estar, as pernas gordinhas batendo enquanto corria em círculos ao meu redor. Eu esperava que isso o cansasse o suficiente para que ele dormisse durante a noite sem nenhum problema. Eu lia para ele todas as noites, e a pilha de livros crescia quando ele queria ouvir todas as suas histórias favoritas. Sabia que Jake não lia para ele, porque Owen já reclamou disso.

Comemos salsichas no jantar junto com vagens, que Owen empurrou para o canto do prato. Eu consegui suborná-lo para comer duas vagens. Fazer com que ele comesse legumes era uma batalha contínua.

Depois que li seus dez livros favoritos, ele se ajeitou para dormir. Ficou quieto a noite toda, o que era incomum. Não recebi uma única ligação, e me perguntei se havia deixado o celular sem bateria. Provavelmente precisaria carregar o aparelho. Mas quando vasculhei minha bolsa, não consegui encontrá-lo.

Imediatamente, uma sensação de pânico me consumiu. Eu precisava do meu celular! Pensando que deveria tê-lo perdido na bolsa, espalhei tudo o que havia nela na mesa e vasculhei em todos os bolsos.

Nada de celular.

Levei a mão ao peito quando a campainha tocou. Do olho mágico, vi que Rocco, o motorista do reboque, estava parado do lado de fora da porta. Ele deve ter percebido que eu estava observando, pois segurou o aparelho na altura do olho mágico como se quisesse explicar o motivo da visita.

Abrindo a porta, soltei um suspiro.

— Onde você o achou? — perguntei, aliviada.

— Depois que você foi embora, o vi caído no asfalto e percebi que deveria ser seu. Peguei seu endereço do cheque.

— Claro! Entre.

Rocco pareceu preencher toda a sala com seu tamanho. Ele era intimidante. Imaginei que deveria ter pelo menos um metro e oitenta. Ele havia tomado banho e trocado de roupa. Agora, usava camiseta e uma calça jeans desbotada que enfatizava as longas pernas.

— Tinha acabado de perceber que havia perdido meu celular e já estava entrando em pânico. Obrigada.

Apertei o celular contra o peito.

— Sem problema.

Rocco enfiou as mãos nos bolsos. As mangas se arquearam com os músculos. Queria examinar as tatuagens dele, mas sem que ele percebesse. Perguntei-me se ele teria mais tatuagens em outras partes do corpo.

— Papai? — indagou Owen, correndo para fora do quarto.

A campainha devia tê-lo acordado. Ou isso ou ele não estava completamente adormecido. O pequeno parou de forma brusca quando percebeu que o homem grande parado ali não era Jake.

Os olhos de Owen se arregalaram quando ele inclinou a cabeça para cima e olhou com espanto para Rocco.

Rocco se agachou e estendeu a mão.

— Olá, rapazinho.

Owen hesitou por apenas um momento antes de erguer o braço e bater na palma da mão aberta de Rocco.

— Isso foi bem forte para um cara tão pequeno.

Owen sorriu com orgulho. Coloquei minhas mãos nos ombros do meu filho, levando-o de volta para o quarto.

— Ok, mocinho, de volta para a cama.

— Quando vou ver o papai? — Ele perguntou, com seus grandes olhos castanhos implorando para mim.

— No próximo fim de semana — assegurei ao meu filho, antes de me virar para Rocco. — Preciso colocá-lo de volta na cama.

Ele me surpreendeu, perguntando:

— Você se importa se eu esperar?

Embora tenha ficado surpresa, gesticulei na direção do sofá.

— Fique à vontade. Isso não deve demorar mais do que alguns minutos.

Talvez Rocco estivesse esperando uma recompensa por devolver meu celular. Minha mente ficou acelerada pensando no que poderia dar a ele. Talvez fosse melhor não pensar. Provavelmente não havia sido uma ideia inteligente convidá-lo a entrar no apartamento. Agora eu morava sozinha e precisava estar mais consciente dos perigos. Engraçado, na verdade. Por maior que ele fosse, eu não me sentia nem um pouco ameaçada. Havia aprendido a ouvir minha intuição, e ela dizia que eu estava segura.

Fazer Owen deitar pela segunda vez não foi tão fácil quanto eu gostaria. Dez bons minutos se passaram.

Quando voltei, Rocco havia ligado a televisão e se acomodado. Estava sentado com um dos tornozelos apoiado no joelho e o braço esticado sobre o encosto do sofá, parecendo completamente relaxado.

— Você tem café?

Demorei um tempo antes de encontrar as palavras para responder.

— Sim.

— Faça um para você também — ele sugeriu.

Que homem abusado! Mas no fim, fiz uma xícara para cada um. Ele mesmo serviu-se de leite, pegando na geladeira e colocando-a de volta em seguida.

Aparentemente, ele tinha um objetivo além de devolver meu celular. Nós ficamos no meio da minha pequena cozinha, de frente um para o outro, cada um segurando uma xícara de café. Se ele podia ser direto, então eu também tinha o direito.

— O que posso fazer por você, Rocco?

Ele enfiou a mão no bolso e pegou o cheque que eu havia preenchido antes.

— Tenho uma proposta para você.

Vendo o cheque no balcão da cozinha, eu não tinha certeza se ia gostar do que ele estava prestes a sugerir.

— Que tipo de proposta? — perguntei, franzindo a testa.

Os cantos da boca dele se curvaram para cima como se ele tivesse lido minha mente.

— O que quer que você esteja pensando, não é isso. Tenho uma filha de 15 anos. O nome dela é Kaylene e, bem, ela é uma adolescente típica. A garota tem respostas para tudo...

— A maioria dos adolescentes é assim.

Ele não concordou nem discordou.

— Sou professora substituta em uma escola — expliquei. — Sei bem como são.

Ele arqueou as sobrancelhas grossas.

— Deve ser difícil dizer a diferença entre você e os alunos.

Eu não tinha certeza se era um elogio, então deixei passar.

— E a sua filha?

Rocco tomou um gole de café.

— Ela quer ir a um baile, que, segundo ela, é algo muito importante.

— E...

— E não vou deixá-la sair de casa com o vestido que ela comprou com as amigas.

— E...

— E então eu pensei que poderíamos fazer um acordo. Se você ajudar Kaylene a encontrar um vestido que eu aprove, estou disposto a rasgar este cheque para ficarmos quites.

Isso parecia bom demais para ser verdade.

— O que seu chefe tem a dizer sobre isso?

— Eu sou o chefe. Sou o dono da *Reboque do Potter*.

— Ah... — Então eu parei. — Pensei que seu nome era Nyquist.

— Boa memória. Comprei a empresa de um homem chamado Potter. Temos um acordo?

Eu não precisei pensar duas vezes.

— Claro!

Então havia sido por isso que ele ficara tão interessado no meu trabalho na *Vestida para o sucesso*.

Rocco e eu selamos o acordo com um aperto de mão. A mão enorme dele engoliu a minha, que era muito menor. Até onde eu sabia, estava ficando com a melhor parte da transação.

CAPÍTULO 3

Leanne

Eu nunca imaginei que moraria em um apartamento neste momento da minha vida. Sempre pensei que depois que Sean se aposentasse, nosso relacionamento melhoraria. Otimista, achava que viajaríamos e passaríamos mais tempo juntos. Rapidamente descobri que estava vivendo uma fantasia, acreditando que, se me esforçasse, poderíamos conseguir reacender o amor que nos unira todos aqueles anos.

Mesmo no início do casamento, Sean foi um marido generoso. Dificilmente passava uma semana sem trazer algum presente para mim. Para quem via de fora, nós formávamos o casal perfeito e meu marido era louco de amor por mim. Em público, Sean era muito carinhoso e eu era invejada pelas minhas amigas. Ele era um bom provedor e eu nunca tive que trabalhar fora.

Tínhamos cinco anos de casados quando soube pela primeira vez que Sean estava tendo um caso. Fiquei arrasada, chocada e muito machucada. Se estivesse em meu juízo perfeito, teria confrontado Sean naquele momento. Embora eu quisesse gritar e chorar e exigir saber por que ele havia me traído, eu não fiz. Em vez disso, engoli meu orgulho por medo de como aquilo acabaria, com medo do que podia acontecer.

Eu fui uma tola, mas amava meu marido e Jake era apenas um bebê. O pensamento de afastar nosso filho do pai, a quem ele adorava, era mais do que eu poderia suportar. Meus pais adoravam Sean e, embora pareça bobagem dizer isso agora, nunca houvera um divórcio em minha família. Eu não queria ser a primeira. Em retrospecto, isso não fazia sentido algum. Depois de todos esses anos, percebo que estava emocionalmente abalada a ponto de não conseguir pensar com clareza.

Fiquei grávida apenas algumas semanas depois da lua de mel, e Sean queria que eu fosse mãe em tempo integral. Ele garantiu que precisava de mim para apoiá-lo e que não queria confiar a educação de nosso filho a uma creche. Conforme sua carreira avançava, ele parecia confiar em mim cada vez mais, assim como Jake. Eu decidi ser voluntária na escola e levei nosso filho para eventos de esportes e escoteiros, atividades da igreja e aulas de tênis, e nunca procurei um emprego.

Ao longo dos anos, descobri que Sean tinha vários casos. Não demorou muito para que eu percebesse os sinais de que havia outra mulher em sua vida. As horas extras no trabalho, o cuidado que ele tomava com a aparência, as cobranças inexplicáveis em nossos cartões de crédito. O tempo todo eu rezava desesperadamente por um segundo filho. Tola, eu acreditava que, se fosse capaz de dar mais filhos ao meu marido, ele me amaria e não desejaria outras mulheres.

Quando me lembro daqueles anos, sinto vontade de me dar um tapa. Fiz tudo ao meu alcance para nos manter unidos, para perpetuar a mentira de que tínhamos um casamento perfeito. Foi por acaso que descobri que Sean havia feito uma vasectomia, tornando impossível que tivéssemos mais filhos. Ele tinha feito o procedimento sem que eu soubesse, depois de pensar ter engravidado uma das amantes. Todos esses anos eu vivi em um mundo de sonhos.

Foi só quando Jake entrou na faculdade que reuni coragem para ameaçá-lo com o divórcio. Eu estava falando sério e até entrei com o pedido. Sean sabia que eu havia chegado ao meu limite e me implorou para reconsiderar. Ele jurou pela vida de nosso filho que nunca mais me trairia. Ingênua, confiei na palavra dele. Durante seis meses, acredito que Sean fez um esforço sincero para permanecer fiel.

E aquele período foi tudo o que ele conseguiu. Então, tudo começou de novo e eu percebi. E Sean sabia que eu sabia. Saí do nosso quarto e passei a dormir no quarto de hóspedes, distanciei-me emocionalmente dele. Para o mundo exterior, fingi que tudo estava bem. Mas não estava. Minha autoestima tinha sido destruída e meu orgulho estava corroído pelo ácido da infidelidade. Por dez anos, basicamente vivemos vidas separadas, mas para os nossos amigos do clube éramos o mesmo casal feliz.

O ponto alto naqueles anos foi quando Jake se casou com Nichole. Ela se tornou uma filha para mim. Jake não poderia ter se casado com uma mulher melhor. A mãe dela havia falecido, e Nichole muitas vezes me procurou por conselhos. Passei a amá-la e, depois que Owen nasceu, meu neto se tornou o centro do meu mundo.

Foi apenas quando ouvi uma conversa entre meu marido e Jake que descobri que meu filho não era muito diferente do pai.

— Pai, tenho um pequeno problema e preciso de ajuda — disse Jake, mantendo a voz baixa, quase num sussurro. Eu estava no corredor do lado de fora do nosso quarto, guardando as toalhas no armário. Engraçado como pequenos detalhes como esse ficam na cabeça.

Supus que o que Jake queria discutir tinha a ver com finanças. Nos primeiros anos de nosso casamento, os pais de Sean nos ajudaram algumas vezes. Pensei que este pequeno desabafo era sobre dinheiro.

Eu estava errada. Muito errada.

Nosso filho havia engravidado outra mulher. Fiquei paralisada, com dor no coração, mal conseguindo respirar, enquanto Sean dava ao nosso filho o contato de um médico que ele conhecia que realizaria um aborto.

Durante dias fingi estar com gripe enquanto me confinei ao quarto. Minha mente estava inquieta pensando no que fazer. Eu não podia contar a Nichole, a notícia devastaria minha nora. Ao mesmo tempo, também não conseguiria ficar calada. Eu estava consumida pela culpa, sabendo que ao ignorar os casos de Sean, dei ao nosso filho permissão tácita para trair a própria esposa. Isso tinha que terminar, e tinha que terminar com Jake porque me recusava a deixar esse comportamento seguir para a próxima geração.

Eu sabia que Nichole não era tão ingênua quanto eu. Seria apenas uma questão de tempo antes que ela descobrisse que Jake a estava traindo. Eu não queria ser a pessoa que daria a notícia a ela, mas no final foi o que fiz. O preço de fingir não saber, de desviar o olhar, era muito, muito alto. Para ela e para mim.

Vendo que Jake havia seguido os passos do pai, tive que acreditar que, quando chegasse a hora, Owen também o faria. Meu neto cresceria e acharia que a fidelidade e os votos de casamento eram só blá-blá-blá, e não compromissos sinceros e significativos.

A coisa mais difícil que já fiz foi contar a Nichole sobre o caso de Jake. Admirei minha nora pela maneira como recebeu a notícia. Ela ficou chocada e despedaçada, como eu mesma tinha ficado durante todos esses anos. Eu a assisti desmoronar diante dos meus olhos. Mas, ao contrário de mim, se reergueu rapidamente.

Naquela mesma tarde, ela olhou para mim e disse que havia apenas uma coisa a fazer.

A força e coragem de Nichole me pegaram de surpresa. Como eu gostaria de ter tomado a decisão de assumir o controle da minha vida quando soube dos casos de Sean. Foi então que percebi que eu não estava morta. Não era tarde demais. Tudo o que havia restado do nosso casamento era uma concha vazia. Se ela podia agir, eu também poderia — e então agi.

Por causa das repetidas ofensas de Sean, Nichole não tinha motivos para acreditar que Jake pudesse ser mais fiel do que meu marido havia sido comigo. Diferente de mim, ela não estava disposta a lhe dar uma segunda chance. No que lhe dizia respeito, meu filho havia destruído a confiança dela e não havia como voltar atrás.

Meu divórcio foi tranquilo. Sean parecia estar esperando que eu pedisse o divórcio. Era quase como se tivesse se preparado mentalmente para a dissolução do nosso casamento. Ele tornou o processo o mais indolor possível, me dando metade de tudo. Eu não teria preocupações financeiras; fora ele quem havia insistido que eu ficasse em casa com nosso filho, e pagou caro por isso. Meu advogado fez uma distribuição justa e equilibrada de nossos bens.

O que eu não estava preparada era para a atitude vingativa que se seguiu pouco antes de assinarmos os papéis. Sean fez questão de falar que me achava pouco atraente e velha. Ele teve prazer em me dizer que meus seios e corpo flácidos eram "brochantes". Foi longe a ponto de afirmar que eu havia murchado. Embora eu não amasse mais meu marido — ele havia destruído esse amor quando fiquei sabendo da vasectomia —, suas palavras me atingiram em cheio. Fui esmagada por sua crueldade e passei a ter dificuldades de olhar para meu reflexo no espelho. Eu me sentia velha, gorda e acabada.

Jake não aceitou a decisão de Nichole com a mesma facilidade. Eu tive que dar crédito ao meu filho. Ele não queria perder sua família, e tinha feito grandes esforços para atrasar o divórcio. Eu queria acreditar que Jake estava sendo sincero e que não procuraria mais outras mulheres. Infelizmente, eu não tinha como saber se ele realmente poderia. Evidência e experiência diziam o contrário.

Procura-se um novo amor 37

Em determinado momento, Sean tentou e não conseguiu mudar. Eu tive que aceitar que Jake poderia ter herdado este lado do pai além da aparência.

Nichole e eu nos mudamos para o centro de Portland. Nas primeiras semanas, nos arrastamos todos os dias, deprimidas e incertas.

Certa tarde, naqueles primeiros dias sombrios, quando estávamos nos afogando em nossa miséria, escrevemos uma lista para nos ajudar a seguir em frente e criar uma vida nova e melhor para nós e para Owen. Listamos apenas quatro itens porque não queríamos nos sobrecarregar. Foi um passo de cada vez. Um dia de cada vez. Ajudou muito que estivéssemos nisso juntas.

O primeiro item dessa lista era aliviar a dor com uma distração, algo que ajudasse outras pessoas. Comigo, isso significava ensinar.

Eu havia me formado na faculdade com um mestrado em educação, mas nunca tinha lecionado. Não estava procurando uma posição de tempo integral, então passei a lecionar à noite duas vezes por semana, ensinando inglês para estrangeiros, como voluntária.

Essa foi uma boa escolha. Gostei dos meus alunos e admirei a determinação deles em lidar com as expressões e gírias complicadas da língua inglesa. Tive dez estudantes que imigraram de todo o mundo.

Mais e mais eu me encontrava ansiosa para dar aula. Grande parte da satisfação que obtive ensinando veio de um dos meus alunos, Nikolai Janchenko. Pelo que percebi, Nikolai tinha por volta da minha idade e era da Ucrânia. De longe era meu aluno mais entusiasmado. O que eu mais gostava nele era a facilidade com que me fazia rir.

Segunda à noite, parei meu carro no estacionamento do Centro Comunitário. Assim que entrei na vaga, notei Nikolai do lado de fora da entrada principal. Ele era um homem de boa aparência com um cabelo grosso e grisalho. De nossas conversas, eu sabia que ele trabalhava como padeiro. Seus ombros eram largos por causa de todo o esforço que fazia com a massa. Não era um homem grande, tendo uma estatura média e características europeias fortes, mas contundentes. Pelo que li no arquivo escolar, estava morando nos Estados Unidos havia cinco anos e ganhara sua cidadania recentemente.

Nikolai deve ter reconhecido meu carro, porque se apressou a atravessar a rua para me encontrar. Assim que peguei minha bolsa e livros, ele abriu a porta do motorista e me ofereceu a mão para me ajudar. Eu gostava do quão cavalheiro ele era.

— Boa tarde, professora.

— Já é noite, Nikolai. Nós diríamos "boa noite" ao invés de "boa tarde".

— Boa noite, professora.

— Boa noite, Nikolai. É bom ver você.

— É muito bom vê-la — disse ele.

Seus olhos brilhavam com carinho quando orgulhosamente me entregou um pão.

— Eu *cozinhar* para você.

O pão ainda estava quente e o cheiro era celestial. Levei-o até o meu nariz, fechei os olhos e inalei o aroma de fermento e farinha.

— É pão de batata.

— Tem um cheiro delicioso.

Eu iria amar aproveitar uma fatia com o meu café da manhã e planejava compartilhar o pão com Nichole e Owen.

— Eu *fazer* isso especial para você.

Ele caminhou ao meu lado e sua cabeça virou-se para mim, me observando de perto.

— Eu estou no céu.

Ele parou abruptamente e franziu a testa.

— Estar no céu? O que isso significa?

Procura-se um novo amor 39

— Isso é uma expressão idiomática, Nikolai, e vamos discuti-la na aula de hoje.

— Você *explicar* esse céu. Você *flutuar* como as nuvens?

— Não.

Tive que sorrir. Eu me via fazendo isso sempre que conversava com Nikolai. A mente dele estava ansiosa para absorver tudo o que eu tinha para ensinar. Todos os meus alunos eram interessados, o que fazia das aulas o auge da minha semana.

Não foi uma surpresa ver Nikolai se sentar perto da lousa. Ele sempre escolhia o lugar da frente e do centro e se agarrava a cada palavra que eu dizia.

Coloquei a bolsa e os livros na mesa. Movendo-me para a frente, inclinei-me e apoiei as mãos na borda da mesa enquanto olhava para os meus alunos.

— Boa noite — eu disse.

A classe respondeu minha saudação em uma mistura de diferentes sotaques.

— Hoje eu quero falar sobre expressões idiomáticas.

Sabendo que alguns dos meus alunos precisavam ver a palavra escrita, fui até a lousa e escrevi "expressões idiomáticas" em letras grandes para eles lerem e anotarem.

— Expressões idiomáticas fazem parte de todas as línguas — expliquei. — É uma palavra ou frase que não deve ser interpretada literalmente. Por exemplo, se eu disser que estou no céu, isso significa que estou contente, muito feliz.

José levantou timidamente a mão.

— Então por que não dizer apenas que você está feliz?

— Eu falei, só que de outra maneira. Aqui está um segundo exemplo. Talvez você tenha ouvido a frase "está chovendo canivete". Isso não significa que canivetes estão literalmente caindo do céu.

Tito levantou a mão. Se me lembrava bem, ele era da África do Sul.

— Temos um ditado similar na África. Dizemos que está chovendo velhas com porretes.

A discussão tornou-se animada depois disso, enquanto os outros alunos compartilhavam expressões idiomáticas de suas próprias culturas. Eu achei algumas hilárias, e logo estávamos todos rindo e compartilhando.

Sempre me surpreendeu como o tempo da aula passava voando. Antes que eu percebesse, havia acabado. Como se tornara um hábito, Nikolai foi o último a sair. Ele esperou para que pudesse me acompanhar até o estacionamento.

— Você entende agora o que eu quis dizer quando falei que estava no céu? — perguntei enquanto pegava minha bolsa e os livros.

— Sim, professora. Você *dizer* que está feliz por eu fazer pão.

Senti-me um pouco boba por ele me chamar de professora o tempo todo.

— Nikolai, você pode me chamar pelo meu nome.

Os olhos dele se arregalaram levemente.

— Meu nome é Leanne.

— Leanne — ele repetiu, pronunciando-o como se fosse estranho em sua língua, o que provavelmente era. Ao mesmo tempo, ele disse como se estivesse falando na igreja ou na biblioteca, devagar, com voz baixa, quase como uma oração. — *Leanne* é um nome bonito.

— Obrigada — respondi, enquanto saímos da sala de aula.

— Um nome bonito para mulher bonita.

Devo ter dado a ele um olhar espantado. Depois das coisas horríveis que Sean tinha me dito, eu não me considerava bonita.

— Você não *acreditar*? — perguntou Nikolai, chocado. — Você não *acreditar* em você bonita?

Envergonhada, desviei o olhar, incapaz de responder.

Ele franziu a testa e, estendendo a mão, correu o dedo devagar e deliberadamente pelo contorno do meu rosto, suavizando sobre o meu queixo e meu pescoço em uma carícia leve. Inspirei fundo com o choque que percorreu meu corpo. Fazia tanto tempo desde a última vez que um homem tinha me tocado que meu corpo reagiu instantaneamente. Nikolai me encarou e falou baixinho em ucraniano. Eu não entendi uma palavra. Fosse qual fosse o significado, a frase fez calafrios percorrerem meus braços.

Com dificuldade, desviei meus olhos para longe e apressei o passo, caminhando rapidamente em direção ao estacionamento. Nikolai me seguiu, e ele, também, parecia ansioso para superar o que havia acontecido entre nós.

— Obrigada de novo pelo pão — disse a ele, destrancando a porta do carro.

— Estou chovendo canivetes de feliz em *trazer* para você.

Eu sorri, sem vontade de corrigi-lo.

— Você pegou na padaria? — perguntei, sabendo que ele levantava nas primeiras horas da manhã para trabalhar.

— Não, não! — respondeu ele enfaticamente, balançando a cabeça. — Esse pão vem da máquina. Eu *fazer* com minhas próprias mãos este pão para *mostrar* obrigado. Quando *sentar* a massa, *pensar* em você, *pensar* em você comendo meu pão, apreciando o sabor do meu pão. Eu *pensar* em você sorrindo quando eu *dar* meu pão.

— Tenho certeza de que vou gostar.

O sorriso dele era largo e caloroso.

— Eu *cozinhar* mais para você.

— Nikolai, sou apenas uma pessoa. Vou levar dias para comer todo esse pão.

— Ainda assim, eu *cozinhar* mais. Eu *cozinhar* pão para você toda aula. Você comer e desfrutar do meu pão e eu vou lembrar do seu sorriso. Seu sorriso me *fazer* sorrir aqui. — Ele colocou a mão sobre o coração.

Eu odiaria estragar o entusiasmo dele, explicando que eu não poderia comer tanto pão vivendo sozinha; eu precisaria compartilhá-lo. Coloquei minha bolsa no banco do passageiro e estava pronta para entrar no carro.

— Você sabe que a turma vai pensar que você é o mascote da professora.

Um olhar chocado apareceu em seu rosto e ele se afastou de mim.

— Você me compara a um cachorro?

— Não, não — respondi, incapaz de conter um sorriso. — Isso significa que você é meu aluno favorito.

Imediatamente, o olhar dele suavizou.

— Esta é outra expressão que você *dizer*.

— Sim, outra expressão.

Seu sorriso floresceu.

— Vejo você quarta-feira, Leanne.

Ele se afastou do carro e acenou em despedida. Quando saí do estacionamento, ele andou ao lado do carro. Antes de me distanciar, bateu na minha janela. Eu desci o vidro e ele olhou para mim, os olhos escuros e sérios.

— Eu *voltar* quarta-feira com mais pão.

CAPÍTULO 4

Nichole

— Você deve ser Kaylene — falei.

Rocco tinha combinado que eu encontrasse ele e a filha na tarde de terça-feira no Lloyd Center. A menina era alta, magra e reta como uma tábua. Eu me lembrava de como era ter 15 anos e querer ser tão bonita quanto minhas irmãs. Foi uma idade estranha antes de meu corpo começar a se desenvolver. Kaylene parecia estar à beira disso. Ela era uma garota adorável que herdara a altura e a estrutura óssea do pai. Não demoraria muito para que se transformasse em uma mulher. Entendi que ela precisava ser notada, e o medo do pai dela era que isso acontecesse.

O baile era o primeiro do ano letivo e havia sido marcado para a noite de sexta-feira.

Kaylene cruzou os braços sobre o peito; os pés dela estavam afastados e o rosto mostrava um olhar duro e desafiante. Ela não respondeu até que o pai a empurrou com a mão. Ela tropeçou alguns passos para a frente.

— Sim, sou Kaylene.

— Prazer, Nichole. Você está procurando um vestido para o baile da escola, não é?

Ela cerrou os olhos para o pai.

— Eu já tenho um vestido, mas meu pai acha que ele revela muito. Nas palavras dele, me deixa vulgar.

Meu olhar cruzou com o de Rocco. Ele poderia ter sido um pouco mais diplomático. Não era de admirar que Kaylene estivesse chateada.

— Minhas amigas e eu passamos muito tempo escolhendo esse vestido. Não é como se eu tivesse um encontro ou algo assim. É só um monte de garotas indo a uma festa, então não vejo qual é o problema.

— Os meninos vão estar nesse baile? — questionou Rocco.

— Você sabe que sim.

— Então você não vai usar aquele vestido.

Eu podia ver que situação estava se tornando rapidamente uma discussão entre pai e filha, e era melhor acabar com isso agora.

— Por que não damos uma conferida em algumas das lojas para ver se encontramos algo que agrade o gosto dos dois?

— Eu gosto do vestido que comprei.

— Aquele que você não vai usar? — retrucou Rocco.

— Não faz mal dar uma olhada, Kaylene — afirmei, na esperança de ser a voz da razão.

Os ombros da jovem caíram, aceitando a derrota.

— Então vamos começar — falou Rocco.

— Espera aí! — gritou Kaylene, e parou de andar abruptamente. — De jeito nenhum você vem conosco.

Ela olhou para o pai.

— De que outro jeito vou aprovar seu vestido?

— Pai, isso não vai acontecer.

O olhar horrorizado da jovem se intensificou.

— Escute aqui, Kayl...

Limpei minha garganta em um esforço para chamar a atenção dos dois. Eu não pretendia ficar entre pai e filha, ou me meter nessa confusão, mas claramente alguém tinha que dizer alguma coisa.

— Rocco — falei, antes que a discussão crescesse ainda mais. Para fazer com que ele olhasse em minha direção, toquei em seu antebraço.

O olhar dele se virou para mim e depois para a minha mão em seu braço, como se o meu toque o tivesse queimado. Afastei a minha mão e dei um passo para trás.

— Você percebe como seria horrível para mim se uma das minhas amigas descobrisse que *meu pai* foi fazer compras comigo?

O olhar dele se voltou para a filha.

— Eu não me importo com o que suas amigas pensam. Se você quiser ir ao baile...

— Rocco — interrompi novamente, mais alto do que antes. Desta vez, coloquei a mão no meio do seu peito antes dele se virar para olhar para mim.

— O quê?

— Você confia em mim para encontrar um vestido apropriado para sua filha?

Se ele não o fizesse, não deveria ter pedido a minha ajuda. Caso contrário, tudo o que eu estaria fazendo seria mediar uma discussão entre pai e filha.

Ele não respondeu.

— Você confia? — indaguei, determinada.

— Acho que sim.

A falta de confiança dele era quase cômica.

— Então vá embora.

No começo, pensei que ele iria discutir, mas depois ele fechou a boca e assentiu lentamente.

— Quanto tempo você acha que isso vai levar?

— Dê-nos algumas horas.

Ele olhou o relógio.

— Tudo bem — respondeu ele, não muito graciosamente. — Encontro vocês de volta aqui às 18h30.

Eu chequei meu relógio.

— Nós ligaremos se formos demorar mais que isso.

— Mais tarde? Vocês vão demorar *mais* que duas horas?

Ele quase revirou os olhos como se pensasse que eu estava sendo ridícula. Eu acariciei o antebraço dele.

— Esses assuntos levam tempo. Relaxe. Kaylene está em boas mãos.

Rocco passou os dedos pelos cabelos como se estivesse duvidando da decisão de pedir minha ajuda. Fiz um gesto com a cabeça para que Kaylene me seguisse. Nós tínhamos dado apenas alguns passos quando ela sussurrou um sincero "obrigada".

— Sem problemas. Eu teria odiado se meu pai fizesse compras comigo.

— Ele quer que eu me vista como uma avó.

Lembro-me de pensar a mesma coisa quando tinha a idade dela, só que com a minha mãe. Levei um momento para lembrar a minha conversa com Rocco enquanto tomávamos café, na ocasião em que ele devolveu meu celular e pediu minha ajuda.

— Por onde você gostaria de começar?

— Eu posso escolher? — Kaylene parecia surpresa. — Você não vai me arrastar para qualquer uma dessas lojas de gente velha?

Eu odiava pensar quais lojas ela considerava "de gente velha". Provavelmente deveria ter perguntado, mas temia que ela mencionasse as lojas de departamentos que eu frequentava.

Durante uma hora e meia, passamos de um provador para outro até encontrarmos uma roupa que achávamos perfeita. Estava confiante de que ela faria Rocco feliz, e Kaylene parecia adorável. Para melhorar a história, o vestido estava com cinquenta por cento de desconto. Sobrou dinheiro suficiente para encontrar sapatos que combinassem.

— Nós temos mais uma parada — informei, olhando para o relógio e percebendo que eram 18h25.

— Papai não gosta de esperar.

— Isso é importante.

Kaylene parecia confusa.

— Eu pensei que tínhamos comprado tudo.

— Nós vamos na Victoria's Secret.

Uma expressão de surpresa preencheu o rosto da jovem, seguida por um enorme sorriso.

— Você vai contar pro meu pai?

Dei de ombros.

— Por que eu deveria? Você pode contar, se quiser. Ele nos deu um orçamento e ficamos dentro desse valor. Uma roupa de baixo adequada também faz parte do conjunto.

— Vamos nessa! — disse ela, rindo como a menina que ela era.

— Me empreste seu celular e eu vou mandar uma mensagem para seu pai e dizer a ele para esperar mais uns quinze minutinhos.

Ela me entregou o aparelho e eu escrevi uma mensagem rápida. Quando terminei, encontrei Kaylene dentro da loja, vasculhando sutiãs e procurando por aqueles que eram grandes demais para seu tamanho. Eu olhei para ela e ergui uma das sobrancelhas.

— Uma garota pode sonhar, não pode?

Nós duas rimos. Não havíamos começado bem. Kaylene se ressentia pelo fato de o pai ter me pedido ajuda. Eu não posso dizer que a culpava. Quando começamos a fazer compras, ela não queria que eu escolhesse os vestidos. Mas eu dei liberdade a ela, deixando-a fazer as próprias escolhas. Pude ver rapidamente que o pai dela tinha razão.

Minha chance veio enquanto ela estava no provador. Eu removi os rejeitados e trouxe novos vestidos que senti estarem mais em equilíbrio com a vontade dos dois. Assim que ela viu que minhas escolhas eram bem próximas ao gosto dela, a primeira barreira caiu. Ela perdeu a atitude desafiadora, e o resto do tempo foi divertido.

Com rapidez, encontramos o que precisávamos na Victoria's Secret: calcinha de renda e um sutiã combinando. Kaylene teve que acrescentar alguns dólares do próprio dinheiro, mas o fez de bom grado. Nós escondemos a sacola reconhecível dentro da dos sapatos e então nos apressamos para o ponto de encontro. Estávamos cinco minutos atrasadas.

Rocco estava lá, andando impaciente de um lado para o outro.

— E então... — disse ele, olhando para nós duas. — Como foi?

— Nós encontramos o vestido perfeito — respondi, não querendo parecer excessivamente satisfeita. Kaylene tinha seu orgulho, e eu estava determinada a não pisar nele.

— Nichole fez um bom trabalho, pai. Eu não me importaria de fazer compras com ela novamente.

Isso era um grande elogio. Rocco encontrou meu olhar e arqueou as sobrancelhas.

— Eu tenho a palavra final.

— Papai...

Inclinei a cabeça para o lado e olhei para ele com firmeza, como se para lembrá-lo de que tinha confiado em mim e precisava continuar fazendo isso.

Rocco deve ter me entendido, porque mudou rapidamente de assunto.

— Aposto que vocês estão com fome.

— Famintas! — afirmou Kaylene. — Você vai nos levar para jantar?

Rocco olhou para mim.

— Quer se juntar a nós?

Eu hesitei. A oferta era tentadora, mas havia deixado Owen com Leanne e detestava me aproveitar dela.

— Venha conosco! — pediu Kaylene, com os olhos grandes e ávidos.

— Preciso fazer uma ligação primeiro.

Eu me senti culpada só de perguntar a Leanne se ela ficaria mais um pouco com Owen, mas minha sogra aceitou de bom grado.

— Vá. Aproveite. Owen e eu vamos cozinhar juntos. Ele adora me ajudar na cozinha, você sabe.

Eu sabia. Meu filhinho era um *chef* em treinamento.

Kaylene e Rocco olharam para mim enquanto eu encerrava a ligação.

— Sem problemas.

— Ótimo!

Rocco deixou Kaylene escolher, e ela quis pizza. Não era a melhor escolha para mim em termos de calorias, mas eu não ia reclamar. Além disso, fazia meses desde a última vez em que eu me permitira algo melhor do que pizza congelada.

Nós saímos em carros separados e nos encontramos no restaurante, que ficava a poucos quarteirões de distância. Não pude deixar de imaginar o que Jake pensaria se me visse com Rocco. Aqueles dois não poderiam ser mais diferentes.

Rocco parecia ter saído da floresta do Alasca. Ele tinha o físico de um lenhador e as tatuagens de um motociclista. Em contraste, Jake era um homem de negócios elegante que se vestia como se tivesse saído das páginas da *GQ*. O contraste me fez sorrir.

Eu me encontrei com eles na pizzaria. Quando cheguei, estavam sentados em uma mesa. Em poucos minutos nós fizemos o pedido. Uma pizza cheia de carne para Rocco e uma pizza vegetariana para Kaylene e eu dividirmos. Rocco pediu uma cerveja e eu tomei um copo de *sauvignon blanc* da Nova Zelândia.

— Pai, um dos meus amigos da minha escola está aqui. Me dê algumas moedas, ok?

Rocco revirou os bolsos e deu o que encontrou à filha. Em poucos minutos, Kaylene desapareceu no fliperama. Foi uma sensação estranha ficar sentada na mesa com Rocco, como se nós dois estivéssemos em um encontro.

— Kaylene disse que tudo correu bem e que você é super legal.

— Ela é uma ótima menina, Rocco. Você está fazendo um bom trabalho.

— Eu tento. Ela não torna isso fácil.

— Nenhum adolescente deixa.

Nossas bebidas foram entregues e eu tomei um gole de vinho. Era refrescante. Eu apoiei os cotovelos na mesa e olhei para o vinho.

— Ela consegue ser bem difícil — afirmou Rocco, continuando nossa conversa. — Aquela garota tem argumentos para as coisas mais estúpidas. Eu quero que ela seja inteligente e forte, mas não sou um bom exemplo, e sua mãe, Deus sabe, também não era.

— Você é homem, Rocco, e Kaylene é uma adolescente. O que você espera? Dê tempo a ela.

— A questão é que eu fiz da vida dos meus pais um inferno, então espero que minha filha faça o mesmo comigo. — Ele bebeu um terço da cerveja e colocou o copo de lado. — Então, qual é a sua história?

— Minha história?

— Acredito que você seja divorciada.

Eu abaixei minha cabeça.

— Em breve. Nós temos discutido sobre os detalhes do divórcio nos últimos dois anos. Recebi no sábado a notícia que Jake concordou com o acordo. Estamos prontos para assinar os papéis.

— O dia em que você enfiou o carro na vala.

— Sim. — Meus dedos se enrolaram em torno da haste da taça de vinho. — Eu tinha tanta certeza de que tomei a melhor decisão ao deixar Jake. No começo eu era forte. Quer dizer, doeu muito, mas me recusei a ficar em um casamento quando o cérebro e o senso de honra do meu marido passaram a ser comandados pelo que ele tem nas calças.

— Ele traiu você? O homem é cego?

As palavras dele eram boas para o meu ego. Em vez de passar pelos detalhes sangrentos, algo que preferi não discutir, voltei a pergunta para ele.

Procura-se um novo amor 51

— E você? Qual é a sua história?

— Não é bonita — respondeu ele, concentrando-se em sua cerveja. — Eu engravidei uma mulher em uma noite quando estava com muito tesão e bêbado demais para me importar com usar proteção.

Rocco era categórico.

— Kaylene foi o resultado? — questionei, entendendo o que ele queria dizer quando falou que a história não era bonita.

— Eu não acreditei que o bebê fosse meu até fazer um teste de DNA. Isso me abalou, ser pai e tudo mais. Não era como eu me imaginava. Até então eu praticamente fazia o que queria, mas essa criança era uma responsabilidade que eu não podia ignorar. A mãe dela não era muito maternal, então eu ficava com ela sempre que Tina me permitia. Quando Kaylene tinha três anos, ela morava comigo na maior parte da semana. Eu trabalhava para o velho Potter, e nos demos bem. Então Tina morreu em um acidente de carro, e Kaylene veio morar comigo de vez.

— Potter vendeu a empresa para você?

— Não, eu não podia pagar. Ele nunca teve família, então quando teve câncer, eu o ajudei o máximo que pude, levando-o para tratamentos e consultas médicas. Fiquei com ele até o final, cuidando dele. Quando morreu, deixou a empresa para mim. Foi por isso que eu nunca mudei o nome.

Ele tomou mais um grande gole de cerveja.

— Eu disse que minha história não era bonita.

Apreciei a honestidade dele.

— Você é um bom pai e uma boa pessoa.

Ele deu de ombros.

— Eu tento. Ainda assim, não pense que recebo um elogio de Kaylene. Não quero que ela cometa os mesmos erros que a mãe dela e eu cometemos.

O garçom trouxe a pizza e, como se ela tivesse um radar, Kaylene apareceu imediatamente. Peguei meu garfo e faca e abri o guardanapo de papel no meu colo. Rocco segurou uma fatia grossa a meio caminho da boca e depois fez uma pausa. Ele colocou a fatia para baixo e olhou para mim, espantado.

— Você não come pizza com as mãos?

Eu não tinha percebido que usar um garfo o deixaria desconfortável.

— Geralmente não, mas eu posso, se incomoda você — falei, colocando os utensílios de lado. Eu peguei uma pequena garrafa de álcool gel na bolsa e passei um pouco nas mãos. Quando terminei, peguei uma fatia da pizza vegetariana.

— Faça o que deixar você mais confortável — afirmou ele.

— Ok. — Eu peguei meu garfo e faca. Era assim que eu sempre comia pizza.

Rocco sorriu e eu tenho que dizer que todo o seu rosto se iluminou.

— Eu acho que nunca conheci alguém tão elegante quanto você, Nichole.

Eu sorri de volta para ele.

— Vou levar isso como um elogio.

— Foi um elogio.

Comi duas fatias de pizza, que estavam deliciosas. Rocco devorou sua pizza inteira.

Kaylene estava animada durante quase toda a refeição e reclamou quando era hora de ir embora.

Rocco me acompanhou até onde eu havia estacionado meu carro e se inclinou no topo da porta depois que eu deslizei para dentro.

— Obrigado por tudo.

— Disponha — respondi, e para minha surpresa, não falei da boca para fora. Eu gostava de Rocco e gostava de Kaylene.

Rocco deu um passo para trás e eu estava preparada para fechar a porta quando ele disse:

— Se você não se importar de eu dizer isso, mas seu marido é um idiota.

Eu sorri, imersa no bálsamo das palavras dele.

— Eu não me importo. Nem um pouco.

A verdade é que eu concordava com ele. Jake e eu poderíamos ter tido uma boa vida juntos.

CAPÍTULO 5

Leanne

— Venha jogar golfe comigo — sugeriu Kacey Woodward, minha melhor amiga.

— Não posso — respondi, apertando o celular contra a orelha enquanto limpava as bancadas da cozinha. Owen e eu tínhamos aproveitado a nossa noite juntos, mas fizemos uma bagunça.

— Por que não? — Kacey pressionou.

— O golfe e o clube não fazem mais parte da minha vida.

Eu tinha ficado feliz em abrir mão dos dois. Sean era quem fazia questão de ir ao clube. Nunca tinha sido eu. Regra número dois aplicada. Novos amigos. Na maior parte do tempo, evitava as mulheres que uma vez considerei amigas, exceto Kacey. Éramos próximas, e ela me conhecia melhor do que qualquer um.

— Você não está com medo de encontrar Sean, está? Aquele homem é tão baixo. Não sei como você ficou casada com ele por todos esses anos.

Kacey nunca fora fã de Sean, o que pode ter sido a razão pela qual ela permaneceu minha melhor amiga. Eu nunca soube com quantas mulheres do clube Sean tinha dormido, e, francamente, eu preferia assim. A única mulher que eu confiava que não cairia sob o feitiço carismático do meu ex-marido era Kacey.

— Vou dar aula hoje à noite e preciso me preparar — expliquei.

— Você está realmente gostando disso, não é?

— Estou.

Mais do que Kacey jamais imaginaria. Eu amava a vontade dos meus alunos de aprender e como eles compartilhavam livremente experiências durante a aula. Eles me contavam sobre suas vidas e o quanto apreciavam as oportunidades disponíveis na América. Não era incomum que eles me trouxessem presentes para mostrar gratidão. Naquela mesma manhã, eu fizera torrada com o pão que Nikolai havia me dado e estava deliciosa.

— Ok, então vamos sair para almoçar — disse Kacey.

— No clube?

Eu preferia que não o fizéssemos. As mulheres lá eram mais amigas de Sean que minhas. Seria estranho e desconfortável para todos.

— Em qualquer lugar que você escolher.

— Venha para a cidade. Podemos decidir o restaurante depois.

Após concordar, Kacey hesitou, o que poderia significar apenas uma coisa. Havia mais um assunto em sua mente, algo que ela estava relutante em discutir pelo telefone. Eu esperei, pesando se queria saber o que ela tinha para me dizer. Sem dúvida, era uma questão envolvendo Sean. Sentindo a hesitação dela, eu disse:

— Eu sei que você ligou para mais do que me convidar para jogar golfe ou almoçar. Diga de uma vez.

Ela ficaria desconfortável até que o fizesse.

— Dizer o quê? — respondeu ela um pouco na defensiva.

— Sobre a mais recente queridinha de Sean.

Eu conhecia Kacey bem demais.

— Você não vai descansar até me contar, então diga.

— Ah, Leanne! Esse homem está em todas as conversas. Ele está morando com uma mulher que eu juro que não pode ter mais de 35 anos. Está desfilando com ela pelo clube, e eu ficaria chocada se o cérebro dela for maior do que o de um beija-flor.

Sorri porque, quando se tratava de mulheres bonitas, eu estava convencida de que o cérebro de Sean não era muito maior. Mas, na verdade, quando se tratava de traições, ele era um especialista com as mentiras inteligentes que contava.

— Nós vamos almoçar e você pode me contar mais sobre isso.

Marcamos uma data e eu desliguei.

Terminei de limpar as bancadas, liguei a lava-louças e verifiquei a hora. Nichole conseguira um emprego de professora substituta durante o dia e eu havia combinado de ir buscar Owen na pré-escola às duas. Eu não tinha tanto tempo para dedicar à minha aula quanto queria.

A lava-louças entrou no ciclo de lavagem quando meu celular tocou. Pensando que era Kacey novamente, eu logo atendi o aparelho.

— O que foi agora? — perguntei, alegremente.

— Leanne.

Era Sean.

Essa era a primeira vez que conversava com meu ex desde que o divórcio fora finalizado, quase um ano e meio atrás. Meus batimentos dispararam e minha mão automaticamente foi para o meu pescoço.

— Olá, Sean — falei, tentando soar calma.

— Como você está? — Ele perguntou daquele jeito sincero e atencioso.

Às vezes ele era encantador e gracioso, o que tornara difícil deixá-lo. A capacidade dele de ser carinhoso e amoroso era igual à de ser enganador e dissimulado. Ele poderia arrancar meu coração e então ser o primeiro a pegá-lo e entregá-lo de volta para mim.

— Estou bem. — Com dificuldade, resisti à vontade de acrescentar que ele parecia estar se dando bem. — O que posso fazer por você? — questionei, querendo deixar claro que não tinha intenção de perder tempo com conversa fiada.

— Podemos nos encontrar?

— Nos encontrar? Por quê?

— Precisamos conversar sobre Jake. Estou preocupado com ele e gostaria de ouvir seus conselhos.

Não deveria ter sido fácil para ele me ligar. Ainda assim, hesitei.

— Seríamos apenas nós dois. Deixe-me levá-la para jantar.

Minha mão passou do meu pescoço para minha testa.

— Quando?

— Esta noite, se você estiver disponível.

— Não estou. — Isso pareceu surpreendê-lo, e então eu acrescentei: — Tenho aula.

— Você está estudando! Leanne, isso é maravilhoso! Fico feliz em saber que você está procurando maneiras de expandir sua educação.

— Na verdade, estou ensinando.

Sorri satisfeita por tê-lo surpreendido ainda mais.

— Ah, tudo bem. Esta noite é melhor para mim. Que tal depois da aula, por volta das nove e meia? Ou é tarde demais?

— Não, tudo bem.

Sean escolheu um bar popular, não muito longe do meu apartamento. Se ele não tivesse mencionado nosso filho, eu não teria concordado. Eu não estava desconfortável em encontrar Sean — bem, talvez em algum nível eu estivesse, e, de verdade, quem poderia me culpar? Nós compartilhamos uma longa história e um filho. Eu não podia ignorar nenhum dos dois. Presumi, quando nos divorciamos, que naturalmente haveria algum contato entre nós.

— Até logo — disse Sean, e desligamos.

* * *

Nikolai me encontrou no estacionamento da mesma forma que na segunda-feira à noite, e, fiel à sua palavra, havia me preparado mais um pão. Eu agradeci e ele me levou para a sala de aula, tomando o mesmo lugar na primeira fileira que tinha ocupado antes. Tudo nele demonstrava avidez. Quando eu disse a Nikolai que ele era meu aluno preferido, eu não estava exagerando.

Nós continuamos a lição sobre expressões idiomáticas. A cada uma que discutíamos, Nikolai anotava em um pequeno bloco que guardava no bolso da camisa como se quisesse mantê-lo perto. Ele também tinha uma lista de expressões idiomáticas que não entendia e que trouxera para a aula para discutirmos.

Novamente, assim que a classe foi dispensada, ele esperou até que eu estivesse pronta para sair e, em seguida, caminhou comigo até o estacionamento.

Eu estava começando a me sentir levemente culpada por ele ficar até mais tarde por minha causa.

— Nikolai — falei suavemente, não querendo ferir seus sentimentos —, eu aprecio sua consideração, mas você não precisa me escoltar até o estacionamento toda aula.

Como eu temia, o rosto dele mostrou desapontamento.

— Você não *gostar*?

— É atencioso da sua parte, mas não é necessário.

— Eu *manter* você segura.

Eu não precisava de um guarda-costas. O bairro era tranquilo e eu não tinha ouvido falar de nenhum crime ocorrido perto do Centro Comunitário.

— É uma honra para mim, mas você não *querer*...

Eu não queria ofendê-lo e, pela expressão dele, pude ver que o havia feito.

— Nikolai, eu sei que o seu trabalho exige que você acorde bem cedo. Eu não gosto de pensar que você perde tempo de sono e deixa de ir para casa mais cedo enquanto fica esperando por mim. Algumas vezes eu só consigo sair da sala de aula quase às nove e meia.

— Eu *dormir* como árvore todas as noites. Não se preocupe.

Como uma árvore?, pensei, confusa, até que me lembrei de que esta era uma expressão que havíamos discutido em sala de aula.

— Ah, você quer dizer que dorme como uma pedra.

— Sim, sim! Como pedra, não árvore. Eu ainda posso andar com você, ok?

O rosto estava cheio de esperança.

— Se você quiser — respondi.

Ele abriu um sorriso enorme, como se eu tivesse acabado de anunciar que ele ganhara um milhão de dólares na loteria.

Ele recuou quando eu abri a porta do carro.

— Professora...

— Leanne.

— Sim, Leanne. Você parece...

Ele fez uma pausa, procurou a palavra certa e balançou a cabeça em derrota.

Sabendo que eu iria me encontrar com Sean, coloquei meu vestido preferido e um pouco de maquiagem.

— Bonita? — sugeri.

Mais uma vez, ele me deu um grande sorriso.

— Sim!

Eu estava muito velha para corar, mas senti o calor penetrar em minhas bochechas quando aceitei o elogio, embora tivesse sugerido a palavra para ele. A admiração nos olhos de Nikolai ficou em minha mente enquanto eu me apressava para encontrar Sean.

Quando estacionei e cheguei ao bar, já passava das 21h30. Sean havia escolhido bem. Eu temia que o bar estivesse cheio e barulhento. Em vez disso, a atmosfera era quieta e discreta. O recinto estava lotado, mas o volume das conversas era mínimo.

Sean se levantou quando entrei e deu a volta na mesa para me cumprimentar, estendendo as mãos.

— Leanne — disse ele, olhando-me com apreço —, você está deslumbrante.

Eu sorri e me sentei. Elogios saíam da boca dele com facilidade, e eu nunca tinha certeza do quão sinceros eles eram.

— Você perdeu peso.

Eu emagreci, mas duvidava que ele havia notado os dois quilos a menos. No entanto, não manteria esse peso se continuasse a comer o delicioso pão de Nikolai.

Sean já tomava sua bebida — um Martini com azeitonas. Ele ergueu o copo para o garçom, que imediatamente se aproximou da nossa mesa. Eu pedi uma taça de vinho branco, que era mais o meu gosto. Sean nunca aprovara o fato de eu não gostar de bebidas destiladas. Ele teria preferido que eu bebesse Martines ou algum coquetel de frutas. Imagino que a mais recente conquista dele bebia drinques desse tipo sem nenhum problema.

Nós conversamos sobre amenidades até que nossas bebidas chegaram.

O sorriso fácil de Sean desapareceu, substituído por um olhar perturbado.

— Eu pedi para vê-la porque estou preocupado com Jake.

— Como assim?

Eu me inclinei para a frente, ainda segurando a taça de vinho, preocupada com meu filho.

— Ele não está bem, Leanne. Eu o encontrei bêbado no começo da semana. Você sabe que não é do feitio dele. Jake estava irritado quando o confrontei e começou a chorar. Não acredito que o tenha visto assim antes.

— Eu sei que ele e Nichole chegaram a um acordo sobre o divórcio há pouco tempo.

Meu coração doeu por Jake. Eu sabia que ele não queria o divórcio. Fiquei de fora da situação o máximo possível, recusando-me a tomar partido. Desejei com todo o meu coração que eu pudesse acreditar que Jake permaneceria fiel a partir de então, mas tinha minhas dúvidas, não que eu as compartilhasse com Nichole.

Sean assentiu.

— Deve ter sido isso que desencadeou. Jake é um homem despedaçado. Ele não quer o divórcio. Ele faria qualquer coisa para recuperar a esposa e filho, e isso está partindo seu coração.

— E a... amiguinha dele? — questionei, escolhendo com cuidado o termo para a mulher com quem ele estivera envolvido.

Sean balançou a cabeça.

— Jake nunca levou essa mulher a sério. Ela não significava nada para ele.

— Ela está grávida — eu o lembrei, séria.

Sean suspirou.

— Ele resolveu essa situação. Ela não faz mais parte da vida dele. Jake sabe que cometeu um erro.

— Uma traição — retruquei, e bebi meu vinho. — O fato de ele ter se livrado do "erro" não importa para Nichole. Jake foi infiel e ela não acha que pode confiar nele novamente.

Eu sabia por experiência própria que essa era uma questão fundamental em qualquer possibilidade de reconciliação.

Sean baixou a cabeça, como se o peso das próprias falhas caísse intensamente sobre os ombros.

— Eu me culpo...

— Não adianta nada se culpar agora. — Carreguei minha própria parcela de culpa. Se eu pudesse ajudar o meu filho, eu o faria. — O que posso fazer para ajudar?

Embora eu perguntasse, já sabia a resposta.

Ele levantou a cabeça, suspirou e disse:

— Você conversaria com Nichole?

Era exatamente o que havia pensado que ele pediria, mas eu não sabia o que eu poderia dizer a ela.

— O que você sugere?

— Apenas o que contei para você. Jake quer a família de volta e está disposto a fazer o que for preciso para que isso aconteça. Nichole vai ouvir você.

Ele fazia soar como se a decisão fosse minha, e não de Nichole.

— Não é tão simples quanto parece.

— Nichole admira e respeita você. Você foi como uma mãe para ela. Se alguém pode fazê-la ouvir, é você.

Eu sempre quis uma filha, ansiei por um segundo filho. Em certo momento, sugeri que adotássemos, mas Sean recusou. Eu tinha ido longe a ponto de entrar em contato com algumas agências, pensando que se meu marido entendesse o quanto eu queria mais um filho, ele cederia. Eu estava errada.

Sean deve ter visto a dor em meus olhos, porque se inclinou para a frente e tocou meu joelho.

— Leanne, sei que magoei você e que, Deus me ajude, não poderia estar mais arrependido. O que estou pedindo não é para mim. É para o nosso filho. — Os olhos dele procuraram os meus e eu pude ver a sinceridade neles. — Você pode falar com Nichole?

Eu sabia que não tinha sido fácil para Sean me procurar. Ele nunca teria o feito se não fosse pelo bem do nosso filho. Eu não gostava do pensamento de Jake agonizando sobre o divórcio mais do que Sean o fazia.

— Você pode? — repetiu ele.

Lentamente, eu assenti.

O alívio dele foi instantâneo, e seus ombros caíram como se ele estivesse segurando a respiração.

— Obrigado — ele sussurrou.

— Eu não estou fazendo nenhuma promessa.

— Eu sei.

— Vou conversar com Nichole e, se ela estiver disposta a ouvi-lo uma última vez, cabe a ela entrar em contato com Jake e providenciar um encontro.

— Isso é tudo que eu peço.

Coloquei minha taça meio cheia de vinho de lado.

— Foi bom ver você, Leanne — afirmou Sean, e até onde eu podia julgar, ele estava sendo sincero.

— Digo o mesmo.

Ele relaxou.

— Então você está dando aulas?

— Inglês para estrangeiros no Centro Comunitário. Não é longe daqui.

— Aposto que seus alunos amam você.

Eu sorri.

— Eles são maravilhosos.

Meus pensamentos foram imediatamente para Nikolai e a maneira carinhosa com a qual ele cuidava de mim. A sua apreciação era enorme. Ele parecia sempre querer fazer mais por mim.

Terminamos nossas bebidas e, em seguida, Sean pagou a conta. Saímos juntos e ficamos do lado de fora por alguns minutos.

— Onde você estacionou o carro? — perguntou Sean.

— Perto da esquina.

Eu tive sorte de encontrar uma vaga relativamente próxima.

— Eu estou do outro lado da rua — disse ele, e, inclinando-se para a frente, beijou minha bochecha.

Eu andei sozinha para o meu carro enquanto Sean olhava para os dois lados e corria para o outro lado da rua. Partimos em direções opostas, como fizemos na maior parte dos anos do nosso casamento.

CAPÍTULO 6

Nichole

Meu advogado havia me enviado os papéis do divórcio e tudo o que restava era assinar. Eu os li, embora soubesse que ele já havia examinado cada detalhe. Coloquei o grosso envelope de lado.

Quando me casei com Jake, pensei que seria para sempre, até que a morte nos separasse. Eu acreditava com cada fibra do meu ser que envelheceríamos juntos. Levei meus votos a sério. Nos cinco anos em que ficamos casados, nunca olhei para outro homem. Bem, eu admirei alguns — quem não faz isso? —, mas nunca com segundas intenções. Minha apreciação era mais superficial do que um interesse real. Minha fé e confiança em meu marido eram totais.

Eu me lembrei de uma vez, logo após nosso casamento, em que eu e Jake conversamos sobre o pai dele e o fato de que Sean muitas vezes pulava a cerca. Jake parecia chocado e envergonhado pelo comportamento do pai. No entanto, apenas cinco anos depois, Jake acabara me traindo, seguindo os passos do pai.

Com o coração pesado, peguei Owen antes de sair para o trabalho na Escola Municipal de Portland. Havia tido a sorte de conseguir um emprego de substituta dando aula de inglês no lugar de uma professora que havia quebrado a perna e precisou de cirurgia. A Sra. Miller havia tirado uma licença médica de três meses. Fiquei feliz em conseguir o emprego, especialmente por conta da renda extra. Eu precisava de um carro novo, mas queria economizar para dar um valor substancial de entrada antes de começar a procurar.

Eu estava na escola havia poucos dias quando descobri que Kaylene Nyquist era uma das calouras. Passamos uma pela outra no corredor um dia e eu imediatamente a reconheci. Não querendo constranger a filha de Rocco ao chamá-la, apenas sorri. Ela me encarou e seguiu em frente. Na segunda vez em que nos cruzamos, ela acenou. Eu sorri e acenei de volta. Queria perguntar a ela sobre o baile, mas esperei que ela se aproximasse de mim.

Quando os alunos foram dispensados da escola, verifiquei minhas mensagens de texto e vi que tinha uma de Shawntelle Maynor.

Eu não consegui o emprego.

Eu suspirei. Eu havia me conectado com Shawntelle. Amava a sagacidade dela e a maneira como via a vida. Aquela mulher falava a verdade sem papas na língua. Eu queria ouvir cada detalhe da situação, então liguei para ela. Shawntelle respondeu depois do primeiro toque.

— O que aconteceu?

Ela me disse o quanto se sentia preparada para aquela entrevista.

— Eu também pensei que ia impressionar a todos.

— Ah, Shawntelle, sinto muito! Não deixe que isso desanime você, ouviu?

Eu odiava pensar que ela ficaria abatida porque o empregador não apreciara seu potencial. Tudo o que ela precisava era de uma chance.

— Esses otários não sabem o que estão perdendo — insistiu Shawntelle.

— Sim. Que tal eu a levar para almoçar no sábado e você me contar tudo sobre isso?

— Por sua conta?

— Foi o que eu disse.

— Tudo bem. Parece bom.

— Ótimo! Vejo você no sábado.

Nós marcamos horário e lugar. Sair significaria que Leanne precisaria cuidar de Owen. Ela faria isso porque eu a deixei me convencer a jantar com Jake. Eu hesitei, me perguntando se ver Jake era a coisa certa a ser feita, mas no final eu tinha concordado. Eu sabia que ele estava sofrendo, mas eu também estava. Leanne estava em uma posição difícil, querendo o melhor para os dois. A única razão pela qual decidi ir foi porque Leanne pedira.

Shawntelle e eu conversamos por mais alguns minutos. Comecei a andar em direção ao estacionamento dos professores quando ouvi alguém chamar meu nome. Eu me virei e vi que era Kaylene Nyquist. Esperei até que ela me alcançasse.

— Olá — falei.

— Olá.

Ela apertou as alças da mochila e respirou fundo.

— E o baile, como foi?

Os olhos dela se iluminaram.

— Divertido! Eu curti muito e papai não ficou me enchendo o saco.

— Ele gostou do vestido?

— Acho que sim. Pelo menos não me falou para queimá-lo na caçamba de lixo. Na verdade, nem temos uma caçamba de lixo, mas ele diz isso quando não gosta do que eu estou usando. — Ela fez uma pausa e depois acrescentou: — Ele fala muito isso. Se ele escolhesse minhas roupas, eu ia parecer uma freira.

— Então, se ele não quer que você queime algo, é o selo de aprovação dele?

— Sim.

Procura-se um novo amor 67

Eu sorri abertamente. Isso parecia com Rocco.

Kaylene olhou para os próprios pés.

— Você tem um minuto?

— Claro!

Eu precisava buscar Owen na escolinha, mas tinha tempo para conversar. Mais uma vez, Kaylene hesitou.

— Tenho um problema com meu pai — disse ela —, e não sei o que fazer.

— Ah... ele está sendo um pai de novo?

Eu tentava fazer uma piada, mas ela estava séria.

— Eu estou nesse grupo de garotas da minha idade que meu pai queria que eu participasse. É parte do Clube de Garotos e Garotas, e é para filhas sendo criadas por pais solteiros. Falamos sobre coisas que as mães normalmente diriam a suas filhas e outras coisas. Eu fiz muitas amigas no grupo.

— Legal. — Parecia um ótimo programa.

— A líder decidiu que seria uma boa experiência de conexão ter um baile para pais e filhas. Todas nós estamos animadas com isso. Posso usar o vestido do baile da escola, então papai não precisaria me comprar nada novo.

Se ela me dissesse que Rocco não estava disposto a levá-la ao baile, eu ficaria terrivelmente desapontada.

— Seu pai não quer ir?

O rosto de Kaylene ficou tenso e, por um momento, pareceu que ela estava lutando para segurar as lágrimas.

— Papai disse que vai, se necessário.

Quanto entusiasmo!

— Mas disse que não vai dançar comigo de jeito nenhum.

— O quê?

— Papai disse que não dança.

— Ah, Kaylene, sinto muito. O que posso fazer para ajudar?

Eu tentaria ajudá-la, mas não tinha certeza se havia algo que eu pudesse dizer para mudar a opinião de Rocco.

— Você falaria com ele? — Ela uniu as mãos como se estivesse rezando. — Por favor, Nichole, você é minha única esperança! Papai acha você elegante. Ele disse que nunca conheceu uma mulher que come pizza com garfo e faca.

Eu me esforcei para esconder um sorriso.

— Por favor?

Hesitei, mas não porque não estava disposta a ajudar. Eu não sabia o que dizer, a não ser que esse baile e o grupo de amigas eram importantes para a filha e que ele deveria reconsiderar.

— Eu farei o meu melhor, mas não sei o que está ao meu alcance além de conversar com seu pai.

— Você precisa convencê-lo — disse ela. — Seria horrível se meu pai ficasse sentado durante toda a noite enquanto todas as outras garotas dançam com os pais.

Eu concordei. Kaylene ficaria envergonhada diante das amigas e da líder do grupo.

— Eu não sei se seu pai vai me ouvir — avisei a ela —, e eu não sei se ele gostaria que eu me intrometesse nos assuntos da sua família.

— Vou dizer que pedi para você falar com ele, então se ele ficar bravo, será comigo.

Os olhos de Kaylene estavam cheios de súplica e esperança. Eu podia ver o quanto isso era importante para ela.

— Tudo o que posso fazer é tentar — afirmei. — Eu não estou prometendo nada, mas farei o meu melhor.

Ela sorriu e, em seguida, me surpreendeu com um abraço.

— Obrigada, obrigada! Eu sabia que você ia me ajudar! Papai vai ouvir você!

Eu não estava tão convencida disso.

— Diga a seu pai que estarei na loja de roupas no sábado e peça para ele passar lá antes das quatro da tarde. Ele sabe onde fica.

Procura-se um novo amor   69

— Tudo bem! — disse ela, afastando-se. — Você não quer ligar para ele?

Pensando com cuidado, mordi o lábio.

— Vai ser melhor se eu falar com ele pessoalmente.

— Obrigada mesmo, Nichole! Isso significa o mundo para mim!

Tudo o que eu podia fazer era esperar que o confronto com Rocco fizesse a diferença.

Sábado à tarde, Shawntelle me encontrou na loja e saímos para almoçar.

— Conte-me sobre a entrevista — pedi assim que nos sentamos e fizemos os pedidos.

— A entrevista foi boa, acho — disse ela, mexendo no guardanapo de papel. — A mulher do RH fez todas as perguntas que eu havia praticado. Eu quase disse que poderia fazer e responder as questões se ela quisesse, mas pensei melhor. Eu não queria intimidá-la com o quão inteligente eu sou.

Eu silenciosamente concordei. Meu maior medo era que Shawntelle não fosse capaz de manter a boca fechada.

— O que Alicia fez no seu cabelo?

Apesar de terem se passado vários dias, o cabelo de Shawntelle ainda estava ótimo. Que diferença fazia um corte decente.

Shawntelle gesticulou em direção ao cabelo.

— Meu cabelo nunca ficou tão bonito! Por causa dos meus cachos, ela teve que usar tanto produto que daria para afundar um cargueiro de petróleo! Eu disse à mulher do RH que ela não deveria esperar que eu fosse tão linda todos os dias, porque eu tinha feito algo especial para a entrevista.

Eu não pude evitar e ri alto.

— Jura?

— Claro que sim! E olhe para essas unhas, amiga. Eles são uma obra de arte!

Ela estendeu as mãos para que eu as examinasse. Shawntelle estava certa. As unhas estavam pintadas de um tom brilhante e ousado de vermelho com pequenas margaridas brancas nos cantos.

— Alicia?

— Não, foi uma amiga dela que está treinando. Ela me usou para praticar.

Eu agradeceria a Alicia depois.

— Eu entrei naquela concessionária como se fosse dona do lugar!

Shawntelle colocou a mão na cintura e levantou o queixo, me dando uma demonstração. Eu estava começando a entender a situação e ela não era nada boa.

— Eu disse ao gerente de vendas que compraria a Mercedes em destaque. — Ilustrando, ela esticou o braço e apontou para o outro lado do restaurante. — E outra em vermelho, se estivesse disponível. E que ele poderia adicionar uma BMW preta à lista. Ele não achou graça. Achei que era melhor parar de fazer piadas enquanto não era tarde demais.

— Talvez... — respondi.

O sorriso de Shawntelle havia sumido.

— Aquela mulher do RH já tinha uma opinião sobre mim antes mesmo de começar a entrevista. Era visível que ela não me achava o tipo deles. Bem, frufru...

— Você tem outra entrevista marcada?

— Não. — Ela desanimou. — Encontrar um bom trabalho não vai ser fácil para alguém como eu, não é?

— Ora, não perca as esperanças — eu insisti. — Há um ótimo emprego para você em algum lugar. Seja paciente.

— Vou tentar. Da próxima vez, é melhor eu fechar a matraca. Talvez eu devesse assar biscoitos e levá-los comigo. Eu faço uns biscoitos de manteiga de amendoim que são um arraso.

— Aposto que eles são mesmo.

Nós almoçamos e, embora Shawntelle demonstrasse estar bem, eu sabia que ela estava desapontada. Voltamos para a loja e, logo que entramos, avistei um veículo azul no estacionamento: o caminhão de reboque de Rocco.

Parecia que Kaylene o convencera a me ver. Eu meio que esperava que Rocco recusasse. Quase desejei que ele o tivesse. Eu queria ajudar a jovem, mas sabia que não havia razão para Rocco me ouvir, especialmente se ele não tivesse escutado a própria filha.

— Eu preciso falar com alguém rapidinho — disse para Shawntelle. — Isso não vai demorar muito.

— Claro, querida! — Ela vasculhou o cabideiro de roupas e olhou pela janela.

Quando saí pela porta, Rocco saiu da caminhonete e me encontrou na frente da loja.

— Kaylene disse que você queria falar comigo. — Ele cruzou os braços sobre o peito enorme e separou os pés. Ele se parecia com o tigre gigante e sorridente das embalagens de cereal matinal, exceto que não estava sorrindo. E não era listrado.

— É bom ver você, Rocco — respondi, usando um tom gentil.

Ele piscou e olhou com cautela para mim.

— Eu sei que Kaylene contou a você sobre o baile de pais e filhas. Não importa o que você diga, não vou mudar de ideia.

A conversa não estava começando bem.

— Significa muito para sua filha.

Ele se manteve firme.

— Eu não danço.

— Você não precisa dançar de verdade — assegurei a ele. — Não é como na televisão, onde você será julgado ou precisará fazer passos complicados. É apenas você e sua filha.

— E cerca de vinte outras pessoas observando enquanto eu me envergonho. Não vai acontecer.

— Rocco, os outros pais sentem o mesmo que você.

Ele endureceu.

— Eu acho que você não me ouviu. Eu. Não. Danço.

Recuei um pouco ao sentir a veemência na voz grossa.

— Você teve alguma experiência traumática na adolescência? — perguntei, meio brincando.

— Não.

Ele estava irredutível.

— Rocco, olha, Kaylene veio até mim porque quer fazer algo especial com você. Eu prometo que não será tão ruim quanto você pensa.

Ele riu. Eu estava ficando desesperada.

— Vamos fazer o seguinte: você e Kaylene dão uma passada no meu apartamento um dia desses para eu ensinar você a dançar.

Ele piscou, inclinou a cabeça para o lado como se não acreditasse em mim e franziu a testa.

— Você está disposto a fazer pelo menos isso?

Ele hesitou.

— Esse convite inclui um jantar?

— Não.

A boca dele se curvou e seu olhar se intensificou.

— Ah, tudo bem... Jantar. — Cedi.

Eu não gostava da ideia, mas ele não me dera opções.

— Quando?

— Segunda-feira. Apareça às seis.

Ele abriu um sorriso, os olhos brilhando.

— Pode apostar. Até mais!

— Você é difícil de barganhar, Rocco Nyquist.

Resmungando baixinho, balancei a cabeça e voltei para a loja, nada satisfeita. Eu tinha me envolvido nessa história e não estava feliz com isso.

Shawntelle estava em pé diante da janela panorâmica, com um olhar atento me observando.

— Quem era? — perguntou ela, as mãos na cintura. — Mulher, você está me escondendo coisas?

— Rocco é um amigo — eu disse simplesmente. Não queria que ela pensasse o contrário.

— Querida, aquele homem é lindo! Minha calcinha ficou molhada no minuto em que o vi.

— Shawntelle!

— Você diz que ele é apenas um amigo. Qual é seu problema? Não se deixa um homem desse na amizade! Você o amarra e dá um pedaço do que quer que ele esteja querendo.

Impressionada, balancei a cabeça e expliquei:

— Não é assim. Estou ajudando ele e a filha.

— Ele é casado?

— Não.

— Então vou te falar um negócio: se você não quer, manda para mim. Ficarei mais do que feliz em mostrar um pouco do céu pra ele.

CAPÍTULO 7

Nichole

Quando voltei para meu apartamento, já era tarde. A primeira coisa que fiz foi falar com Leanne. Eu sabia quão cansativo Owen podia ser, e queria ter certeza de que ela estava bem para cuidar dele por mais tempo. A verdade era que eu teria adorado uma desculpa para adiar o jantar com Jake.

— Mamãe, mamãe! — Meu filho gritou, correndo em minha direção. — A vovó me deixou fazer biscoitos!

Owen não pareceu nem um pouco desapontado por permanecer com a avó enquanto eu saía novamente. Nós nos abraçamos e ele começou a ver um filme da Disney enquanto Leanne fazia seu jantar favorito.

Fiquei aliviada por minha sogra não perguntar sobre meu jantar com Jake. Ela não tinha compartilhado seus pensamentos ou me dado conselhos. Leanne não podia fazê-lo, e apreciei sua honestidade. Eu sabia que era difícil para ela ver Jake passando por esse tipo de dor emocional. Ao mesmo tempo, ela não suportava que eu sofresse a mesma degradação que ela sofrera, porque fizera a escolha de permanecer em seu casamento.

Eram nesses momentos que precisava da minha mãe, mas ela estava morta. Karen, minha irmã mais velha, morava em Spokane, e Cassie ficava perto de Seattle. Eu voltara a falar com Cassie dois anos antes, depois de quase quatorze anos afastadas. Ela tinha ficado presa em um casamento abusivo e finalmente conseguira escapar. Não sabendo se eu conseguiria falar com as duas, peguei meu celular e liguei para Karen primeiro.

A vida de Karen estava cheia com afazeres familiares. Seus filhos, Lily e Buddy, estavam envolvidos em várias atividades, por isso era quase impossível ter uma conversa decente ao celular. No entanto, senti que precisava tentar. Para meu alívio, ela atendeu quase imediatamente.

— Nichole, o que está acontecendo?

— Você está com pressa?

— Estou sempre com pressa. O que está acontecendo?

— Espere um pouco. Vou ver se consigo ligar para Cassie.

Coloquei-a em espera e toquei o botão que faria uma ligação para minha irmã do meio.

— Oi, Nichole! — atendeu Cassie.

— Você tem um minuto? — repeti a pergunta.

Minha voz deve ter revelado meu humor, porque Cassie disse:

— Está tudo bem?

— Espere um pouco. Vou colocar Karen na ligação.

Com um toque, eu tinha minhas duas irmãs na linha.

— Vou jantar com Jake hoje — contei, pensando que seria explicação o suficiente.

— Por quê? — indagou Cassie, direta.

Tendo passado por um divórcio, ela tinha uma melhor compreensão de quais eram meus sentimentos, embora nossas circunstâncias fossem muito diferentes.

— Está tendo dúvidas? — questionou Karen. — Da última vez que falei com você Jake havia aceitado o acordo e só faltava assinar os papéis do divórcio.

— Sean pediu a Leanne para me convencer a ver Jake.

— Seus sogros, certo? — perguntou Cassie.

— Sim. Sean disse a ela que Jake está passando por dificuldades e que não quer perder a família.

— Dificuldades... — zombou Cassie. — Foi ele quem não conseguiu manter o zíper fechado!

— Cassie! — advertiu Karen. — Dê uma chance a Nichole. Você quer uma reconciliação? — perguntou ela, gentilmente.

Esse era o "x" da questão.

— Não sei. Nada disso tem sido fácil.

— Mas você conseguiu sobreviver por conta própria por mais de dois anos — Cassie me lembrou. — Você provou que pode fazer isso. É como se Jake tivesse decidido que quer você de volta assim que percebeu que você é forte o suficiente para segurar a barra sozinha.

— Você ainda o ama? — indagou Karen, desviando minha atenção do comentário de Cassie.

— Sim — sussurrei. — Sempre amei Jake, mas não sei se posso confiar nele novamente.

Eu não mencionei os rumores que tinha escutado sobre ele.

— Você não pode confiar nele — insistiu Cassie. — É um padrão. Olhe para o pai dele e isso é tudo que você precisa saber. Tal pai, tal filho.

— Isso é injusto! — interrompeu Karen.

— Mas Cassie está certa — afirmei. — Quando eu disse a Jake que queria me separar, ele ficou incrédulo. Ele não achou que eu estivesse falando sério.

— Mas você mostrou a ele! — disse Cassie.

— Sim. Provei a ele que estava falando sério, mas levou tempo. No ano passado, acho que Jake estava em negação. Ele parecia convencido de que eu acabaria cedendo e mudaria de ideia. E, para ser sincera, eu fiquei balançada mais de uma vez.

— Claro que ficou — afirmou Karen suavemente. — Você ama seu marido e levou seus votos a sério.

— Infelizmente, Jake não. — Cassie me lembrou.

— O divórcio é muito mais difícil do que eu imaginava. Esqueça o acordo financeiro e patrimonial. Eles não são nada comparados ao que o divórcio fez comigo emocionalmente. Sinto como se meu coração estivesse sendo arrancado do peito.

— Como está Owen? — perguntou Karen.

Nosso filho era outro ponto importante nessa questão.

— Ele sente falta do pai.

Envolver uma criança no divórcio havia tornado o processo legal ainda mais complicado. Owen precisava do pai, e arrastá-lo de casa em casa todo final de semana deixara meu filho confuso.

— Jante com Jake e ouça o que ele tem a dizer — aconselhou Karen.

— O que acha, Cassie? — perguntei.

Embora soubesse o que ela pensava, eu ainda queria ouvi-la.

Minha irmã ficou em silêncio por um momento, e quando falou, sua voz estava baixa, como se não quisesse que ninguém ouvisse o que ela tinha a dizer.

— Eu não sei se eu já contei, mas Duke me procurou há alguns anos.

Eu não tinha ideia.

— Ele está na prisão, que é exatamente onde merece estar, e sabe que por um segundo insano eu considerei de verdade retomar o contato? O homem me usou como um saco de pancadas por anos! Mesmo sabendo do quão violento ele era capaz de ser, há uma conexão emocional que quase me sugou. Inacreditável... — Ela fez uma pausa e soltou um suspiro profundo. — Tudo o que posso aconselhar é o seguinte: sua intuição lhe dirá a coisa certa a fazer, Nichole. Escute sua intuição.

— Obrigada, meninas.

Sabia que estava prendendo minhas irmãs e que elas tinham famílias e vidas ocupadas. Eu apreciei o conselho delas. Basicamente, minhas irmãs estavam me lembrando dos próprios passos que

Leanne e eu tínhamos compilado. Eu precisava deixar o passado e, ao mesmo tempo, me amar o suficiente para fazer o que eu sabia que era certo para Owen e para mim.

— Escute — disse Cassie antes de terminarmos a conversa —, aproveitando que estou falando com vocês duas... Steve e eu estamos falando seriamente sobre dar o próximo passo em nosso relacionamento.

— Casamento? — perguntou Karen.

— É o que estamos discutindo. Vou dar detalhes assim que os tiver.

— Ficarei esperando — afirmei.

Eu admirava muito minha irmã do meio e fiquei grata por ela ter recebido uma segunda chance para amar e ser feliz. Steve era viúvo e eu esperava que, com os planos para o casamento, eles quisessem começar uma família em breve.

— Sim, nos conte! — disse Karen. — Tenho que desligar.

— Até mais — prometeu Cassie, e ela também desligou.

Sentei-me na beirada da cama por um longo momento, segurando o celular, grata pela chance de falar com minhas irmãs.

Após a conversa com Karen e Cassie, tomei banho e troquei de roupa. Apesar de ter conversado com as duas, meu estômago ainda estava cheio de nós por causa do jantar com Jake. Voltei a sentar na cama e pressionei a mão sobre minha barriga. Além de algumas conversas tronchas quando Jake buscava ou deixava Owen, já fazia mais de dois anos que não passávamos mais do que alguns minutos juntos.

Meu olhar foi direto para os papéis do divórcio que estavam em cima da mesinha que eu tinha conseguido encaixar no quarto. Eles estavam ao lado dos meus planos de aula para a semana seguinte. Olhei para eles por um bom tempo, fechei os olhos e pedi a Deus para me guiar.

* * *

Combinei com Jake que nos encontraríamos no restaurante. Parecia mais simples assim. Não era o que ele queria, mas acabou concordando, mesmo com relutância. Ele fizera reservas na melhor churrascaria da cidade. Escolhi um vestido preto sem mangas que ressaltava minhas curvas. Eu usava as pérolas que ele me dera de Natal e os brincos de diamantes que me presenteara depois do nascimento de Owen. Peguei uma bolsinha e um xale de renda leve e saí.

Quando cheguei, encontrei Jake sentado no bar. Ele se levantou logo que me viu e beijou minha bochecha. Recostando-se novamente no assento, os intensos olhos escuros dele se fixaram nos meus.

— Você me tira o fôlego — sussurrou. — Sempre.

Eu desviei o olhar, mas ele colocou o dedo embaixo do meu queixo e levantou meus olhos para ele.

— Ainda me lembro da primeira vez que vi você — disse ele em voz baixa. — Eu senti como se tivesse levado um soco. Você é tudo que eu sempre quis, Nichole.

Forcei um sorriso. Eu esperava que ele fizesse elogios, mas tinha passado do ponto de dar crédito ao que ele dizia, por mais que quisesse acreditar. Falar um monte de elogios no meu ouvido não mudaria minha mente.

Ele colocou o braço em volta da minha cintura e me levou até a recepcionista. A jovem sorriu calorosamente e disse que nossa mesa estava pronta. Fomos conduzidos até um lugar reservado e íntimo. Assim que nos acomodamos, menus foram entregues.

Dentro de instantes, o garçom apareceu e anotou nossos pedidos de bebida. Ele deu detalhes dos pratos, explicando cada um dos especiais e, em seguida, nos deixou para tomarmos a nossa decisão. Se decidir sobre o futuro de um relacionamento fosse tão fácil quanto escolher as opções de jantar...

Jake mal olhou para o cardápio. Ele colocou o menu na mesa e pegou minha mão, entrelaçando nossos dedos.

— Obrigado por isso — sussurrou, e depois levou minha mão à boca para um beijo demorado.

Gentilmente puxei minha mão. Eu não tinha nada a dizer. Embora tivesse concordado em jantar, não havia decidido nada mais. Os olhos de Jake se arregalaram como se eu tivesse lhe dado um fora. Eu não estava sendo intencionalmente reservada, apenas não sabia o que esperar ou o que entender das ações dele. Sim, eu sabia o que Jake queria, mas ele não acreditava de verdade que bastariam algumas palavras e um jantar caro, não é?

Em poucos minutos, o garçom voltou com uma garrafa de champanhe. Surpresa, olhei para Jake. Nós não havíamos pedido a garrafa. Parecia que Jake tinha feito o pedido mais cedo. Se ele presumira que a noite seria uma celebração, estava redondamente enganado. Meu olhar deve ter explicitado isso, porque ele apertou minha mão com gentileza.

O garçom nos serviu um copo e Jake fez um brinde.

— Um amor que dura a vida inteira — ele disse, e bateu o copo com o meu.

Comecei a protestar, mas ele gentilmente pressionou o dedo contra meus lábios.

— Não quero ser presunçoso, Nichole. Meu coração está cheio de esperança, e isso é tudo. Esperança. Estou comemorando que você está aqui comigo, nada mais.

Bebi o champanhe e tive que admitir que era o melhor que eu já havia provado. Depois de um momento sozinhos, o garçom voltou para anotar nossos pedidos.

Jake esperou até que o homem tivesse se afastado e, em seguida, segurou a minha mão entre as suas.

— Eu não tenho vergonha de dizer a você que não estou bem sem você e Owen — afirmou ele, e sua voz falhou apenas o suficiente para eu perceber que ele estava lutando contra a emoção.

Eu apertei a mão dele.

— Esse divórcio não tem sido fácil para nenhum de nós. Muito menos para Owen.

Jake manteve a cabeça abaixada.

— Eu sinto falta da minha família. Não consigo dormir. Não consigo comer. Sei que não mereço uma segunda chance, mas, Nichole, estou implorando para que você não assine os papéis do divórcio.

Eu mordi o lábio.

— Nós não moramos juntos há dois anos, Jake.

— Eu sei, e esses foram os anos mais difíceis da minha vida. Quando você se mudou, eu tinha certeza de que acabaria mudando de ideia e voltaria para mim, mas você continuou querendo o divórcio. E então os advogados se envolveram e eu fiz tudo que podia para atrasar o processo. Pensei que, com o tempo, poderíamos resolver isso.

Eu havia identificado cedo quais eram as táticas dele e resisti a todos os truques que ele usara.

— No começo, eu não podia acreditar que você estava falando sério — admitiu Jake. — E, então, fiquei com raiva. Foi só nas últimas semanas que percebi que minha vida não tem sentido sem você e Owen. Eu preciso muito de vocês.

Eu precisava do meu marido também, e Owen precisava do pai, o que tornava a decisão ainda mais difícil.

— Voltar para uma casa vazia está me matando, porque sei que tudo isso é culpa minha. Diga-me que me dará outra chance, Nichole. Me dê esperança de eu não ter destruído nossas vidas com a minha estupidez.

O garçom chegou com as nossas saladas e Jake relaxou.

— Vamos aproveitar esta maravilhosa refeição — disse ele. — Vamos fazer uma verdadeira celebração.

Eu hesitei por apenas meio segundo antes de concordar.

Jake sorriu e foi como se a tensão se dissipasse de seus ombros.

— Eu te amo, Nichole, mais do que você imagina.

Depois que terminamos nossas saladas, os bifes foram servidos. Jake havia pedido quatro acompanhamentos — muito mais do que poderíamos comer. Ele provou e, então, virando-se para mim, disse:

— Sinto tanta falta da sua comida.

Isso foi uma surpresa, pois muitas vezes ele comia no que alegava serem jantares com clientes. Só depois percebi que a maioria das supostas reuniões não tinha nada a ver com o trabalho dele como diretor de vendas de uma grande empresa de vinhos.

Quase como se ele soubesse o que eu estava pensando, afirmou:

— Aprendi minha lição, Nichole. Juro por Deus que nunca mais lhe darei motivos para duvidar de mim.

Um nó se formou na minha garganta. Eu queria muito acreditar que aquilo era verdade.

Nós recusamos a sobremesa. Jake pediu um copo de vinho do porto, mas eu queria apenas uma xícara de café. Pedi licença e fui ao banheiro. Quando voltei, notei a recepcionista na nossa mesa, conversando com Jake.

Jake levantou-se e ficou de pé quando voltei. Os modos dele sempre foram impecáveis. Assim que me sentei, tomei meu café. Jake estava sorrindo, jubiloso.

— Vou providenciar uma van de mudança para buscar suas coisas. Eu sei que você tem um contrato de aluguel, mas pagarei a multa.

Virei minha cabeça em sua direção rapidamente.

— Eu não concordei com nada disso, Jake. Antes de tomar uma decisão, preciso pensar com cuidado.

Parecia que eu tinha lhe dado um soco.

— Esta é uma decisão importante e quero ter certeza de que estou fazendo a escolha certa.

Por apenas um momento, pareceu que ele estava prestes a desmoronar.

— O que mais posso dizer? — Ele perguntou. — O que mais posso fazer para convencê-la de que sou um homem mudado?

— Seja paciente... — sussurrei.

— Quanto tempo você vai me fazer esperar? Nichole, isso está me matando. Por favor. Eu quero minha família de volta.

— Eu direi a você em alguns dias.

— Três? Quatro?

— Assim que eu tomar minha decisão, você será o primeiro a saber.

Ele pagou nossa conta e saímos juntos. Fiz uma pausa na recepção e esperei enquanto a mulher pedia que o manobrista trouxesse o carro dele. Eu observei a recepcionista devolver o bilhete do vallet e como os dedos de Jake roçaram *acidentalmente* nos dela.

Engoli em seco e desviei o olhar.

Owen dormiu com Leanne. Eu não consegui dormir. Fiquei acordada grande parte da noite. Tentei ler, mas meus pensamentos voltavam ao meu jantar com Jake. Eu sabia que ele tinha sido sincero. Eu sabia que ele tinha toda a intenção de permanecer fiel e o faria enquanto pudesse. Ainda assim, eu não conseguia tirar da cabeça a imagem de como a mão de Jake havia tocado a da recepcionista. Qualquer um que observasse a troca diria que foi acidental, e talvez tivesse sido. Eu nunca saberia. Ele deve ter passado alguma impressão para ela ter se aproximado da mesa enquanto eu estava fora, e notei como os olhos dele a seguiram brevemente quando ela atravessou o salão.

O ponto crucial era que eu não podia confiar em Jake. Eu passaria o resto da nossa vida de casados duvidando dele, questionando-o toda vez que ele chegasse tarde em casa ou quando fizesse uma viagem de negócios durante um de fim de semana. As mentiras fluíam de forma tão fácil dos lábios dele que eu nunca seria capaz de dizer se ele falava a verdade ou não.

Cassie tinha me dito para ouvir minha intuição, e ela dizia que meu casamento estava acabado. Por mais que eu quisesse acreditar que Jake nunca me trairia novamente, minha intuição dizia que ele o faria.

Com lágrimas escorrendo pelo rosto, peguei o celular e lhe enviei uma mensagem.

Parte de mim sempre vai te amar, mas sinto que o melhor para Owen e para mim é continuar com o divórcio. Eu gostaria que fosse diferente.

Depois de enviar, fui até minha escrivaninha, tirei os papéis do divórcio do envelope, peguei uma caneta e assinei.

CAPÍTULO 8

Leanne

Eu ansiava por almoçar com Kacey Woodward, minha melhor amiga de muitos anos. Sabendo quanto ela gostava de atum, fiz sanduíches com o último pão que Nikolai me deu. Cortei fatias grossas, saboreando o aroma do alecrim e outra especiaria que não consegui identificar. Junto com os sanduíches, coloquei uma salada de frutas frescas que eu havia comprado na feira sábado de manhã.

Owen estava com Jake no fim de semana. Meu filho não recebera muito bem a notícia de que Nichole decidira assinar os papéis do divórcio. Quando eu gentilmente perguntei como ele estava, ele explodiu em um discurso amargo e raivoso contra a agora ex-esposa.

— Eu estava disposto a fazer qualquer coisa se ela me aceitasse. Bem, que se dane. Se é isso o que ela quer, então tudo bem, eu não preciso dela.

Ele continuou por vários minutos, culpando Nichole, alegando que ela era uma megera irracional e jogando a culpa em mim, acusando-me de ficar do lado dela. Eu tentei explicar que isso não era uma questão de tomar partido, mas Jake simplesmente não queria ouvir.

Havia sido difícil para Nichole tomar essa decisão, e ela me disse chorando que pretendia seguir com o divórcio.

Fechei meus olhos enquanto Jake continuava a reclamar. Eu fiz o meu melhor para encorajá-lo a seguir em frente. Ele não queria ouvir e me considerou uma traidora, tanto com ele quanto com Sean, alegando que eu tinha o poder de persuadi-la a reconsiderar. Segundo o raciocínio de Jake, eu poderia ter feito muito mais para ajudá-lo e não o fiz. Para dizer o mínimo, a conversa não foi agradável, e me senti emocional e fisicamente esgotada depois.

Kacey estava atrasada como sempre, então dei a mim mesma quinze minutos extras antes de pôr a mesa. Previsivelmente, ela apareceu às 12h15, cheia de vida, entusiasmo e com as últimas fofocas do clube que ela tinha certeza de que eu gostaria de ouvir.

Levei-a para a cozinha e nos servi um copo grande de chá gelado adocicado.

— Eu amo tanto este apartamento — falou Kacey enquanto olhava ao redor.

Ela estivera na minha casa antes, mas nunca por um longo período, o que era uma das razões que me fez decidir que comeríamos ali.

Eu também tinha outro motivo: estava bastante orgulhosa dos meus esforços em decoração. No acordo de divórcio, eu basicamente deixara tudo na casa para Sean e comprara móveis novos para meu apartamento. Coloquei três sofás curtos verde-limão em forma de U em torno de uma grande mesa quadrada branca em frente à lareira, que era ladeada por estantes de mogno cheias de livros, muitos deles autografados. Esta era uma coleção de trinta anos que eu valorizava; meus livros eram uma das poucas coisas que eu tinha levado da antiga casa.

Minha cozinha era de um tom amarelo brilhante e alegre. Eu mesma a tinha pintado logo depois de me mudar. Eu havia arrumado peças de cerâmica branca em cima do balcão. O segundo quarto foi onde escolhi colocar a televisão, e tinha duas cadeiras com uma mesa entre elas. O armário estava cheio de brinquedos de Owen, e ele sabia exatamente aonde ir quando vinha me visitar.

— A decoração está linda — disse Kacey quando chegou. — Poderia ter entrado no ramo de design de interiores, se quisesse — acrescentou ela, e depois ficou pensativa. — Na verdade, ainda pode. Já pensou nisso? Seu talento é natural. Eu sempre gostei do jeito que você decorou sua antiga casa, mas você se superou com este apartamento. Se isso é algo que te interessa...

— Não é — admiti, me divertindo com o elogio de Kacey. — Eu gosto de decorar para mim, mas não pretendo dizer que sei o gosto de outra pessoa.

— Fazer decoração para apartamentos à venda, então? Eu conheço um corretor imobiliário que...

— Kacey — interrompi, sorrindo, levantando a mão. — Eu não preciso de outra coisa para preencher meu tempo. Estou muito contente com a minha vida como ela está. Venha comer antes que nossos sanduíches fiquem murchos. Eu fiz de atum, seu favorito.

— Você está feliz? De verdade?

Kacey tomou seu lugar à mesa, pegou o guardanapo macio de cor laranja do suporte e o abriu no colo.

Eu considerei a questão e, então, assenti.

— Sim. Quando Nichole e eu nos mudamos, fizemos uma lista com regras para nos ajudar a seguir em frente. A primeira delas foi recusar-se a afundar em nossa dor.

— Como vocês conseguiram? Especialmente você? — perguntou Kacey, e pareceu genuína. — Você esteve com Sean por 35 anos.

Seria impossível para Kacey entender.

— Eu sofri muito enquanto estive casada. Ainda assim, houve um processo de luto porque o divórcio é uma morte à sua maneira. Nichole e eu conversamos sobre como lidar melhor com esse sentimento profundo de perda e fracasso. Cada uma de nós estava deixando de lado um sonho, nossas expectativas sobre o que significava ser uma esposa, e sobrevivendo sozinhas pela primeira vez. Nós duas nos casamos logo depois da faculdade. Nenhuma de nós jamais viveu por conta própria. A verdade é que não sei se poderia ter encontrado coragem para me divorciar de Sean se não fosse por Nichole.

Cuidadosamente, abri meu próprio guardanapo no colo. Eu sabia que Kacey achava isso difícil de entender.

As poucas amigas que eu mantinha pareciam querer me manter atualizada sobre as novas conquistas de Sean. Era como se agora estivessem livres para me dizer o que eu sabia o tempo todo, mas me recusara a aceitar. Foi depois de um almoço como este que Nichole e eu decidimos pela Regra nº2: **cultivar novas amizades.** Eu não queria abandonar os amigos antigos, mas quanto mais eu estava fora do casamento, menos eu encontrava algo em comum com as mulheres do clube.

— Você disse que é voluntária no Centro Comunitário, não é?

Só de pensar na minha aula, um sorriso apareceu em meu rosto.

— Sim, e estou gostando muito disso.

— Você comentou. — Kacey deu a primeira mordida no sanduíche, mastigou devagar e depois olhou para cima. — Meu Deus, isso está ótimo. — Ela olhou para o sanduíche, virou-o e estudou ambos os lados. — Esse pão é caseiro, não é? Não me diga que você agora também se tornou uma *chef gourmet*.

— Eu não. Um dos meus alunos faz pão para mim duas vezes por semana. Na verdade, é muito gentil da parte dele, embora eu tenha dito repetidamente que não posso comer tudo sozinha.

— É delicioso!

Eu concordei. O pão de Nikolai era de longe o pão mais saboroso que eu já havia comido.

Kacey terminou o sanduíche em tempo recorde, mal conversando enquanto saboreava a refeição.

Procura-se um novo amor 89

— Estou morrendo de vontade de lhe contar as novidades, mas não consigo parar de comer. Acho que nunca provei um pão tão bom.

— Nikolai é um padeiro talentoso.

Qualquer notícia que Kacey estivesse morrendo de vontade de me dizer com certeza envolveria Sean, e, francamente, eu não estava interessada. O segredo era seguir em frente e, da melhor forma possível, eu estava seguindo. Olhar para trás protelava o progresso.

— Sean...

Eu levantei a mão, interrompendo Kacey.

— Eu não quero ouvir.

A boca de Kacey continuou aberta.

— Mas é uma fofoca suculenta. — Ela balançou a cabeça. — Eu não me importo se você quer ouvir ou não, vou contar mesmo assim. Sean levou aquela mulher, você sabe, outra de suas "queridinhas", para jantar no clube no sábado à noite e...

— Ele fez isso várias vezes ao longo dos anos.

— Pois é. De qualquer forma, ele a levou para o clube. Você sabe como é o clube nas noites de sábado. Roupas formais obrigatórias e todo aquele absurdo. De qualquer forma, essa mulher estava morando com ele e aparentemente descobriu que ele estava perseguindo outro rabo de saia e ficou indignada. Ela fez uma cena enorme no salão de jantar. Sean fez o melhor que pôde para acalmá-la, não que isso tenha feito muita diferença. Então, ela se levantou e jogou um cosmopolitan na cara dele.

Eu podia imaginar quão mortificado Sean deveria ter ficado. As aparências eram tudo para ele.

— Olha, Leanne, foi difícil não ficar de pé e aplaudir aquela mulher, "queridinha" ou não.

— Ela teve mais coragem do que eu jamais tive — afirmei, embora tivessem havido muitas vezes que eu amaria ter envergonhado meu marido pela maneira como ele me humilhara.

— Aparentemente, ela foi embora da casa dele no domingo.

Eu sabia que Sean tinha uma nova mulher em casa e me perguntei quanto tempo isso duraria. Ele parecia ficar rapidamente entediado com suas conquistas.

Kacey me estudou.

— Você não tem nada a dizer?

— Na verdade, não.

Depois de terminar meu sanduíche, peguei as frutas frescas. Os mirtilos estavam maduros e gordos este ano, e eram meus favoritos havia muito tempo.

— Eu não desejo o mal para Sean — expliquei, encontrando os olhos de Kacey. — Não sou uma pessoa vingativa. Nós tivemos alguns bons anos juntos. Em uma época, eu o amei com todo o meu coração, mas não mais. Ele não faz parte da minha vida agora, e estou bem com isso.

Kacey continuou a olhar para mim.

— Às vezes eu não entendo você, Leanne. Você deveria estar se deleitando.

— Por quê?

— Porque Sean nunca será capaz de encontrar uma pessoa tão maravilhosa quanto você.

Eu queria acreditar nisso, mas me recusava a me preocupar com qualquer coisa que tivesse a ver com o meu ex-marido.

— Eu não estou procurando vingança, respostas ou qualquer outra coisa. Tenho uma nova vida e estou apenas começando a explorar o que tudo isso significa. Estou mais feliz agora do que em anos.

— Você sabe o que dizem, não é? — indagou Kacey, e então respondeu a própria pergunta. — A felicidade é a melhor vingança.

— Eu estou feliz.

— Você precisa de um homem — insistiu Kacey. — Isso realmente deixaria Sean bravo. Eu não acho que ele seria capaz de suportar.

Procura-se um novo amor   91

Rindo, balancei a cabeça.

— Eu não preciso de um homem. Na verdade, um relacionamento nem está na minha lista de prioridades. Se aprendi alguma coisa nos últimos dois anos é que minha vida é boa exatamente como está.

— Mas ter um relacionamento ajuda.

— Eu não concordo — afirmei, embora não quisesse discutir com minha amiga. — Estou apenas aprendendo quem sou e o que me dá alegria. — Descobri que ensinar me dava orgulho e me deixava realizada. Eu ansiava por todas as aulas. — Outro relacionamento neste momento iria ofuscar meu foco.

Enquanto estava casada, minha vida girava em torno de Sean. Cuidava de nossa casa, me divertia por ele e gerenciava nosso calendário social. Basicamente, eu cuidara tanto dos caprichos e das necessidades da carreira dele que cheguei ao ponto de perder minha própria identidade. Dava-me alegria descobrir as coisas das quais eu gostava.

— Existem sites de namoro especializados para pessoas da nossa idade. Você deveria dar uma olhada.

— Por quê?

— Você quer ficar sozinha o resto da vida?

Considerei a questão com cuidado.

— Eu não estou sozinha de verdade. Tenho meu filho e, é claro, Nichole e Owen, você e outros amigos.

Fazer amigos era mais um benefício que eu tinha descoberto recentemente. Enquanto estava casada com Sean, evitei amizades íntimas. Eu não tinha percebido isso até recentemente, e agora entendia o porquê. Amigos eram um risco quando eu era casada.

Eventualmente, alguém se sentiria obrigado a me contar sobre as traições de Sean. Aqueles que não me contavam me trataram de forma diferente depois de saber que eu tinha um marido infiel. Eles me evitavam ou eram excessivamente sensíveis ou simpáticos sem motivo. As amizades tornaram-se desajeitadas e pesadas, e por isso era melhor manter apenas duas ou três mulheres que eu conhecia como verdadeiras amigas.

Kacey pareceu tão surpresa com minha falta de interesse em um novo relacionamento que o silêncio se perpetuou por um longo tempo.

— Você está falando sério, não é?

Era uma declaração, e não uma pergunta.

— Sim.

— Você não está interessada em encontrar alguém na Internet? Está na moda, sabe?

— Kacey, não estou interessada.

— Um encontro às cegas?

— Não.

— Não está interessada?

— Não estou interessada — repeti, divertida com quão insistente ela era. — Estou perfeitamente feliz.

Kacey ficou séria.

— Você não está presa ao Sean ainda, está?

— De jeito nenhum. Eu lhe desejo o bem. Não consegui fazê-lo feliz, e minha esperança é que ele encontre uma mulher que o faça.

— Você quer mesmo que ele seja feliz depois da maneira como ele te tratou?

Kacey tinha um olhar chocado e incrédulo.

— Você quer dizer o jeito que eu permiti que ele me tratasse? — perguntei. — Eu poderia ter saído da relação a qualquer momento. Fui eu quem fez vista grossa. Fui eu que escolhi morrer um pouco a cada um de seus casos. Então, não. Fim de papo: escolhi não odiar Sean. Se tenho alguma raiva, é direcionada para mim mesma. Não sei por que esperei tanto tempo para me cuidar emocional e espiritualmente.

Kacey balançou a cabeça lentamente.

— Você é a mulher mais incrível que já conheci.

Meu rosto relaxou em um sorriso.

— Obrigada, mas não sei se isso é verdade. Estou sendo muito egoísta comigo mesma agora. Cuidando de mim, alimentando minha própria alma.

Kacey me estudou como se não soubesse o que dizer.

Vendo que havíamos terminado nosso almoço, levantei-me e levei os pratos e as tigelas para a pia.

— Este pão — disse Kacey, repetindo-se — é incrível.

— É. Ficarei feliz de lhe dar um pouco.

De fato, meu freezer estava cheio de pão. Apesar dos meus protestos educados, Nikolai insistia em assar um pão para cada aula.

— Onde seu talentoso aluno trabalha?

— Na padaria Koreski. Pelo que entendi, Nikolai faz todos os pães de lá.

Kacey entrou na sala de estar e olhou para as estantes de livros como se nunca tivesse visto minha coleção antes.

— Você tem que me levar lá. Quero comprar o meu próprio pão.

Na verdade, eu nunca tinha ido ao trabalho dele.

— Não tenho certeza se eles vendem pães inteiros.

— Então vamos descobrir! — insistiu Kacey, pegando a bolsa. — Agora!

Isso era a cara de Kacey. Uma vez que tinha algo em mente, ela se tornava uma força impossível de conter.

— Agora?

— Estou aqui. Não consigo pensar em um momento melhor, e você?

Tentei pensar em uma desculpa, mas sabia que, mesmo se tivesse uma, Kacey a vetaria. Achando graça, peguei minha bolsa e saí pela porta.

A padaria Koreski ficava a menos de um quilômetro do meu apartamento. Encontrar uma vaga foi quase impossível. Eu preferia ter ido caminhando, mas Kacey insistiu em dirigir.

Já que era a hora do almoço, os clientes formavam uma longa fila, esperando para pedir seus sanduíches. Pelo que pude ver, eles não vendiam o pão. Isso não impediu Kacey, no entanto. Ela entrou na fila enquanto eu passeava pelo lugar, examinando os itens especiais. A certa altura, pensei ter visto Nikolai nos fundos, mas não tive certeza. Dava para ver a cozinha através de uma pequena janela na porta e parecia haver vários funcionários movendo-se com afinco.

Peguei um pote de azeitonas recheadas com alho quando a porta da cozinha se abriu.

— Professora! — Naturalmente, era Nikolai.

Virando-se ao som de sua voz, vi que ele estava completamente vestido de branco. Eu sorri, demonstrando que eu o tinha visto.

— Todo mundo, por favor, vocês precisam conhecer minha professora. — Nikolai deu a volta no balcão e pegou meu cotovelo, me empurrando em direção ao balcão. — Senhor Koreski, esta *ser* minha professora. Ela *saber* tudo sobre inglês.

— Nikolai... — eu protestei baixinho enquanto ele quase me arrastou para a frente da fila para conhecer o proprietário.

— Leanne — apresentei-me, estendendo a mão.

O Sr. Koreski usava um grande avental branco e tinha mais de 60 anos. Um enorme sorriso surgiu no rosto dele quando apertou minha mão.

— Nikolai fala de você o tempo todo.

Eu temia que isso acontecesse. Ele mencionava a padaria Koreski com tanta frequência que eu sabia que trabalhar lá ocupava grande parte de sua vida.

— Eu *assar* pão para ela — Nikolai continuou orgulhosamente. — *Mostrar* apreciação.

— Apreço — corrigi em voz baixa.

— Sim, sim, apreço! — Segurando meu cotovelo, ele me levou para outro funcionário e me apresentou novamente. Este processo foi repetido até que eu senti que deveria ter conhecido todos da padaria, incluindo vários dos clientes. A essa altura, eu estava convencida de que meu rosto já estava rosa de vergonha.

— Nikolai — falei, parando-o antes que ele me arrastasse para a calçada para que eu pudesse ser apresentada a quem estivesse passando por ali. Eu não queria acabar com o entusiasmo dele, mas aquilo era demais. — Minha amiga está aqui — contei, na esperança de distraí-lo. — Fiz um sanduíche com seu pão para almoçarmos e agora ela quer comprar um.

Ele rapidamente balançou a cabeça.

— Não é possível. Eu só *fazer* pão para você.

— Eu sei, você explicou que não assa o pão aqui.

Eu queria garantir que o Sr. Koreski não pensasse que Nikolai estava roubando da padaria.

Ele olhou para mim e piscou.

— Aqui o pão *misturar* por máquina. Em casa eu *fazer* com as próprias mãos.

— A padaria não vende seu pão... Quer dizer, além do utilizado para os sanduíches?

— Não *ser* o mesmo pão.

— Então, Kacey não pode comprar seu pão? — perguntei de novo, para esclarecer.

— Não. — Ele fixou o olhar no meu. — Eu apenas assar pão para você, professora.

E, então, ele falou algo que eu não consegui entender, mas soou como "minha Leanne".

CAPÍTULO 9

Nichole

Segunda à tarde, verifiquei o celular para checar as mensagens de texto enquanto atravessava o estacionamento da escola. De fato, Shawntelle havia enviado nada menos que seis mensagens. Todas mencionavam Rocco. A última me fez sorrir.

Shawntelle: Agarre esse homem! Se não fizer, eu faço!

Rocco e eu éramos amigos. Eu não tinha certeza se alguém nos chamaria assim. Éramos mais colegas do que amigos, na verdade. Eu conhecia Kaylene melhor do que o conhecia, e essa aula de dança era para o benefício dela, não para Rocco ou para mim.

Eu: Rocco e eu somos apenas amigos.
Shawntelle: Então posso ficar com ele pra mim?
Eu: Isso é entre vcs dois.
Shawntelle: Sabia que havia uma pegadinha.
Eu: Vc quer que eu passe seu contato pra ele?
Shawntelle: Óbvio.
Eu: Pode deixar.

Eu ainda estava sorrindo quando peguei Owen na escolinha, e havia acabado de entrar no apartamento no momento em que meu celular tocou. Owen correu para dentro enquanto eu apertava o aparelho contra a orelha.

— Ainda está de pé hoje à noite? — perguntou Rocco, parecendo nada feliz.

— Sim. Você não está cancelando, está?

Ele riu.

— Você acha mesmo que Kaylene me deixaria cancelar?

Eu sorri, sabendo que se ele desistisse agora ouviria reclamações eternas da filha.

— Você está certo. Vocês gostam de salsicha e macarrão com queijo? Se não gostarem, tragam o próprio jantar, porque é isso que tenho para servir.

— Eu como qualquer coisa desde que eu não tenha que cozinhar — ele me assegurou. — Estou me sentindo culpado. Não deveria ter pedido para você fazer o jantar quando é você que está fazendo um favor a mim e Kaylene.

— Ei, um acordo é um acordo. Eu concordei, então cheguem por volta das seis com fome e esteja preparado para suar.

Um barulho na rua atrapalhou a ligação e eu não ouvi o que Rocco disse em seguida.

— Desculpe, não entendi.

— É melhor que não tenha entendido mesmo — ele resmungou.

— Ok, vejo você e Kaylene às seis. — Eu estava prestes a desligar quando me lembrei do interesse ávido de Shawntelle por Rocco. — Rocco!

— Sim?

— Uma das mulheres da *Vestida para o sucesso* viu você e ficou interessada. Você quer que eu repasse seu contato?

Ele riu.

— Isso é piada, né?

— Não, é sério. O nome dela é Shawntelle. Ela é um mulherão com uma personalidade forte.

Ele não respondeu e, a princípio, achei que não tivesse me ouvido.

— Rocco? Você ouviu?

— Ouvi.

— E?

Eu não queria pressioná-lo, mas sabia que Shawntelle me encheria até que tivesse uma resposta.

— Não, obrigado.

— Ok, vou dizer a ela. Até logo.

A resposta dele foi ininteligível, mas soou grosso, como se estivesse irritado. Adivinhei que todo esse negócio de aula de dança o deixara de mau humor. Quando nos falamos pela primeira vez, ele parecia estar de bom humor, e então ficou quieto e pensativo. Ele pode não ter gostado da minha tentativa de lhe arranjar um encontro.

Às 18h, o jantar estava quase pronto. O molho de queijo fervia no fogão e a água da massa estava no ponto de ebulição. Eu havia cozido algumas couves-de-bruxelas e depois as refogado na manteiga e no alho.

Owen estava cheio de energia. Dirigia seus caminhões ajoelhado no chão da sala, fazendo sons altos, quando a campainha tocou.

Só poderia ser Rocco e Kaylene. Cumprimentei-os e vi que o humor de Rocco não tinha melhorado. Ele carregava um pacote de seis cervejas em uma mão e uma garrafa de vinho branco na outra.

— Vocês estão prontos? — perguntei, me divertindo.

Rocco parecia zangado.

— Estou pronta! — Kaylene respondeu com entusiasmo.

Owen deu um pulo para ficar de pé e correu para cumprimentar nossos convidados, inclinando a cabeça para cima o máximo que pôde, sem cair, a fim de olhar para Rocco.

— Owen, você se lembra do Rocco, não lembra?

Owen assentiu, e Rocco estendeu a mão para outro cumprimento. Meu filho sorriu e eles bateram punhos.

— Esta é a filha dele, Kaylene.

Owen imediatamente pegou a mão de Kaylene.

— Vou te mostrar meus *camiões*.

O problema de fala de Owen estava ficando mais perceptível ultimamente. Eu estava preocupada, mas Jake tinha certeza de que passaria com o tempo.

Olhando para Rocco com novos olhos, tive que concordar que Shawntelle estava certa; ele realmente era um homem lindo, algo que eu não tinha reparado até agora.

— Você está pronto para requebrar o esqueleto? — Brinquei.

Ele fez uma careta.

— Tanto faz.

— Pai! — rosnou Kaylene. — Olha os modos!

— Olha os modos? — repeti.

— Sim, papai diz isso pra mim o tempo todo.

Kaylene estava no chão com Owen.

— O que aconteceu para deixar você com um humor tão azedo? — perguntei.

Rocco me seguiu até a cozinha, colocou as cervejas no balcão e abriu uma para si mesmo. Ele me ofereceu uma, mas eu recusei.

— Não há nada de errado comigo — respondeu ele depois de tomar um gole grande da cerveja. — Eu não estava animado com essa aula de dança antes; por que deveria estar agora?

— Vai ser divertido, eu prometo!

Ele colocou a garrafa de vinho no balcão ao lado da cerveja. Eu conhecia vinhos de alta qualidade porque Jake trabalhava como chefe de vendas de uma das empresas de vinhos mais prestigiadas do Oregon. Aquela garrafa não era das marcas mais baratas.

— Este é um ótimo vinho — falei, um pouco surpresa que Rocco fosse familiarizado com vinhos.

— Imaginei que quem come pizza com um garfo e faca não deve se interessar por cerveja.

Por alguma razão, meu jeito de comer pizza o incomodava.

— Bebo cerveja às vezes...

Não frequentemente, era verdade. Ele acertou quando pensou que eu preferiria vinho.

— Você está me dizendo que gastei cinquenta dólares à toa?

— De modo algum! Vou beber o vinho.

A água no fogo estava fervendo suavemente, então acrescentei o macarrão, mexi e programei o temporizador em nove minutos. Rocco levantou a tampa e inspecionou as couves-de-bruxelas.

— Espero que vocês gostem de couves-de-bruxelas.

Eu tinha corrido um risco, mas elas eram um dos meus legumes favoritos. Rocco deu de ombros.

— São as favoritas do papai — disse Kaylene da sala de estar.

Olhei para Rocco e vi que a testa dele estava franzida novamente. Segurei-lhe a lateral do rosto e chamei sua atenção para mim.

— Rocco, prometo que farei a dança ser o mais indolor possível.

O olhar dele ficou no meu por um longo momento antes de ele suspirar e assentir. Abruptamente, Rocco se virou.

— Há algo que eu posso fazer? — perguntou de costas para mim.

— Não, tenho tudo sob controle.

Ele colocou as outras cervejas na geladeira, foi para a sala de estar e sentou-se no sofá. Owen foi até ele e simplesmente o olhou como se não pudesse acreditar no seu tamanho. Rocco deu-lhe mais um comprimento de mão.

— Como você está, amigão?

— Eu gosto de *camiões*.

— Eu também.

Kaylene foi até Owen.

— Papai dirige um caminhão como este — disse ela, apontando para o reboque de brinquedo de Owen.

Os olhos de Owen dobraram de tamanho.

— *Veldade?*

Pela primeira vez desde que chegou, Rocco sorriu.

— Verdade. Quer dar um passeio um dia, rapazinho?

Owen assentiu com tanto entusiasmo que tive medo de que ele pudesse cair.

— Ótimo. Nós vamos combinar um horário com sua mãe e vou levar você em um passeio.

— *Veldade, veldade?* — perguntou Owen mais uma vez, como se não pudesse acreditar em sua boa sorte. — *Plomete?*

— Prometo, contanto que sua mãe concorde.

Tanto Owen como Rocco olharam para mim. Eu sorri.

— Como você pode ver, Owen está animadíssimo. Obrigada, Rocco. Isso é muito gentil da sua parte.

O temporizador tocou e eu provei o macarrão. Estava prestes a esvaziar a panela no coador quando Rocco se aproximou de mim.

— Deixe-me fazer isso.

Entreguei-lhe a luva para segurar a panela enquanto buscava minha maior tigela de cerâmica. O molho de queijo estava delicioso. Eu havia usado o truque de colocar queijo processado ao invés de queijo de verdade e, em seguida, deixei o molho ainda mais cremoso ao adicionar meia xícara de creme azedo.

Rocco escorreu o macarrão, colocou-o na tigela e derramou o molho sobre a massa. Lambendo o dedo com gosto, ele disse:

— Isso não parece ter saído de uma caixa.

— E não saiu. Fiz do zero.

— Você fez? — Kaylene parecia mais do que impressionada. — Eu nunca comi macarrão com queijo que não viesse de uma caixa.

— Este jantar pode fazer com que a aula de dança valha a pena — murmurou Rocco.

Kaylene foi até a mesa.

— Uau, um jantar de verdade.

— Salsichas são as minhas favoritas! — Owen sentou-se em sua cadeira e ansiosamente pegou o garfo.

— *Veldade*? — Kaylene brincou com a mesma pronúncia de Owen.

Todos nós sorrimos, até mesmo Owen.

Eu admito que o jantar estava bom e que meu macarrão com queijo não poderia ter ficado melhor. O humor de Rocco melhorou depois que comemos, e eu supus que ele estava irritado antes porque estava com fome. Rocco e Kaylene repetiram o prato. Parecia que refeição caseira era uma raridade para os dois. A partir de fragmentos de conversa, entendi que a maioria de suas refeições eram prontas ou comida congelada.

Depois que a louça havia sido lavada, Kaylene estava ansiosa para dançar. Eu selecionara várias músicas que pensei terem movimentos de dança fáceis de serem aprendidos por Rocco. Minha esperança era que ele ficasse mais confortável à medida que avançássemos na playlist.

— Eu não estou interessado em aprender a dançar tango. Apenas alguns passos básicos.

Ele ficou em pé mais uma vez em sua pose de gigante, com os braços cruzados, olhando para mim do outro lado da sala.

A música começou e tinha uma batida acelerada. Kaylene saltou para o meio da sala e começou a movimentar os quadris. Ela colocou os braços acima da cabeça, envolvendo cada parte do corpo enquanto mostrava com orgulho ao pai seus movimentos praticados. Os olhos de Rocco se arregalaram.

— E eu definitivamente não farei isso.

— Vamos, pai! — chamou Kaylene, jogando os dois braços em direção a ele, querendo fazê-lo se mover.

Rocco balançou a cabeça.

— Não mesmo.

— Vamos lá, Rocco! — falei, pegando a mão dele.

Conseguir que ele se movesse era como tentar tirar a Estátua da Liberdade do lugar. Ele simplesmente não se mexia. Imaginei que a única maneira de o encorajar era me juntar a Kaylene e demonstrar movimentos menos frenéticos. Fui até o meio da sala e balancei os quadris enquanto arrastava meus pés para a frente e para trás.

Owen entrou na dança e começou a pular para cima e para baixo como se estivesse em um trampolim.

— Assim! Assim! — Ele gritou para Rocco.

— Ótimo, agora estou aprendendo a dançar com um menino de 3 anos.

Eu escondi um sorriso.

— Apenas mexa o corpo um pouco — sugeri. — É só isso. Você não sente o ritmo?

— O que eu sinto é... — Ele desistiu do que pretendia falar, e, pela expressão em seu rosto, fiquei grata por isso.

Outra música começou. Kaylene apoiou as mãos nos joelhos, recuperando o fôlego. Owen a imitou, apoiando o topo da cabeça contra o tapete.

— Você dançou assim no baile da escola? — perguntou Rocco, franzindo a testa para a filha.

— É como todos dançam — assegurei a ele.

Peguei a mão dele e, dessa vez, Rocco se moveu, cambaleando para a frente alguns passos inquietos.

— Apenas mova os pés assim — orientei, fazendo um movimento simples de levar meus pés de um lado para o outro.

Rocco seguiu desajeitadamente meu exemplo, observando os próprios pés como se esperasse que eles se enroscassem e ele caísse.

— Eu me sinto um idiota... — ele murmurou.

Kaylene e Owen dançaram em círculos ao redor dele, rindo como se estivessem se divertindo muito.

— Você está indo bem.

Rocco olhou para cima, fixando os olhos aos meus. Ele parecia completamente miserável.

— Deixe-me mostrar-lhe o que fazer com os braços — falei, vendo que ele estava ficando mais desconfortável a cada minuto e precisava de uma distração.

Pressionei os cotovelos contra meu corpo e movi meus dedos por um teclado imaginário.

— É isso? — Ele parecia chocado. — É tudo que eu preciso fazer?

— Por enquanto — assegurei a ele, confiante de que uma vez que ele se soltasse, se divertiria e estaria mais inclinado a inventar os próprios movimentos.

— Papai, você está ótimo!

Kaylene parou de dançar para sorrir para ele.

— Não estou.

— Não discuta — falei, sorrindo para ele.

Ele concentrou a atenção em mim e abriu um meio sorriso.

— Isso não é tão ruim.

— Viu? Eu disse.

— Então você é uma dessas mulheres que falam "eu disse".

— Acho que sou — afirmei, mas nós dois estávamos nos divertindo.

Depois de mais duas ou três músicas, como eu imaginava, Rocco tocava as teclas invisíveis como se fosse o Elton John. Logo, os ombros dele entraram no ritmo da batida e se moviam junto, acompanhando os dedos.

— Você gostaria que eu mostrasse a você como dançar uma música lenta?

Ele parou de se mexer.

— Você quer dizer como tipo valsa?

— Mais ou menos. Fiz aulas de dança de salão...

— Claro que fez — disse ele, interrompendo-me.

— Eu prometo que é fácil.

Ele fechou os olhos e balançou a cabeça.

— Eu não posso acreditar que estou fazendo isso.

A próxima música era mais lenta, e eu estiquei meus braços para ele. Rocco hesitou por um breve momento antes de me puxar para um abraço e envolver os braços em volta da minha cintura, apertando-os nas costas. Ele ficou parado, olhando para mim.

Eu respirei fundo. Por um momento, tudo que consegui fazer foi encará-lo de volta. Meu coração disparou e não era devido a qualquer exercício que tinha feito enquanto ensinava Rocco a dançar. Por mais que eu tentasse, não conseguia parar de olhar para ele.

— Assim está bom? — perguntou Rocco, franzindo a testa.

— Sim, está ótimo.

Felizmente, ele não pareceu notar nada diferente em mim.

— O que faço agora? — questionou ele, e quando eu não respondi, ele chamou meu nome. — Nichole?

Forcei-me a sair do transe. Eu realmente havia ficado ali, parada, olhando para Rocco como se ele fosse um deus grego? Que humilhante! Quebrei o contato visual com rapidez e disse:

— Na verdade não é nada diferente do que mostrei anteriormente. Apenas mova os pés, mas em um ritmo mais lento, enquanto segura sua parceira.

— Assim?

Rocco descansou a bochecha no topo da minha cabeça enquanto me segurava perto o suficiente para que eu ouvisse o coração dele. Talvez o que eu ouvia fossem meus próprios batimentos, martelando em um compasso acelerado. Já fazia quase dois anos desde que eu estivera nos braços de um homem. Minha cabeça e meu coração estavam repletos de sentimentos que eu estava completamente despreparada para sentir. Não fiz esforço para me mexer. Rocco era muito mais alto do que meus um metro e sessenta, e, quando fechei os olhos e me inclinei para a frente, minha cabeça descansou contra seu peito. O perfume dele era distintamente masculino. Ele cheirava a floresta, um odor amadeirado com um pequeno indício de diesel, o que em geral poderia parecer pouco atraente, mas nele era sedutor e romântico. Eu não sabia como explicar aquilo. Eu queria gravar aquele cheiro em meu cérebro.

— Como estou indo? — Ele perguntou em um sussurro.

— Bem. — Minha própria voz soou baixa e um pouco estranha. Limpei a garganta. — Na verdade, você está indo muito bem.

— Tente dançar devagar comigo, pai — pediu Kaylene.

Relutantemente, deixei cair meus braços e recuei. Não me atrevi a olhar para Rocco por medo do que ele pudesse notar em mim. Algo tinha acabado de acontecer entre nós e eu não tinha certeza do quê... Não tinha certeza se eu queria saber.

Kaylene me substituiu quando eu me afastei. Fiz um grande esforço para evitar fazer contato visual. Pegando Owen, fingi estar dançando com ele. Meu filho de 3 anos estava exausto e, dentro de alguns minutos, estava dormindo no meu ombro.

Sinalizei para Rocco e Kaylene que iria colocar Owen na cama e valsei pelo corredor até o quarto. Meu filho estava apagado e não se mexeu enquanto eu colocava seu pijama.

Quando voltei, Kaylene havia desligado a música e eles estavam prontos para ir.

— Obrigada — agradeceu a adolescente, e, impulsivamente jogou os braços em volta do meu pescoço para um abraço de agradecimento.

Eu olhei para Rocco. Ele não disse nada e, se eu o estava lendo direito — com homens era difícil de saber —, parecia confuso.

— Nos falamos depois — disse ele.

— Papai foi muito bem!

— Foi mesmo — afirmei. — Quem iria imaginar que ele seria o próximo Baryshnikov?

— Quem? — perguntou Kaylene.

— Não importa — murmurou Rocco.

— Você também não sabe, não é? — provocou a filha.

Kaylene riu e Rocco franziu a testa, mas fixou o olhar no meu por um longo momento e pareceu enxergar diretamente minha alma.

Desconfortável sob o escrutínio dele, eu os acompanhei até a porta e a fechei, apoiando as costas na madeira enquanto pensava no que havia acabado de acontecer entre Rocco e eu.

CAPÍTULO 10

Leanne

Nikolai não foi à aula na noite de segunda e eu fiquei preocupada. Ele nunca tinha faltado e eu estava convencida de que algo devia ter acontecido. Isso não era de seu feitio. Ele era meu aluno mais dedicado, o primeiro a chegar e o último a sair.

Minha mente pensou em uma gama de possibilidades. Meu primeiro pensamento foi que ele poderia estar doente ou, pior, que ele tivesse se ferido — talvez um incidente relacionado ao trabalho. Minha cabeça estava cheia de suposições, todas as quais me afligiam. Fiquei distraída durante todo tempo. A aula não parecia certa sem Nikolai sentado na primeira fila, contribuindo para a discussão. Eu não tinha percebido quanto ele agregava à classe ou quanto seus colegas confiavam e gostavam dele. As duas horas de aula foram fracas; a noite se arrastou.

Quando cheguei ao estacionamento, já não suportava mais não saber o que havia acontecido. Se ele precisasse de remédios ou ajuda, eu estaria disposta a fazer o que pudesse. Eu tinha as informações de contato dele nos registros do Centro, incluindo o número de celular.

Sentada no meu carro no estacionamento do Centro Comunitário, debati internamente se ligar para ele era a coisa certa a se fazer. A decisão veio quando percebi que não ficaria tranquila até conversarmos.

Os nervos faziam meus dedos tremerem enquanto discava o número dele e prendi a respiração. Depois de quatro toques, eu estava preparada para desligar quando Nikolai atendeu. Ele parecia grogue, como se tivesse acabado de acordar de um sono profundo.

— Alô — disse ele com aquela voz cheia de sotaque que eu tinha passado a gostar.

— Nikolai?

— Professora? — Sua voz logo se iluminou, e pude imaginá-lo jogando as cobertas para o lado e se levantando como um raio.

— Eu acordei você? — Era óbvio que sim, mas perguntei mesmo assim.

— Você *estar* bem? — perguntou ele, parecendo completamente alerta agora.

— Claro que estou. Estou ligando por sua causa. Você não veio à aula hoje.

Eu provavelmente parecia uma burra dizendo-lhe algo que ele já sabia.

— Não *foi*. — A voz dele se transformou em um sussurro.

— Você está doente?

— Não.

— Você se feriu no trabalho?

— Não. Sem machucado, sem dor.

— Então você deve estar muito cansado e acordei você. Peço desculpas...

— Eu *ficar* em casa.

— Por quê?

Ele hesitou.

— Você conhece o Milligan?

— Milligan? — Eu não sabia por que ele estava perguntando ou o que isso tinha a ver com ele não estar na aula. Talvez ele tivesse arranjado um segundo emprego. — Você quer dizer o bar perto da escola?

— Sim, bar. Você me *encontrar, tomar* cerveja?

— Agora?

— Você não *querer* cerveja comigo?

Ele soou decepcionado, como se eu o tivesse insultado.

— Não... Digo, sim. Ficaria feliz de tomar uma cerveja com você.

Pressionei a mão na testa, incapaz de acreditar que eu tinha concordado com aquilo. Estava preparada para voltar ao meu apartamento como sempre fazia.

— Estarei lá em breve. Eu *pegar* mesa, *pedir* cerveja ucraniana. Você gosta?

Para minha surpresa, me vi sorrindo.

— Eu nunca tomei cerveja ucraniana, Nikolai. É como cerveja americana?

— Não, não, muito melhor! Você julga.

— Ok, eu vou julgar.

Nós desligamos e eu tive o forte desejo de pressionar a mão sobre a minha boca e rir. Não podia acreditar que estava realmente indo encontrar Nikolai para tomar uma cerveja. E era ainda mais surpreendente perceber quão ansiosa eu estava por isso.

Como prometera, Nikolai tinha conseguido uma mesa no popular Milligan. Quando entrei, ele ficou de pé e acenou, o rosto brilhando de ansiedade. Ele puxou uma cadeira para mim e correu para o seu lado da mesa.

— Eu não sabia que a Ucrânia produzia cerveja — falei, mas eu era ignorante quando se tratava de quase tudo sobre a Ucrânia.

Bem, ignorante de tudo que não os problemas atuais que o país e o povo tinham com a Rússia.

— Você não *conhecer* Chernihivske?

— Pode repetir?

O barulho no bar era alto com música e conversa animada. Eu me esforcei para ouvir o nome desconhecido que ele mencionou.

— Chernihivske? Uma cerveja popular na Ucrânia.

— Não, desculpe, nunca ouvi falar.

Eu não conseguia parar de sorrir.

Os olhos de Nikolai estavam intensos, concentrados apenas em mim.

— Você deve provar. Você *gostar.*

Aparentemente ele já havia feito o pedido, porque um garçom entregou duas canecas geladas e duas garrafas de cerveja.

Nikolai serviu minha cerveja primeiro, inclinando a caneca.

— A chave para uma boa cerveja é muita espuma. Tem gosto melhor com espuma.

Quando ele terminou, colocou a caneca na minha frente, esperando que eu tomasse um gole antes de servir a si mesmo.

Eu não tinha o costume de beber cerveja, então não soube como avaliar. Eu não sabia o que diria se achasse o gosto ruim. Hesitante, levei o copo aos lábios e tomei um pequeno gole.

Nikolai estudou meu rosto, esperando pacientemente pela minha reação.

Na verdade, era boa, embora não muito diferente de outras cervejas que eu tinha provado. Mas eu não era nenhuma especialista.

Assim que dei meu veredicto, o rosto de Nikolai se abriu em um enorme sorriso.

— Eu sei que você *gostar.*

Ele preencheu a caneca e tomou um bom gole, seu pomo de adão se movendo para cima e para baixo.

— Eu gosto.

Como se tivesse esquecido, ele se abaixou, pegou uma sacola e colocou um pedaço de pão na mesa.

— Eu *fazer* pão integral. Você *comer* com cerveja, ok?

Eu sorri e assenti. Minha boca doía de tanto sorrir. Isso não era de meu feitio. Meu coração parecia leve e despreocupado enquanto eu estava sentada em um bar barulhento com esse homem que eu mal conhecia, bebendo cerveja ucraniana.

Conversamos por uns bons trinta minutos, discutindo algumas das gírias e expressões idiomáticas que comentamos durante a aula naquela noite. Ele entendeu rapidamente, e nós rimos e nos divertimos.

— Nós sentimos sua falta hoje na aula — falei quando o assunto terminou.

Nikolai instantaneamente baixou o olhar, evitando contato visual comigo.

— Você não é apenas meu aluno favorito. Todo mundo também gosta muito de você.

— Eu *ser* seu cachorro?

— Mascote da professora — corrigi.

— Ah, sim. Eu ser mascote da professora.

O indício de um sorriso apareceu nos lábios de Nikolai, mas ele não me encarou.

— Nikolai, você pode me dizer por que faltou à aula?

Ele parecia estar de bom humor e não estava doente.

Nikolai suspirou.

— Eu não acho que você *gostar* mais de mim.

Eu pisquei, achando o argumento difícil de entender.

— Por que você acha tal coisa?

— Eu *envergonhar* você.

— Quando?

Eu não conseguia lembrar de nada que ele tivesse feito para me envergonhar, especialmente nos últimos tempos.

— No meu trabalho — afirmou Nikolai, mantendo a cabeça baixa. — Quando *eu apresentar* você aos meus amigos como minha professora.

— Isso foi há uma semana.

Ele havia ido à aula naquela noite e na quarta-feira seguinte.

— O Sr. Koreski *perguntar* esta tarde. Ele *perguntar* se você me perdoou por envergonhar você. Até então eu não pensava. Eu não sei. Eu me sinto mal aqui. — Ele pressionou a mão no peito.

— Eu me *sentir* envergonhado.

— Você está dizendo que não foi à aula por causa de uma piada boba?

— O que é piada?

— Senhor Koreski estava brincando. Ele não estava falando sério.

— Mas é verdade. Eu me *lembrar* do seu rosto quando apresentei você para meus amigos. Você *ficar* com o rosto vermelho.

— Fiquei envergonhada — admiti —, mas apenas porque não estou acostumada a ser o centro das atenções. — Pensando que ele talvez não entendesse, elaborei. — Fico desconfortável quando pessoas olham para mim.

— Ah. Eu não *querer* envergonhar. Eu *ter* orgulho de você, minha professora.

— E eu tenho orgulho de ser sua professora.

Nikolai olhou para cima e fixou seu olhar ao meu. Ele sorriu, e parecia que um peso havia sido retirado de seus ombros.

— Estamos bem?

— Estamos bem — assegurei a ele. — Mas, Nikolai, da próxima vez que tiver dúvidas, quero que você pergunte. Não faça suposições. — Ele podia não entender, então acrescentei um pouco mais: — Pergunte e me deixe explicar. Não decida o que você acha que eu sinto. Me pergunte em vez disso. Ok?

— Ok, eu *perguntar.*

— Você perdeu uma lição importante hoje.

Nikolai riu.

— Eu *estar* feliz por perder aula.

— Você está feliz?

Isso não fazia sentido.

— Você me *ligar*. Você *sentir* minha falta.

Ele me pegou.

— Sim, eu senti sua falta. Todos nós sentimos.

— Mas você *sentir* mais?

O rosto dele brilhava de esperança.

Admitir isso parecia importante para Nikolai. Um calafrio desceu pelos meus braços e, de repente, eu estava nervosa. Desconfortável. Naquele momento, percebi que ele estava certo. Eu havia sentido falta dele mais do que de qualquer outro aluno.

Foi então que soube que meu coração estava derretido por aquele homem. Fiquei surpresa com a rapidez com que ele se tornara importante em minha vida. Suponho que era compreensível. Eu estava solteira pela primeira vez em 35 anos e ali estava aquele homem atraente, cheio de respeito e apreço por mim. Eu não sentia isso havia muito tempo. Absorvi as palavras dele como um jardim ressequido em uma seca de verão.

Disfarcei olhando demoradamente para o relógio.

— Preciso ir.

— Você não *acabar* a cerveja?

— Por favor, Nikolai. É tarde e eu preciso ir.

Ele franziu a testa.

— O que eu *fazer*? O que eu *dizer*? Você não *sorrir* agora.

— Ah, Nikolai, você não fez nada. Você é doce e carinhoso e eu... preciso chegar em casa. Já é tarde e eu... Tenho coisas para fazer de manhã.

— Você me *dizer* para perguntar e eu pergunto — disse ele, sério agora. — O que eu *dizer* que faz você correr como um hamster assustado?

— Coelho.

— Você *ficar* pálida e *dizer* que precisa ir. Eu *envergonhar* de novo?

Eu balancei a cabeça e me levantei, segurando a bolsa.

— Eu sinto muito. De verdade. Vejo você na aula de quarta--feira.

Alcançando o pão no meio da mesa, saí correndo do Milligan como se o prédio estivesse em chamas. Eu me sentia tola e ridícula e queria esquecer que havia me comportado como uma adolescente em seu primeiro encontro.

Eu tinha andado apenas metade de um quarteirão quando ouvi Nikolai chamar meu nome. Recusei-me a parar e acelerei o passo.

Nikolai me seguiu.

Estava horrorizada com meu comportamento. Meu estômago estava embrulhado de nervoso e, por um instante, fiquei com medo de vomitar. *Deus me ajude*, continuei andando tão rápido que estava quase trotando.

Eu deveria ter adivinhado que minha pressa não pararia Nikolai. Ele me seguiu até onde eu havia estacionado o carro, em uma rua lateral. Eu não tinha certeza do que diria a ele.

— Leanne?

A voz dele era tão suave e carinhosa que quase me dissolvi em lágrimas.

Ele ficou na rua ao lado do meu carro, os olhos cheios de perguntas enquanto tentava decifrar minha expressão.

— Por que você *correr* de mim?

Eu balancei a cabeça, incapaz de responder.

— Eu não deveria ter ligado para você.

— Por quê? Você me *fazer* feliz quando *ligar*. Tão feliz.

Eu não podia olhar para Nikolai, pois tinha medo de que, se o fizesse, ele veria meu desejo. A sensação se aglomerava na boca do meu estômago, tão pouco familiar que eu não sabia o que fazer com ela.

— Não é apropriado que eu veja você.

— O que *significar* apropriado? — Ele levantou as mãos, sem entender.

— Sou sua professora... não é bom.

— Eu *desistir* da aula, então isso *ficar*... qual palavra? Apropriado?

— Ah, Nikolai...

Olhei para cima e toquei o seu queixo definido.

A mão dele se juntou a minha, e ele virou o rosto e beijou o interior da minha palma.

A sensação que me atingiu foi tão forte que fiquei com os joelhos bambos.

— Eu não sei o que estou fazendo — sussurrei, desviando o olhar.

— Eu *estar* feliz que você *ligar* — disse ele, baixinho, acariciando meu pescoço. — Todo dia eu *pensar* em você. Quero dizer como me sinto, mas não sei as palavras certas. — Os olhos escuros ficaram mais intensos quando ele olhou para mim. — Eu *dar* pão para dizer o que não *conseguir* dizer com palavras.

Todo o meu ser estava faminto para ouvir aquilo. Os olhos dele encararam os meus, brilhantes e fixos, cheios de desejo.

Com uma leve pressão na minha nuca, ele me puxou para si e me beijou. Não consigo descrever o que o beijo dele fez comigo. Senti aquele único beijo em todas as partes do meu corpo. Minha resposta foi imediata. Abri-me para ele como uma flor do deserto depois de um aguaceiro que inundou o solo árido. Meu coração batia com tanta força que fiquei com medo de ferir uma das minhas costelas.

Os dedos de Nikolai passaram pelo meu cabelo, e quando ele interrompeu o beijo, enterrou o rosto no meu pescoço.

Eu estava sem palavras, incapaz de pronunciar uma única sílaba, chocada com a minha resposta incontida a ele. Fiquei assustada por sentir uma emoção tão esmagadora com um único beijo.

Isso acontecera menos de uma semana depois da minha conversa com Kacey. Havia insistido que não precisava de um relacionamento. O que achei surpreendente era que eu queria um homem. Não qualquer homem. Eu queria Nikolai. Com dificuldade, relaxei o abraço apertado.

Ele encostou a testa na minha.

— Você me deixa *arropiado*.

Eu sorri com gentileza e o beijei.

— Arrepiado.

— Vê? Olhe para os meus braços. — Ele esticou o braço para eu examinar. — Você *fazer* isso. Você *fazer* meu coração disparado. Sinta. — Ele colocou minha mão contra seu peito. — Vê o que você faz?

A expressão dele era sincera e carinhosa enquanto me estudava. Nikolai me achava bonita, me via como se eu fosse uma mulher para ser adorada e querida. Seus olhos eram tão ternos que não consegui conter as lágrimas.

As primeiras lágrimas deixaram rastros molhados pelas minhas bochechas. Nikolai usou os polegares para limpá-las.

— Por que você *chorar*? — perguntou, franzindo a testa. — Eu *machucar* você?

— Não, de jeito nenhum.

— Mas você *chorar*?

— Eu não sei por quê.

Eu sabia, mas contar a ele só iria encorajá-lo a me beijar novamente.

— Eu venho para a aula na quarta-feira — ele prometeu.

Eu assenti.

— Nós conversamos então. *Beber* mais cerveja ucraniana.

Eu não pude evitar um sorriso.

— Você ainda mais bonita quando sorri.

Nikolai abriu a porta do meu carro e eu deslizei para o banco. Ele fechou-a e recuou. Fui embora, minha cabeça confusa, meus pensamentos bagunçados.

Já passava das 22h quando cheguei ao apartamento. Sabendo que Kacey era uma coruja, sentei no sofá em frente à lareira e liguei para ela, apertando o celular com força contra a orelha.

— Leanne, algo aconteceu? Você está bem?

Eu não sabia como responder.

— Eu estou ótima.

— Se esse é o caso, então por que está me ligando tão tarde? Isto não é do seu feitio.

Ela estava certa. Em todos esses anos de amizade, eu nunca havia ligado depois das 21h.

— Eu estava pensando sobre o que você disse na semana passada, quando almoçamos.

— Eu disse muitas coisas.

— Eu sei. Estou falando sobre a sugestão de acessar um desses sites de namoro.

— Você vai fazer isso? — Ela pareceu surpresa.

Fechei meus olhos e mordi o lábio inferior.

— Sim — sussurrei. — Estou pronta para namorar novamente.

Nikolai havia me mostrado exatamente quanto eu estava pronta.

CAPÍTULO 11

Nichole

Os papéis do divórcio, assinados e registrados, chegaram pelo correio na tarde de terça-feira. Jake e eu nem precisamos comparecer ao tribunal. Todo o processo e os detalhes finais tinham sido tratados por nossos advogados. Eu não li os papéis, nem sequer abri o envelope até que Owen estivesse na cama. Assim que meu filho dormiu, encarei o jargão legal por vários minutos. Meu coração batia como o martelo do juiz, firmando os pregos no caixão do meu casamento.

Duas horas depois, sentei-me no escuro, tomando o vinho caro que Rocco trouxera na semana anterior em agradecimento pelo jantar e pela aula de dança. Não notei quando as lágrimas começaram. Elas vieram espontaneamente, indesejadas. Pensei que já havia chorado tudo o que tinha para chorar pelo fracasso do meu casamento. Mas eu estava errada.

Em uma hora, quase esvaziei uma caixa de lenços inteira e assoei o nariz tantas vezes que tive certeza de que ele estaria vermelho e inchado como meus olhos quando a manhã chegasse.

Quando meu celular tocou, quase não atendi até que vi que era Jake. Eu sabia que ele estava sofrendo tanto quanto eu.

— Alô — sussurrei, não querendo que ele soubesse que eu estava chorando.

— Alô. — Ele fez uma pausa. — Você está bem?

— Sim. E você?

Mais uma vez, a hesitação.

— Vou sobreviver. Você recebeu os papéis?

— Sim. Você também?

— Sim.

Nós não tínhamos muito a dizer um para o outro.

— É a minha semana com Owen — ele me lembrou. — Vou buscá-lo na escolinha sexta-feira à tarde.

— OK.

Nós dois ficamos em silêncio, os corações doloridos batendo em uníssono. Jake falou primeiro.

— Não sei o que mais eu poderia ter feito, Nichole. Eu não queria isso.

Eu também não, mas eu não podia voltar para um relacionamento no qual eu sempre teria medo, sem confiança nele. Eu não podia ficar sempre olhando por cima do ombro, imaginando onde Jake estaria ou com quem estaria toda vez que se atrasasse. Eu não era a mãe dele. Não poderia viver do jeito que Leanne vivera todos aqueles anos.

— Eu amei você — sussurrou Jake, a voz rouca de dor.

Sim, Jake me amava, mas não o suficiente para permanecer fiel.

— Eu também amei você.

— Você nunca encontrará alguém como eu.

Inclinei a cabeça para trás e olhei para o teto.

— Não é esse o ponto, Jake.

— Eu tratei você como uma princesa — ele continuou, ignorando o meu comentário.

O que ele havia dito era verdade. Ele tinha cedido a todos os meus caprichos, sempre comprando presentes para mim, me mimando, me deixando mal-acostumada. Perguntei-me novamente se aqueles presentes tinham sido dados por amor ou porque ele se sentia culpado depois de dormir com outras mulheres. Acho que nunca saberia. Isso não importava mais, então afastei o pensamento.

— Vou cuidar para que Owen leve roupas o suficiente para durar o fim de semana — falei, porque realmente não havia mais nada para discutirmos.

— Sim, faça isso.

— Adeus, Jake.

— Sim, tanto faz. — Ele cortou abruptamente a ligação.

Voltei a chorar e peguei mais um lenço quando meu celular tocou de novo.

— Alô-ô — falei, minha voz oscilando ao fim de um soluço.

O silêncio seguiu.

Eu estava prestes a desligar quando ouvi a voz de Rocco.

— É você, Nichole?

— Sou eu. — Fiz uma pausa e assoei o nariz.

— Você está... chorando?

— Si-i-im.

— É melhor eu ligar de volta uma outra hora?

— É. — Minhas emoções eram demais para ele lidar. Não posso dizer que o culpava. — Você pre-precisava de alg-alguma co-coisa? — Eu perguntei, dando o meu melhor para soar normal e falhando miseravelmente.

— Eu vou mandar mensagem, está bem?

— Es-t-tá be-bem.

Desligamos e eu deixei o celular de lado, esperando pela mensagem dele. Depois de dez minutos, desisti. Parecia que ter que lidar comigo soluçando ao celular era o suficiente para mandá-lo correndo para as montanhas, não que isso fosse surpreendente...

Eu conhecia homens o suficiente para saber que eles ficavam desconfortáveis com as lágrimas de uma mulher. Embora eu não conhecesse Rocco muito bem, suspeitei que ele faria qualquer coisa para evitar o chororô. Como ele não me enviara uma mensagem, eu tinha que acreditar que o que ele queria não era importante. Provavelmente era algo que ele poderia me perguntar depois.

Depois de quinze minutos, a campainha tocou. Só poderia ser Leanne. Eu não mencionei que tinha recebido os papéis e não tinha certeza se estava bem para uma das nossas conversas estimulantes ou uma revisão de nosso guia para seguir em frente. As luzes estavam apagadas e ela deve ter presumido que eu já havia ido para cama, mesmo que só fosse um pouco depois das 21h.

— Abra, Nichole — Rocco falou do outro lado da porta. — O sorvete está derretendo.

Sorvete? Eu franzi a testa, virei o ferrolho e abri a porta.

Ele estava do outro lado da soleira segurando um pote de sorvete Ben & Jerry's de cereja.

— Está escuro aqui — comentou ele, olhando por cima do meu ombro.

— A luz incomoda meus olhos.

— Você vai me deixar entrar? — Ele levantou o sorvete, como se eu já não tivesse visto.

Eu me afastei e ele entrou no apartamento.

— Sente-se e eu lhe trarei uma colher.

Voltei para o meu lugar no sofá.

— Traga duas. Caso contrário, vou comer tudo sozinha — afirmei, fungando.

Eu ouvi um estrondo na cozinha seguido por um palavrão.

— Posso acender a luz?

— Acho que sim...

— Vou desligá-la assim que encontrar as colheres — ele prometeu.

— Deixe ligada.

Eu não me importava.

Rocco manteve a luz acesa e se juntou a mim na sala de estar. Ele me entregou uma colher e sentou-se ao meu lado, então olhou para mim e balançou a cabeça.

— Você está horrível.

— Obrigada.

— Por que está chorando?

Mergulhei a colher no sorvete, que a essa altura já estava mole.

— Os papéis finais do meu divórcio chegaram.

— Eu pensei que já estava finalizado.

— Está agora.

Rocco deu a primeira colherada.

— Você ainda o ama?

Funguei e assenti.

— Estúpido, não é? Eu me divorciei dele e ainda amo aquele idiota.

— Eu não a reconheceria se você não o amasse — afirmou Rocco, pegando mais uma colherada do sorvete. — Ele é o pai do seu filho, e em algum momento ele amou você profundamente.

— Só não o suficiente para manter o zíper fechado.

— Ele lamenta isso agora. Espero que tenha sido uma boa lição.

Eu engoli o sorvete gelado e fechei os olhos.

— Então por que sou a única que está sofrendo? Por que sou eu quem está chorando?

Era uma pergunta injusta, porque eu sabia que Jake estava sofrendo também.

— Porque você o amava.

Eu peguei um lenço de papel enquanto novas lágrimas rolavam pelo meu rosto.

— Você faz isso com frequência?

— Faço o quê?

— Traz sorvete para mulheres com o coração partido?

Ele riu.

— Não. O que quer que faça, não conte isso a ninguém. Se meus amigos souberem, vão achar que eu perdi a virilidade.

Em um primeiro momento, fiquei surpresa com as palavras dele. Então respirei fundo quando a diversão me atravessou, vindo do fundo do meu estômago. As palavras dele me pegaram de surpresa. Eu não conseguia respirar e, quando consegui, me curvei de tanto rir.

— Nichole? — perguntou Rocco, parecendo preocupado. — Você está bem?

Eu ria tanto que quase engasguei.

— Você está rindo ou chorando?

— Rindo — afirmei quando pude.

— Você acha isso engraçado? Estou falando sério. Kaylene me obrigou a assistir muitas comédias românticas ao longo dos anos. Eu sei que isso é o que as mulheres fazem quando estão com o coração partido. Achei que seria bom para você um pouco da terapia de Ben & Jerry's.

— Eu prometo guardar o seu segredo.

Ele franziu a testa e colocou a colher de lado.

— Eu sabia que esta era uma ideia terrível. — Ele se levantou do sofá e começou a andar de um lado para o outro.

Eu estendi meu braço.

— Vamos, Rocco, para quem eu contaria? Não conheço nenhum de seus amigos. Eu prometo.

Cruzei os dedos e fiz o sinal de promessa.

Ele visivelmente relaxou.

— Você ligou mais cedo. Precisa de algo?

Ele parecia incerto e apertou a boca como se debatesse se devia ou não perguntar.

Dei um tapinha no espaço vazio ao meu lado no sofá.

— Eu prometo não rir.

— Não é disso que tenho medo.

Eu não entendia como eu fora capaz de ir da tristeza profunda ao riso histérico em questão de minutos, mas Rocco conseguira alcançar o impossível.

— Do que você tem medo, então?

— Da mulher que me convenceu a fazer a aula ridícula de dança. Eu não ia deixá-lo se safar facilmente.

— Que você gostou. Admita!

Ele suspirou.

— Ok, não foi tão ruim quanto eu pensei que seria.

— Uma mulher poderia desmaiar com os elogios que você faz.

Coloquei minha mão no peito, caí de lado no sofá e soltei um suspiro alto.

Ele deu um sorriso.

— Quero propor um acordo.

— Um acordo?

— Você sabe. O tipo de acordo de "tiro seu carro da vala e você escolhe um vestido para Kaylene".

Eu não tinha certeza se gostava de como aquilo soava.

— Ok, estou curiosa o suficiente para descobrir o que é.

Ele começou a andar de um lado para o outro novamente, na frente da mesa de café.

— Kaylene está com essa ideia teimosa na cabeça de tirar fotos para esse baile de pai e filha antes da festa. Ela quer que você tire as fotos.

Isso não parecia nada de mais.

— Ela diz que você é a única em quem ela confia para fazer direito.

— E o que eu ganho em troca?

— O que você quer?

Ele recuou alguns passos, como se esperasse que eu exigisse algo absurdo.

Pressionei o indicador contra o queixo como se estivesse imersa em pensamentos.

— Você prometeu dar uma carona para Owen em seu caminhão de reboque. Ele mencionou isso esta tarde. Eu disse a ele que perguntaria sobre isso.

— Fechado.

Ele se inclinou para a frente e estendeu a mão. Eu não estendi a minha.

— Ainda não terminei.

— Eu deveria saber... — ele resmungou, estreitando os olhos.

— Vamos ser justos. Você basicamente já disse a Owen que o levaria para um passeio, então na verdade não está fazendo nada além do que já havia prometido. Certo?

Era importante que ele entendesse.

— Certo — ele concordou, embora a contragosto. — O que mais você quer?

— Eu não sei. Um futuro favor a meu critério.

— E ao meu — acrescentou ele.

— Tudo bem. — Eu estendi minha mão para fecharmos negócio.

Desta vez, foi Rocco quem puxou a mão para trás.

— Isso são dois favores que eu estou dando a você recebendo apenas um.

— Sim. E daí?

— E daí que eu deveria receber dois.

Arqueei uma sobrancelha. Ele inclinou a cabeça para um lado.

— É justo.

— Tudo bem, o que você quer?

Ele balançou a cabeça.

— Não sei ainda. Um futuro favor a meu critério.

— E ao meu — respondi, e sorri. — Combinado?

— Combinado.

Rocco e eu apertamos as mãos.

Ele se juntou a mim no sofá.

— O baile é sábado à noite.

— A que horas?

— Sete, então você deve passar lá em casa por volta das seis e meia.

O homem era um sonhador.

— Eu estarei lá até no máximo às seis.

— Não estou pedindo para você filmar ...*E o Vento Levou.* São apenas algumas fotos. Nada espetacular.

— Agora entendo porque Kaylene queria que eu tirasse as fotos.

— Tudo bem, tanto faz.

— Vejo você então.

Saí do sofá, peguei a tampa do Ben & Jerry's, coloquei de volta, e enfiei o pote no freezer.

Quando terminei, vi que Rocco estava em pé ao lado da porta. Ele tinha a mão na maçaneta.

— Essa sua amiga. Shawn alguma coisa.

— Shawntelle.

— Ela ainda está interessada em me conhecer?

— Ah, sim! Ela voltou a perguntar sobre você. Quer que eu envie uma mensagem de texto com o contato dela?

Ele hesitou, mas assentiu.

— Sim. Pode ser uma boa ideia.

— Ok, mas esteja avisado: ela é um mulherão.

O sorriso dele estava meio torto.

— Considero-me devidamente avisado.

Com isso, ele saiu do apartamento.

Eu tranquei a porta e pressionei minha testa contra a madeira enquanto um sentimento desconfortável tomava conta de mim. Estava surpresa por Rocco querer conhecer Shawntelle, mas, então, por que não? Ela deixara claro que estava interessada. Geralmente, eu gostava de unir casais, mas dessa vez era diferente. E não tinha certeza do porquê.

CAPÍTULO 12

Leanne

Sean me ligou na tarde de terça-feira, sugerindo que nos encontrássemos. Deu a entender que era uma questão de alguma importância.

— Se isso é sobre o acordo de divórcio...

— Não é — garantiu ele, me interrompendo.

— Então o que é?

— Você está bem? — Sean perguntou, ignorando a minha pergunta. — Não parece que é você falando.

— Eu estou ótima — disse rapidamente, embora eu pudesse sentir o calor aquecendo minhas bochechas.

Não conseguia compreender por que eu deveria sentir qualquer tipo de culpa sobre o que acontecera entre Nikolai e eu. Minha vida era somente minha agora, e eu poderia namorar ou beijar quem quisesse. Por mais ridículo que isso soasse, senti como se tivesse um grande "A" vermelho, de adúltera, pintado na testa.

Eu não tive muita vida social depois que Sean e eu nos separamos. Não parecia certo namorar quando eu ainda era legalmente casada, embora isso nunca houvesse impedido Sean. Desde o divórcio, não senti a necessidade de ter uma. Eu queria tempo para meu coração se curar e minha cabeça se ajustar a essas grandes mudanças na vida.

A ligação de Sean viera do nada. Era quase como se ele sentisse que eu estava finalmente e verdadeiramente seguindo adiante. Talvez ele soubesse que eu entrara em contato com um serviço de namoro on-line.

No começo da semana, encontrei um site que gostei e me inscrevi. Respondi a inúmeras perguntas e estava ansiosa por entrar no mundo da paquera de novo. Uma conexão apareceu de forma tão rápida que me pegou desprevenida. Earl Pepper seria meu primeiro encontro e nos veríamos naquela sexta-feira. Ok, não era um encontro de verdade. Eu não conseguia pensar assim. Era uma reunião para ver se estávamos interessados em namorar.

— Então, o que é? — perguntei.

Ele hesitou.

— É Jake.

— De novo? É algo que você não possa me dizer pelo telefone?

— Melhor não. Você vai me encontrar ou não? — As palavras dele soaram ansiosas, o que era raro. — Vamos almoçar.

Eu parei. Não pela sugestão dele de nos encontramos para almoçar, o que era incomum por si só. A voz dele o traíra, e embora eu não conseguisse detectar qual era o problema naquele momento, conhecia-o bem o suficiente para descobrir o que era depois, quando tivesse chance de pensar a respeito.

— Sean, tem alguma coisa errada?

— Não — ele disparou. — Por que você acha isso?

— Eu não sei se é uma boa ideia sairmos.

— Você ficaria mais confortável comendo em casa? Eu posso ir ao seu apartamento. Vou deixar você me preparar alguma coisa — ele disse como se estivesse brincando, embora eu soubesse que ele não estava.

Ainda assim, hesitei. Algo estava errado, algo que Sean não queria compartilhar comigo por telefone. Eu não tinha vivido 35 anos com esse homem para não captar as sutilezas da conversa, a mensagem não dita.

— Posso ver você ou não? — Ele exigiu.

— Tudo bem — concordei, e marcamos um horário para o sábado.

Na quarta-feira, eu estava nervosa por ver Nikolai novamente. Eu não havia parado de pensar nos beijos que compartilhamos. Eles permaneceram em minha mente, envolvendo-me em um calor estranho que eu não conseguia esquecer, por mais que eu tentasse. Eu queria empurrar a lembrança do abraço para fora de minha mente, mas encontrava minha cabeça e meu coração voltando àquela noite de novo e de novo, revivendo todos os momentos. Saboreei cada palavra que havíamos trocado; o gosto e a sensação dele permaneceram comigo. Ao mesmo tempo em que tentava esquecer, lutava com igual determinação para lembrar.

Quando cheguei ao Centro Comunitário, apesar da minha decisão de não o fazer, procurei automaticamente por Nikolai. Como imaginava, ele estava me esperando, e meu olhar foi direto para ele. No instante em que viu meu carro entrar no estacionamento, um enorme sorriso iluminou seu rosto. Mesmo antes de eu terminar de estacionar, ele começou a andar na minha direção. Assim como fizera desde o início, me trouxera mais um de seus maravilhosos pães caseiro. Eu temia esta noite e ansiava por ela com a mesma intensidade.

Assim que desliguei o motor, Nikolai abriu a porta do carro para mim. A expressão dele estava cheia de uma adoração que me fez querer abrir meus braços e girar como Julie Andrews na cena de abertura de *A Noviça Rebelde*.

Ele sorriu e não conseguia parar de olhar para mim.

Corei com toda aquela atenção e desviei o olhar, envergonhada e emocionada. Ele me deixou atrapalhada até que gaguejei:

— O-Olá, Nikolai.

— Olá — Ele colocou a mão no próprio peito. — Eu *pensar* dia. Eu *pensar* noite. Eu *pensar* em beijar você de novo e de novo. Eu *sonhar* com beijos. A lembrança é como ter bicho no corpo inteiro.

Precisei refletir sobre a frase.

— Estar com bicho-carpinteiro?

— Isso. Eu *pensar* e *pensar* e você nunca *sair* da minha cabeça.

Admito que tinha sido assim para mim também, mas dizer isso a ele só o encorajaria, então não disse nada.

— Você *gostar* também? — Ele pressionou. — Você *pensar* em beijo?

— Nikolai — peguei minha bolsa e livros, evitando contato visual —, devemos nos preparar para a aula.

Ele me entregou o pão.

— Para você.

— Obrigada.

Eu sabia que o melhor seria não recusar. Para Nikolai, o pão era tudo. Ele admitiu que deixava o pão dizer o que ele não conseguia transmitir com palavras. A lembrança dele afirmando aquilo havia sido gravada a fogo em minha memória. Nunca ouvira nada mais romântico ou amoroso.

Caminhamos em direção ao Centro quando Nikolai me lembrou:

— Vamos beber cerveja ucraniana hoje?

Mesmo antes de sair de casa, sabia que ele me lembraria de que eu tinha concordado. Eu pretendia desistir, mas ao ver a expressão calorosa nos olhos dele fui incapaz de desapontá-lo. Assenti. O sorriso dele ficou maior que nunca.

A aula pareceu voar, e, antes que eu percebesse, nosso tempo já havia acabado. Meus alunos saíram da sala, conversando e brincando uns com os outros. Como sempre, Nikolai foi o último a sair.

— Nos encontramos no mesmo lugar?

Eu hesitei.

— Nikolai, eu não...

— Não precisamos ir ao Milligan. Um lugar mais perto. Caminhando daqui, ok?

Recusá-lo era quase impossível. Eu não era capaz de encarar seus profundos e escuros olhos tão cheios de vida e felicidade e recusá-lo.

— Tudo bem.

Ele pegou minha mão, entrelaçando os dedos com os meus enquanto caminhamos três quarteirões até um bar luxuoso. Não era tão cheio ou barulhenta quando o Milligan.

Fomos direcionados para uma mesa e Nikolai me ajudou a tirar o casaco. Assim que sentamos, ele me deu um menu de bebidas. Nikolai franziu a testa com desapontamento ao examinar a folha.

— Eles não *ter* cerveja ucraniana, então devemos beber cerveja americana. Não tão boa, mas tudo bem.

Escondi um sorriso.

— Eu preferiria um copo de vinho, se você não se importar.

— Não, não, eu não me *importar*. Você *beber* o que quiser. Você *estar* com fome?

Neguei com a cabeça.

— Eu comi antes da aula.

O garçom veio anotar o nosso pedido e saiu, prontamente retornando com nossas bebidas.

Nikolai esperou até que o homem saísse de novo antes de falar.

— Você preocupada? — perguntou ele, com uma expressão inquieta. — Vejo isso em você. Você não *sorrir tanto*. — Ele segurou minha mão sobre a mesa. — Conte-me. Você pode dizer tudo para mim.

Eu não sabia que era tão transparente. Embora tivesse tido alguns dias para refletir sobre o que dizer a Nikolai, me encontrei perdida nele. Perdida no amor e calor que ele irradiava.

— É sobre beijos? — questionou ele.

— Eu gostei de beijar você, Nikolai. — Era importante que eu não o ofendesse. A verdade é que eu havia gostado mais dos beijos dele do que ousava admitir. — Você tem que lembrar que fui casada por 35 anos... E fui fiel ao meu marido.

Ele me estudou, quieto, esperando com o que parecia uma antecipação preocupada.

— Eu não... — Fechei os olhos brevemente, sem saber como explicar o que sentia. — Eu gosto tanto de você...

O rosto dele explodiu em um sorriso; os cantos dos olhos se enrugaram com linhas finas. Eu hesitei, pensando que ele poderia querer responder algo, mas ele não quis.

— Você foi o primeiro homem que beijei desde o meu divórcio — sussurrei, abaixando a cabeça.

Bebi o vinho, esperando que o líquido me desse coragem para dizer o que precisava ser dito.

— Isso é uma grande honra. — Os olhos escuros brilhavam de felicidade. — E você *gostar* de mim. Eu *gostar* de você também. Eu não *beijar* muitas mulheres desde que minha esposa *morrer*. Meu coração era triste demais até eu encontrar você e então *dizer*: agora é hora. Essa é boa mulher. Quando eu *venho* para a América, achei que é hora. Achei que isso é uma segunda chance. Quando eu *chegar*, não tinha nada além de minhas mãos.

Para provar o seu ponto, ele levantou as mãos.

— Tudo que sei é fazer pão. Pão é vida, e sinto que é minha honra, meu privilégio, assar meu pão. Amigos *me ajudar*, amigos da Ucrânia *me ajudar*, *me encontrar* lugar para morar. É um bom apartamento, você vem visitar algum dia, ok?

Eu fiz um gesto evasivo, mas ele não pareceu notar, pois estava ocupado falando.

— Amigos me *apresentar* ao Sr. Koreski e eu *fazer* pão para ele e ele me *pedir* para ir trabalhar na padaria. Eu feliz. Acho que

Magdalena me *ajudar* do céu. Ela me *dizer* que é hora de eu começar uma nova vida na América e deixar a velha vida na Ucrânia.

Aquela era a primeira vez que ele mencionava ser viúvo. Eu suspeitava que ele fora casado, mas ele nunca havia contado.

— É bom que você tenha amigos.

— Eu *fazer* mais amigos. Da turma. Bons amigos.

Ele continuou a me estudar atentamente.

— Amigas mulheres também — falei, sentindo-me tímida e um pouco envergonhada.

Ele hesitou.

— Algumas.

Continuei a pressionar, sem entender bem por quê.

— Você já beijou outras mulheres desde que sua esposa morreu?

Ele ficou sério e assentiu.

— Desculpa. Ainda não *encontrado* você.

— Nikolai, por favor, não se desculpe. Não foi por isso que eu perguntei.

— Ninguém mais me *fazer* sentir como você. Quando eu com você, eu *sentir* alegria no meu estômago, nos meus braços e pernas. Minha cabeça *sentir* alegria e quero assar pão de novo, pão com minhas próprias mãos, não pão de máquina como na padaria.

Eu sabia que o que eu estava prestes a dizer iria feri-lo. Apenas saber disso já me machucava. Era importante que eu não o enganasse. Isso tudo era novo para mim, e bastante inesperado.

— Eu preciso sair com outros homens, Nikolai. Você é o único homem que beijei desde meu divórcio, e não sei o que estou sentindo por você. Pode ser o simples fato de que faz muito tempo desde que senti o toque de um homem. Eu não quero machucá-lo, mas também não quero iludi-lo.

A felicidade se esvaiu dele enquanto ele olhava para mim como se tivesse certeza de que me ouvira errado.

— Você *querer* conhecer outros homens para beijar? Como você *conhecer* esses homens?

Eu engoli em seco.

— Eu me inscrevi em um serviço de namoro on-line.

Ele balançou a cabeça como se dissesse que tudo estava errado e afastou a mão da minha. Os olhos escuros ficaram intensos, como se ele fosse incapaz de entender o que eu dissera.

— O que é esse serviço de namoro?

— É um lugar onde homens e mulheres solteiros vão para conhecer outras pessoas.

— Você *precisar* conhecer outras pessoas? — Novamente, ele balançou a cabeça. — Você vai encontrar e beijar outros homens?

— Talvez. Eu não sei ainda.

— Quando você *fazer* isso?

Eu não sabia o que dizer a ele.

— Vou conhecer alguém na sexta à noite. Não é um encontro. Vamos apenas tomar um café e ver se somos compatíveis.

O rosto de Nikolai endureceu.

— O que é essa palavra? *Compatível?*

— Significa que vamos nos encontrar para ver se queremos namorar, continuar passando tempo juntos.

Nikolai parecia completamente abatido.

— Você entende por que estou fazendo isso?

Ele balançou a cabeça.

— Não, eu não *entender* porque você *querer* outro homem. Porque você *querer* beijar homem que nem conhece.

— Eu não vou beijá-lo. — Eu precisava esclarecer isso, porque poderia chegar o momento em que eu beijaria Earl. — Não na sexta-feira.

Alívio apareceu nos olhos escuros.

— Você não *beijar* esse homem?

— Vamos apenas tomar café— expliquei de novo, e olhei para o relógio. — Eu preciso ir para casa. Obrigada pelo vinho.

Nikolai deixou dinheiro na mesa para pagar nossas bebidas e me ajudou a colocar o casaco.

— Eu *levar* você para o carro.

— Obrigada.

Ele pegou minha mão mais uma vez e ficou quieto no caminho de volta. Eu sabia que ele precisaria de tempo para absorver o que eu dissera. Quando chegamos ao estacionamento, eu destranquei meu carro e ele abriu a porta para mim. Ele não me beijou, e, quando dirigi para casa, percebi quão desapontada eu estava quanto a isso.

Na sexta-feira, eu estava acabada. Felizmente, eu tinha Kacey para me tirar da beira do abismo. Ela foi ao meu apartamento e passou a maior parte da tarde me oferecendo conselhos e encorajamento.

— Apenas seja você mesma — disse minha amiga de longa data, como se a noite fosse ser fácil.

— Eu me sinto... Eu não sei... desencorajada.

Eu precisava lembrar que aquele encontro atingia dois itens de nossa lista — Regras nº 2 e 3 — **cultivar novos amigos** e **desapegar para receber.** Kacey colocou a mão na cintura.

— Desencorajada? Por quê? É só um café. O que poderia acontecer? Ele é vacinado, você é vacinada. Divirta-se! Viva um pouco!

Ela estava cheia de conselhos. Eu me perguntava como Kacey agiria na minha situação. Que pergunta tola. Conhecendo minha amiga, ela passaria por todo o encontro sem cometer nenhuma gafe.

Balancei a cabeça e não me senti nem um pouco reconfortada.

— Você entende quanto tempo faz desde que eu fui a um encontro? Eu sei, eu sei, isso não é um encontro. Estamos apenas indo tomar café.

— Você e Earl se falaram?

— Apenas por e-mail.

Earl parecia bastante agradável. Tínhamos a mesma idade e ambos éramos divorciados. No papel, fazíamos uma combinação perfeita, ou pelo menos o computador parecia pensar assim. Eu gostava do fato de Earl ser de Portland. Parecíamos ter muito em comum. Como eu, ele gostava de ler e de montar quebra-cabeças. Compartilhávamos as mesmas opiniões e valores políticos. Ele acreditava em Deus e na família da mesma forma que eu e frequentava a igreja.

Quando terminei de me vestir e estava pronta para sair, Kacey deu um passo para trás e deu um sorriso satisfeito e convencido.

— Você está ótima!

Eu deveria estar, já que passamos quase três horas vasculhando cada peça de roupa no meu armário. Eu tinha experimentado mais roupas do que um manequim da Macy's.

Nichole passou pelo apartamento alguns minutos antes de eu sair. Kacey voltou para casa para se preparar para um evento de degustação de vinhos no clube com o marido, Bill.

— Queria desejar-lhe sorte — disse Nichole, abraçando-me.

— Como estou? — perguntei, dando uma voltinha.

— Deslumbrante! Vai deixá-lo de queixo caído. Ele vai ficar fascinado pelo seu charme e sua beleza. Depois de uma hora tomando café, não vai mais conseguir te tirar da cabeça.

Eu ri. Não poderia ter uma torcida melhor.

— Jake está com Owen?

— É o fim de semana dele — ela confirmou. — Ele o pegou na escolinha esta tarde.

Eu sabia que Nichole ainda sofria devido ao divórcio. Eu estava orgulhosa do quão duro ela estava se esforçando para seguir em frente. Nós duas estávamos. Não era fácil, mas ficarmos próximas e encorajar uma a outra era uma grande ajuda.

Earl sugerira que nos encontrássemos para tomar uma bebida, mas preferi marcar na Starbucks. Eu precisaria estar sóbria.

Nunca gostei muito de tomar bebidas alcóolicas. Uma única taça de vinho era o meu limite.

Fui andando até a Starbucks, que ficava no bairro. O som dos meus passos ressoava como marteladas de medo na minha cabeça. Eu não tinha um bom pressentimento sobre o encontro e duvidava que estivesse pronta. Mas, então, eu duvidava que algum dia eu estaria realmente pronta.

Assim que entrei na cafeteria, avistei Earl imediatamente. Ele sentou-se em uma das mesas e notei que já havia comprado dois cafés. Ele estava virado para poder observar a porta e, quando me viu, ficou de pé. Notei que ele tinha um sorriso bonito. Quando me aproximei, ele estendeu a mão.

— Você deve ser Leanne.

— E você deve ser Earl.

Eu fiz um esforço genuíno para sorrir e parecer relaxada e feliz.

— Espero que você não se importe. Tomei a liberdade de comprar seu café.

— Não me importo nem um pouco.

Ele puxou minha cadeira e eu me sentei.

A conversa fluiu facilmente durante a hora seguinte. Nenhum de nós mencionou nosso relacionamento passado e fiquei grata por deixar Sean fora da conversa. Fiquei sabendo que Earl era solteiro havia quatro anos e trabalhava na Intel. Ele tinha três filhos, todos adultos, e dois netos. Não demorei muito para descobrir como ele era simpático ou quão grande era seu senso de humor. Como o computador previra, nós éramos uma boa combinação.

Foi exatamente o que eu disse a Kacey quando liguei para ela horas depois, naquela noite. Ela me fez prometer ligar assim que eu chegasse em casa. Se eu não o fizesse, ela havia ameaçado dirigir até a cidade e bater na minha porta.

— Ele parece perfeito — comentou Kacey.

— Mas...

— Você vai me dizer que há um "mas"? — Ela reclamou. — Eu não quero ouvir.

— Este foi meu primeiro quase encontro — lembrei a ela, pressionando o celular contra a orelha enquanto andava descalça no tapete, afundando meus dedos na espessura macia.

— Diga-me sobre o "mas", e se apresse porque preciso sair em dez minutos.

— Está bem, está bem. No papel, Earl e eu parecemos que fomos feitos um para o outro, mas, Kacey, simplesmente não houve nenhuma faísca. Nada. Eu gostei dele, e Earl disse o mesmo sobre mim, mas não houve uma conexão. Zero. Nada. Nadinha.

— Nem sempre a química é o mais importante — minha amiga me lembrou.

— Eu sei. Mas Earl também não sentiu. Nós nos abraçamos na hora de ir embora e desejamos boa sorte um ao outro.

Consegui ouvir Kacey suspirar.

— Você está deprimida?

— De modo algum. Tive uma noite agradável e conhecer Earl me deu esperança. Foi encorajador.

Kacey estava muito mais desapontada do que eu.

— Não desanime. Há alguém especial esperando por você.

— Eu sei — respondi, e eu realmente sabia.

Quando me deitei na cama, eu estava relaxada e cansada. O dia havia sido exaustivo. Dormi como um cordeiro e acordei na manhã de sábado sentindo-me revigorada e ansiosa para enfrentar o dia. Nichole e eu nos encontraríamos mais tarde pela manhã para fazer compras na feira.

Tinha acabado de vestir uma calça jeans, um suéter e uma jaqueta de lã azul quando a campainha tocou. Presumi que fosse Nichole e fiquei surpresa ao encontrar Nikolai.

No instante em que ele me viu, abriu um sorriso. Eu me afastei para que ele pudesse entrar no apartamento.

— Nikolai, o que você está fazendo aqui?

Eu não sabia que ele tinha o endereço da minha casa.

— Desculpa. Eu sei que não é bom eu vir, mas não durmo. Eu me preocupo e então tenho ideia. Muito boa ideia.

Ele segurou meus ombros com ambas as mãos e me encarou atentamente antes de perguntar:

— Você *encontrar* outro homem para tomar café?

— Sim.

— Você *beijar* outro homem?

Ele franziu a testa, como se achasse a pergunta difícil de fazer.

— Não de verdade.

Eu não considerava o beijo de Earl na minha bochecha ao final da noite como um beijo de verdade.

Os olhos de Nikolai se escureceram enquanto ele continuou a me estudar atentamente.

— O que "não de verdade" significa?

— Ele beijou minha bochecha.

— Isso é bom. — O alívio dele era claro. — Você *dizer* que *precisar* conhecer outros homens. Beijar outros homens. No começo eu não entendo por quê, então eu percebo que você *precisar* disso depois de tantos anos com um homem. Mas acho que talvez você *precisar* de mais.

— Mais?

— Sim, sim! Você *precisar* comparar!

— Comparar? Como?

Eu não estava acompanhando o raciocínio dele.

— Assim!

As grandes mãos de Nikolai emolduraram meu rosto, os longos dedos deslizaram por meu cabelo enquanto ele aproximava sua boca na minha. Eu não havia sentido nenhuma faísca ou química com Earl. Nenhuma. Se eu estava procurando por faíscas, então o beijo de Nikolai fora um show inteiro de fogos de artifício no Quatro de Julho.

Lentamente, com relutância, ele me soltou. Fiquei de olhos fechados, saboreando o beijo, sem vontade de abrir mão do calor que me preenchera.

— Você *sair* com outro homem, depois *namorar* comigo e compara. Tudo bem?

Continuei atordoada, incapaz de falar.

— Você *precisar* de mais comparação? — perguntou Nikolai, puxando-me de volta para seus braços.

Eu sorri suavemente e assenti.

CAPÍTULO 13

Nichole

Leanne e eu estávamos indo para a feira, o nosso passeio favorito de sábado. Como eu estava lecionando em período integral, mesmo que temporariamente, havia reduzido meu voluntariado na *Vestida para o sucesso* para um sábado por mês, então eu tinha mais tempo livre.

Minha sogra e eu costumávamos nos encontrar no corredor do lado de fora dos nossos apartamentos, que ficavam um de frente para o outro. Quando ela não apareceu, bati na sua porta. Alguns minutos se passaram antes que ela atendesse, e, quando o fez, seu rosto ficou vermelho e havia um homem atrás dela. Eu imediatamente soube que aquele devia ser Nikolai. Ele tinha a aparência clássica de alguém da Europa Oriental, com uma testa larga, maçãs do rosto acentuadas e um cabelo grisalho grosso. Leanne havia mencionado ele várias vezes.

Quando viu que era eu, pareceu confusa e soltou:

— Ah, desculpe! Eu... Eu não percebi que já estava na hora.

Leanne pegou a bolsa e então pareceu lembrar que tinha companhia. Virou-se abruptamente.

— Nichole, esse é Nikolai Janchenko, um dos alunos da minha turma. Nichole é minha filha.

Amei o fato de ela ter me apresentado como sua filha.

Nikolai correu e pegou minha mão, sacudindo-a com entusiasmo.

— É uma grande honra conhecer a filha da minha professora.

Eu não pude deixar de sorrir frente ao calor e afeto que ele irradiava.

— Você é o aluno que faz pão para ela, não é?

Ele assentiu.

— Pão é vida. Pão é amor.

— Nichole e eu vamos à feira agora — explicou Leanne, apertando a bolsa como se estivesse com medo de encontrar um assaltante. — Vejo você na segunda à noite, Nikolai.

— Segunda-feira — ele repetiu enquanto seu olhar se voltava para Leanne.

O olhar que ele deu a Leanne disse tudo. Nikolai a amava. Os sentimentos dele por ela irradiavam como luz de velas em um espelho. E se a maneira como ela reagira fosse qualquer indicação, minha maravilhosa sogra tinha sentimentos ternos por ele também.

Todos descemos juntos no elevador. Nikolai foi em uma direção e nós fomos pela outra.

Não havíamos andado mais do que alguns metros quando Leanne disse:

— Vá em frente. Eu sei que você está morrendo de vontade de comentar algo.

Ela me conhecia bem. Eu estava me contorcendo por dentro, mal conseguindo conter as palavras.

— Minha nossa, Leanne, Nikolai é um tesouro! Você viu o jeito que ele olha para você? Ele acha que você pode andar na água.

— Sou a professora dele — ela insistiu. — Isso é tudo.

— Nada mais? — provoquei. — Você tem certeza?

— Eu... não sei.

Eu não queria envergonhá-la, então não insisti mais.

— Ele adora você.

Leanne mordeu o lábio e sussurrou:

— Ele me beijou.

Ela parecia tão insegura e envergonhada, mas eu sabia que era porque não estava familiarizada com essas emoções. Leanne havia sido casada todos aqueles anos e, embora nunca tivéssemos discutido isso abertamente, eu suspeitava que houvera poucas demonstrações de afeto entre ela e Sean. Qualquer coisa física fora apenas para manter as aparências. Poderiam ter se passado anos desde a última vez que ela fora beijada.

— Você gostou? — perguntei, deslizando meu braço ao redor dela.

— Sim — ela respondeu, a voz ganhando força. Então, levantou a mão para o rosto. — Eu realmente gostei. Mas, Nichole, estou tão confusa! Tenho sentimentos mistos. Sou professora de Nikolai e não tenho certeza se me envolver romanticamente com ele é ético.

— Bobagem!

— Receio que o que talvez ele sinta seja gratidão.

Eu ri.

— Bobagem ao quadrado! Eu vi o jeito como ele olha para você.

— Ele é tão diferente de Sean...

— Isso é uma coisa ruim? — perguntei, dando risada. — E esse não é um dos itens da nossa lista? Amarmos a nós mesmas? Isso inclui se abrir para amar os outros.

— É que eu não sei o que estou fazendo. Esses sentimentos são tão estranhos. Estou confusa. No entanto, quando estou com ele, uma felicidade me domina e não consigo parar de sorrir.

— Seja feliz, Leanne! Não deixe ninguém lhe dizer o que você deve sentir. Apenas seja feliz.

Ela ficou quieta.

— Eu não sei mais o que sinto. Conheci o homem daquele site de namoro on-line e ele foi ótimo, mas não tivemos uma ligação. Nós dois soubemos quase imediatamente que, embora pudéssemos ser amigos com facilidade, não havia nenhuma possibilidade de romance. Eu me culpo por isso.

Isso era parte do problema de Leanne. Ela assumia muito mais responsabilidade do que era necessário.

— Em vez de aproveitar a noite — ela confessou —, tudo em que eu conseguia pensar era em Nikolai.

— Precisamos adicionar outra regra à lista. Regra nº5: **Esteja aberta a novas experiências. Não deixe o passado manchar o futuro.**

— Acho que essa é uma boa adição — ela sussurrou.

Nós nos divertimos muito na feira, como sempre fazíamos. Voltamos ao apartamento com os braços cheios de produtos frescos da fazenda e ovos que haviam sido postos naquela manhã.

— Você tem planos para hoje à noite? — perguntou Leanne.

Na verdade, eu estava ansiosa para ver Rocco e Kaylene.

— Sim, vou à casa do Rocco para tirar algumas fotos dele e de Kaylene antes do grande baile de pai e filha.

— Você gosta dele, não é? — Leanne pressionou.

Eu gostava, e me senti um pouco boba admitindo isso.

— Ele é um amigo.

E era mesmo. Nós havíamos conversado algumas vezes desde que me trouxera sorvete. Basicamente, ele me ligara para checar se eu estava bem e me deu um bom conselho sobre deixar o passado para trás. Ele tinha enviado uma mensagem:

Sei que você está sofrendo, mas isso vai passar. Eu prometo a você que, com o tempo, suas lágrimas vão secar e seu coração vai se curar.

Eu escrevi a frase em um papel e o coloquei na mesa do meu quarto com a promessa de que nunca deixaria ninguém saber, especialmente meus amigos, que ele era o autor.

Leanne não insistiu em mais informações sobre minha amizade com Rocco e fiquei grata. Deixei as compras no apartamento, limpei e passei aspirador de pó na cozinha antes de encontrar Laurie, minha melhor amiga, para o almoço. Nós duas havíamos feito uma viagem extravagante para um spa no Arizona havia alguns anos, quando eu ainda era casada com Jake. Meu marido tinha arranjado tudo. Agora, eu suspeitava que ele fizera isso para passar mais tempo com a amante. Em retrospecto, acabei me perguntando se fora naquele fim de semana que ele a engravidara.

Depois do almoço e de uma longa conversa com Laurie, voltei ao apartamento e terminei a limpeza da casa e botei algumas peças de roupa para lavar. Os fins de semana sem Owen eram estranhos. Eu sentia falta do meu filho. Precisaria me acostumar com esse tempo sozinha, que me parecia desconfortável e inadequado. Jogos mentais bobos enchiam minha cabeça, e eu pensava em todos os "e se" em relação ao meu casamento e à minha vida. Nunca tinha esperado criar meu filho com um pai de meio período.

Às 17h30, peguei um casaco e saí pela porta para encontrar Rocco e Kaylene.

Quando cheguei, Kaylene atendeu a porta e me disse que Rocco ainda estava se arrumando. Ele apareceu uns cinco minutos depois.

— *Uau!* — disse Kaylene, e eu tive que concordar com a avaliação dela.

Mal reconheci Rocco como o motorista de reboque que eu havia conhecido semanas atrás. O macacão e as camisas manchadas de graxa haviam sumido. Ele estava usando camisa e gravata.

Também havia cortado o cabelo e se barbeado, enfatizando um queixo forte. Quase o olhei dos pés à cabeça uma segunda vez.

— Bem... e aí? — perguntou ele, dirigindo a pergunta para mim.

— Você até que é bonitinho — provoquei.

Ele esfregou a mão ao longo do rosto barbeado.

— Vou aceitar isso como um elogio.

— Foi um elogio.

A diferença era impressionante. Ele poderia ser um executivo do jeito que se portava, bem, tirando as tatuagens. Rocco parecia preencher o quarto inteiro, e por alguns momentos desajeitados eu não consegui tirar os olhos dele. Kaylene poderia ter dito isso, mas eu certamente estava pensando a mesma coisa. *Uau!*

Kaylene e eu já havíamos decidido a melhor iluminação para a fotografia, então posicionei os dois em pé na frente da lareira. Tirei várias fotos, trocando de posição algumas vezes para um ângulo melhor. Rocco estava ficando visivelmente impaciente enquanto eu continuava fotografando.

— Eu só consigo manter esse sorriso por pouco tempo — ele murmurou depois de cerca de dez minutos.

— Ok, tenho mais do que o suficiente.

Entreguei a câmera de volta para Kaylene.

Vendo que minha missão estava cumprida, peguei a bolsa e estava pronta para partir quando ela me chamou.

— Nichole, você ajudaria meu pai?

Meu olhar foi para Rocco, que enfiou as mãos nos bolsos da calça.

— Você precisa de ajuda?

Kaylene respondeu:

— Papai já desaprendeu a dançar.

Rocco franziu a testa para a filha.

— Não se preocupe. Vou me virar quando estivermos lá.

Eu coloquei minha bolsa no chão.

— Treinar um pouco não vai machucar ninguém.

Kaylene pegou o iPad e colocou uma música. Eu estendi meus braços para Rocco e mexi os dedos.

— Vamos lá, bonitão, vamos dançar.

Ele não parecia feliz.

— Papai tem dificuldade com as danças lentas — explicou Kaylene. — Ele acha tudo ridículo.

Vendo que Rocco não estava vindo em minha direção, fui até ele.

— Você está se estressando com isso sem necessidade — afirmei. — As danças lentas são mais fáceis. Tudo o que você precisa fazer é me abraçar. — Eu decidi que a melhor maneira de explicar isso era enlaçar meus braços ao redor da cintura dele. — Agora, segure minha cintura.

Relutantemente, ele fez o que pedi. Rocco se manteve rígido e seu toque era leve, como se preferisse fazer qualquer outra coisa além daquilo.

— Agora eu faço o quê? — murmurou, soando nada satisfeito.

— Feche os olhos.

— Por quê?

A pergunta era um desafio.

— Porque eu quero que você sinta a música.

Ele resmungou baixinho e soltou as mãos da minha cintura.

— Isso é ridículo!

— Papai! — exclamou Kaylene com um tom de súplica.

— Se você preferir não segurar minha cintura, pegue minhas mãos.

Rocco gemeu em protesto, o que fez pouco para impulsionar o meu ego. Ele não poderia ter deixado mais óbvio que preferiria não me tocar.

— Então, você conheceu Shawntelle? — perguntei, pensando que uma pequena distração seria útil.

Ele assentiu.

— O que achou dela?

Rocco deu de ombros e não respondeu à pergunta.

— Eu ainda preciso fechar meus olhos?

— Vai ajudar. Você prefere tentar com Kaylene?

— Não — ele sussurrou, e fechou os olhos.

Dei-lhe tempo para ouvir a música e, depois de alguns instantes, ele pareceu pegar o jeito. Senti que estava relaxando.

— Quando começar a sentir a música, apenas balance o corpo. Você não precisa aprender nenhum passo chique. Isso é sobre você e sua parceira; não é necessário impressionar ninguém com algo muito elaborado.

O celular de Kaylene tocou.

— É a Maddy! — Ela anunciou, como se o nome tivesse um significado importante.

O que quer que precisasse ser discutido, era importante o suficiente para ela sair da sala.

Rocco estava indo muito bem. Os passos dele ficaram lentos e confiantes. Se o objetivo final era que ele aprendesse a dançar, poderíamos ter parado ali. Mas a verdade é que eu estava gostando de dançar com ele. Fechei meus olhos, deixando a música me levar. Era uma linda canção de amor e senti os braços de Rocco me abraçando. Eu podia sentir sua respiração no meu cabelo quando ele pressionou o queixo contra o lado da minha cabeça.

Fazia tanto tempo desde que eu fora abraçada com tanta ternura. Eu podia ouvir o coração dele, que batia em uníssono com o meu. Rocco uniu as mãos nas minhas costas e gentilmente esfregou o rosto contra o meu.

Minha nossa.

Eu podia me sentir mergulhando na música, mas, de forma mais surpreendente, em Rocco. Naquela mesma manhã, eu havia contado a Leanne como ele era um bom amigo. Mas, agora, com seus braços ao meu redor, não estava tendo pensamentos nada *amigáveis*. Era como se meu corpo tivesse despertado para o fato de eu ser uma mulher, e Rocco, um homem — um homem viril e ativo.

Meu coração acelerou, batendo em descompasso. Mordi o lábio quando o senti beijar o topo da minha cabeça. Naquele momento, eu deveria ter me afastado. Eu deveria ter afirmado que ele sabia tudo o que era necessário para dançar e fingido que nada havia mudado. Mas alguma coisa havia mudado. Nós tínhamos mudado. Muito.

Por mais que eu tente, não sei explicar o que aconteceu depois. Inclinando um pouco a cabeça para trás, rocei meus lábios contra o pescoço dele. Rocco tinha um cheiro tão bom. Um aroma cítrico e másculo que me deixou inebriada e cheia de desejo.

Ele parou de se mover e recuou apenas o suficiente para poder olhar para mim, os olhos estreitos e intensos. Senti minhas bochechas avermelharem sob seu escrutínio. Eu deveria ter me desculpado e alegado que tinha perdido a cabeça e que beijá-lo fora um erro tolo. Mas isso teria sido mentira.

De repente, as mãos dele estavam no meu cabelo e eu sabia que ele pretendia me beijar. Ele hesitou, como se esperasse que eu quebrasse o contato visual ou me afastasse. Eu sabia que deveria. Sabia que era a coisa certa a se fazer, mas não consegui.

Bem lentamente, ele encostou a boca na minha e nos beijamos. Quando eu digo que nos beijamos, quero dizer que *nos beijamos*. O mundo poderia ter acabado naquele momento e eu não teria me importado. Meus joelhos quase falharam com o choque de calor que disparou através do meu corpo. O beijo dele me desnorteou, envolvendo nossas bocas e línguas e até mesmo nossos dentes. Era como se estivéssemos famintos e tivéssemos nos deparado com um banquete. As mãos dele seguraram meu rosto e perdemos toda a pretensão de dançar. Só nos separamos quando ouvimos a aproximação de Kaylene.

Eu não conseguia olhar para Rocco, então abaixei a cabeça enquanto tentava freneticamente recuperar meus sentidos e acalmar meu coração acelerado. As mãos dele nos meus ombros me deixavam firme e eu estava grata por isso.

— Era Maddy — disse Kaylene novamente, e parecia alheia ao que havia acontecido entre nós dois

— Foi o que você disse — murmurou Rocco.

Ele colocou o dedo debaixo do meu queixo e levantou minha cabeça para que pudesse olhar para mim. Seus olhos encaravam profundamente os meus. Ele parecia confuso e inseguro, ou eu poderia estar apenas enxergando meu próprio reflexo.

— Papai? Está tudo bem?

— Tudo perfeito. Vá pegar o casaco. É hora de irmos.

Embora falasse com a filha, os olhos famintos de Rocco se recusavam a me libertar.

Eu sabia que provavelmente deveria dizer alguma coisa, mas não consegui encontrar uma única palavra. Rocco parecia compartilhar da minha situação.

Kaylene voltou com o casaco.

— Pensei que você tinha dito que era hora de ir.

— E é.

Rocco segurou minha mão e levou-a aos lábios, beijando-a. Então, sorriu e sussurrou:

— Uau.

CAPÍTULO 14

Leanne

Terça-feira à noite após o jantar, fui em um segundo encontro arranjado através do serviço de namoro on-line. Foi novamente na Starbucks. O nome dele era Ron e, à primeira vista, era animado e encantador. Infelizmente, ele lembrava muito Sean: extremamente polido e gentil, se esforçando para me impressionar. Parecia que queria ter certeza de que eu compreendia quão bem-sucedido e realizado ele era. Ouvi de forma educada por quase sessenta minutos, agradeci e me levantei.

— Que tal jantar neste fim de semana? — Ele perguntou enquanto pegava o casaco.

Eu joguei meu copo de café vazio no lixo e olhei para trás, surpresa por ele não ter lido minha linguagem corporal.

— Obrigada, mas acho que não.

Ele franziu a testa, como se minha recusa o tivesse pegado de surpresa.

— O que tem de errado? Pensei tínhamos nos dado bem. Você é uma das mulheres mais interessantes que conheci. Gostaria de conhecê-la melhor.

— Mesmo? E o que você sabe sobre mim que me faz interessante? — questionei. — Você sabe que tenho um filho e um neto? Sabe que eu fui casada por 35 anos? Diga-me o que você sabe sobre mim, porque o tempo todo em que ficamos sentados aqui, só falou de você.

Ele deu um passo para trás, como se minha honestidade súbita o tivesse abalado.

— Eu não preciso de um homem na minha vida, Ron. Não sei bem por que me inscrevi nesse site. Eu agradeço o seu tempo e desejo-lhe o melhor. — Pelo olhar chocado em seu rosto, acredito que ninguém nunca havia se incomodado em mencionar como ele era egoísta. — Se você não se incomoda com uma sugestão, da próxima vez que encontrar alguém, não se esforce tanto para impressioná-la. Mostre interesse. Faça perguntas e escute, e você ficará surpreso com quão divertido a pessoa vai pensar que *você* é.

Esse fora o máximo que eu falei durante a hora inteira em que estivemos juntos.

Ele parecia ter ficado mudo, e levou vários segundos antes de concordar e dizer:

— Obrigado... Eu irei.

— De nada.

Ele me seguiu para fora da Starbucks.

— Eu... Ninguém nunca foi tão direto comigo antes. Será este o motivo pelo qual apenas algumas mulheres quiseram me ver além do primeiro encontro?

— É meu palpite.

Ele esfregou o queixo.

— Tem certeza de que você não quer me dar uma segunda chance?

O convite dele me fez pensar, e eu considerei seriamente, mas já sabia que estaríamos perdendo nosso tempo.

— Eu não sou a mulher certa para você. Ela está lá fora e você é perfeito para ela. Encontre-a e não perca seu tempo comigo.

O sorriso dele foi genuíno.

— Farei isso.

Voltei para o apartamento e, em menos de cinco minutos, Nichole bateu na porta. Ela deixou a porta do próprio apartamento aberta no caso de Owen acordar, para poder ouvi-lo.

— E então? Como foi?

— Nem pergunte.

— Isso é ruim?

— Não, não é ruim. Não sei por que me inscrevi, Nichole. Eu vejo esses homens e todos parecem maravilhosos no papel — ou melhor, na tela —, e então eu percebo algo que li há muito tempo: "*é preciso um homem incrível para substituir homem nenhum*". O fato é que estou feliz. Gosto da minha vida do jeito que ela está. Eu não estou procurando por amor e estou perfeitamente contente em ser solteira.

— Mas é bom saber onde pisa, não acha? — perguntou minha nora. — Quer dizer, isso ajudou você a perceber o que já sabe.

Eu me animei.

— *Saber onde pisa*. Essa é uma ótima expressão para a aula de amanhã! — exclamei, não que eu estivesse pensando sobre a aula tanto quanto estava pensando em Nikolai.

Na segunda-feira, eu mencionei a ele que encontraria Ron na noite seguinte. Eu não sabia por que senti a necessidade de contar a ele, mas imediatamente me arrependi ao perceber quanto a notícia o havia incomodado. Talvez inconscientemente estivesse buscando mais de seus "beijos de comparação". Eu não conseguia entender. Cada vez mais meus pensamentos eram tomados pelo ucraniano que me assava os pães mais deliciosos.

Pão. Porque o pão transmitia o que ele não conseguia dizer com palavras. Mesmo agora, lembrar-me daquilo fazia os pelos dos meus braços se arrepiarem.

— Venha — disse Nichole, interrompendo meus pensamentos sobre Nikolai. Ela inclinou a cabeça em direção ao seu apartamento. — Vamos conversar um pouco.

Fazia muito tempo desde que fizemos isso. Naturalmente, morando tão perto, nos víamos regularmente. Eu cuidava de Owen tanto quanto meu cronograma permitia. Agora que Nichole dava aulas e Owen estava na creche, ela não precisava de mim tanto quanto antes.

Afundei no sofá enquanto Nichole preparava a chaleira.

— Parece que quase não tivemos oportunidade de conversar nos últimos tempos. Eu sei que é por causa do meu trabalho, mas sinto sua falta. Sinto falta das nossas conversas motivacionais.

Eu também sentia falta das nossas conversas, e tinha novidades.

— Sean me ligou — contei. — Ele quer me ver no sábado.

Eu tinha visto ou falado com ele apenas algumas vezes desde o divórcio, e o fato de ele ter entrado em contato comigo duas vezes dentro de poucas semanas era incomum.

— Sean quer ver você? — perguntou Nichole, carregando duas canecas e sentando-se ao meu lado.

— Ele insinuou que tinha algo a ver com Jake, mas tive a sensação de que era mais do que isso.

A intuição me dizia que ele tinha outra coisa em mente e que nosso filho era apenas uma desculpa. Eu senti na voz dele. Um tom de preocupação, de dúvida e algo que parecia ser medo. Claro, poderia ter sido apenas minha imaginação.

Nichole fez uma pausa, me estudando.

— Não deve ser uma boa notícia sobre Jake. Eu tive a sensação de que algo estava errado quando peguei Owen no domingo. Não consegui descobrir, mas não acho que seja um problema relacionado a mulheres. Não desta vez.

Se Jake era a preocupação que Sean queria discutir, então poderia ter algo a ver com o trabalho. Eu fiquei sabendo, por meio de Kacey, que ele tinha tirado muitas folgas desde que Nichole tinha saído de casa.

— Estou chateada comigo mesma — admiti.

Nichole ergueu as sobrancelhas em questionamento.

— Quando Sean ligou, ele sugeriu nos encontrarmos para jantar. Eu hesitei e então ele riu e disse que me deixaria cozinhar alguma coisa. Era quase como se estivesse procurando uma desculpa para passar um tempo comigo, algo que ele não fez nos últimos trinta anos de nosso casamento, o que, naturalmente, levantou minhas suspeitas.

— Você não concordou, não é?

Levantei as mãos em um gesto impotente.

— Eu concordei.

Mesmo agora eu não tinha certeza do porquê. Não fora o que ele havia dito, e sim o timbre de sua voz, a nuance subjacente que sugeria que algo não estava certo. Eu deixei minhas suspeitas de lado e tentei fazer graça sobre a situação.

— Eu sei exatamente como vai ser. Sean chegará e fará vários comentários lisonjeiros. Ele vai perguntar se eu mudei o cabelo ou se perdi peso e me dirá como estou bonita.

Nichole riu.

— Espero que você saiba que ele não estaria exagerando. Você está ótima e perdeu mesmo peso. — Ela inclinou a cabeça para o lado. — Houve uma mudança em você nos últimos dois meses.

— Em mim?

Pressionei a mão contra o peito, surpresa com as palavras dela. Eu não conseguia imaginar o que ela queria dizer.

— Você está radiante — continuou Nichole. — Eu não sei outro jeito de falar isso. Olho para você e mal a reconheço.

— O que você está vendo é felicidade — respondi, ansiosa para explicar o elogio recebido.

Eu acho que estava corando, o que era ridículo. Se o que ela estava dizendo era verdade, eu tinha que acreditar que isso vinha da satisfação que encontrei em todas as mudanças que fiz em minha vida, como ser voluntária no Centro Comunitário e... ah, como eu odiava admitir isso... os beijos de Nikolai.

— Leanne — falou Nichole, segurando minhas mãos. — Eu nunca vi você mais feliz, e isso me dá esperança. — Os olhos dela se tornaram sombrios e sérios. — Prometa-me que você não vai deixar Sean voltar para sua vida.

Algo não estava certo com Sean, isso eu sabia, mas o que quer que fosse, eu podia garantir que não tinha nada a ver com me querer de volta em sua vida — não depois de tudo o que Kacey havia me contado sobre os casos dele. Levantei a cabeça.

— O que faz você pensar que eu consideraria isso?

Os olhos de Nichole se arregalaram.

— Seu coração mole.

Eu neguei com a cabeça.

— Não precisa se preocupar. — Não querendo falar de mim mesma, perguntei: — Alguma novidade na sua vida?

Nichole hesitou e imediatamente desviou o olhar. Algo tinha acontecido.

— Ok, o que foi?

Nichole cruzou as pernas e se ajeitou um pouco antes de se sentir confortável. Mesmo quando começou a falar, evitou fazer contato visual.

— Eu mencionei que iria à casa do Rocco no sábado, não é?

— Sim.

— Depois da sessão de fotos, Kaylene decidiu que Rocco precisava treinar, então dançamos. E enquanto Kaylene estava fora da sala, nós meio que nos beijamos.

Eu não estava muito atualizada com as gírias de relacionamentos, então a curiosidade me fez perguntar:

— Como você *meio que beija* alguém?

— Ok, nós nos beijamos, e quando eu digo isso quero dizer que nos beijamos como se eu nunca tivesse sido beijada antes. — Ela fechou os olhos com força, como se estivesse revivendo o momento. — Leanne — ela sussurrou —, senti aquele beijo como nunca senti algo antes. Quase derreti. Eu não consigo parar de

158 *Debbie Macomber*

pensar nele desde então. A única coisa que posso imaginar é que faz tanto tempo desde que senti um desejo tão intenso que deve haver algo de errado comigo. Eu... Eu não estive com outro homem desde que conheci Jake. Você acha que o que eu sinto por Rocco é real, ou é porque estou carente de carinho e amor?

Como eu gostaria que a resposta fosse simples assim.

— Eu... não sei.

A verdade era que eu havia sentido o mesmo quando Nikolai me beijou, só que tinha sido muito mais tempo desde que eu experimentara desejo real. Embora Sean e eu estivéssemos casados, não dormimos juntos nos últimos dez anos do nosso casamento. Além de beijos superficiais para manter as aparências, Sean e eu não nos beijávamos. Sabendo o que meu marido fazia, não suportaria permitir que ele me tocasse.

— É humilhante admitir que praticamente me joguei nos braços dele.

Pude ver que a reação de Nichole ao beijo de Rocco a deixara muito envergonhada. Ela baixou o olhar.

— Ele me procurou desde então, mas ou eu não respondo, ou mudo de assunto porque não sei o que dizer.

— Você gosta dele? — perguntei. — Como pessoa?

Claramente, aquele beijo tinha revirado o mundo da minha nora.

— Muito. Eu nunca conheci alguém como Rocco, e ele é um ótimo pai. Owen o adora.

Disso eu sabia. Meu neto falava muito sobre Rocco e seus caminhões.

— Então do que você tem medo?

Nichole levantou a cabeça.

— Eu não tenho medo — argumentou ela. — Estou incerta e cansada.

Esforcei-me para não rir.

— Ei, foi você quem quis adicionar "ter novas experiências" ao nosso guia. Isso pode se aplicar a pessoas também, sabe? Não tenha medo do que você sente em relação a Rocco. Siga sua intuição.

— Minha intuição — ela repetiu, e colocou a mão sobre a barriga. — Minha intuição diz que Rocco é realmente um cara legal. Sim, é um pouco rude, mas é maravilhoso.

— Acho que você já tem a resposta.

Os ombros de Nichole relaxaram quando ela suspirou.

— Sim, acho que sim, mas baguncei tudo e não tenho certeza de como seguir em frente.

Pensei em situações embaraçosas que eu já tinha enfrentado no passado. Uma vez, sentei-me na mesa de jantar com uma mulher e seu marido sabendo que Sean estava tendo um caso com ela. Fui forçada a ser educada e amigável quando na verdade, o que eu queria fazer era gritar.

Por muitos anos, naveguei em um rio chamado negação.

— Quanto mais você adia, mais difícil fica. Fale com ele. Explique. Você disse que Rocco é um amigo, então trate-o como um.

— Vou fazer isso — disse Nichole, e apertou minha mão como se quisesse me agradecer.

Eu podia dizer que ela já se sentia melhor. Por incrível que pareça, eu também.

— Precisamos fazer isso com mais frequência.

— Concordo.

Eu estava pronta para retornar ao meu apartamento.

Nichole se levantou e nos abraçamos.

Quarta-feira à noite eu estava ansiosa para chegar à escola e saí de casa cedo. Nikolai me encontrou no estacionamento e tinha a mesma expressão pesada com a qual fora embora na segunda-feira.

— Você *conhecer* esse outro homem?

Ele me perguntou com expectativa. Eu assenti.

— Você o *beijar*?

Ele estudou atentamente meu rosto.

— Não.

Seus ombros relaxaram.

— Você o *ver* de novo?

Eu pressionei minha mão na bochecha de Nikolai, meu olhar colado no dele.

— Não.

Os olhos escuros brilharam e ele virou a cabeça para beijar meu pulso.

— Eu agora feliz como vaca pulando a lua. Eu *respirar* novamente. Acho que talvez eu *ensinar você*. Você me *ensinar* e eu *ensinar* você.

Nós começamos a andar em direção ao Centro.

— O que você gostaria de me ensinar, Nikolai?

Ele olhou para mim como se a resposta fosse óbvia.

— A assar pão. Pão de verdade. Você *fez* antes?

— Eu tinha uma máquina de pão. Sabe, do tipo que mistura e assa sozinha.

Um olhar horrorizado apareceu no rosto de Nikolai e ele automaticamente balançou a cabeça.

— Nunca mais! Prometa que você não *fazer* pão com isso nunca mais.

Tentei reprimir um sorriso, mas tive pouco sucesso.

— Prometo.

— Você me deixa te ensinar?

Eu concordei, mas a verdade era que teria concordado com qualquer coisa que ele sugerisse. Estava ansiosa para passarmos tempo juntos.

Paraquedismo? Claro, por que não! Escalada? Sempre quis tentar isso. *Não.*

Combinamos de nos encontrar na tarde de sábado. Gostaria de ter sugerido o domingo. O *timing* era complicado. Sean havia marcado de passar lá em casa por volta do meio-dia. Pedi a Nikolai que fosse às duas, pensando que isso daria a Sean tempo suficiente para dizer o que queria, almoçar e seguir seu caminho.

No sábado, almocei antes que Sean chegasse. Ele estava atrasado e me beijou na bochecha.

— Você está mais bonita do que nunca.

Cruzei os braços.

— Mesmo? Não tenho me sentido bem e na verdade estou bastante pálida.

Nenhuma reação. Nada havia mudado. Meu ex não tinha ouvido uma única palavra. Ron, conheça Sean.

— Você perdeu peso recentemente?

Eu sorri. Era exatamente o que eu esperava.

O olhar dele foi para a mesa.

— Isso é sanduíche de salada de presunto? Você lembrou que é o meu favorito.

Eu havia lembrado. Como não poderia? Fomos casados por 35 anos.

Almoçamos e conversamos. Sean não deu nenhum sinal de que havia algo de errado, o que me fez pensar se eu interpretara mal a ligação. Entre uma mordida e outra, ele falou, com bom humor, sobre os amigos do clube e sobre sua pontuação depois de jogar golfe com Liam Belcher, um amigo médico.

O que ele tinha para me contar não era nada que não pudesse mencionar pelo telefone. Aparentemente, Jake mudara de emprego, embora eu não estivesse certa se essa fora uma decisão do empregador ou dele. Segundo Sean, Jake fora atraído por outra companhia de vinhos. Meu ex-marido fez so⁀ ...io se nosso filho estivesse no topo do mundo. Esse não era um assunto que exigia que nos encontrássemos. O fato é que eu já sabia sobre a mudança de emprego por Nichole.

— Sean — falei severamente, exigindo a atenção dele.

Os olhos dele dispararam para mim.

— Algo errado? — perguntei.

— Nada. O que faz você pensar que alguma coisa está errada?

Franzindo a testa, eu o estudei de perto. Ele encontrou meu olhar e eu não consegui ver se, de fato, alguma coisa estava errada.

— Se alguma coisa está errada — ele falou naquele jeito suave e calculado —, é o fato de que sinto sua falta.

A única resposta apropriada foi rir.

— Claro que sente. Talvez mais dos meus sanduíches de salada de presunto, no entanto.

Ele me estudou por meio segundo.

— Você está diferente, Leanne, e tenho que admitir que estou gostando da mudança. Que tal fazermos isso com mais frequência?

— Fazer o quê?

— Almoçar. Passar um tempo juntos.

— Não, obrigada.

Ele parecia completamente desanimado, o que parecia uma grande atuação.

— Ah, tão decidida! Eu amo isso!

Minha campainha tocou e vi que faltavam quinze minutos para o horário combinado com Nikolai. Eu rezei para que fossem os correios ou um vizinho. Minha esperança morreu quando abri a porta e encontrei Nikolai parado ali, com os braços cheios de sacola que eu sabia serem ingredientes para fazer pão.

— Nikolai.

— Eu *venho* cedo. Tudo bem?

— Claro. — Afastei-me para que ele pudesse entrar no apartamento.

Eu peguei uma das sacolas, mas ele balançou a cabeça.

— Não, não, eu carrego.

Sean se levantou e seu olhar se desviou de mim para Nikolai, e depois de volta para mim. Nikolai também o viu e parou, quase derrubando uma das sacolas. Ele a pegou no último segundo.

— Nikolai, este é meu ex-marido, Sean. — Eu coloquei forte ênfase em "ex". — Sean, esse é Nikolai Janchenko. Ele é um dos alunos da minha aula de inglês para estrangeiros.

Os dois homens se entreolharam. O ar na sala ficou pesado e tenso.

— Nikolai vai me ensinar a fazer pão — expliquei.

— Então, era isso que estava diferente no almoço — falou Sean. — Era o pão. Acho que era o melhor que já comi.

A cabeça de Nikolai girou em minha direção com um olhar de choque.

— Sean estava de saída — falei de forma significativa.

Meu ex-marido sorriu, beijou minha bochecha antes que eu pudesse detê-lo e saiu do apartamento.

Nikolai colocou as sacolas de compras no balcão da cozinha com cuidado e ficou de costas para mim.

— Peço desculpas — eu disse, e fui sincera. — Eu não esperava que Sean ainda estivesse aqui quando você chegasse.

Naturalmente, ele chegou quase uma hora atrasado. Eu deveria saber que não podia confiar no horário que ele tinha me dito.

Quando Nikolai se virou para mim, fiquei chocada com a mágoa e a raiva que vi nos olhos dele.

— Você *dar* a ele pão que eu asso para você?

Eu não entendi o problema.

— Bem, sim. Você me dá tanto pão que não tenho necessidade de comprar.

— Este homem... esse Sean — disse ele, desdenhando do nome —, o coração dele é negro como carvão. — Ele segurou as palavras. — E você *alimentar* ele com o pão que eu *fazer* com minhas próprias mãos para você. Pão do meu coração. Este é o pão que você *dar* a outro homem. — O rosto dele estava cheio de dor.

Ele balançou a cabeça como se não pudesse acreditar no que eu havia feito.

Eu me aproximei de Nikolai.

— Sinto muito... Eu não percebi... Eu não pensei.

— Você *fazer* nada de mim.

Eu não tinha ideia da expressão que ele estava confundindo agora, mas o que quer que fosse, Nikolai estava muito magoado.

Ele se afastou como se fosse tudo que podia fazer para permanecer na mesma sala que eu.

— Eu vou embora.

— Agora?

Levei um momento para perceber que ele estava falando sério. A reação dele me surpreendera.

Ele foi até a porta.

— Eu vou. Eu *pensar* muito antes de dizer palavras que não quero dizer.

Ele deixou tudo que trouxera no balcão e, quando a porta bateu, fechei os olhos e afundei em uma cadeira, tomada de culpa e arrependimento.

CAPÍTULO 15

Nichole

Este era o segundo fim de semana consecutivo que Jake ficava com Owen. No último, ele pegara nosso filho na escolinha na tarde de sexta-feira e depois deixara Owen na casa da avó.

Jake estava me evitando, e isso não era um problema para mim. Eu entendia. Eu estava evitando Rocco a semana toda. Ele ligara três vezes e deixara mensagens que eu não respondi. Certa vez, quando atendi sem querer, rapidamente o dispensei, prometendo retornar a ligação em breve. Não o fiz. O motivo era que eu não sabia o que dizer. Os beijos me deixaram confusa. O que eu não tinha explicado a Leanne fora como fiquei chocada ao me ver desejar outro homem. Meu divórcio havia sido finalizado apenas algumas semanas antes. Sim, demorou dois anos, e sim, eu sabia que isso tinha que acontecer em algum momento. Mas parecia que eu deveria estar sofrendo mais com o fim do meu casamento.

Sábado de manhã, cheguei na *Vestida para o sucesso* e estava ocupada organizando os itens doados quando Shawntelle entrou com a prima.

— E aí, mulher, como está? — disse Shawntelle enquanto andava pela loja. Ela ficava bem com calça jeans apertada e uma camisa mais larga. — Esta é Charise.

— Nichole — respondi, apresentando-me.

— Charise acaba de receber o diploma de colegial dela e está se inscrevendo para aulas de escrituração contábil assim como eu fiz — disse Shawntelle, apontando para a prima.

Charise esfregou as palmas das mãos em um gesto nervoso.

— Eu imaginei que se minha prima pode ter sucesso, então eu também posso.

— Espere um momento. Você conseguiu um emprego?

— Claro que sim! Graças a você.

— Eu? — Isso era uma surpresa. — O que eu fiz?

O rosto dela se abriu em um sorriso, os dentes brilhando.

— Rocco! Ele ligou e disse que estava procurando um novo contador e perguntou se eu queria me candidatar ao cargo.

— Espera. Quando isso aconteceu?

— Semana passada.

— Na semana passada... — repeti. — Por que não me contou?

Ela deu de ombros.

— Pensei que Rocco contaria.

Isso podia ter algo a ver com o número de ligações dele.

— Pensei que ele tinha contado para você.

— Ah... Eu estive ocupada a semana toda.

Shawntelle me abraçou com força, quase tirando meu fôlego.

— Trabalhar para Rocco é o começo que eu precisava.

Por mais que eu quisesse, não podia receber crédito. Eu havia mencionado Shawntelle para Rocco e contado a decepção dela depois de perder a oportunidade de emprego na concessionária. Foi quando disse a ele que ela estava interessada em conhecê-lo. Quando ele pediu as informações de contato dela, presumi que era porque tinha a intenção de namorá-la.

Shawntelle endireitou os ombros e seus olhos brilharam de orgulho.

— Assim que consegui o emprego, me candidatei ao *Habitat para a Humanidade*. Estou tentando construir uma casa. Dá para acreditar, menina? Logo eu! Acho que depois de seis meses e de juntar um pouco de dinheiro posso me qualificar. Agora que consegui um emprego, preciso de um lar decente para meus filhos.

Meu coração se encheu de orgulho e eu me animei.

— Minha irmã construiu uma casa através do *Habitat* para ela e a filha.

— Mentira?! — gritou Shawntelle. — Sua irmã?

— E ela fez tudo dentro de um ano.

— Ela conheceu algum homem bonito? Tenho uma fraqueza por homens fortes e musculosos.

Eu ri porque Cassie de fato tinha conhecido Steve enquanto ele trabalhava na casa dela.

— Na verdade, ela conheceu, e agora eles estão prestes a se casar.

— Você tem uma fraqueza por homens, ponto — salientou Charise, franzindo a testa.

— Isso foi no passado — insistiu Shawntelle. — Eu estou mais exigente agora. Tenho padrões. Falando nisso, você tem falado com Rocco ultimamente?

A pergunta foi direcionada a mim.

— Ah... — respondi. — Não recentemente.

— Qual é seu problema, mulher? Ele está de mau humor a semana toda e tenho a sensação de que isso tem a ver com você. Você precisa valorizar o que tem.

— Sim, bem...

Eu não queria pensar em Rocco, muito menos falar sobre ele. Em um esforço para mudar o assunto, virei-me para Charise.

— Vou encontrar um provador para você experimentar algumas roupas.

— Falando de você sabe quem, olha quem está parando no estacionamento — comentou Shawntelle intencionalmente.

A mão dela estava apoiada na cintura enquanto ela olhava pela janela.

Eu fechei os olhos e gemi. Não haveria como escapar dele agora.

— Charise — chamou Shawntelle —, venha ver. Isso vai ser bom.

Covarde que sou, hesitei e lancei um olhar suplicante para Shawntelle.

— Por que você não descobre o que ele quer?

Shawntelle balançou a cabeça.

— De jeito nenhum, docinho. Esse homem só quer saber de você. Ele não está aqui para falar comigo. Eu não sei o que está acontecendo entre vocês, mas que tem alguma coisa aí, tem. Seja o que for, resolva, porque eu não vou aguentar mais um dia de mau humor por sua causa.

— Mas Charise precisa da minha ajuda — falei, com o coração disparado.

Aturdida como eu estava, eu queria desesperadamente escapar de um confronto com Rocco.

— Eu sei o que ela precisa. Agora vá.

Shawntelle praticamente me jogou para fora da loja.

No momento em que fiquei do lado de fora, Rocco estacionou o caminhão. Ele saiu e, quando me viu, parou. Ficamos um de cada lado do estacionamento, nos encarando fixamente. Devemos ter parecido pistoleiros enfrentando um ao outro.

Seu rosto estava duro e a raiva irradiava dele em ondas.

— Você vai correr? — Ele perguntou enquanto caminhava em minha direção.

— Não. — Cerrei as mãos na minha frente e saí do meio-fio para o estacionamento. Eu não queria que Shawntelle e a prima ouvissem nossa conversa.

Rocco não me deu uma chance para explicar. Os olhos dele se estreitaram.

— Ouça, Nichole, eu não gosto desse joguinho.

Eu me senti mal.

— Sinto muito, eu...

Ele me cortou.

— Se você não quer me ver de novo, tudo bem. Eu vou lidar com isso. Mas não me beije como se eu fosse sua última refeição e depois bata a porta na minha cara.

Pisquei repetidamente, envergonhada pelo meu comportamento e sem saber como explicar.

— Eu não esperava que aquilo acontecesse... Eu não sabia o que dizer ou como agir — gaguejei. — Como eu deveria saber o que você estava pensando ou o que eu deveria pensar.

As palavras saíram de mim enquanto eu aguardava, esperando que ele me ajudasse a entender a mim mesma — o que, pensando bem, era impossível. Eu deveria ter sido capaz de descobrir isso sozinha, mas não consegui. E a verdade é que senti falta dele durante aquela semana. Senti falta de falar com ele, de rir com ele. Isso era uma das coisas que eu mais fazia com Rocco: rir.

— Não vou dizer mais nada — afirmou ele, a raiva mais pronunciada do que nunca. — Quando estiver com a cabeça no lugar, me avise.

Dito isso, ele voltou para a caminhonete.

Naquele momento, eu sabia que se não fizesse ou dissesse algo, nunca mais o veria. Uma centena de pensamentos passaram pela minha cabeça como um laser. Deixá-lo ir era provavelmente o melhor a se fazer. Instantaneamente, percebi que sentiria muito a falta dele. Eu não estava procurando por um relacionamento, e Deus sabia que Rocco era diferente de qualquer outro homem que eu já conhecera na vida. Nós éramos diferentes, mas eu nunca tinha ficado tão confortável com um homem do jeito que eu ficava com ele. Antes que eu pudesse pensar muito sobre o que fazer, corri atrás dele.

— Rocco!

Ele parou, mas não se virou.

Movi-me para ficar na frente dele, mas ele se recusou a fazer contato visual. Mesmo agora, eu não sabia o que dizer.

— Eu realmente sinto muito — falei, embora eu não achasse que meu pedido de desculpas tivesse muito peso.

— Eu entendi — disse ele, com as mãos fechadas em punhos ao lado do corpo. — Você está fora do meu alcance. Você não está interessada em um motorista de reboque. Sem problemas. Não precisa se desculpar.

— Isso não é verdade! — Eu não podia acreditar que ele sequer havia sugerido tal coisa. Isso não tinha nada a ver com o trabalho dele. Isso era sobre mim e minhas inseguranças.

— Não é assim que eu vejo.

Ele começou a me contornar.

— Cacete, Rocco, você está começando a me irritar de verdade!

Ele piscou, e eu também. Essa não era a linguagem que eu normalmente usava, mas estava chateada.

— Me dê uma chance, ok? Eu não sei o que estou fazendo aqui. Já faz dois anos que saí de casa e fui casada cinco anos antes disso e... e eu conheci Jake quando eu estava na faculdade e nós namoramos por dois anos.

Eu não sabia o que isso tinha a ver com a nossa situação, mas senti que era importante que ele soubesse.

Ele cruzou os braços e esperou que eu terminasse. O olhar dele não estava em mim, mas focado em algum ponto no horizonte.

— Eu gosto de você... Sinto muito desejo por você — continuei.

— Gosto de passar tempo com você e Kaylene. Quando você me beijou... — Explicar essa parte era provavelmente a mais difícil. — Seu beijo pareceu uma bomba explodindo na minha cabeça. — E outros lugares que eu estava com vergonha de mencionar. — A questão é que não faço ideia do que isso significa. Tudo o que estou pedindo é que você me dê uma chance para descobrir.

Minhas palavras foram recebidas com silêncio e, em seguida, um "ok".

Nada havia mudado no rosto tenso de Rocco. Eu estava mais confusa do que nunca.

— É isso? É tudo o que você tem a dizer?

— O que mais você quer?

Dei de ombros e balancei os braços, exasperada.

— Eu não sei.

E eu também não sabia. Bem, o que eu sabia era quanto eu gostava de sentir os braços dele em volta de mim.

— Talvez você possa me abraçar — sugeri, e abri os braços.

Pela primeira vez desde que chegou, Rocco sorriu e me envolveu em um abraço apertado. O nariz tocou meu cabelo e parecia que ele estava me cheirando, o que era ridículo. O abraço dele era tão quente e maravilhoso quanto eu me lembrava.

— Eu juro, mulher, você está me deixando louco.

Ele enterrou o rosto no meu pescoço e suspirou como se tivesse prendido a respiração durante os últimos sete dias.

Esticando-me nas pontas dos pés, eu deslizei meus braços ao redor do pescoço dele e segurei-o quando ele me levantou do chão. Por um bom tempo, tudo o que fizemos foi ficarmos agarrados um ao outro.

— Eu prometi a Kaylene que levaria ela e mais quatro amigas ao cinema amanhã. Você quer me fazer companhia?

Eu apoiei a cabeça em seu ombro.

— Eu gostaria disso mais do que você imagina.

Rocco beijou o topo da minha cabeça.

— Eu vou descobrir a que horas é o filme e mando uma mensagem.

— Ok. E obrigada por me dar outra chance, Rocco.

A tentação era demais, e eu comecei a beijar o pescoço dele.

Rocco congelou e pareceu que tinha parado de respirar.

— Tome cuidado, Nichole. Se continuar me beijando assim vai estar brincando com fogo.

Eu sorri, mais feliz do que tinha estado a semana toda.

Ele foi embora e eu voltei para a *Vestida para o sucesso*. Shawntelle e a prima saíram da loja e ficaram na calçada me observando. Quando me aproximei, elas bateram palmas, assobiaram e me deram tapinhas nas costas.

Já eram quase 16h quando terminei minhas tarefas. Eu deveria estar cansada depois de trabalhar toda a semana na escola e me voluntariar no sábado. Em vez disso, estava exultante, animada. As coisas estavam equilibradas com Rocco. Eu não tinha percebido como a inquietação entre nós era um peso.

Assim que saí da loja, meu celular tocou. O visor me avisou que era minha irmã, Cassie.

— Qual é, Cassie, como está a vida?

Nós falávamos esse "qual é" desde que éramos crianças.

— Espere, vou colocar Karen na linha. Tenho notícias.

Eu podia ouvir a excitação em sua voz e suspeitei que o motivo da ligação tinha a ver com Steve. Os dois estavam namorando havia dois anos. Eu adorava vê-los juntos. Minha irmã passara pelo próprio inferno e lutara com unhas e dentes para sair dele. Ela tinha construído uma casa com as próprias mãos e estava se sustentando. Eu esperava que ela falasse com Shawntelle em algum momento, porque eu sabia que a história de Cassie encorajaria minha amiga.

— Karen? Você está aí? — Cassie perguntou.

— Estou aqui — confirmou Karen. — Agora, qual é a grande novidade, embora eu possa imaginar?

— Demorei um pouco — admitiu minha irmã do meio —, mas acredito que estou pronta para passar o resto da minha vida com Steve. Decidimos marcar a data do casamento.

Karen e eu começamos a falar ao mesmo tempo, parabenizando nossa irmã. Karen estava no carro a caminho do jogo de futebol de Buddy e teve que desligar. Eu fiquei na linha com Cassie.

Lágrimas obstruíram minha garganta.

— Isso é tão bom, Cassie!

Ela deve ter ouvido a emoção na minha voz, porque disse:

— Você está chorando, Nichole?

Eu funguei.

— Sim, estou tão feliz por você e Steve e Amiee. Desde o instante em que conheci Steve, soube que vocês dois deveriam ficar juntos. Isso me dá esperança, Cassie, de que há um final feliz para mim também.

— Existe, Nichole — Cassie me assegurou —, mas lembre-se de que nem sempre ele vem fácil.

— Nada que valha a pena vem.

Eu havia aprendido isso da maneira mais difícil.

— Eu quero que você e Karen sejam minhas damas de honra. Vai ser um casamento pequeno, apenas com familiares e amigos próximos, mas Steve quer ter uma grande recepção e uma dança. Ele está organizando tudo, então marque a data no seu calendário.

— Cassie — eu sussurrei, lágrimas iluminando meus olhos —, eu não perderia isso por nada.

Com todos os acontecimentos, eu não poderia ter tido um dia melhor. Primeiro, Rocco e eu estávamos de volta aos eixos, e depois, as boas notícias de Cassie. No caminho para o meu apartamento, decidi parar e ver como tinha sido o almoço de Sean e Leanne. Eu sabia que Nikolai planejava passar lá no final da tarde, e, se eu tivesse sorte, poderia ganhar um pedaço de pão recém-assado.

Quando ela atendeu a porta, pude ver que estava chateada. Ela segurou a porta aberta, silenciosamente me convidando para entrar.

— Oi, Leanne. O que houve?

Ela estava pálida, e seus ombros, caídos.

— As coisas não correram bem com Sean?

— Sim, correram. Eu nem sei porque ele queria me ver.

Sentei, e ela se juntou a mim.

— Isso é bom, certo?

Ela assentiu, mas sua mente parecia estar perdida em algum lugar no espaço.

— Sean chegou atrasado e ele ainda estava aqui quando Nikolai apareceu.

Isso não deveria ser um problema. Meu pensamento era que faria bem a Sean saber que esse homem maravilhoso estava interessado em Leanne.

— Nikolai ficou muito ofendido por eu compartilhar o pão que ele preparou para mim com Sean. Ele mal podia suportar olhar para mim e foi embora. Do jeito que ele agiu, foi como se eu tivesse cometido algum crime grave e o tivesse insultado profundamente.

Me machucou ver como Leanne estava chateada. Eu esperava conseguir tranquilizá-la.

— Ele vai superar.

Minha sogra negou com a cabeça.

— Não vai. Parece que o que fiz foi imperdoável. Eu não sei se vou vê-lo novamente.

— Ah, Leanne, tenho certeza de que isso não é verdade.

— Está tudo bem... — ela sussurrou.

Eu podia ver que não estava tudo bem.

— Eu tive toda a tarde para pensar sobre isso. — Ela tampou o rosto com as mãos. — Não sei o que estava pensando. Uma mulher da minha idade agindo como uma adolescente apaixonada pela primeira vez. Eu nunca deveria ter me envolvido com Nikolai.

— Você não está falando sério.

— Estou, sim — ela insistiu.

Acho que nunca tinha visto Leanne daquele jeito. Eu não vira a mágoa que lia nela agora nem no dia em que ela me contara que descobriu que Jake havia engravidado outra mulher. Havia algo além do que acontecera com Nikolai. Tinha que ter.

Inclinando-me para a frente, segurei as mãos dela.

— Diga-me o que está realmente errado.

Ela olhou para baixo e sacudiu a cabeça novamente. Demorou muito até ela falar, mas fui paciente. Não queria deixá-la até que soubesse o que a atormentava.

Vários minutos devem ter passado até que ela estivesse pronta, e, mesmo assim, seu sussurro saiu tão baixo que tive que me aproximar para ouvir.

— Quando Nikolai me beijou... — Ela parou e engoliu em seco. — Fazia mais de dez anos que um homem havia me tocado. Sean e eu basicamente vivíamos vidas separadas. Qualquer afeto entre nós era apenas por aparências. Eu cozinhava, limpava a casa, administrava os eventos sociais da carreira dele, mas não havia amor. Isso tinha morrido havia muito tempo. Eu era um acessório na vida dele, assim como ele era da minha. Eu sequei sexualmente... Eu não achava que ainda tivesse esses sentimentos em mim até encontrar Nikolai.

Eu suspeitava que esse poderia ser o caso, mas nunca havia perguntado. Não queria forçá-la a me contar nada.

— Eu não acho que sou digna de amor, Nichole. Eu me mantive indiferente todos esses anos, vivendo uma mentira. Nikolai é o primeiro homem desde a faculdade a me despertar desejo. Isso me fez muito feliz e eu estraguei tudo.

Eu pressionei minha cabeça contra a dela.

— Se Nikolai é metade do homem que eu acho que ele é, vai superar isso. Dê-lhe o fim de semana. Confie em mim, ele vai aparecer na aula de segunda-feira.

Ela balançou a cabeça.

— Se ele é ou não, isso não importa. Eu aprendi algo sobre mim mesma hoje. Eu não gosto de ser vulnerável. Eu prefiro pensar que sou forte e independente. Eu tive que ser. Eu não sou tão inteligente quanto gostaria, mas estou aprendendo. Se Nikolai estiver na aula na segunda-feira, direi a ele que não quero vê-lo novamente e depois vou ver se a escola pode encontrar um professor substituto.

Meu coração doeu por Leanne, e eu soltei um suspiro sincero.

— Por favor, pense melhor sobre isso — implorei. — Não tome uma decisão precipitada.

— Eu já pensei — ela sussurrou. — Preciso tomar essa atitude para me proteger. Para proteger meu coração.

CAPÍTULO 16

Leanne

Acordei no domingo de manhã com uma insistente dor nas costas. Meu sono fora intermitente na melhor das hipóteses. Minha cabeça estava cheia do que havia acontecido com Nikolai e com a minha decisão de não vê-lo novamente. No momento em que fui dormir, decidi que parar de dar aulas era um exagero. Toda semana eu ansiava por passar tempo com meus alunos. Eles eram maravilhosos. Quanto a Nikolai, suspeitei fortemente que ele não voltaria mais. E se ele o fizesse, bem, eu teria que lidar com isso.

No meio da manhã, a dor nas minhas costas piorou e ficou mais intensa. Não era como se eu tivesse deitado de mau jeito. Era uma dor mais acentuada, profunda, pulsante e implacável, uma sensação de queimação. Verificando meu reflexo no espelho, não consegui ver nada, o que me frustrou. Com o tamanho da dor que eu estava sentindo, devia haver algo visível. Era como se alguém tivesse colocado uma faca quente contra a minha pele.

Esperei até quase meio-dia antes de ligar para Nichole. Naquele momento, eu mal conseguia ficar em pé. A dor estava consumindo tudo.

— Você poderia passar aqui por um minuto?

— Claro.

Nichole não esperou que eu atendesse a porta e entrou direto no apartamento.

— Está tudo bem?

Ela deve ter notado a agonia na minha voz, pois senti a preocupação dela.

— Você pode olhar minhas costas? Algo está errado. Estou com muita dor.

Eu levantei minha camisa. Era loucura; até o toque do algodão contra a minha pele doía.

— Você vê alguma coisa? — questionei, torcendo a cabeça e tentando me olhar.

Mais uma vez, fiquei frustrada por não ver nada.

Nichole estudou com atenção a área e depois balançou a cabeça.

— Eu não vejo nada.

Ela pressionou o dedo contra a área que doía mais, e eu gritei e mordi o lábio.

— Ai, meu Deus! — exclamou Nichole. — É melhor você ir ao médico.

Neguei com a cabeça.

— Tenho certeza de que o que quer que seja vai embora amanhã.

Essa era a minha esperança. Eu sabia que não seria capaz de aguentar mais que um dia daquela agonia.

Nichole fez uma cara cética.

— Prometa-me que, se a dor não passar amanhã, você marcará uma consulta.

Essa era uma promessa fácil de fazer.

— Você quer que eu fique com você? — Nichole perguntou.

— Eu disse a Rocco que iria ao cinema com ele e Kaylene, mas posso ligar e explicar a situação.

— Não — eu insisti. — Ficarei perfeitamente bem. Vá com Rocco e divirta-se.

Nichole protestou, mas no final saiu para encontrar Rocco e sua filha. Eu não queria que ela cancelasse a diversão dela por minha causa. Ao meio-dia, tentei comer, mas nada me abriu o apetite. Embora tenha procurado algo para me distrair do desconforto, nada ajudou. Finalmente, quando não aguentei mais, entrei na Internet e fiz uma pesquisa sobre dores nas costas. Nada parecia se encaixar até que comecei a descrever o que estava sentindo. Foi quando recebi minha resposta.

Cobreiro.

Eu estava com cobreiro, um tipo de herpes.

Nichole passou para dar uma olhada em mim no final da tarde. Eu tentei parecer bem, mas falhei. Ela olhou para mim e balançou a cabeça.

— Algo está muito errado.

— Eu acho que é cobreiro — falei, não dando a ela uma chance de dizer mais nada.

Ela levou as mãos à boca.

— Ah, não!

— Eu fiz uma pesquisa na Internet e essa é a única coisa que pude encontrar que explica a dor que estou sentindo.

— Você quer que eu leve você para o pronto-socorro?

— Não, não! Vou esperar até amanhã para ir ao meu médico.

Com o nível de desconforto que eu sentia, a última coisa que eu queria era ficar sentada por horas a fio em uma sala de espera do hospital.

— Você tem certeza?

— Sim.

Querendo mudar de assunto, perguntei sobre o filme com Rocco. O rosto de Nichole relaxou em um sorriso.

— Foi divertido. Kaylene e quatro amigas sentaram-se três fileiras à nossa frente. Elas não queriam de jeito nenhum parecer que estavam comigo e com Rocco. — Os olhos dela brilharam de alegria quando ela riu. — Rocco não gostou de ser ignorado, então jogou pipoca nelas.

Embora eu não conhecesse Rocco muito bem, já gostava dele só pelo modo como ele ajudara Nichole a sair de sua concha. Ele era ótimo com Owen também. Meu neto falava sobre ele incessantemente, o que era bom. Preocupava-me que Owen tinha pouco a dizer sobre o próprio pai.

Mais tarde, me arrependi de não ter aceitado a oferta de Nichole para me levar ao pronto-socorro. Acho que não dormi mais de uma hora a noite toda, se é que isso aconteceu. A dor implacável tornou impossível adormecer. De manhã, eu mal conseguia funcionar. Marquei o primeiro horário disponível com o meu médico, apenas no início da tarde.

A caminho do trabalho e da creche, Nichole apareceu com Owen para me ver. Ela me fez prometer mandar uma mensagem assim que saísse do consultório. Depois de me despedir dos dois, liguei para o Centro Comunitário e expliquei que não conseguiria dar aula naquela noite e não sabia quanto tempo ficaria ausente. Odiei ter que desmarcar a aula de última hora, mas eles foram gentis e compreensivos.

A consulta com o médico confirmou o que eu já sabia. Recebi uma receita para um medicamento antiviral e analgésicos pesados. Engoli ambos os comprimidos no minuto em que cheguei em casa. Em poucas horas, eu estava dopada, dormindo no sofá. Quando acordei, eram quase 17h e eu estava enjoada por conta dos remédios, tonta e desorientada.

Lembro-me vagamente de Nichole passar em casa mais uma vez depois da escola. Ela me forçou a tomar um pouco de sopa e depois me colocou na cama. Dormi a noite toda e não acordei até a manhã de terça-feira.

Kacey ligou, sugerindo que almoçássemos. Eu pedi para remarcarmos.

— Ok, vou deixar você se livrar desta vez, mas marcaremos agora uma data para nos encontrarmos — ela insistiu. — Já faz muito tempo desde que a vi. Eu sei que você tem uma nova vida, mas eu ainda sou sua amiga.

— Você sempre será minha amiga — assegurei.

A verdade era que ela estava certa. Eu havia me afastado da amizade dela principalmente porque toda vez que estava com Kacey, ela mencionava Sean. Eu não queria falar sobre o meu ex-marido. Eu não me importava com quem ele estava envolvido agora ou se e quando ele passava vergonha no clube. As fofocas sobre Sean não me interessavam. Não importava quantas vezes eu explicava isso para Kacey, ela não me dava ouvidos.

Quarta-feira passou como um borrão. Eu conseguia funcionar ao tomar os analgésicos, mas bem mal. Eles me deixaram enjoada e com sono. Nichole e Owen passavam em casa pelo menos uma ou duas vezes por dia para ter certeza de que eu estava comendo. Eles não ficavam muito tempo e, francamente, eu agradecia por isso. Owen não entendia por que eu não lia para ele nem contava histórias. Ele olhava para mim com seus grandes olhos redondos, e eu mal conseguia ficar de pé para desapontá-lo.

Quinta-feira à tarde, minha campainha tocou e, suspeitando que fosse Nichole, pedi que entrasse. Quando a porta se abriu, porém, não era ela. Em vez disso, era Nikolai.

Ele entrou no meu apartamento, parou e franziu a testa quando me viu.

Usei cada pedacinho de dignidade que eu não tinha para cobrir meu rosto e pedir-lhe para ir embora. Eu havia tomado um banho no início do dia, mas não tinha arrumado meu cabelo nem estava maquiada. Eu vestia um roupão e chinelos e, provavelmente, parecia uma vítima do Ebola.

Os olhos dele se arregalaram de preocupação.

— Leanne? — Ele sussurrou, como se não estivesse certo de que era eu.

— Vá embora! — implorei. — Por favor, por favor, apenas saia.

Ele recusou com uma forte sacudida de cabeça.

— Professora não *dizer* por que você não *estar* na aula.

— É óbvio, não é? Eu estou... — Eu não tinha certeza nem se ele sabia o que era cobreiro, e não queria ter que explicar. — Vá embora, você pode pegar esse vírus.

Era uma mentira descarada, mas eu estava desesperada.

— Eu não vou sair — insistiu.

— Por favor, Nikolai. — Eu estava à beira das lágrimas. — Por favor, faça o que eu pedi.

Ele balançou a cabeça. Eu não sabia que ele poderia ser tão teimoso.

— Você está com raiva de mim, lembra?

— Eu estava errado. — Ele permaneceu em pé dentro do apartamento, recusando-se a ceder.

— Eu servi o pão que você fez para mim ao Sean.

Talvez se eu lembrasse a ele a coisa terrível que eu tinha feito, ele iria embora.

Ele negou com a cabeça mais uma vez, como se dissesse que aquilo não o preocupava mais.

— Eu estava com raiva, mas não mais.

— Você deveria estar com raiva — reiterei. — Você não deveria estar tão disposto a me perdoar.

— Eu não *deixar* você. Diga-me esta doença e eu *cozinhar* para você.

Eu estava muito cansada e abatida para discutir. Soltando minha cabeça para o lado, eu disse a ele:

— Estou com cobreiro.

Os olhos dele se arregalaram e ele começou a falar rápida e fervorosamente em sua língua materna.

— Você sabe o que é cobreiro? — perguntei, surpresa.

Ele assentiu, e olhos dele se encheram de empatia.

— Ah, minha Leanne. Não posso suportar que você *sofrer* essa dor terrível.

As palavras e o olhar de Nikolai eram tão carinhosos que me emocionaram. Pisquei e desviei o olhar, incapaz de encontrar o dele.

Antes que eu soubesse o que ele estava fazendo, Nikolai me pegou com cuidado e me abraçou como se eu fosse a mais frágil das flores. Ele beijou minha testa e minhas bochechas, enquanto falava suavemente em ucraniano. Embora eu fosse incapaz de entender uma única palavra do que ele dizia, a voz gentil me acalmou mais do que qualquer receita que eu pudesse ter recebido.

Nikolai me levou para o sofá e se sentou ao meu lado, segurando minhas duas mãos nas dele. Ele não disse nada por um bom tempo, e notei o pomo de Adão subindo e descendo em seu pescoço, como se ele estivesse lutando dentro de si.

— Quando você não vem para a aula na segunda-feira, fiquei feliz. Eu ainda estava com raiva. Acho que você não me *respeitar*.

— Ah, Nikolai, isso não é verdade, eu...

Ele me calou ao colocar um dedo em meus lábios.

— Professora não *dizer* por que você não vem. Eu penso, *"bom"*. Estou feliz que você não *estar* lá. Penso que você *alimentar* mais aquele ex-marido estúpido com meu pão, e eu borbulhar de raiva.

— Eu não fiz isso.

— Eu sei. Inventei para estar com raiva; caso contrário, eu me *machucar* demais.

Eu não tinha ideia de que Nikolai levaria para o pessoal o que eu tinha feito. Fora uma questão de praticidade para mim e nada mais.

— Na quarta-feira, eu penso e penso. Todo dia eu penso. Eu *sentir* sua falta. Vejo a tristeza nos seus olhos quando eu *deixar* você. Falo com um amigo na padaria e ele me diz que estou errado. Ele me *dizer* que sou um homem tolo. Eu não quero ouvir isso.

Eu quero ouvir que você é tola, não eu. Meu amigo *dizer* que sou um tolo ciumento e ele está certo. Ele *dizer* que eu deveria pedir desculpas... é por isso que eu *venho*.

Coloquei minha mão na bochecha dele, meu coração derretendo com seu pedido de desculpa. Eu estava completamente infeliz desde a última vez que havíamos conversado, e essa miséria pouco tinha a ver com o desconforto do cobreiro.

Nikolai levantou minhas mãos à boca e beijou meus dedos um por um.

— Quando você não vem para a aula de novo, eu pergunto professora e ela *dizer* que você deve estar doente, mas não tem certeza. Eu *achar* que você está doente por causa de mim, por causa do que eu digo, porque estou com ciúme. Eu não *esperar* até a próxima semana. Eu não posso esperar. Eu *venho* ver você agora.

— Nikolai — sussurrei, mas não consegui dizer nada além do nome dele, pois um nó bloqueava minha garganta.

Ele se inclinou para a frente e me beijou, seus lábios gentis e pouco exigentes. Ele levantou a cabeça e, em seguida, afastou meu cabelo do meu rosto, colocando-o atrás das minhas orelhas e segurando minha cabeça entre as mãos.

Tê-lo olhando para mim quando eu estava em meu pior momento era mais do que eu poderia suportar. Abaixei meus olhos, sabendo o que ele deveria estar vendo: uma mulher em decadência, com rugas ao redor da boca e nos olhos, cuja beleza havia murchado. Uma mulher mal-amada e descartada pelo marido anos antes de ter a coragem e a força para ir embora.

— Você é tão bonita — ele falou baixinho. — Tão linda.

Eu balancei a cabeça, não querendo ouvir ou acreditar nele. As mãos dele ficaram tensas.

— Você não *acreditar* em você bonita?

— Nikolai, eu estou sem maquiagem, e meu cabelo...

— Você não *precisar* de maquiagem — ele disse me cortando.

— Você não *precisar* de cabelo.

Eu sorri.

— Você linda pessoa aqui — afirmou ele, apontando para o meu coração. — Mais bonita dentro do que bonita fora. E do lado de fora é tão bonita que olho para você e esqueço de respirar.

Lágrimas se acumularam em meus olhos.

— Meu coração batendo forte, e acho que essa mulher é a mulher mais linda que já conheci. Eu homem simples. Eu não sou rico, mas trabalho duro a vida toda. Eu *casar* jovem e esperei ter família, mas as crianças não *vêm*. Eu *amar* minha esposa. Estou feliz por muito tempo, depois Magdalena fica doente e não há médicos, nem remédios. Eu *fazer* tudo para ajudá-la. Eu *ir* de cidade em cidade para encontrar um médico para ajudar minha esposa, mas ela fica mais doente e doente. Mas para mim, ela sempre linda. Eu vejo você como minha Magdalena. Você é linda pessoa. Você não *precisar* de maquiagem, você não *precisar* de cabelo; tudo que vejo é mulher, boa mulher.

Mordi meu lábio inferior, sem saber o que dizer ou se deveria falar. As palavras dele encheram minha alma.

— Primeira vez que vejo você em sala de aula, penso esta mulher bonita — continuou ele. — Mais vezes eu vejo você, aprendo inglês melhor. Eu *aprender* mais de você e toda vez que eu *aprender* mais de você meu coração se *encher* até que você *estar* sempre comigo. Você *estar* comigo no meu sono; no meu trabalho. — Ele fez uma pausa e colocou a mão sobre o peito. — No meu coração você *estar* comigo.

Ele passou os dedos pelo meu cabelo e virou minha cabeça até que eu não tive escolha a não ser olhar para ele.

— Quando vejo você no sábado, acho fácil esquecer de você. Eu *tirar* você da cabeça. Acho que é fácil, mas agora sei que não é possível.

— Faz muito tempo desde que me senti amada ou adorada — sussurrei, querendo que ele entendesse.

— Esse homem com quem você se casa...

— O estúpido — acrescentei, sorrindo.

— Sim, esse homem estúpido, ele é mais tolo do que eu. Ele *deixar* você ir; ele não *amar* você. Eu nunca *parar*, não posso. Eu sei que nunca serei o mesmo homem sem minha Leanne.

Não havia mais como segurar as lágrimas.

Ele me abraçou e eu deixei, apesar da dor que o contato me causava. A dor era um pequeno preço a se pagar por estar nos braços de Nikolai.

CAPÍTULO 17

Nichole

Quando cheguei na escola, encontrei uma rosa vermelha na minha mesa. O cartão preso à flor tinha o nome de Rocco. Era uma surpresa encantadora. Eu não achava que Rocco fosse do tipo que mandava flores e chocolate. Cinco minutos antes de começar a aula, peguei meu celular e enviei uma mensagem para ele.

Eu: Obg pela rosa.
Rocco: Que rosa?
Eu: A rosa vermelha aqui na minha mesa.
Rocco: Do que vc tá falando?
Eu: Vc não me deu uma rosa?

Talvez eu tivesse um admirador secreto, mas isso não fazia sentido. Por que um admirador secreto assinaria o nome de Rocco no cartão? Eu estava começando a entender a história, e parecia que Rocco também.

Rocco: Espere. K pediu $ hoje de manhã. Não falou pq.
Eu: Interessante.

Meu celular vibrou antes que eu pudesse digitar uma resposta.

— Alô?

— Sou eu — respondeu Rocco. — Achei que era melhor resolver isso na conversa em vez de por mensagens.

— Então você não enviou a rosa?

— Sim e não. — Ele parecia estar se divertindo. — Como eu disse, Kaylene me pediu alguns trocados esta manhã, o que não é nada fora do comum. Ela sempre precisa de dinheiro para uma coisa ou outra na escola.

— Acho que o coral está fazendo uma campanha para arrecadar dinheiro — falei, lembrando de algo que li no boletim dos professores no começo da semana.

— Vendendo rosas, certo?

— Acho que sim. Foi um gesto simpático da parte dela, então obrigada, mesmo que não fosse a sua intenção me dar a rosa.

Não estava desapontada, e certamente não queria que Rocco pensasse que eu estava.

— A questão é... — Ele hesitou como se não tivesse certeza de como continuar.

— A questão é...? — Pressionei.

— Kaylene tem me dado conselhos.

— Conselhos sobre o quê?

— Você sabe, sobre namoro e tal.

— Você precisa de conselhos sobre namoro?

Ele hesitou.

— De acordo com ela, eu preciso.

Se ele não tivesse falado tão sério, eu teria rido.

— Você percebe que está recebendo conselhos amorosos de uma garota de 15 anos?

— Você está certa, é ridículo — ele murmurou.

— Isso é muito fofo, Rocco.

Isso dizia muito sobre os sentimentos de Rocco em relação a mim, o que me fez querer beijá-lo novamente. Eu gostei do ir ao cinema com ele, embora o filme fosse sobre um assassino psicopata. Fiquei aterrorizada a ponto de deslizar tanto no assento que quase escorreguei para o chão. Rocco colocou o braço em volta de mim e eu escondi meu rosto em sua jaqueta. Durante o resto do filme, ele manteve o braço em volta de mim. Eu não reclamei.

— Fofo?

— Sim, é.

— Não sei, Nichole. Primeiro sorvete, agora flores. Se meus amigos souberem disso, não haverá fim para a encheção de saco.

— Eu ainda não conheci nenhum dos seus amigos, homens ou não — lembrei a ele.

— Você tem certeza de que está disposta a fazer isso? — Ele perguntou, e se esquivou. — Eu não saio exatamente com homens do clube de campo.

— Não é um problema, Rocco. Estou fazendo novos amigos e tendo novas experiências.

Eu também não estava saindo exatamente com meus amigos do clube de campo. A maioria deles havia ficado do lado de Jake após a separação. Eu entendia. Seria difícil ser amigo de nós dois, e ele ficou na vizinhança enquanto eu me mudei. Machucou ser cortada da vida de pessoas que eu havia considerado como próximas. Era um mundo de casais, e eu estava solteira agora. A questão é que eles nunca foram meus amigos de verdade.

— Você está falando sério. Você está mesmo disposta a conhecer os caras com quem eu saio?

— Claro. Por que não?

Achei uma pergunta boba.

— Ok, sábado à noite, então.

— Você vai cumprir sua promessa com Owen, não é?

Rocco concordara em dar uma carona a ele em seu caminhão de reboque na tarde de sábado. Owen não falava de outra coisa e contara até mesmo para os amiguinhos da creche. O caminhão de reboque de brinquedo era seu favorito absoluto. Meu filho de

3 anos estava sempre agachado no chão empurrando o caminhão, fazendo todo tipo de barulho no processo.

— Eu nunca quebro minhas promessas — Rocco me lembrou.

Apreciava que ele era um homem de palavra.

— Preciso encontrar uma babá para a noite de sábado. Leanne ainda está doente, senão eu pediria a ela.

— Kaylene pode cuidar de Owen.

— É melhor ver com ela antes de comprometê-la — alertei.

Kaylene gostava de tomar as próprias decisões e não queria que o pai assumisse compromissos por ela.

— Farei isso.

Os alunos começaram a entrar na sala de aula e, embora eu desejasse continuar a conversa, eu não podia.

— Tenho que ir.

— Sim, eu também. Vejo você amanhã.

— Eu ligo para você assim que Owen acordar da soneca.

— Tchau. Aproveite a rosa.

Estava sorrindo quando desliguei a ligação.

Sábado à tarde, encontrei Rocco na garagem da empresa. Ele havia mencionado anteriormente que era o único dono da *Reboque do Potter*, mas eu não tinha ideia do quão grande era o negócio. Havia uma frota de cerca de dez caminhões de reboque de vários tamanhos, e aqueles eram apenas os que estavam ali. Provavelmente havia mais alguns em serviço. Antes de nos levar para fora, Rocco guiou a mim e Owen em uma visita pelas garagens e o escritório. Conheci parte da equipe, e tive que admitir que eles pareciam mal-encarados. Só depois Rocco me disse que alguns dos homens contratados estavam em regime semiaberto. Eles precisavam de uma segunda chance, e Rocco havia lhes dado uma.

— É aqui que Shawntelle fica? — Perguntei quando vi o escritório envidraçado.

— Sim.

Ele franziu a testa quando mencionei o nome dela.

— Há algum problema com Shawntelle?

Eu esperava que não, vendo o quanto ela precisava do emprego.

— Na verdade, não. A mulher parece ter uma opinião sobre quase tudo. Ela brigou com um dos meus motoristas porque ele não entregou o cartão de ponto. Eu a ouvi dando sermão no pobre rapaz até o dia acabar. Funcionou, no entanto. A primeira coisa que Jerome fez esta manhã foi dar o cartão a ela.

— Em outras palavras, ela está fazendo um bom trabalho.

Eu sabia que Shawntelle o faria, e fiquei grata em ouvir aquilo.

— Sim, e ela está mantendo as contas em ordem também, o que é muito melhor do que o meu ex-contador fazia.

Owen puxou minha perna, ficando impaciente.

— Eu acho que Owen está pronto para o passeio — afirmei.

Rocco olhou para o meu filho.

— Bem, primeiro, ele precisa de um uniforme.

— Um uniforme?

Rocco não havia mencionado isso antes. Se ele tivesse, eu teria arranjado um.

— Não se preocupe, a loja fornece uniforme.

Ele foi até um armário e tirou um saco. Dentro havia um macacão listrado com um fecho frontal do tamanho de Owen.

Observei os olhos do meu filho se encherem de alegria.

— *Plá* mim?

— Vamos ver se ele serve primeiro — disse Rocco.

Ele se ajoelhou ao lado de Owen e abriu o zíper do uniforme para que meu filho pudesse entrar nele, um pé de cada vez. Servia como uma luva. Owen inflou o pequeno peito com orgulho e esfregou as mãos na frente da roupa. Ele estava com o maior sorriso que eu lembrava de ver em seu rosto.

— *Ulha*, mamãe, *ulha*! — Exclamou ele, girando.

— Estou vendo! Você é um verdadeiro motorista de caminhão de reboque agora. É oficial.

— Oficial — repetiu Owen.

— Você está pronto para dirigir seu caminhão? — Perguntou Rocco perguntou.

Owen assentiu ansiosamente.

— Siga-me.

Ele estendeu a mão e Owen colocou a dele, muito menor, na de Rocco.

Eu fui atrás, animada pelo meu filho. Rocco o levantou e colocou Owen dentro do maior caminhão de reboque da garagem. Ele havia explicado que esse caminhão era usado para transportar caminhões de dezoito rodas. Rocco subiu atrás dele e colocou Owen no colo.

— Pronto? — Ele perguntou a Owen.

— *Plonto* — repetiu Owen.

— Gire a chave para ligar o motor.

Owen se inclinou para a frente, estendendo-se até onde os braços curtos permitiam, e girou a chave na ignição. O caminhão rugiu para a vida e Owen gritou de alegria. Dei um passo para trás e observei Rocco dirigindo com meu filho no colo ao redor do estacionamento. As pequenas mãos de Owen agarravam o volante junto com as muito maiores de Rocco. Os olhos do meu filho estavam brilhantes e intensos. Perdi a conta do número de círculos que eles deram antes de Rocco estacionar o equipamento ao local designado. Assim que o motor foi desligado, Owen bateu palmas de prazer, mais feliz que um pinto no lixo.

Mais tarde, no sábado à noite, Rocco ia deixar Kaylene em meu apartamento para que ela cuidasse de Owen enquanto nós dois saíamos. Ele não tinha mencionado onde estávamos indo, mas havia dito que encontraríamos alguns de seus amigos. Isso parecia uma grande coisa para ele, embora eu não tivesse certeza do porquê. Tive que acreditar que isso era mais sobre ele do que sobre mim.

Vesti minha calça jeans skinny, um suéter rosa com decote em V e um capuz branco e minhas botas de cowboy. Havia gastado 250 dólares naquelas botas quando Jake e eu éramos casados. Eu não poderia me imaginar gastando essa quantia em qualquer peça de roupa agora. Uma vez, pouco antes de saber que meu ex-marido estava me traindo, comprei uma bolsa de grife por setecentos dólares. Quando deixei Jake, não tinha levado em conta as consequências da minha situação financeira. Eu sabia que o divórcio tinha atingido o bolso de Jake também. De um jeito mesquinho, isso me deixava feliz. Talvez ele tivesse menos dinheiro para gastar com outras mulheres.

Chequei meu reflexo no espelho do quarto e fiquei satisfeita. Eu estava precisando cortar o cabelo, mas isso precisaria esperar até meu próximo pagamento.

A campainha tocou e Owen correu para a sala à minha frente. O rosto dele se abriu em um sorriso enorme quando viu Kaylene e Rocco.

— Como vai, rapazinho? — perguntou Rocco, curvando-se e estendendo a palma da mão.

O braço de Owen fez uma volta completa de trezentos e sessenta graus antes que ele batesse a mão contra a palma aberta de Rocco.

— Obrigada, Kaylene — falei. — Owen já jantou e há sorvete para mais tarde, mas só se ele for um bom menino.

— Eu gosto de *sovete* — afirmou Owen.

— Eu também — acrescentou Kaylene.

— Diga a ela *pá* me contar histórias! — Owen me lembrou.

Eu olhei para Kaylene.

— Ah, sim! Há uma grande pilha de livros. Ele gosta de ouvir histórias antes de dormir.

— Farei isso — prometeu a jovem.

Peguei meu casaco e bolsa e saímos alguns minutos depois. Rocco parecia nervoso.

— Você está bem? — perguntei quando estávamos no corredor.

— Claro.

— Você está inquieto.

— Não estou — argumentou ele.

— Olha, Rocco, se preferir que eu não conheça seus amigos, tudo bem.

Ele hesitou em frente ao elevador.

— Eu nunca os apresentei a uma mulher antes. Eles podem dizer algo para envergonhá-la.

— Ei, sou adulta. Eu sei cuidar de mim mesma, então pare de se preocupar.

Ele me estudou e depois assentiu lentamente.

— Se você tem certeza, então tudo bem. Vamos fazer isso, mas não diga que não avisei!

Ele fez parecer como se estivéssemos prestes a atravessar um território desconhecido, e talvez, para ele, estivéssemos mesmo. Lembro-me de Rocco dizendo que nunca se casara com a mãe de Kaylene e que ele não se envolvia em relacionamentos. Eu não tinha certeza se estávamos em um. Fazíamos coisas juntos e ele era um bom amigo, mas esta era a primeira vez que saímos só nós dois. Tecnicamente, este era o nosso primeiro encontro. Eu não tinha percebido até aquele momento. Parecia que eu o conhecia desde sempre, mas todo o tempo que passamos juntos, outras pessoas estavam envolvidas.

Saindo do prédio, caminhamos para onde Rocco havia estacionado. Ele abriu a porta do caminhão e me ajudou a entrar. Quando ele se juntou a mim, perguntei:

— Isso é um encontro?

Ele colocou as mãos no volante e olhou para a frente.

— Eu não sei. É?

— Parece um.

Ele inclinou a cabeça para trás e fechou os olhos.

— O quê? — perguntei, não entendendo o comportamento estranho dele.

— Eu não vou a encontros.

Eu ri, o que provavelmente não foi a resposta mais sábia.

— OK. O que você gostaria de chamar isso, então?

— Nós precisamos chamar isso de alguma coisa?

Boa pergunta.

— Suponho que não. Você está me levando para conhecer seus amigos e vamos deixar por isso mesmo.

— Justo.

Ele ainda estava nervoso, no entanto. Eu podia ver na maneira como ele agarrava o volante e como mexia a perna sem parar no sinal vermelho. Eu estava curiosa sobre a declaração dele de *"eu não tenho encontros".*

— Se você não tem encontros, então do que você chama o ato de levar uma mulher para sair?

Ele ignorou a pergunta.

— Rocco?

— Eu não levo mulheres para sair.

Agora eu estava confusa.

— Mas...

— Deixe isso quieto, Nichole! — Ele gritou, e depois rapidamente se retratou. — Desculpe, eu não quis explodir com você.

Ele estava nervoso de verdade com a situação, o que me surpreendeu. Eu não tinha certeza do que pensar sobre aquilo, mas decidi que deveria me sentir honrada por ele ter aberto uma exceção em sua regra autoimposta para "ter um encontro" comigo.

Dirigimos a um bar que tinha muitas motocicletas estacionadas na frente. Rocco me ajudou a sair do caminhão e, então, com a mão nas minhas costas, me conduziu para dentro. Assim que entramos, pareceu que todos na sala ficaram em silêncio e olharam para nós. Rocco ficou com as pontas dos dedos enfiadas nos bolsos de trás.

— Ei, pessoal. Está é Nichole.

Vários dos homens levantaram as canecas de cerveja em saudação.

— Oi — falei, e, sem saber o que fazer, dei um pequeno aceno.

Rocco encontrou uma mesa e pediu-nos uma cerveja, que foi prontamente entregue por uma garçonete vestindo um short e um top que mostrava mais pele do que um biquíni. Eu observei Rocco, mas os olhos dele não seguiram a mulher seminua, o que me agradou.

Sentei-me em uma cadeira alta e Rocco ficou ao meu lado em uma posição protetora. Alguns caras passaram e Rocco conversou com eles, me incluindo na conversa sempre que possível. Não parecia haver muitas mulheres por perto, o que atraiu muita atenção a mim.

— Onde vocês se conheceram? — perguntou um cara chamado Sam.

Eu sabia o nome dele porque estava etiquetado na jaqueta de couro.

— Ele tirou meu carro de uma vala — respondi.

Sam riu.

— Preciso pegar um desses caminhões de reboque um dia para que eu possa conhecer uma moça bonita como você.

Rocco passou o braço pela minha cintura como se reivindicasse seu território.

— Sai pra lá, Sam — Rocco disse baixinho, mas seus olhos exibiam um brilho provocante.

Sam levantou as duas mãos em sinal de rendição e piscou para mim. Eu gostei dele imediatamente. Ele tinha a idade de Rocco, ou talvez fosse um pouco mais velho.

— Rocco é um cara legal. Não existem muitos como ele por aí, então, se eu fosse você, não o deixaria escapar.

Rocco murmurou algo que não consegui ouvir.

— Acho que você tem razão — disse a Sam.

Rocco olhou para mim, os olhos se estreitando.

— Você está falando sério?

Minha resposta foi simplesmente sorrir, o que pareceu satisfazê-lo.

Ele notou que eu não tinha bebido muito da minha cerveja.

— Eu pediria vinho para você, mas eles não servem aqui.

— Nenhum vinho?

— Desculpe, os caras que vêm aqui são uma multidão de bebedores de cerveja.

— Não se preocupe com isso.

Cerveja não era minha bebida favorita, mas eu podia relevar.

Depois que terminamos as cervejas, Rocco e eu jogamos uma partida de sinuca. Recebi muitos conselhos de seus amigos, que pareciam mais do que dispostos a me ajudar. Eu podia ver que Rocco não gostou da atenção que eu atraía, mas manteve a calma. Era quase como se ele não tivesse certeza de como agir ao meu redor quando estava com seus amigos.

Depois de uma segunda cerveja, relaxei e ri, me divertindo. Admito que os amigos dele eram durões por fora, mas bem diferentes do que eu imaginava. Primeiras impressões podem ser enganosas. Parecia que muitos deles andavam de moto e saíam juntos.

Joguei uma segunda partida de sinuca, mas desta vez foi com Sam e alguns outros amigos enquanto Rocco se afastou e assistiu. Quando vencemos, passei meus braços em torno de Rocco e olhei para ele, com um sorriso triunfante.

— Está se divertindo? — Ele perguntou, sorrindo para mim.

— Estou.

E eu estava me divertindo de verdade. Fazia muito tempo desde meu último encontro, mesmo que Rocco não quisesse chamar assim. Um homem enorme com músculos volumosos, barba e jaqueta de couro se juntou a nós, acompanhado de uma mulher que também vestia uma jaqueta de couro, mostrando que era propriedade dele. Ela era louca? Ela estava com o braço na cintura do homem e sorriu para Rocco, dando a impressão de que havia acontecido algo entre os dois no passado.

Aproximei-me de Rocco, enganchei meu dedo no cinto dele e olhei para a outra mulher.

O homem olhou para mim e depois para Rocco.

— Esta é sua mulher?

Rocco olhou para mim como se não tivesse certeza de como responder.

Eu sorri para ele.

— Sim — ele afirmou, não quebrando o contato visual comigo. — Nichole é minha mulher.

CAPÍTULO 18

Leanne

Encontrei Kacey no Lloyd's Center. Jake e seu filho, Adam, que era dois anos mais velho, costumavam patinar no gelo na pista central. Jake tinha 10 anos na época. A pista de gelo trazia muitas boas lembranças para mim. Kacey precisava de um vestido de mãe da noiva, pois a filha ia se casar no verão, e decidiu começar a busca quanto antes.

— Eu odeio isso! — Kacey declarou, estudando-se no espelho do vestiário, virando-se para olhar o próprio traseiro. Os ombros dela murcharam. — Eu pareço uma mulher de meia-idade gordinha.

— Você é uma mulher de meia-idade gordinha — eu a lembrei, balançando a cabeça. — Nós duas somos.

— Ninguém precisa de uma amiga que fale a verdade! — brincou Kacey. — Vamos lá, vamos almoçar. Eu preciso de uma pausa.

Eu estava mais do que feliz em concordar. Era necessário mais força do que imaginava para comprar um vestido de mãe da noiva. Fazia muito tempo desde a última vez que eu passara duas ou três horas buscando a roupa perfeita. Desde o divórcio, eu raramente saía e definitivamente não tinha necessidade de trajes formais. Eu não invejei Kacey na busca pelo vestido perfeito.

— Você está se sentindo bem? — Kacey perguntou quando saímos da Nordstrom.

Eu ainda estava com cobreiro, mas os medicamentos antivirais tinham começado a fazer efeito e eu estava tomando metade de um analgésico a cada poucas horas, o que reduzia os efeitos colaterais de sonolência e náusea.

— Me sinto bem melhor do que na semana passada.

Achamos um restaurante dentro do shopping e fomos sentar imediatamente. Assim que pedimos, Kacey se aproximou de mim.

— Adivinha quem eu vi na semana passada?

Eu não precisei adivinhar.

— Sean.

— Sim, e ele fez muitas perguntas sobre você.

Eu não sabia por que Sean estava perguntando sobre mim, especialmente quando havíamos nos encontrado recentemente.

— Você não está curiosa para saber o que ele perguntou?

Ela parecia desapontada por eu não ter mordido a isca.

Eu balancei a cabeça.

— Na verdade, não. Não consigo imaginar o que ele perguntou sobre mim e, francamente, não me importo.

— Ok, para ser exata ele não estava tão curioso sobre você, e sim sobre o homem que lhe dá pão. Sabe de quem estou falando? Do homem que conheci naquela vez na padaria.

Endireitei as costas. Isso definitivamente havia me deixado curiosa.

— O que tem Nikolai?

— Sean foi muito sorrateiro para tentar tirar informações de mim, mas eu percebi o que ele estava tentando fazer rapidamente.

— O que você quer dizer?

Kacey estava em seu habitat, usando as mãos expressivamente, ansiosa para oferecer os detalhes.

— Bill e eu estávamos tomando bebidas no clube. Você sabe quão cheio fica nas noites de sábado. Estávamos no bar, esperando por uma mesa, quando Sean entrou. Naturalmente, ele tinha uma mulher com ele.

Naturalmente. Essa era uma informação que eu não estava interessada em ouvir.

— Quando ele nos viu, deixou a queridinha do mês e veio falar comigo e com o Bill. Ele conversou por alguns minutos. Perguntou a Bill sobre o jogo de golfe, mencionou que eles deveriam se reunir em breve, você sabe, esse tipo de coisa.

Eu balancei a cabeça, ansiosa para ela chegar ao ponto.

— Então, Sean olhou para mim e disse como eu estava linda, blá-blá-blá. Esforcei-me para não revirar os olhos e perguntar o que ele queria.

Ela apertou os lábios.

— Isso é muito a cara dele.

Eu sempre soube que ele me elogiava quando precisava de algo.

— Ele mencionou que havia passado em seu apartamento recentemente e conheceu um estrangeiro. Soube de imediato que ele se referia ao homem da padaria. Eu não sabia que você o estava vendo fora da sala de aula.

— Eu não acho que "vê-lo" é o termo correto — falei, minimizando o nosso relacionamento.

— Ele estava em seu apartamento, no entanto. Foi o que Sean disse.

— Sim, ele estava lá... Ele está me ensinando a fazer pão.

Os olhos de Kacey se arregalaram um pouco.

Eu não dei a ela nenhuma informação adicional. Nem mencionei que veria Nikolai naquela mesma noite.

— Ele ainda lhe leva pão todas as aulas?

— Eu não fui para o Centro desde que fiquei doente.

Evitei a pergunta o melhor que pude.

202   *Debbie Macomber*

— Mas você vai voltar?

— Sim.

Eu planejava voltar na semana anterior ao Halloween, a fim de dar tempo ao meu corpo para se curar.

— Bem, de qualquer maneira — ela continuou —, Sean queria saber o que eu sabia sobre Nikolai.

Eu não gostei disso.

— E o que você disse a ele?

— Não muito. Quer dizer, eu não sabia muito; por exemplo, não sabia que ele dava aulas de panificação. Ele faz isso com frequência? Se for, me inscrevo em um piscar de olhos. O pão é delicioso, e o professor também.

Ela riu e abanou o rosto, indicando que achava Nikolai sexy.

Eu não achei graça. Nunca me considerara uma mulher ciumenta. Sean havia me curado disso anos antes, ou pelo menos eu pensava que sim. Não me importava que Kacey era minha melhor amiga ou que era casada. Fiquei ressentida por ela me dizer que achava Nikolai bonito.

— Posso perguntar a ele se quiser — falei, ignorando meu desconforto.

Eu não queria Nikolai perto de Kacey, e imediatamente me senti tola porque não havia como Nikolai se envolver com uma mulher casada. Além disso, eu sabia que ela só estava me provocando.

— Voltando para Sean — falou Kacey —, ele parecia preocupado.

— Preocupado?

— Ele teme que você esteja em um ponto vulnerável da vida e possa ser facilmente enganada, especialmente por um imigrante. Falou que não confiava na maneira como Nikolai olhava para você, sugeriu que ele pode ser perigoso e então baixou a voz para me avisar que Nikolai pode fazer parte da máfia russa.

— Ah, por favor!

Eu ri alto. Aquilo era insano.

— Eu sei, eu sei — afirmou Kacey, rindo levemente. — Não é como se você estivesse envolvida com ele. — Ela hesitou e me estudou de perto. — Ou está?

Essa era uma questão que eu estava determinada a não responder. Olhei para cima, esperando que o garçom estivesse prestes a entregar nossas refeições. Naturalmente, ele não estava à vista.

— O que mais Sean queria saber? — perguntei, evitando uma resposta direta.

Eu deveria saber que Kacey não seria facilmente enganada.

— Vocês dois estão namorando? — Ela pressionou.

— Nikolai e eu somos *amigos*.

— A-m-i-g-o-s? — Ela arrastou a palavra. — Amigos próximos?

— O que quer dizer com isso?

— É uma amizade colorida?

Minha boca se abriu.

— Você me conhece melhor que isso!

Ela riu.

— Mas há algo acontecendo entre vocês dois.

Kacey estava quase dançando na cadeira de animação.

— Eu sabia! Querida, se eu fosse você, arrastaria aquele homem para a cama tão rápido que faria a cabeça dele girar como aquela garota no *Exorcista*!

— Kacey! Por favor!

Ela me deixou corada. Eu nunca havia tratado sexo de uma forma casual, e não pretendia começar a fazer isso naquele momento da minha vida.

— Esse homem é lindo, e se ele faz você feliz, o que mal tem?

O garçom veio com as nossas saladas e eu estava tão feliz em vê-lo que fiquei tentada a saltar da cadeira e beijá-lo nas duas bochechas. A conversa havia rapidamente se tornado desconfortável.

Kacey pegou o garfo e espetou um camarão gordo.

— Acho que Sean está com ciúme, e, francamente, eu não poderia estar mais feliz. Depois de tudo o que ele fez, é hora de sentir o gosto do próprio veneno.

— Eu nunca tive ciúme das mulheres de Sean — revelei, e estava sendo honesta.

Talvez no começo, na primeira ou segunda vez que descobri que ele estava tendo um caso, mas logo aprendi que o ciúme era uma emoção inútil. Eu havia me fechado de sentir qualquer coisa em relação ao meu marido por tanto tempo que nada parecia me perturbar.

— Estou feliz por você, Leanne — afirmou Kacey com toda a sinceridade.

Olhei para minha amiga e contei o que era mais importante para ela saber.

— Estou feliz, Kacey.

E eu estava muito mais feliz do que estivera em muito tempo.

Nos separamos depois do almoço e eu voltei para o apartamento, exausta. Tomei um dos analgésicos e, apesar dos meus melhores esforços, adormeci, apenas para acordar quando a campainha tocou.

Era Nikolai.

Eu não pretendia dormir tanto tempo e imediatamente me senti culpada. Eu queria ter retocado a maquiagem e arrumado meu cabelo antes que ele chegasse.

Nikolai estava do outro lado da porta com uma grande sacola na mão e um enorme sorriso no rosto.

— Eu *chegar* cedo demais?

— Não, não, está tudo bem.

Eu o levei para dentro, e ele colocou a sacola na bancada da cozinha.

— Desculpe, eu saí esta tarde e depois adormeci.

Senti a necessidade de pedir desculpas pela minha aparência. Mas Nikolai tinha me visto quando eu estava no meu pior e isso não o havia incomodado.

Nikolai me trouxe para perto dele e suas grandes mãos emolduraram meu rosto. Ele colocou meu cabelo atrás das minhas orelhas e depois baixou lentamente a boca para a minha. O beijo foi lento e deliberado, e eu me derreti em seus braços. Ah, as coisas que esse homem me fazia sentir! Era como se meu interior se transformasse em mingau toda vez que ele me tocava. Quando o beijo terminou, ele pressionou a testa contra a minha.

— Todo dia eu *pensar* em você. Eu *pensar* por três horas seguidas e vejo você. Então duas horas... E depois *pensar* apenas uma hora. A última hora *demorar* mais do que todas as outras horas.

Eu me inclinei para a frente e o beijei, deslizando meus braços pelo seu corpo forte.

— Você é boa demais para mim — ele sussurrou. — Eu não sei porque você me *beijar.*

— Pare — exigi, e pressionei meus dedos sobre os lábios dele. — Nem pense nisso.

Nikolai sorriu e esfregou o nariz contra o meu.

— Eu *beijar* você como esquimó.

A campainha tocou e, quando abri, Nichole estava lá com Owen.

— Owen queria ver se você está se sentindo melhor — explicou Nichole.

Percebi que a atenção dela passou de mim para Nikolai. Ela deu um passo à frente e estendeu a mão.

— Sou Nichole. Nós nos conhecemos há um tempo.

Nikolai sorriu.

— Sim, sim, eu lembro.

— Sou Owen — meu neto disse com orgulho. — Eu *diligo* um *camião.*

Ajoelhando-se para que ele estivesse ao nível dos olhos de Owen, Nikolai estendeu a mão.

— Você é bom jovem para ser tão inteligente e dirigir caminhão grande.

Owen franziu a testa e olhou para a mãe.

— Ele fala engraçado — ele sussurrou, como se Nikolai não pudesse ouvi-lo.

— Eu só aprendi inglês cinco anos agora. Eu sou cidadão.

— Eu sou cidadão? — Owen me perguntou, pronunciando a palavra com a mesma inflexão de voz que Nikolai.

— Sim, você é — Nichole assegurou ao filho.

Owen estava com o uniforme que Rocco havia encomendado para ele. Ele usava a roupa todos os dias desde que Rocco o levara para um passeio. Nichole me disse que mal conseguia colocá-lo na cama de tanto orgulho e empolgação que meu neto sentia. Desejei que Jake demonstrasse tanto interesse no filho quanto Rocco.

O tempo que Jake passava com Owen encurtava a cada semana que ele o buscava. No começo, Jake levava Owen para casa da mãe por volta das sete da noite de domingo. No domingo passado, ele o levou para Nichole por volta das três da tarde. Eu podia ver que isso estava se tornando um padrão. Era quase como se ficar com Owen durante todo o fim de semana tivesse se tornado um incômodo.

Nichole e Owen saíram depois de alguns minutos. Nikolai segurou minha mão e passou o dedo no espaço entre os meus olhos.

— Você franze a testa. Você não *gostar* da visita do seu neto?

— Ah, não. Eu amo Owen e Nichole. Ela é como uma filha para mim. Eu estava apenas pensando em Jake, o pai de Owen. Estou preocupado que ele não leve a sério a responsabilidade que tem com o filho. Owen fala com frequência sobre Rocco e Kaylene, e fala pouco sobre o próprio pai.

— Você se *preocupar*?

— Sim, me preocupo, mas não há nada que eu possa fazer sobre isso.

— Venha. Sente-se. Eu *trazer* jantar para você não cozinhar. — Ele olhou para a bolsa grande que trouxera com ele. — Eu também não *cozinhar*.

— Da padaria? — perguntei enquanto ele me levava para a pequena mesa na área da cozinha.

— Não, do Sun Young. Da aula. Ele sente muito quando eu digo a ele que você tem cobreiro. Ele *dizer* que cozinha para você.

— Então é comida chinesa.

Uma das minhas favoritas.

— Sopa chinesa especial porque você é uma boa professora. Sun Young *dizer* que ninguém mais ganha essa sopa. Ele *fazer* para você... só você.

— E você — acrescentei. Eu não queria comer sozinha. — Por favor, fique, Nikolai, e me acompanhe.

Ele hesitou.

— Sun Young *cozinhar* para você.

— Eu não poderia comer tudo isso sozinha e acabaria jogando fora o que sobrasse. Por favor.

Nikolai suspirou.

— Eu não posso dizer não. Você *perguntar* e eu não tenho coragem de recusar.

— Bom.

Peguei duas tigelas no armário inferior e as coloquei na mesa. Enquanto pegava os talheres, Nikolai enfiou a mão dentro da sacola e retirou o pote.

Antes de comermos, ele segurou minha mão e inclinou a cabeça em uma oração silenciosa. Fiquei tocada pelo ato. Eu sabia muito pouco sobre ele e queria saber mais.

— O que trouxe você para a América?

— Avião.

Eu ri, o que o confundiu.

— Eu quis dizer, por que você veio?

— Por oportunidade. Para assar meu pão, para começar uma nova vida. Eu estou sozinho, mas tenho amigo americano na Ucrânia. Como soldado, mas não de farda. Ele me *ajudar, arranjar* para eu vir para Oregon porque eu o ajudo. Porque eu o ajudo ele pode me ajudar.

— O que você fez, Nikolai, para ajudar este soldado?

Especulei que era uma operação secreta. *Oh céus!*, eu não sabia quase nada sobre intrigas estrangeiras.

— O que eu *fazer?* — Ele repetiu e desviou o olhar. Lentamente Nikolai balançou a cabeça, o rosto sério. — Prometo não dizer nada a ninguém. Desculpe, mas faço promessas, então continuo prometendo. Eu não posso dizer nem para você.

— Eu entendo.

Um homem que mantinha sua palavra era um homem honrado, e apreciei a integridade dele.

— Eu não falar sobre isso, ok?

— Claro.

Eu não tinha certeza se entendia o papel que ele poderia ter tido. Decidi que não importava como ou por que ele estava na América. Eu estava simplesmente grata por ele estar aqui. Mergulhei a colher na sopa e olhei para baixo. Nikolai havia mencionado a esposa e seu casamento. Eu queria saber mais sobre ela, mas me senti estranha perguntando.

— Me conte mais sobre Magdalena.

Os olhos escuros ficaram tristes.

— Nós nos conhecemos na escola. Eu 16, ela 15. Ela vem de família pobre. Nós nos casamos e moramos com minha família. Eu *cozinhar* pão e ela *ajudar* minha mãe na casa. Ela *ficar* triste por não termos filhos. Ela *ficar* doente por muito tempo.

— Quando ela morreu?

Ele pegou minha mão.

— Muito tempo. Vinte anos agora. Eu sozinho vinte anos. Eu amo Magdalena. Ela é única mulher para mim, eu acho. Então eu conheço você.

— Eu fiquei sozinha por trinta anos — sussurrei, minha garganta ficando entalada.

Procura-se um novo amor 209

A emoção que eu sentia não era por conta de Sean ou pela triste situação do meu casamento. Era sobre o que Nikolai dissera sobre me conhecer.

Ele franziu a testa, sem entender.

— Você se casou. Como *estar* sozinha?

— Eu era casada, mas estava sozinha. Meu marido não me amava. Ele amava outras mulheres.

Nikolai franziu ainda mais o rosto.

— Ele tolo, esse homem. Eu não *entender* como ele não amar você.

— Um estúpido — falei, não querendo insistir no ponto do meu casamento. Havia começado uma nova vida e não queria olhar para trás. — Você mencionou sua mãe. E a sua família na Ucrânia?

Ele baixou os olhos.

— Minha mãe morre muito tempo. Meu irmão morre. Ele no exército e minha irmã zangada; ela se *afastar* e não *falar* comigo por muito tempo. Antes de partir para a América, eu *ligar* e diz a ela que vou para Oregon e ela chora. Ela arrependida, mas é mulher amarga. Ela *achar* que nossa mãe amar Magdalena mais do que ela, mas *estar* errada.

— Eu sinto muito.

— Não, não. Eu não sozinho. Eu tenho amigos. Eu tenho nova vida. Eu *trabalhar* para padaria agora, mas eu *sonhar* em fazer pão para mais do que as pessoas que vêm para padaria. Eu penso e planejo e trabalho duro para esta nova vida que eu *planejar*. Eu digo para você um dia o que eu sonho, ok?

— Ok.

Se ele continuasse a olhar para mim com aqueles intensos olhos negros, eu temia que me atiraria nele. Recompondo-me da forte atração que estava sentindo, falei:

— Eu também tenho uma nova vida.

Nikolai apertou minha mão com força.

— Você não *estar* mais sozinha também. Você tem Nichole e eu e classe. A primeira vez que *ver* você é como se alguém colocasse um garfo no meu coração. Eu mal *conseguir* encontrar assento para sentar na sala.

Eu me lembrei da primeira aula com Nikolai. Ele ficou calado a aula inteira. Eu temia que ele fosse tão novo no país que não soubesse inglês. Ele sabia, descobri depois. Na verdade, seu inglês era melhor que o da maioria das outras pessoas da turma. Naquela primeira aula, no entanto, tudo o que ele fez foi me encarar. Foi depois daquela noite que começou a me encontrar no estacionamento e me levar pão.

Ele me disse que eu não estava mais sozinha e eu acreditei. Nikolai, por algum motivo, me amava. Logo eu, que havia muitos anos me sentia completamente indigna de amor.

CAPÍTULO 19

Nichole

Rocco e eu conversávamos ou mandávamos mensagens de texto todos os dias desde o nosso primeiro encontro oficial, quando conheci seus amigos. Infelizmente, devido aos nossos horários, não conseguíamos nos ver com frequência. Eu esperava que pudéssemos reverter isso no final da tarde. Ele havia mandado uma mensagem pedindo ajuda com o traje de Halloween de Kaylene, e fiquei feliz em ser útil — feliz pela desculpa para vê-lo. Além disso, havia algo importante que eu precisava acertar com ele.

Já que minha posição como professora substituta era em tempo integral e eu me oferecia para ajudar na *Vestida para o sucesso* um sábado por mês, eu tinha apenas um final de semana livre, quando Jake ficava com Owen.

Kaylene não foi bem-sucedida ao tentar fazer a própria fantasia de estrela de rock. A versão dela e a de Rocco se chocaram, então fui chamada para mediar a situação.

Rocco tinha que trabalhar meio período no sábado, o que era melhor. Imaginei que fazer a fantasia seria mais fácil sem a sua presença, e concordei em ir até a casa dele. Rocco e eu podíamos conversar mais tarde.

Eu não contei a Owen, que estava com Jake, porque ele ficaria desapontado por não ver Rocco e Kaylene. Ele estava relutante em ir com o pai, e eu não queria uma batalha em minhas mãos. Eu já tinha ligado para Jake duas vezes para ver como Owen estava. Meu ex-marido fora educado, mas eu podia dizer que ele não gostou de receber a segunda ligação.

Cheguei na casa de Rocco por volta das 10h no sábado. Kaylene abriu a porta antes de eu chegar à varanda da frente. Eu gostava da casa. Era uma construção antiga de dois andares, provavelmente feita por volta do início dos anos 1960, com um grande alpendre coberto e trapeiras. Lembrava-me da casa em que cresci em Spokane, sem o gazebo que meu pai havia construído para minha mãe.

— Meu pai é impossível — reclamou Kaylene, antes mesmo de eu entrar na casa. — Ele se recusa a me deixar usar a fantasia que eu fiz. Disse que eu parecia... bem, provavelmente é melhor eu não repetir.

— Deixe-me dar uma olhada e vamos ver se podemos reformulá-lo em algo que ele ache apresentável — sugeri.

Tirei o casaco e a bolsa e mostrei cinco revistas de fofocas que havia pegado na loja. Eu imaginei que as fotos nos dariam algumas ideias.

Sentada à mesa da cozinha, Kaylene folheou as revistas. Ela encontrou vários vestidos que achava que funcionariam, e eu também. Rasgamos as páginas e colocamos as revistas de lado.

— Você está pronta para fazer compras?

Os olhos dela se arregalaram.

— Fazer compras? Meu pai nunca compraria um vestido como esse! — ela protestou.

— Nós não vamos comprar nada novo — afirmei. — Vamos em algumas lojas de segunda mão. Eu prometo a você, quando terminarmos, Lady Gaga invejará sua roupa.

Os olhos de Kaylene se arregalaram ainda mais antes que ela corresse para a outra sala para pegar o casaco.

Rocco tinha sido inteligente em pedir minha ajuda. Vestir os outros era algo que eu amava, e fora por isso que decidira ser voluntária na *Vestida para o sucesso*. Encontramos o que queríamos logo na primeira loja. O vestido perfeito estava em exposição na *Bela vontade,* e encontramos joias perfeitas na *São Vicente & Paulo*. Exageramos em um chapéu que encontramos em uma loja de antiguidades. Modéstia à parte, a fantasia era maravilhosa.

Chegamos de volta das 13h, assim que Rocco parou na entrada da garagem. Kaylene correu pelo quintal e jogou os braços ao redor do pescoço do pai, apertando, até que ele protestou.

— Ei, ei, eu pensei que você não estava falando comigo — ele lembrou à filha.

Ele fez contato visual comigo e sorriu. Kaylene arrastou-o para dentro da casa e mostrou-lhe as nossas compras e depois desfilou com a roupa. Como esperado, ele deu à nossa escolha seu selo de aprovação.

— Obrigado, Nichole! — exclamou ela, abraçando-me também. — Você é a melhor de todas!

Isso era um grande elogio vindo de uma adolescente.

— Posso ir até a casa da Dakota? — Ela perguntou. — Ela vai enlouquecer quando vir minha fantasia.

— Volte às cinco e meia! — gritou Rocco quando a jovem correu porta afora com sacolas na mão.

Eu estava ansiosa para conversar com Rocco.

— Você tem tempo para uma xícara de café? — questionei.

Ele me estudou apreensivamente. Talvez tivesse notado algo no meu tom de voz.

— Sim, claro — afirmou. — Algo em mente?

Eu tinha que admitir que havia.

Fomos para a cozinha e Rocco nos preparou uma xícara de café. Puxei uma cadeira e me sentei, esperando que ele não entendesse errado o que eu ia dizer. Não importava. Aquilo precisava ser dito.

Ele me entregou uma caneca e segurou a sua, de costas para o balcão da cozinha, com os tornozelos cruzados.

— Qual é o problema? — Ele indagou, mantendo o olhar fixo em mim.

Fiquei surpresa por ele ter sido capaz de me ler tão facilmente.

— É sobre a semana passada, quando conheci seus amigos.

— O que houve?

A boca dele se comprimiu um pouco e ele tentou escondê-la tomando um gole de café.

— Eu preciso dizer uma coisa primeiro.

Ele gesticulou com a mão livre para eu ir em frente.

— Eu não bebo muito. Um copo de vinho é o suficiente para mim, e eu raramente bebo cerveja. Eu bebi três naquela noite com você.

— E?

— E... três cervejas mexem com a minha cabeça.

Rocco não estava facilitando as coisas. Ele manteve distância, percebi, e sua guarda estava levantada. Eu quase podia sentir o ambiente ficando mais frio.

— Então seu amigo perguntou se eu era sua mulher. Eu podia ver que você não sabia como responder. Aquela mulher estava lá com aquela jaqueta de couro ridícula que dizia que ela era propriedade dele. Sério? Aparentemente, ela não ouviu falar sobre a Proclamação de Emancipação.

— É sobre isso que você quer falar?

— Não. Desculpe, eu não queria me desviar do assunto. É sobre o que seu amigo perguntou... sabe? Se eu era sua mulher.

— O que tem isso?

Ele se endireitou e colocou a caneca de lado.

— Você parecia desconfortável e hesitou, e eu nunca vi você hesitar por nada. Mas esse não é o ponto. Eu sorri e você pensou... Eu não sei o que você pensou, mas então você disse a ele que eu era... sua mulher.

— E você tem um problema com isso.

A boca dele se comprimiu mais ainda, e eu pude ver que o pescoço dele estava tenso.

— Acho que devemos falar sobre isso primeiro, porque não nos vi em um relacionamento sério. Você nem queria chamar aquilo de encontro.

— Em outras palavras, isso é um problema para você.

Rocco puxou uma cadeira e sentou-se, cruzando os braços. Levei um momento para afastar meus olhos de seus braços fortes. Um dia desses eu ia perguntar a ele sobre as tatuagens, que eu nunca tivera a chance de estudar com cuidado.

— Nichole! Me responda. Você está dizendo que tem um problema comigo dizendo que você é minha mulher. É isso?

Eu não sabia como responder.

— Não tenho certeza.

Eu estava sendo o mais honesta possível.

Ele deu de ombros.

— Ok.

Isso era tudo o que ele tinha a dizer. De novo? Ele falara isso antes e eu não tinha ideia do que ele estava pensando.

— É isso? — desafiei. — Eu odeio quando você responde desse jeito, porque não sei o que significa.

— Quero dizer que estou bem com o fato de você não querer ser minha mulher.

— Primeiro — falei, respirando fundo enquanto levantava o dedo indicador: — Eu não sou uma propriedade. Sua ou de qualquer outra pessoa.

— Concordo.

— Pare de ser tão complacente. Estou falando sério.

216   *Debbie Macomber*

— Eu também estou.

Decidi ignorar aquilo.

— E segundo — levantei mais um dedo —, se algum dia houver um relacionamento sério entre nós, precisamos primeiro chegar a um entendimento. Não é algo anunciado no calor do momento em um bar porque nenhum de nós sabe como responder à uma pergunta.

Rocco relaxou.

— Eu não poderia ter dito melhor.

Eu não previra aquilo. Estava incerta de como esperava que ele reagisse, e estava preparada para uma discussão.

O silêncio se estendeu entre nós, e eu não sabia como preenchê-lo.

— Olha, Nichole, eu posso ver que você está um pouco perdida aqui, então vamos esclarecer as coisas.

— Sim, por favor.

Eu estava grata por ele querer elucidar as coisas do mesmo jeito que eu.

Rocco se inclinou para a frente, os cotovelos na beira da mesa enquanto endireitava os braços.

— Tenho um passado e a maior parte dele não é bonito. Eu cometi erros, me envolvi com as pessoas erradas. Quando tinha 20 anos, eu vivi sem limites e entrei em um monte de merda que eu gostaria de esquecer. Mas aconteceu, e eu paguei o preço. Quando soube que tinha uma filha, percebi que era hora de endireitar minha vida e, pela graça de Deus, consegui. Arranjei um emprego, trabalhei duro e tive a sorte de conhecer o velho Potter, que se tornou um amigo. Foi um choque perceber que eu realmente tinha talento para o negócio. A *Reboque do Potter* dobrou de tamanho desde que assumi.

Eu mal sabia o que dizer. Prendi a respiração e esperei que ele continuasse.

— Quando você fala sobre um relacionamento sério, não sei o que dizer porque nunca estive em um. Eu mal sabia o nome da mãe de Kaylene na noite em que dormi com ela. Só reivindiquei Kaylene como minha filha depois que eu tive provas de que ela não era filha de outro. Esse é o tipo de vida que eu levava.

— Mas você não é mais assim — acrescentei.

— Não. Tenho responsabilidades e uma filha para criar, e estou trabalhando duro para ter certeza de que ela não cometa os mesmos erros que a mãe dela e eu cometemos.

Os profundos olhos azuis encontraram os meus e ficaram mais intensos enquanto ele falava.

— Eu sei que você faz parte daquele grupo de intelectuais do clube. Você tem uma educação universitária e fala francês fluentemente. Eu falo um latim porco e nem tão bem assim. Se o seu pai soubesse que você está saindo comigo, ele provavelmente me afugentaria com uma espingarda, e eu não o culparia.

— Você fala latim?

Ele não abriu um sorriso.

— Não fluentemente.

Eu queria sorrir, mas percebi que Rocco estava falando sério e não havia terminado.

— Desde quando a conheci, estive esperando você me mandar pastar porque mulheres do seu tipo não se misturam com homens como eu. Sou tudo que seu pai alertou para ficar longe e...

— Pare — pedi suavemente.

Ele piscou, confuso.

— Pare?

— Eu não vou sentar aqui e ouvir você se botar para baixo. Você é um homem decente e honrado que estava disposto a dar uma chance a Shawntelle quando ninguém mais o faria. Você é um pai amoroso e generoso e é gentil com meu filho, além de ser uma figura paterna melhor para ele do que meu ex-marido.

— Você não me conhece muito bem e...

— E eu gosto de você. — Eu disse com convicção. — Na verdade, eu gosto de você de verdade e você beija muito bem. Muito bem mesmo.

E embora não tivéssemos feito mais do que compartilhar alguns beijos, eu suspeitava fortemente que ele também era talentoso em *outras* áreas.

Pela primeira vez desde que chegamos à cozinha, Rocco sorriu.

— E, além disso, eu gostei de seus amigos — adicionei. — Sam é muito engraçado.

Embora tivesse um péssimo hábito de usar linguagem chula.

Rocco desviou o olhar.

— Eles gostaram de você também, especialmente Sam. Ele ligou para perguntar sobre você e eu falei para ele tirar o cavalinho da chuva mais de uma vez, e não o fiz educadamente.

Eu segurei uma risada.

— A única razão pela qual ele perguntou sobre mim foi porque sou uma boa jogadora de sinuca.

Rocco balançou a cabeça.

— Está bem longe disso. Sam tinha outras coisas em mente, coisas que fariam seu lindo rosto corar. Mas antes de me colocar em um pedestal, você deveria saber que eu tive esses mesmos pensamentos.

Eu segurei a mão dele sobre a mesa.

— Isso pode ser uma surpresa, mas também pensei em você dessa maneira.

Os olhos azuis se arregalaram e o maior sorriso que eu já vi Rocco dar tomou forma lentamente.

— Bom saber.

Eu tomei meu café, e ele também.

— Como eu disse — continuou Rocco —, não sei nada sobre relacionamentos sérios. Eu nunca estive em um. Droga, eu nunca sequer namorei. Talvez seja melhor você explicar o que isso significa para você.

— Ah, claro. Significa que estou comprometida com você e não vou sair com outros homens, e que nós dois estamos comprometidos um com o outro.

— Oras, é só isso? Eu estava comprometido com você no minuto em que tirei seu carro daquela vala. O tempo todo eu continuei esperando encontrar uma maneira de ver você novamente. Então, encontrei seu celular e foi como se Deus tivesse me dado um presente, porque eu tinha uma desculpa legítima.

— Você está dizendo que gostaria de namorar comigo? — perguntei.

Os olhos dele encontraram os meus.

— Claro que sim. Se você também quer isso.

Eu não sabia como responder.

— Vou me encontrar com Matthew Brown depois da aula na próxima semana para tomar café.

O rosto de Rocco ficou tenso, mas sua voz permaneceu nivelada.

— Você está saindo com ele?

— Não. Ele também é professor de literatura inglesa e me convidou para tomar café.

— Você vai?

O olhar dele me manteve prisioneira.

— Eu aceitei o convite.

Ele deu de ombros como se não fosse grande coisa.

— Então você não está pronta.

Estudei Rocco por um longo momento. Ele era aberto, honesto, sincero e responsável. Ele me lembrava Steve, noivo da minha irmã Cassie. Steve era um pouco durão também. Acima de qualquer dúvida, eu sabia que Rocco não era um homem que trairia a esposa.

Eu olhei para a mão dele. Entrelacei nossos dedos.

— Eu vou dizer a Matt que não posso mais tomar café com ele.

— Por quê?

— Porque eu estou saindo com outra pessoa e decidimos namorar. Tomar café com Matt não seria correto.

Os dedos de Rocco seguraram os meus.

— Vou precisar de um pouco de orientação de vez em quando, então, se eu fizer algo errado, me avise, ok?

— Pode deixar.

— Você não se importa de me apresentar aos seus amigos?

Ele perguntou de uma maneira que sugeria que eu poderia ter um problema com isso.

— Eu adoraria, só que não tenho tantos amigos como antigamente... antes do divórcio.

— Então eles não eram seus amigos — ele me disse, e estava certo.

— Minha irmã vai se casar em três semanas. Você gostaria de me acompanhar? Eu queria que você conhecesse minhas duas irmãs e suas famílias.

Ele hesitou, como se considerasse isso um grande passo.

— Tem certeza de que você me quer lá?

— Muita certeza. Kaylene também está convidada.

Os olhos dele suavizaram e ele soltou minha mão, se levantou e caminhou para o meu lado da mesa. Deslizando o braço ao meu redor, ele me levantou e, em seguida, tomou minha boca em um beijo intenso que me deixou tonta e sem fôlego. Não tinha sido exagero dizer que ele beijava bem, o que naturalmente me levou a imaginar as outras coisas em que ele era bom. Ele me via como uma boa menina e eu era, mas eu também era mulher.

Nós continuamos nos beijando até que ouvi meu celular vibrar. Rocco relutantemente interrompeu o beijo.

— É o seu celular ou o meu?

— Meu. É melhor eu checar. Owen está com o pai neste fim de semana.

Eu não atendi o celular a tempo e vi que a ligação tinha sido de Jake. Liguei de volta.

— Está tudo bem? — Owen estava irritado antes e fez uma pequena birra quando saiu com Jake.

— O que é esse macacão idiota que Owen está usando?

— Por quê?

— Ele se recusa a tirá-lo. E continua falando sobre dirigir um caminhão de reboque.

— Sim. Rocco levou-o para andar de caminhão e comprou--lhe o uniforme.

— E quem exatamente é esse cara?

Meus olhos se encontraram com os de Rocco.

— Rocco é meu namorado. Ele é dono de uma empresa de reboque.

— Isso é uma piada, certo? Você está namorando um cara que dirige um caminhão de reboque?

Ele fez parecer como se fosse uma piada hilária.

— Sim, estou namorando um cara que dirige um caminhão de reboque. Se você fosse metade do homem que ele é, Jake, ainda estaríamos casados.

E, com isso, desliguei.

CAPÍTULO 20

Leanne

Passei a manhã de sábado na internet, pesquisando receitas da Ucrânia. Convidei Nikolai para jantar, prometendo cozinhar para ele, e esperava surpreendê-lo.

Meu primeiro pensamento foi fazer *borscht*, uma sopa de beterraba bem conhecida. A receita parecia fácil. Quanto ao prato principal, era uma mistura de bolinhos de batata e cogumelo, rolinhos de repolho em molho de creme azedo ou *kruchenyky*, que, se eu tinha lido a receita corretamente, eram rolinhos recheados com carne de porco. Eu não tive nenhum problema em decidir contra o fígado frito em molho de creme azedo. Aparentemente, os ucranianos eram muito interessados em creme azedo e beterraba. Caso eu precisasse de alguma outra coisa para acompanhar o jantar, copiei a receita para uma *relish* de rábano e beterraba.

Minha próxima parada foi o mercado. Quando terminei de escolher todas as receitas, tinha uma longa lista de itens que precisava comprar. Fazer essa surpresa para Nikolai me encheu de alegria. No caminho de volta para o apartamento, peguei-me cantarolando. Eu não conseguia lembrar a última vez que havia cantado ou cantarolado. Nikolai trouxera música ao meu coração, à minha vida. Muito tempo se passara desde a última vez que eu tinha me sentido tão animada em fazer algo por outra pessoa.

De volta ao apartamento, comecei a organizar tudo para o jantar especial. Nunca tinha feito bolinhos antes, e fiquei surpresa com a quantidade de tempo que precisei para prepará-los. O *borscht* fervia no fogão, os bolinhos repousavam em uma assadeira forrada e o molho de beterraba esfriava na geladeira. Eu estava trabalhando nos rolinhos de repolho quando minha campainha tocou.

Olhei para o relógio e vi que ainda faltava uma hora para que Nikolai chegasse. Limpando as mãos em um pano de prato, fui para a porta e fiquei surpresa ao descobrir que ele já chegara.

— Você chegou cedo! — exclamei, consternada.

Eu esperava que tudo estivesse pronto antes que ele chegasse. Embora o tempo estivesse passando rápido, eu também queria trocar de roupa. Agora, a cozinha estava uma bagunça e eu tinha certeza de que estava toda suja de farinha.

O rosto de Nikolai entristeceu ao ver minha angústia.

— Eu *venho* cedo para ajudar. Eu vou agora, volto depois.

— Não... Fique. — Peguei o braço dele e o arrastei para o apartamento. — Quero você aqui.

— Sinto muito.

— Não, não se desculpe.

Em um esforço para mostrar a ele como estava feliz em vê-lo, me inclinei para a frente e o beijei. Ele gemeu quando nossos lábios se encontraram, ou talvez tivesse sido eu. Senti o sabor de hortelã e especiarias e de tudo o que me lembrava dele. Tudo que me enchia de felicidade.

Nikolai sorriu com tanta ternura que quase me fez chorar. Ele colocou a mão sobre meu peito.

— Meu coração *bater* com seu coração até que nós somos uma pessoa. Eu sinto. Você também *sentir*?

Mordi o lábio e assenti.

Ele levantou a cabeça e cheirou o ar.

— O que eu cheiro?

— Jantar — sussurrei.

— Cheira a casa. — Ele passou por mim e entrou na cozinha. Quando viu o que eu tinha feito, virou-se para mim. — Você *cozinhar* comida ucraniana?

— Estou tentando. Era para ser uma surpresa.

— Estou surpreso. Estou feliz, tão feliz! — Ele segurou meus braços e me puxou para mais um beijo. — O que você *fazer*?

Eu apontei para as receitas que tinha imprimido. A maioria estava molhada e manchada por minhas leituras repetidas, muitas vezes com mãos engorduradas e encharcadas.

Nikolai notou as folhas de repolho encharcadas na água quente.

— Repolho recheado não é fácil.

— É mesmo?

— Sim, acredite. — Ele tirou a jaqueta e arregaçou as mangas compridas. — Eu *ajudar*. Minha mãe me *ensinar* quando menino.

Eu já havia preparado a mistura de carne de porco para o recheio e tinha a assadeira pronta para colocar as trouxinhas. O molho à base de tomate fervia em uma panela na boca de trás do fogão.

Antes de começar, Nikolai pegou uma colher na gaveta e mergulhou-a no *borscht*. Eu segurei minha respiração quando ele provou. Já havia experimentado antes e o gosto estava bom para mim, mas eu não fazia ideia se atenderia às expectativas dele. Observei-o de perto e vi o apreço tomar conta de seu rosto enquanto fechava os olhos e saboreava a sopa.

— Perfeito! — Ele sussurrou, antes de colocar a colher na pia.

— Você tem certeza? — Eu sabia que receitas variavam de região para região, e esperava que o *borscht* estivesse perto dos sabores mais familiares para ele.

— Você é a mulher mais maravilhosa do mundo. Eu não sei por que sou tão sortudo.

Eu não o contradisse, mas não achei que sorte tivesse algo a ver com o nosso encontro. Sentia como se Nikolai fosse um presente especial que Deus enviara para mim.

Peguei um avental na gaveta de baixo e amarrei em torno da cintura de Nikolai. Ele lavou as mãos, depois tirou a água das folhas de repolho meio cozidas e as espalmou na tábua de corte.

— Eu *mostrar* a você — disse ele.

— Ok.

Fiquei ao seu lado e observei quando ele habilmente preencheu a folha de repolho e depois a dobrou com tal precisão que não foi necessário colocar nada para prendê-la. Ele colocou o primeiro rolo na travessa.

— Você tenta.

— Tudo bem.

Nikolai ficou atrás de mim, as mãos nos meus ombros. Eu achatei a folha de repolho e estava prestes a pegar a carne de porco quando ele se inclinou para a frente e beijou meu pescoço. A colher esbarrou na panela.

— Nikolai!

— Desculpa. Eu não consigo evitar. Estou tão feliz. Estou com você, minha Leanne. Sinto o cheiro da comida do meu país e acho que nunca fiquei tão feliz.

— Eu também acho que nunca estive tão contente — sussurrei, abandonando toda a pretensão de enrolar a folha de repolho. Virando-me, pressionei minha cabeça contra o peito dele. Eu poderia ficar abraçada a Nikolai por uma eternidade e continuar perfeitamente feliz pelo resto da vida.

Ele me beijou e eu o beijei de volta, e todo o pensamento sobre os rolos de repolho foi abandonado até que ouvi a campainha.

Nikolai gemeu, como se estivesse ressentido pela intrusão.

Eu não gostei da interrupção. Suspirei, sem a menor vontade de deixar os braços dele. Pior, tive a intuição de que era Sean.

Eu estava certa. Meu ex havia ligado duas vezes na última semana e eu deixara as ligações caírem na caixa postal, sem vontade de falar com ele. A dor do cobreiro ainda me incomodava e eu não estava com vontade de lidar com Sean. Pelo que eu sabia, não tínhamos mais nada para discutir. Eu deveria ter pensado melhor. Sean não era o tipo de homem que gostava de ser ignorado.

Quando abri a porta, ele estava segurando um grande buquê de flores na frente do rosto. Ele espiou ao redor do arranjo com um enorme sorriso.

— Surpresa! — disse ele, como se eu devesse ficar agradecida por sua consideração.

— Olá, Sean — falei, com pouco entusiasmo.

Ele me encarou com um olhar de garotinho ferido, como se estivesse chocado com minha falta de animação.

— Posso entrar? — Ele perguntou incisivamente.

Eu me afastei da porta e ele entrou no apartamento. Nikolai veio para ficar atrás de mim, mãos nos meus ombros. Notei que ele havia removido o avental e que encarava Sean.

Sean também não gostou de encontrar Nikolai comigo.

— Esse é aquele russo *de novo*, não é?

— Nikolai é da Ucrânia — corrigi, quando senti os dedos de Nikolai apertarem meus ombros. Os ucranianos não eram russos e não gostavam de ser confundidos com eles. — O que você quer, Sean? — perguntei, indo direto ao ponto.

— Ouvi dizer que você estava com cobreiro.

— Isso faz duas semanas. A dor já quase desapareceu.

Era pior à noite, mas eu preferia minimizar qualquer desconforto, especialmente para Sean.

— Eu trouxe flores.

Ele ergueu um pouco o buquê, para o caso de eu não ter notado.

Procura-se um novo amor

— Estou vendo.

Quando Sean fosse embora, eu daria as flores para uma vizinha idosa que as apreciaria muito mais do que eu.

— Você não respondeu minhas ligações.

O tom dele era acusatório, como se presumisse que eu pararia o que estava fazendo para falar com ele.

— Tenho estado ocupada.

Embora Sean tenha se referido a mim, seu olhar pousou em Nikolai, os olhos estreitos e cautelosos.

— Eu queria perguntar sobre Nichole — afirmou Sean.

Por que ele viria falar comigo sobre Nichole era um mistério que eu não estava disposta a resolver.

— Ela tem celular. Posso passar o número dela se quiser.

— Eu tenho.

Eu sabia que ele tinha.

— Então sugiro que você entre em contato com ela.

Sean mexeu os pés. Eu não o havia convidado para sentar e esperava que ele entendesse a mensagem de que eu preferia que ele fosse embora. Nas últimas semanas, ele prestara mais atenção em mim do que nos últimos dois anos de nosso casamento e, certamente, desde que o divórcio tinha terminado.

— Queria perguntar sobre esse homem que ela está namorando — continuou Sean, parecendo preocupado. — Aquele motorista de reboque.

— Rocco não é da sua conta.

— Rocco — ele repetiu, como se fosse um palavrão. — Nosso filho me garantiu que Rocco é uma influência negativa para Owen. Como pai, Jake está profundamente preocupado. Eu queria saber se você o conheceu.

— Eu acredito que isso é algo que você precise discutir com Nichole, e não comigo.

— Você conheceu Rocco? — perguntou de novo, um pouco mais alto, mais insistente.

— Sim.

— Que tipo de nome é "Rocco", afinal?

Ele balançou a cabeça, como se achasse o nome desagradável.

— Italiano, eu acredito. — Imediatamente me arrependi de dar ao meu ex qualquer informação adicional. Aquela conversa já havia durado o suficiente. — Como você pode ver, Nikolai e eu estamos ocupados. Não quero ser rude, mas é hora de você ir embora.

Um olhar magoado apareceu no rosto de Sean. Ele olhou para baixo e suspirou.

— Tenho algo para lhe dizer, Leanne, mas eu posso ver que agora não é a hora. Seria possível conversarmos mais tarde? A sós?

Mais uma vez, os dedos de Nikolai apertaram meus ombros.

— Eu ligo para você quando puder — afirmei, e levaria muito tempo até eu poder.

Sean se virou para a porta e depois olhou para trás.

— Você mudou, Leanne.

— Sim — concordei. — Eu mudei.

Ele assentiu, lançou um olhar gelado para Nikolai e saiu, fechando a porta atrás de si.

Soltei uma respiração profunda, aliviada por ele ter ido embora. Nikolai deixou cair as mãos dos meus ombros. Assim que a porta se fechou, ele começou a andar pela minha sala de estar, com os punhos apertados ao lado do corpo. Falava acaloradamente em ucraniano e balançava a cabeça.

Observei por um longo momento antes de chamá-lo:

— Nikolai!

Ele se virou para me encarar e cuspiu:

— Eu não *gostar* desse Sean, esse homem que não *amar* você. Ele não é homem de verdade. Ele homem fingido. — Nikolai continuou a andar de um lado para o outro. — Eu não *gostar* que ele venha até aqui. Ele *planejar* algo.

Eu balancei a cabeça.

Procura-se um novo amor

— Você está com ciúme? — perguntei suavemente.

Nikolai não hesitou e assentiu.

— Eu *olhar* para este homem e vejo azul.

— Você vê vermelho — corrigi.

— Essa cor também. Eu não *gostar* dele perto de você. Eu *querer* ser o perto de você.

— Você está perto de mim — assegurei a ele.

Independentemente do futuro desse relacionamento, eu sempre valorizaria Nikolai. Ele havia me dado tanto. Quando me separei de Sean, sentia-me como uma ameixa seca, inútil, velha e usada.

Como eu era grata por minha nora ter me dado coragem para fazer o que eu deveria ter feito anos antes. E era grata, também, pelo nosso guia, a lista de coisas que nos ajudava a nos adaptar ao futuro. Até receber o apoio de Nichole, eu tinha me resignado a permanecer em um casamento sem amor, sem perceber que, ano após ano, eu morria lentamente.

Nikolai parecia precisar gastar sua raiva e continuou andando de um lado para o outro. Fiquei na frente dele, bloqueando-o.

— Pare! — exclamei, plantando minhas mãos no meio do peito dele. — Você não tem motivos para ficar com ciúme. Sean não significa nada para mim. Qualquer que fosse o amor que eu sentia por ele, morreu faz muito tempo.

Nikolai me estudou como se quisesse avaliar a verdade em minhas palavras.

— Eu não *sentir* esse ciúme antes. Eu não *ter* motivos para conhecer essa palavra. Magdalena só me amava e eu só a amava. Sean não *gostar* de mim e eu não *gostar* dele.

Ele afirmou a verdade com precisão. Eu podia ver a antipatia no rosto de Sean quando ele estudara Nikolai. E Nikolai não se incomodou em esconder o desdém pelo meu ex-marido. Eu nem podia imaginar a reação de Nikolai se eu mencionasse que Sean achava que ele poderia fazer parte da máfia russa. Até a ideia soava absurda.

— Eu o vejo observar você — sussurrou Nikolai. — Ele vê você feliz, e ele *ficar ciumento.*

Eu não pude deixar de rir.

— Você entendeu tudo errado. Sean não tem sentimentos por mim. Não tem amor, nem ódio. Fomos casados por 35 anos e, depois de um tempo, tudo o que havia entre nós era indiferença.

— Eu não sei o que quer dizer indiferença — afirmou Nikolai, franzindo a testa.

— Não é importante. Eu não quero passar o resto da nossa noite falando sobre Sean.

Eu havia aprendido a lição, no entanto. Da próxima vez que Sean ligasse, eu atenderia, não importava o que estivesse sentindo no momento. Não desejava mais visitas inesperadas.

Quanto à preocupação do meu ex-marido com Nichole e Rocco e a influência dele na vida de Owen, não passava de uma desculpa conveniente. Eu não sabia o que estava acontecendo com meu filho, mas claramente alguma coisa estava errada. Fosse o que fosse, eu não tinha tempo para pensar nisso agora.

Talvez Nikolai tivesse razão quando sugeriu que Sean não gostava da ideia de me ver feliz. O seu ego era grande demais para lidar com isso. Quando o deixei, ele supôs que eu desmoronaria; que eu não seria capaz de sobreviver sem que ele ditasse a minha vida, meus amigos e como eu deveria ocupar meu tempo.

Envergonha-me admitir que eu esperava o mesmo em relação a ele. Quando arrumei minhas malas para sair de casa, minha cabeça não estava bem. Eu queria desesperadamente que ele sentisse minha falta e do conforto da casa que eu mantinha com tanto zelo. Sonhei com ele se esforçando para descobrir como lavar as próprias roupas e cozinhar as próprias refeições. Eu queria que meu ex-marido sentisse minha falta até o ponto em que estaria disposto a admitir que os 35 anos que eu tinha dedicado a ele e sua carreira significavam algo.

Procura-se um novo amor

Era ridículo, claro. Uma das primeiras coisas que Sean fez depois da minha partida foi contratar um serviço de faxina. Pelo que Kacey me contara, ele comia a maior parte das refeições no clube. Até onde sabia, ele havia ganhado a simpatia de nossos amigos, dizendo a todos que eu o havia abandonado — deixando-o, nas palavras dele, "na mão".

O divórcio deu a ele a oportunidade de desfilar sua "queridinha do mês" em público. Ele estava vivendo a boa vida e fazendo isso sem mim. Essa situação não me incomodava agora. Eu havia encontrado a minha felicidade.

A verdade nua e crua era que Sean e eu estávamos muito melhor afastados do que jamais estivemos como um casal.

CAPÍTULO 21

Nichole

O casamento da minha irmã estava marcado para o sábado do fim de semana de Ação de Graças. Eu estava empolgada por Cassie e por fazer parte do casamento.

Eu sentira raiva e mágoa quando minha irmã de 18 anos fugira com Duke e não estava disposta a perdoá-la quando ela retornou, anos depois, com a filha, Amiee. Cassie tinha se tornado uma estranha. Eu já não a conhecia e não tinha certeza se queria conhecer. Eu ficava chocada ao lembrar de minha atitude julgadora daquela época. Eu estava completamente arrependida por ter considerado exclui-la da minha vida.

E, no entanto, Cassie foi a primeira a me ajudar quando soube de Jake. Eu pedia os conselhos dela com frequência, e ela sempre fora generosa ao me dar amor e apoio. Nós éramos próximas, agora, mais do que quando éramos crianças. Ela sabia do meu relacionamento com Rocco e convidou ele e Kaylene para acompanhar Owen e eu ao casamento.

Dirigi até Seattle para uma visita. Minha outra irmã, Karen, também conseguiu o fim de semana livre. Seria a primeira vez que nós três estaríamos juntas desde agosto passado. Conversávamos quase toda semana, mas não era o mesmo que estar no mesmo ambiente.

Entramos na casa que Cassie tinha construído através do *Habitat para a Humanidade*. Eu sentia falta de ver minhas irmãs. Havia sentido falta do companheirismo que compartilhávamos e estava muito agradecida por ter Cassie de volta em nossas vidas.

Sentei-me com as pernas dobradas no carpete da sala, com Owen na minha frente. Eu não esperava que ele ficasse contente por muito tempo. Ele ainda ficava tímido perto de Amiee, a filha adolescente de Cassie. Isso não duraria muito, no entanto.

— Eu não quero que vocês duas comprem vestidos que nunca mais vão usar — insistiu Cassie. — Então, usem o que desejarem que está tudo bem.

Isso era ótimo. Eu tinha vários vestidos elegantes que seriam adequados para usar como dama de honra. Jake sempre se certificara de que eu tivesse as melhores roupas para o Baile Anual do Comandante no clube.

Decidi ir com o vestido azul-escuro que havia usado um ano antes de engravidar de Owen. Havia encontrado a peça no fundo do meu guarda-roupa e experimentado por diversão. Fiquei surpresa quando ele me serviu perfeitamente. O peso que havia ganhado com a gravidez tinha sumido. Acho que é isso que um longo e prolongado divórcio faz com uma mulher.

Cassie se virou para mim com um olhar de pesar.

— Nichole, acho que cometi um grande erro.

— Como assim?

— Quando você mencionou que não recebeu o convite de casamento, chequei os endereços. Acho que posso ter enviado para o seu endereço antigo em Lake Oswego.

— Não se preocupe. Eu sei quando é o casamento.

Jake não havia me encaminhado o convite, o que não me surpreendia. Ele estava sendo impaciente e desagradável comigo desde que soubera de Rocco.

Amiee, de 15 anos, sentou-se ao meu lado e fingiu não reparar em Owen. Meu filho cobriu os olhos e, em seguida, cautelosamente espiou a prima. Amiee pegou o caminhão de reboque de brinquedo, o que gerou uma reação imediata.

— Meu!

— Ah, desculpe — disse Amiee, fingindo inocência. — É um caminhão tão legal, queria saber como funciona.

— Eu mostro. — Owen saiu do meu colo como se saltasse de um trampolim. Os dois foram para a cozinha, onde o piso facilitava a locomoção do caminhão.

— Você está bem? — Karen perguntou.

Ela estava preocupada comigo desde o divórcio, e nossas conversas regulares a longa distância não foram o suficiente para aliviar sua cabeça. Éramos todas ocupadas, mas Karen e Garth, seu marido, haviam começado recentemente o próprio negócio relacionado à listagem e venda de imóveis comerciais e estavam mais ocupados do que nunca. Lily e Buddy tinham ficado em Spokane com o pai durante o fim de semana.

— Na verdade, estou indo muito bem.

E era a verdade. Eu gostava de dar aula, e ter uma renda regular tinha ajudado muito meu orçamento. Eu substituiria a outra professora até o primeiro dia do ano. Eu me dava bem com os funcionários da escola e descobri que uma vaga de tempo integral para professor de francês iria abrir na primavera. Eu planejava me candidatar, pois era fluente na língua e achava que teria uma boa chance de ser contratada.

— Rocco vem para o casamento, certo? — perguntou Cassie. — Estou ansiosa para conhecê-lo.

— Ele disse que sim.

O que havia me surpreendido e encantado. Eu estava ansiosa para minhas irmãs conhecerem Rocco. Ele estava se tornando parte importante da minha vida. Embora tivesse um exterior durão, era atencioso, inteligente e um bom pai. Owen o amava e eu me via pensando nele cada vez mais. Éramos pessoas muito diferentes por fora, mas compartilhávamos os mesmos valores e crenças.

Cassie, que estava sentada no tapete ao meu lado, disse:

— Depois de tudo o que você disse, estou realmente ansiosa para conhecê-lo.

Pensei que deveria dar a minhas irmãs um aviso justo.

— Ele não é um cara típico. Ele tem tatuagens e, é grande e alto.

— Mas você gosta dele.

— Sim.

Eu não ia minimizar quanto eu estava atraída por Rocco. Sim, ele era bonito, mas não da mesma maneira que Jake. Rocco esbanjava masculinidade, enquanto Jake era delicado e urbano. Dois homens não poderiam ser mais diferentes.

— É sério? — Karen me perguntou.

Eu precisava de tempo para pensar na minha resposta. Tínhamos concordado em não sair com outras pessoas e dar ao nosso relacionamento uma chance de crescer. Eu não tinha certeza se isso significava que estávamos namorando sério.

— Ainda não. Por enquanto estamos nos conhecendo, mas pode ser sério em algum momento. Nós dois temos muita coisa para resolver. Duas das minhas amigas da faculdade se recuperaram de divórcios com segundos casamentos rápidos que duraram menos de um ano. Não quero cometer o mesmo erro.

— Steve vai trazer o jantar mais tarde — afirmou Cassie.

Amiee enfiou a cabeça para fora da cozinha.

— É KFC?

— Não — Cassie respondeu, rindo.

— Droga! — Amiee murmurou, e voltou para a cozinha.

Karen, Cassie e eu passamos a tarde arrumando lembrancinhas de casamento para as mesas na recepção. Rimos ao relembrar de histórias da nossa infância e choramos quando conversamos sobre nossos pais, que haviam morrido cedo demais.

Steve chegou com comida chinesa e comemos com pauzinhos, conversando noite adentro. Domingo de manhã, Cassie fez o café, e Karen e eu voltamos para nossas respectivas casas.

Quando Owen e eu paramos em um posto na estrada, liguei para Rocco para dizer que estávamos voltando.

— Olá — falei quando ele respondeu.

— Olá.

O timbre áspero da voz dele me encheu de um sentimento caloroso e feliz.

— Você se divertiu com suas irmãs?

— Muito!

— A que distância você está?

Eu dei a ele a minha melhor estimativa:

— Talvez falte uma hora ou mais de estrada.

Ele hesitou.

— Posso vê-la quando você voltar?

Olhei para o asfalto e chutei uma pedrinha de cascalho. Estava esperando que ele sugerisse que nos encontrássemos.

— Eu gostaria muito.

— Venha para minha casa.

— Combinado.

Rocco hesitou novamente, como se não tivesse certeza se deveria dizer alguma coisa.

— Senti sua falta.

Fechei os olhos. Rocco não era uma pessoa que fazia discursos floridos ou declarações românticas. As palavras simples causaram um forte impacto em mim.

— Senti sua falta também. Minhas irmãs estão ansiosas para conhecê-lo.

Mais uma vez, a hesitação.

— Tem certeza de que você quer me levar neste casamento? Quer dizer, não vou ficar chateado se você preferir que eu não vá.

— Rocco, claro que quero você no casamento! Por que você pensaria o contrário?

Ele não respondeu.

— Rocco?

— Eu digo quando você chegar aqui.

Admito que aquilo me preocupara. Todas as vezes que eu havia falado sobre minhas irmãs para Rocco, eu sabia que ele estava ansioso para conhecê-las. Ele me provocou dizendo que ia perguntar para Karen e Cassie todas as coisas estranhas que eu tinha feito quando criança para que pudesse caçoar de mim depois.

Rocco tinha uma irmã que atualmente morava no Texas. O marido era do exército e eles se mudavam com frequência. Embora ele não tivesse falado muito, tive a impressão de que os dois eram próximos. Os pais deles haviam se mudado para ficar perto da irmã, e a mãe estava com problemas de saúde.

Curiosa sobre as preocupações de Rocco em relação ao casamento, fui direto para a casa dele. Ele devia estar olhando a rua, pois assim que estacionei, ele saiu da casa. Quando desliguei o motor, ele abriu a porta do carro e tirou Owen da cadeirinha.

— Como você está, rapazinho? — Rocco perguntou ao meu filho.

Owen deitou a cabeça no ombro de Rocco e bocejou.

— Amiee gostou do meu *camião*.

Rocco olhou para mim.

— Prima dele?

Eu assenti.

— Levou um tempo para ele perder a timidez com ela, mas já eram melhores amigos quando fomos embora.

Rocco liderou o caminho para dentro da casa com a mão nas minhas costas. Eu o segui até a cozinha e ele automaticamente me preparou uma xícara de café. Owen sentou no meu colo, dormindo com a cabeça no meu ombro. Kaylene estava no quarto ou passeando com as amigas.

— Você quer me dizer quais são suas preocupações em relação ao casamento?

Eu estava encucada com aquilo desde a ligação. Rocco deu de ombros e pareceu desconfortável. Ele tomou fôlego e disse:

— Eu nunca fui a um casamento antes.

Ele fez soar como se aquilo fosse uma grande falha de caráter.

— Nunca?

Achei difícil de acreditar no que ele havia me dito.

— Não um em uma igreja de verdade — ele elaborou. — Um amigo meu engravidou uma moça e eles se casaram em um bar. Isso é o mais próximo de um casamento formal que eu já fui.

Eu não sabia o que dizer.

Ele enfiou as mãos nos bolsos de trás e, em seguida, prontamente os removeu.

— Eu avisei, Nichole, eu não sou uma grande conquista.

— Participar de um casamento na igreja não é um critério que considero necessário.

Para falar a verdade, eu estava aliviada. Pensara que ele não queria ir.

— Terei que fazer algo especial?

Encostado no balcão, ele cruzou os braços fortes.

— Nada. Não ficarei sentada com você durante a cerimônia. Estarei de pé ao lado das minhas duas irmãs e Amiee no altar. Mas assim que o casamento acabar estarei ao seu lado.

Ele me estudou por um longo momento.

— Tem certeza de que ainda quer que eu vá?

— Mais do que nunca — assegurei a ele.

Ele balançou a cabeça.

— Antes que eu perceba, você vai me fazer tomar chá com o mindinho levantado.

Procura-se um novo amor 239

Eu ri e Rocco sorriu. Ele tinha o sorriso mais bonito que eu já vira. Eu poderia me afogar nele, na sensação que ele me causava.

Rocco momentaneamente olhou para longe.

— O negócio é que eu estaria disposto a fazer qualquer coisa, se isso significasse estar com você.

Atordoada, inclinei-me para a frente e estendi o braço.

— Venha aqui para que eu possa sentir sua testa e ver se você está com febre. Você está bem?

O olhar dele se voltou para mim.

— Sim, por quê?

— Essa foi a coisa mais romântica que você já me disse.

— Não se acostume com isso — brincou ele.

A porta da frente se abriu e Kaylene invadiu a casa, gritando:

— Papai!

— Aqui.

— Onde está Nichole? Eu vi o carro dela estacionado lá fora.

— Aqui com o seu pai — falei de volta.

Mal terminei a sentença e a adolescente já estava na cozinha.

— Nós ainda vamos, não vamos? — Kaylene perguntou, olhando do pai para mim e de volta para ele novamente.

— Parece que vamos — respondeu Rocco, sorrindo.

A felicidade de Kaylene era aparente.

— Eu nunca fui a um casamento de verdade e papai me deixou comprar vestido e sapatos novos e até gostou do modelo que Kelly e eu escolhemos. Papai também fica bonito de terno.

Eu olhei para Rocco.

— Eu sei.

Ele deu de ombros e sorriu.

— Que bom que você pensa assim.

— Sobre o Dia de Ação de Graças — falei, olhando para os dois. — Estamos todos convidados para a casa de Steve.

— Todos nós? — Kaylene perguntou, arregalando os olhos.

240   *Debbie Macomber*

— Sim. Cassie e eu vamos fazer as receitas favoritas da nossa família. A casa do Steve é muito maior que a de Cassie. O casamento é sábado, então faz sentido passarmos o feriado juntos.

— E a sua irmã mais velha? — questionou Rocco.

— Karen e a família vão para a casa dos sogros. Ela vai chegar sexta-feira.

— Vamos ter um verdadeiro Dia de Ação de Graças! — exclamou Kaylene, parecendo que ia bater palmas. — Papai e eu geralmente passamos o Dia de Ação de Graças no Denny's. Você vai cozinhar um peru inteiro, de verdade?

— Com recheio e purê de batatas e molho.

— Já estou com fome! — Kaylene riu.

— Você vai gostar da Amiee — falei a ela. — Ela tem a sua idade, ou talvez seja alguns meses mais velha.

Rocco estava quieto demais enquanto nós duas conversávamos sobre o cardápio que Cassie e eu tínhamos decidido. Kaylene correu até o quarto para ligar para as amigas e dizer que fora convidada para um jantar de Ação de Graças.

Olhei para Rocco.

— Algo errado?

Ele franziu a testa.

— Odeio dizer isso, mas o Dia de Ação de Graças é uma época cheia para mim. Preciso de cada caminhão e motorista que conseguir. Não posso tirar folga quando tenho um negócio para dirigir. Já vai ser difícil ir ao casamento, imagine ao Dia de Ação de Graças.

A realidade me atingiu como um soco forte no estômago.

— Rocco, eu sinto muito! Eu não deveria ter dito nada para Kaylene sem falar com você antes.

— Verei o que posso fazer, mas sem promessas.

Eu entendia. Tinha sido imprudente da minha parte falar sobre o jantar.

Procura-se um novo amor 241

— Se você não puder ir, tudo bem se eu levar Kaylene? Eu odiaria desapontá-la.

— Sim, isso seria bom.

Mas dessa forma Rocco passaria o feriado sozinho, e eu não queria isso.

— Tenho uma ideia melhor — falei, alegrando-me. — Ficarei em Portland para o Dia de Ação de Graças. Vou cozinhar e todos nós podemos ficar juntos.

Rocco imediatamente descartou a ideia.

— Aprecio a sua intenção, mas não. Você precisa ficar com sua família.

Foi então que percebi: eu já estava pensando em Rocco e Kaylene como parte da minha família.

CAPÍTULO 22

Leanne

Eu adiei encontrar Sean o quanto pude. Ele insistira para que almoçássemos no clube. Eu recusei. Não conseguia imaginar por que Sean pensava que eu daria as caras de bom grado naquele lugar. Eu não tinha qualquer intenção de me encontrar com Sean no clube depois de ele ter desfilado com outras mulheres no restaurante onde todos me conheciam.

A única razão pela qual eu concordei com a reunião foi por causa de Jake. Recebi uma ligação do meu filho e ele parecia preocupado.

— Mãe, você realmente precisa falar com o papai. É importante.

— Ele não pode me dizer pelo telefone?

— Não. Ele precisa fazer isso cara a cara, mãe. Você precisa vê-lo.

Eu não gostei nada daquilo, mas enfim concordei. Imediatamente, Nikolai ficou desconfiado.

— Eu não confio nesse homem.

— Nada que ele tenha a dizer vai mudar o que há entre nós — assegurei ao meu amado ucraniano.

Ainda assim, Nikolai ficou preocupado. Como meio-termo, sugeri que Sean e eu nos encontrássemos na Koreski. Sean não sabia que Nikolai trabalhava lá. Nikolai ainda não estava confortável com a ideia, mas concordou que essa era a melhor solução.

Sean e eu nos encontramos no pequeno restaurante dentro da padaria em uma tarde de quinta-feira, na semana anterior ao Dia de Ação de Graças. Ele tinha conseguido uma mesa antes de eu chegar e percebi imediatamente que havia perdido peso. Ele se levantou quando me aproximei e puxou minha cadeira. Ele sempre fora o epítome de um cavalheiro. Não tinha nada contra mentir e trair a esposa, mas nunca deixara de abrir uma porta ou puxar uma cadeira. Certifiquei-me de estar sentada de frente para a cozinha. Sorri quando vi Nikolai olhando pela pequena janela. Ele era meu protetor.

— Obrigado por me encontrar — disse Sean.

— Bem, você foi persistente o bastante.

Peguei o guardanapo de papel e o desdobrei no colo. A garçonete trouxe copos de água e estava pronta para anotar o nosso pedido.

— Vou querer a sopa do dia.

Era uma sopa de feijão branco e presunto que acompanhava uma fatia do pão de Nikolai. Era uma maneira de mantê-lo perto enquanto conversava com o meu ex.

— Isso é tudo? — Sean pareceu surpreso.

Meu estômago estava inquieto por causa da nossa reunião e eu não tinha muito apetite. Eu suspeitava que havia algo na mente dele no dia em que ele fora ao meu apartamento. O que quer que fosse, parecia estar ligado ao nosso encontro no dia.

Sean pediu uma salada e a garçonete foi embora.

Assim que ela estava fora do alcance da voz, perguntei:

— Você pode me dizer do que se trata?

Sean olhou para baixo e notei que as mãos dele tremiam.

— Eu estava sentindo algumas dores de cabeça nos últimos tempos e fiz uma consulta com Liam, o Dr. Belcher.

— E?

— No começo, presumimos que era estresse. Minha pressão sanguínea estava levemente elevada e havia o trauma emocional do divórcio.

Liam era um amigo. Os dois jogavam golfe juntos quase toda semana. Quanto ao trauma emocional que ele mencionara, parecia que tinha se recuperado com rapidez suficiente. Eu mal tinha tirado minhas roupas da casa quando Sean levou outra mulher para dentro. Pelo que Kacey havia me dito, a *amiga* não durara mais do que algumas semanas. Aparentemente, ela não era tão boa em passar camisas e cozinhar refeições como era na cama.

— Fiz o meu melhor para adiar um retorno para a nova consulta — continuou Sean. — É um incômodo e acho que talvez eu estivesse com medo de descobrir a verdade.

Eu me endireitei. De todas as coisas que eu esperava que Sean falasse, não achei que tivesse a ver com problemas de saúde.

— Mas você voltou para ver Liam?

— Sim, e depois de um breve exame, ele pediu um mais detalhado do meu cérebro.

— E?

Segurei a respiração.

Sean olhou para cima, e a preocupação e a dor nos olhos dele fizeram meu coração apertar. Presumi que não tinha mais sentimentos pelo meu ex-marido, mas estava enganada.

— Sean, o que é?

— Estou com um tumor no cérebro.

Eu ofeguei e minha mão voou automaticamente para o meu peito.

Sean baixou a cabeça e suspirou.

— Liam me enviou para um cirurgião especializado nesse tipo de tumor.

— Você fará uma cirurgia?

— Na próxima semana, na segunda-feira.

— Sean — eu engoli em seco —, é câncer?

Ele me encarou e pude ver o medo em seus olhos.

— Nós só saberemos depois da cirurgia. Estou preparado para o pior... Preciso estar.

— Jake sabe sobre tudo isso?

Sean negou com a cabeça.

— Não sobre tudo. A cirurgia é complicada e envolve riscos.

Nossas refeições foram entregues no que parecia ser o pior momento possível. Meu pouco apetite tinha desaparecido completamente. Peguei a fatia de pão como se estendesse a mão para Nikolai. Eu tinha certeza de que todo o sangue deveria ter sido drenado do meu rosto, e quando olhei para cima vi que Nikolai estava me observando com atenção. Quando me viu, saiu pela porta, mas eu gentilmente balancei a cabeça e ele parou.

— Eu queria ter contado a você antes, mas...

— Eu pensei que você queria falar sobre Nichole e Rocco — sussurrei, comovida.

Eu havia suspeitado de algo, mas não sabia o que era. Sean estava agindo de forma estranha há algum tempo, me ligando e querendo me encontrar — o que, francamente, não era do feitio dele.

— Entendo porque você quer me evitar, Leanne. Eu não a culpo. Eu era um marido horrível; você merecia alguém melhor. Eu gostaria de ter sido uma pessoa diferente para você.

Olhei para cima e lágrimas nublaram meus olhos. Nunca havia esperado ouvir aquelas palavras de Sean.

— Eu não tenho o direito de lhe perguntar isso, mas... você se importaria de me acompanhar ao hospital na segunda-feira para a cirurgia? Eu... Eu não tenho mais ninguém.

— E quanto a Jake? Ele não pode ir com você?

Sean negou.

— Ele começou no novo emprego e não pode tirar uma folga do trabalho. Ele se sente mal por isso, mas eu assegurei que ficaria bem. — Os olhos dele prenderam os meus. — Eu... Eu não quero ficar sozinho.

O nó na minha garganta tinha crescido ao ponto de ser quase impossível engolir qualquer coisa. Sean continuou me olhando.

— Você virá?

Concordei com a cabeça. O alívio dele foi visível.

— Obrigado.

Eu estendi a mão e segurei a dele. Sean sempre fora um homem orgulhoso e arrogante. Eu mal reconhecia o homem sentado à minha frente. Ele demonstrava humildade e arrependimento. E, mais do que tudo, estava com medo do futuro.

— Quanto tempo você vai precisar ficar no hospital?

— Dependendo do resultado, só ficarei lá duas noites.

— Apenas duas noites?

Ele deu uma risada fraca.

— Chocante a rapidez com que eles liberam as pessoas, não é?

Ele não precisava dizer isso, mas se Sean não estivesse no hospital, isso significava que ele voltaria para uma casa vazia. Acho que isso o deixava tão nervoso quanto a cirurgia em si.

Sean apertou ainda mais a minha mão, como se eu fosse a única coisa correta em um mundo virado de cabeça para baixo.

— Obrigado, Leanne. Você não tem qualquer obrigação de estar no hospital, mas eu quero que você saiba quanto sou grato.

— Claro que vou estar lá.

Nenhum de nós tocou na comida. Sean me deu os detalhes necessários sobre o hospital, o nome do cirurgião e o da cirurgia antes de pagar a conta e ir embora.

Eu precisava de alguns minutos a mais para absorver o que ele havia me contado e permaneci sentada à mesa. Assim que Sean desapareceu, Nikolai saiu da cozinha e se juntou a mim.

— O que esse não homem *querer*? — Ele perguntou, sentando--se na cadeira mais próxima. Ele segurou minha mão entre as dele.

Procura-se um novo amor   247

— Sean está com um tumor no cérebro — sussurrei.

Mesmo dizendo as palavras, tive dificuldade em acreditar que isso estava acontecendo com o meu ex-marido. Nikolai respondeu em ucraniano. Ele não pareceu perceber que havia mudado de idioma até que olhei para ele sem expressão. Então, ele suspirou e deu um tapinha na minha mão.

— Eu *sentir* muito por ele.

— Ele vai fazer uma cirurgia na segunda de manhã. O cirurgião fará o possível para remover o tumor. Pode ser câncer.

— Isso seria ruim.

— Sim, muito ruim. Não dá para saber se é cancerígeno até que os resultados do teste saiam.

Nikolai assentiu.

Ele notou a umidade que cobria meu rosto e se inclinou para limpar as lágrimas das minhas bochechas.

— Você *chorar* por ele?

Eu desviei o olhar, um pouco surpresa comigo mesma.

— Por que você *chorar*? Você o ama ainda?

Essa era uma pergunta difícil de responder.

— Eu não esperava sentir nada por Sean. Presumi que qualquer amor que eu tivesse por ele havia morrido há muito tempo.

Nikolai pareceu ferido e tentou afastar a mão. Eu não deixei e segurei com força.

— Você ama Magdalena?

— Claro, ela minha esposa.

— Você a ama menos desde que nos conhecemos?

Os olhos dele se arregalaram e ele negou com a cabeça lentamente.

— Eu fui casada com Sean por 35 anos. Passei a maior parte da minha vida com ele e, apesar de estar surpresa, percebo que ainda tenho sentimentos por ele. Ele era meu marido. Ele foi meu primeiro amor.

Os ombros de Nikolai relaxaram quando a raiva o deixou.

— Eu vou com você ao hospital. Eu *sentar* com você.

— Não. — Eu imediatamente rejeitei a oferta. — A padaria depende de você, e não seria certo você estar lá.

— Eu não me importo de perder o trabalho. Eu faço qualquer coisa por você, minha Leanne.

— Eu sei e sou grata, mas não é necessário.

— Você vem me ver depois da cirurgia? Você me dizer o que o médico diz?

— Claro. Na primeira oportunidade!

Ele se inclinou para a frente e pressionou a testa contra a minha.

— Eu me *preocupar* a manhã toda. Eu não *gostar* de você almoçar com seu ex-marido. Eu *ter* medo de perder você. Eu sou o Sr. Ciúme.

Eu pressionei minha mão na nuca dele.

— Você não precisa ficar com ciúme. Nem agora, nem nunca.

Ele se endireitou e seu rosto se iluminou com um sorriso.

— Suas palavras são músicas para os meus ouvidos.

Minhas mãos seguraram o lindo rosto forte.

— Você *esperar* aqui? Eu quase *terminar* o trabalho.

— É claro que vou esperar.

De muitas maneiras, sentia como se estivesse esperando toda a minha vida adulta por Nikolai.

— Eu não *demorar* — ele prometeu.

Nikolai estava de volta em menos de quinze minutos. Ele tinha tirado o uniforme branco e estava vestido como eu o conhecia melhor, com calça e suéter. Levava o casaco no braço enquanto pegava minha mão e a beijava. Ele colocou o casaco sobre as costas da cadeira e me ajudou a vestir o meu. Peguei minha bolsa e luvas enquanto ele colocava o próprio casaco.

Quando estávamos prontos para ir, ele segurou minha mão.

— Onde estamos indo? — perguntei.

— Entende. Não longe. Você está bem para andar?

— Claro.

Ao deixarmos a padaria, demos os braços e ele combinou o ritmo com o meu. Tínhamos percorrido cerca de quatro quarteirões quando perguntei:

— Nikolai, para onde você está me levando?

— Você *ver* logo.

Contornamos a próxima rua e eu soube. Vi a cúpula da igreja e a reconheci como ortodoxa russa.

— Você está me levando para a igreja?

Nikolai assentiu.

— Acendemos vela para Sean. Ajoelhamos e rezamos a Deus para que ele fique bem novamente.

Eu parei. Meus pés se recusavam a se mexer enquanto uma emoção avassaladora tomava conta de mim, apertando minha garganta e meu peito.

— Eu *rezar* todos os dias para Deus curar Magdalena. Agora nós rezamos por Sean. Você reza. Eu rezo. Deus ouve duas orações. Deus ouve.

Mordi o lábio ao ouvir as palavras de Nikolai. Ele se virou para mim, o rosto preocupado e triste.

— Você não *querer* rezar?

Lágrimas rolaram pelas minhas bochechas. Eu não conseguia mais controlar a emoção que me arrebatava.

— Minha Leanne, o que eu *dizer*? O que eu *fazer*? Por que você *chorar* assim?

Ele me puxou para seus braços e me segurou com tanta força que dificultou ainda mais minha respiração.

— Diga-me, por favor — ele implorou. — Seja o que for, eu *fazer* certo. Eu não *suportar* ver você chorar. É melhor você *enfiar* faca no meu coração. Diga-me, por favor, porque eu *deixar* você triste assim.

Eu dei uma série de fungadas indignas em um esforço para conter o tsunami de lágrimas.

— É Sean e sua doença?

Eu neguei e passei meus braços em volta do pescoço de Nikolai, escondendo meu rosto na gola do casaco grosso. Os dedos dele se emaranharam no meu cabelo enquanto ele espalhava pequenos beijos em meu rosto.

— Nikolai — eu solucei.

— Sim, minha Leanne.

— Eu. Estou. Muito. Apaixonada. Por. Você.

Os dedos pararam em meu cabelo. O corpo inteiro de Nikolai ficou tenso e parecia que ele havia parado de respirar.

— O que você dizer?

— Eu disse — fiz uma pausa para soluçar de novo —, que estou muito apaixonada por você... Você é um homem maravilhoso e eu te amo.

Lentamente, ele me soltou e segurou meu rosto. Os olhos dele procuraram os meus como se quisessem avaliar a sinceridade de minhas palavras. Ele deve ter lido o que estava em meu coração, porque eu observei enquanto as lágrimas se aglomeravam em seus olhos. Depois de um longo momento, ele sorriu como se fosse o homem mais feliz da face da Terra. Então, inclinou-se e me beijou no meio da calçada e em frente à igreja ortodoxa russa.

— Meu coração *pertencer* a você há muito tempo. Eu *esperar* e *esperar* por você para me dar seu coração. Agora eu sei porque Deus me *trazer* para a América. Você é o melhor presente que Deus já me *dar*.

CAPÍTULO 23

Nichole

Entrei no complexo da *Reboque do Potter* por volta das 16h de sábado. Owen estava com o pai e eu havia trabalhado na *Vestida para o sucesso* durante a maior parte do dia. Rocco tivera que trabalhar. Eu não o vira a semana toda, apesar de conversarmos sempre. Ele não havia conseguido encontrar alguém para substituí--lo no Dia de Ação de Graças. Eu entendia, mas não pude deixar de ficar desapontada. Como Rocco explicara, ninguém trabalhava mais do que o dono da empresa. Eu sabia que ele estava certo.

Todos os caminhões estavam fora, então eu imaginava que Rocco não estava no escritório. Tentando a sorte, saí do meu carro, verifiquei a porta do escritório e encontrei-a destrancada.

— Tem alguém aí?

— Quem está aí? — gritou uma mulher dos fundos.

Eu reconheceria aquela voz em qualquer lugar.

— Shawntelle?

— Nichole! — Em questão de segundos, eu recebi um enorme abraço de urso da minha amiga. — Já faz uma eternidade que não nos vemos, mulher! Por onde você andou?

— Por aí. Trabalhando, principalmente. Estou dando aula na escola. Você sabe quando Rocco volta?

— Ele deve voltar daqui a pouco. Vocês dois ainda estão juntos? Eu perguntaria a ele, mas ele não me diz nada. Esse homem deveria trabalhar para a CIA; ele não abre o bico. — Ela fez uma pausa e depois baixou a voz. — Mas vou contar que, segundo a fofoca do escritório, Rocco está mudado. Os caras me falaram que Rocco está todo sorridente e feliz, e que isso não se parece nada com o velho Rocco. Eu sei o que deu nele: você. Rocco conseguiu uma mulher, e essa mulher é você.

O sorriso de Shawntelle era maior que o do gato de Alice no País das Maravilhas.

Meu coração deu um pulo de alegria. Minha amiga parecia mais do que satisfeita consigo mesma e cruzou os braços.

— E você não é a única que conseguiu um homem.

— Oi?

— É isso mesmo que você ouviu! — exclamou ela, sorridente. — Eu encontrei um homem bem aqui: um motorista, Jerome. No começo, brigamos como gatos selvagens, mas depois ele acalmou. Ele é um bom homem, e querida, tenho que dizer que ele é muito gentil. Mal consegue se conter. — Ela colocou a mão na cintura. — Ele me deseja muito, mas não vou dar nada para ele ainda. Aprendi minha lição. Os homens falam o que uma mulher quer ouvir até conseguirem o que querem. Depois disso, somem tão rápido que levantam poeira.

— Bom para você! — Eu estava orgulhosa de Shawntelle. — Aliás, Rocco diz que você está fazendo um ótimo trabalho com a contabilidade.

Shawntelle assentiu.

— Ele me deu uma chance quando ninguém mais o fez. Ele também ajudou Jerome e Buck. Buck tem passagem pela polícia e ninguém queria contratá-lo. Ele é nosso despachante.

Eu tinha conhecido alguns funcionários de Rocco quando fora à empresa com Owen algumas semanas antes. Meu filho ainda falava sobre o dia em que dirigiu um caminhão de reboque.

— Você e Rocco vão fazer algo hoje à noite?

Estávamos saindo há três meses e, até então, só havíamos ficado sozinhos em algumas ocasiões. Nos encontrávamos o máximo que era possível, mas quase sempre na presença de Kaylene e/ou Owen. Havíamos tido pouco tempo para nós mesmos.

Um caminhão parou no pátio e Rocco desceu e começou a andar em direção ao prédio. Um sorriso instantaneamente iluminou o rosto dele quando me viu conversando com Shawntelle.

— Você tem visita — disse Shawntelle desnecessariamente.

Apenas o modo como os olhos de Rocco passaram por mim já me deixou com borboletas no estômago.

Ele olhou ao redor.

— Onde está Owen?

— Com o pai dele. Onde está Kaylene?

— Passando a noite com uma amiga.

Assim que ele terminou de falar, ambos percebemos no mesmo momento que não tínhamos outras responsabilidades naquela noite.

Um sorriso lento e fácil apareceu no rosto de Rocco.

— Me dê um tempo para tomar um banho e encontro você na sua casa em uma hora.

— Combinado.

Meu coração estava acelerado de ansiedade. Estava a meio caminho do carro quando ouvi Rocco chamar meu nome. Virei-me e olhei para ele com expectativa.

Ele suspirou e estendeu a mão para mim, puxando-me para um beijo tão faminto que quase me deixou derretida aos seus pés. Mantive os olhos fechados quando interrompeu o contato.

— Eu deveria ter esperado — ele sussurrou —, mas estava morrendo de vontade de sentir seu gosto.

— Valeu a pena a espera?

— Querida, você não faz ideia.

Saí e corri de volta para o apartamento, tomei banho e troquei de roupa. Tinha acabado de dar os últimos retoques na maquiagem quando a campainha tocou. Rocco estava do outro lado, vestindo calça jeans e camisa limpas, e uma jaqueta de couro com vários remendos na frente e nas mangas. Ele parecia pronto para o abate.

Ele olhou para mim como se estivesse me vendo pela primeira vez. Isso me fez imaginar se eu estava com batom nos dentes.

— Tem alguma coisa errada? — perguntei, desejando ter um espelho à mão.

Ele negou com a cabeça como se saísse de um transe.

— Toda vez que eu vejo você, fico impressionado com o quão adorável você é.

Eu mal sabia como responder. Já havia sido elogiada por outros homens, mas as palavras soavam treinadas e falsas. Não era assim com Rocco. Ele não conseguia tirar os olhos de mim e, francamente, eu sentia o mesmo por ele.

— Eu não deveria beijar você, eu realmente não deveria — disse ele, como se estivesse falando sozinho. — Se eu o fizer, temo que nunca mais vamos sair deste apartamento. — Mesmo falando, ele se inclinou para perto de mim parecendo ter toda a intenção de me beijar, mas ao invés disso me abraçou. Um profundo suspiro fez o corpo dele tremer enquanto me segurava em um abraço. — Eu quero tanto fazer amor com você que dói. Eu sei que isso provavelmente vai deixar uma boa menina como você chocada.

— Eu não sou tão boa quanto imagina — sussurrei, beijando seu queixo forte e passando a língua sobre a barba feita recentemente, amando o gosto dele.

Eu sabia que estávamos desafiando o destino, mas era tão bom e tão certo estar nos braços dele. Nós tínhamos feito pouco mais do que compartilhar alguns beijos apaixonados, e eu estava pronta para levar isso a um nível mais profundo — e sabia que ele também estava.

Rocco rosnou como se estivesse com dor.

— Nichole, por favor, não torne isso mais difícil do que é. Eu quero fazer tudo certo. Você merece isso. — Ele afrouxou o abraço, como se precisasse de todo o autocontrole que possuía para me deixar ir.

— Para onde estamos indo? — perguntei, depois de me recompor e clarear as ideias.

— Pensei em levar você para jantar. Tudo bem?

— Ótimo.

O que realmente importava era estar com Rocco. Ele traçou o dedo pela minha bochecha.

— Minha tia é dona de um pequeno restaurante italiano. Eu gostaria que você a conhecesse. Você é a primeira mulher que vou apresentar à minha família, então eles podem fazer um monte de comentários embaraçosos.

— Aviso recebido — disse, sorrindo.

— Eu liguei e ela reservou uma mesa para nós. Eu sei que é um pouco cedo para jantar, mas o lugar lota todas as noites.

— Estou com muita fome. Eu não almocei.

— Eu também não.

Meia hora depois, estávamos em uma mesa para dois com uma toalha xadrez vermelha em um restaurante pouco iluminado que tinha apenas dez mesas. Mal havíamos sentado quando a tia de Rocco chegou com pão fresco e queijo. Ela beijou Rocco nas bochechas, e ele me apresentou.

— Tia Maria, esta é Nichole.

A mulher não tinha nem um metro e meio de altura e cheirava a alho e ervas. Ela olhou para mim e assentiu com aprovação.

— Já era hora de Rocco arranjar uma esposa. Você vai se casar com meu sobrinho? — Ela exigiu saber. — Kaylene precisa da influência de uma mulher.

— O que eu disse? — Rocco resmungou baixinho. — Tia Maria, você está envergonhando Nichole.

Ela riu, e eu ri com ela.

A tia dele desapareceu, mas pouco depois um fluxo constante de comida começou a aparecer. Nem chegamos a ver o menu, não que precisássemos de um. O pão e o queijo foram seguidos por um prato de legumes em conserva e carnes fatiadas, depois sopa. Quando eu estava convencida de que não poderia comer mais nada, um enorme prato de macarrão com molho vermelho surgiu. Por fim, eu estava tão cheia que não conseguia aguentar nem mais uma azeitona.

— Por favor, me diga que já acabou.

Rocco sorriu.

— Ainda não chegamos ao prato principal.

Com as mãos pressionadas contra a barriga, olhei para o outro lado da mesa, chocada.

— Rocco. Por favor, não posso fazer isso. Não quero insultar sua família; a comida é deliciosa, mas eu simplesmente não consigo.

— Não se preocupe.

Eu me inclinei para trás na cadeira e respirei fundo várias vezes em um esforço para aliviar a pressão no estômago. Tudo o que eu tinha provado tinha sido digno de um restaurante cinco estrelas. Rocco falou com tia Maria e ela assentiu com compreensão.

— Da próxima vez, guarde espaço para mais comida — Maria me disse.

Rocco, no entanto, acabou com um prato cheio de uma receita de frango.

Ele me disse o nome da comida, mas era italiano e rapidamente escorregou da minha memória. Parecia incrível, com fatias de limão e alcaparras sobre fatias finas de frango.

Rocco estava conversando com a tia a respeito da sobremesa quando meu celular tocou. Eu peguei o aparelho da minha bolsa

Procura-se um novo amor   257

e vi que era Jake. Eu não queria falar com ele, mas ele estava com Owen e eu não tive escolha a não ser responder.

— Alô.

— Owen está muito manhoso — ele reclamou, como se a culpa fosse minha.

A maioria dos meninos de três anos costumava ser assim de tempos em tempos.

— O que está acontecendo?

— Se eu soubesse, você acha que eu estaria ligando? — Jake continuou na mesma voz acusatória.

Eu arqueei as sobrancelhas.

— Ele está doente?

— Como eu vou saber isso? Tudo o que ele faz é chorar e dizer que quer ir para casa. Ele precisa aprender que aqui é a casa dele e eu sou seu pai. Além disso, se eu ouvir o nome de Rocco mais uma vez, juro para você, Nichole...

— Descubra se ele está com febre — interrompi, esperando que ele percebesse a frustração e raiva em minha voz.

— Como eu faço isso? Eu não sou enfermeiro.

— Você mede a temperatura dele — expliquei o mais calmamente que pude.

Jake continuou reclamando.

— Coloque a mão na testa dele e me diga se está quente — sugeri.

Eu o ouvi entrar em outra sala. Os soluços de Owen soaram pelo celular e eu me senti péssima.

Os olhos de Rocco encontraram os meus.

— Owen? — Ele murmurou.

Eu assenti.

Jake voltou a falar e parecia mais razoável quando disse:

— Está quente.

— Deixe-me falar com ele — sugeri.

— Ok. — Eu ouvi Jake dizer a Owen que eu estava no celular.

— Mamãe? — A voz triste de Owen me chamou.

— Você está se sentindo bem, filho?

— Eu quero ir para casa.

— É o fim de semana do seu pai — expliquei tão gentilmente quanto pude.

— Eu quero ir para casa — Owen insistiu. — Papai levou meu *camião* e a amiga dele é malvada.

Jake pegou o celular de volta e eu pude ouvir Owen lamentando no fundo que ele queria "a mamãe".

— Você estragou ele! — Jake gritou. — Você transformou meu filho em um chorão!

Rocco ouviu claramente e se pôs de pé.

— Vamos buscá-lo agora.

Eu não poderia concordar mais com ele.

— Estou a caminho. Devo chegar em menos de meia hora.

Jake não se incomodou em responder. Tudo o que ouvi foi o clique da ligação sendo encerrada. Nós agradecemos à tia de Rocco pelo incrível jantar e saímos apressadamente do restaurante. A mão de Rocco estava em meu cotovelo, guiando-me pelo estacionamento até onde ele deixara a caminhonete. Ele parecia estar mais apressado do que eu.

— Owen não chora assim a menos que algo esteja errado — falei, preocupada com o meu filho.

— Não parece que Jake está confortável cuidando dele.

— Ele não está.

Eu tinha visto provas, e isso também me preocupava. Esperava que, com o tempo, Jake aprendesse a ser mais paciente com Owen. Pelo que eu consegui tirar do meu filho, ele passava os fins de semana com o pai acompanhado de babás na maior parte do tempo.

Dirigimos em silêncio para o Lago Oswego. Meus dedos apertavam a alça da bolsa e meu coração batia impacientemente, querendo chegar a Owen o mais rápido possível.

Quando chegamos, a luz da varanda estava acesa e notei que as cortinas voltaram ao lugar assim que estacionamos em frente à casa.

— Você pega Owen e eu guardo as coisas dele — sugeriu Rocco.

Confirmei com a cabeça, ansiosa para acabar com aquilo.

Eu podia ouvir Owen chorando antes mesmo de chegar à porta da frente. Era estranho tocar a campainha da casa em que eu havia morado. Esta não era a primeira vez.

Jake abriu a porta.

— Demorou demais.

— Nós viemos imediatamente.

Era como se Jake não tivesse visto Rocco, que estava de pé ao meu lado.

— "Nós"? — Ele deu uma olhada em Rocco e começou a rir, como se essa fosse a maior piada que já ouvira. — Você está brincando comigo, certo? Esse é o cara que você está namorando? Este... Neandertal?

Ignorei o comentário e, felizmente, Rocco também.

— Onde está Owen?

— Não, não! Quero conhecer esse tal Rocco. Eu não entendo, Nichole. Eu sempre pensei que você fosse uma mulher de classe. Você realmente desceu de nível.

Rocco deu um passo à frente, mas parou. Não é preciso dizer que um soco dele acabaria com Jake. Talvez fosse isso que meu ex queria, aí ele poderia processar Rocco por agressão.

Ouvi o grito de uma mulher vindo do corredor.

— O merdinha acabou de vomitar em mim!

A indignação dela foi seguida por uma série de palavrões.

— Falando em mulheres de classe... — murmurou Rocco.

Eu não ia esperar os dois trocarem farpas. Passei por Jake e corri para pegar Owen, ignorando a mulher que estava paralisada no banheiro. No minuto em que meu filho me viu, ele começou a chorar.

— Mamãe, mamãe, eu fiquei doente!

— Estou vendo. — Peguei uma toalha no banheiro e molhei.

A mulher achou que era para ela e pareceu ficar ofendida quando limpei a boca e as mãos de Owen. Eu o segurei no colo, peguei a mochila e o casaco, e carreguei ele e tudo mais para a sala de estar.

Rocco e Jake estavam em pé, frente a frente, só que Jake era cerca de cinco centímetros mais baixo que Rocco, o que fazia a visão ser cômica. Se eu estivesse de bom humor, teria dito alguma coisa.

— Rocco!

Owen esticou os braços para Rocco, querendo colo.

Jake piscou e recuou. Eu vi a decepção nos olhos dele quando Owen se inclinou para a frente e Rocco o pegou. Jake me observou passar por ele e seguir Rocco até a caminhonete. Meu filho tinha os braços pequenos em volta do pescoço de Rocco e a cabeça apoiada nos ombros largos dele. Ao que tudo indicava, parecia que o caso de Jake lhe custara mais do que apenas a mim e ao nosso casamento. Ele também perdera o filho.

CAPÍTULO 24

Leanne

Cheguei ao hospital às 7h para ver Sean antes de ele ser levado para a sala de cirurgia. A atendente da seção conferiu o prontuário, passou o dedo pela lista de nomes na agenda e perguntou:

— Qual é o seu relacionamento com o paciente?

Temendo que eu não tivesse acesso se admitisse que éramos divorciados, murmurei:

— Esposa.

Ela escreveu um sinal de "ok" na folha e disse:

— Venha comigo.

Fui levada por um longo corredor até o quarto de Sean. Ele estava reclinado na cama, em uma camisola de hospital e com uma agulha espetada no braço. Um monitor registrava sua frequência cardíaca e pressão arterial a cada poucos minutos. A cabeça dele havia sido raspada; ele parecia mortalmente pálido e terrivelmente assustado.

— Você veio! — Ele esticou o braço livre e segurou minha mão em um aperto desesperado, apertando meus dedos ao ponto de doer. — Eu não tinha certeza se a veria antes da cirurgia. Obrigado.

Ele tinha lágrimas nos olhos, o que tenho certeza que o envergonhava, porque ele virou a cabeça e desviou o olhar. De pé, ao lado da cama, gentilmente coloquei minha mão em seu ombro.

— Claro que estou aqui — assegurei a ele. — Eu não gostaria de estar em outro lugar.

Ele deu um suspiro vacilante.

— Eu não me importo de dizer a você que eu nunca estive mais apavorado em toda minha vida.

— Qualquer um estaria.

Notei que sua pressão sanguínea estava elevada e sua pulsação estava acima do normal. O homem orgulhoso e arrogante com quem eu passara a maior parte da minha vida casada tornara-se uma criança assustada que precisava ser tranquilizada.

— Vai ficar tudo bem, Sean. Viva um dia de cada vez e não se preocupe com nada além disso.

Ele assentiu.

— Você está certa.

— Eu orei por você esta manhã — contei a ele. — Você está nas mãos de Deus agora.

Saber que eu rezei não pareceu confortá-lo.

Depois de alguns minutos, o cirurgião entrou no quarto, vestido com um uniforme azul e um gorro da mesma cor. Uma máscara estava pendurada no pescoço dele.

— Olá — disse ele, olhando para mim e estendendo a mão. — Sou o Dr. Allgood.

Trocamos cumprimentos.

— Leanne.

— Esta é minha esposa — disse Sean.

Eu queria corrigi-lo, mas eu basicamente tinha dito a mesma coisa para a atendente. Parecia mais fácil assim, embora me deixasse um pouco desconfortável.

Procura-se um novo amor

263

O cirurgião repassou o procedimento cirúrgico conosco e explicou o que estava prestes a acontecer. Ele me disse que a cirurgia poderia levar entre quatro ou cinco horas. Era delicada, para dizer o mínimo.

Eu escutei e assenti nos momentos apropriados, mas os termos médicos e muito do que ele disse entraram em um ouvido e saíram pelo outro. Não era importante que eu tão entendesse tudo, contanto que Sean soubesse que eu estava lá para lhe dar apoio emocional.

Quando chegou a hora de Sean ser levado para a cirurgia, eu caminhei ao lado da maca e segurei a mão dele. O medo em seus olhos me corroeu por dentro. Ele fixou o olhar ao meu pelo maior tempo possível, até que passou pelas portas para a cirurgia. Esperei no meio do corredor até a porta automática fechar.

Um enfermeiro me conduziu até a sala de espera, onde uma voluntária estava sentada atrás de uma mesa.

— Não há necessidade de você ficar aqui, já que o procedimento vai levar várias horas — a voluntária explicou. — Se você me der o seu número de celular, posso ligar se houver alguma atualização. O médico vai querer falar com você após a cirurgia. Desde que esteja de volta entre as dez e o meio-dia, você poderá conversar com ele.

Eu acreditava que apenas ficaria sentada na sala de espera, mas a voluntária estava certa. Eu poderia sair e fazer algo construtivo nesse período. Deixei meu número de celular e fui em direção ao estacionamento, imaginando o que faria. Kacey adoraria uma visita, eu sabia, mas ainda era cedo e não queria bater à sua porta antes das 8h.

Conclui que talvez devesse verificar a casa de Sean para ter certeza de que tudo estaria em ordem quando ele saísse do hospital. Eu não tinha mais a chave, mas sabia onde ficava a reserva.

Eu não tinha ido lá desde que o divórcio fora finalizado e tinha retirado meus itens pessoais. Construímos aquela casa juntos depois de vinte anos de casamento. Tinha sido o lar dos nossos sonhos, localizado ao lado do campo de golfe, com uma bela vista do clube a distância. Quando nos mudamos, eu tinha tomado muito cuidado em decorar cada quarto, e me orgulhava do resultado.

Com certeza, a chave sobressalente estava na rocha falsa nos canteiros de flores. Sean havia contratado um serviço de manutenção de gramados e, enquanto a grama estava bem cuidada, pude ver que os canteiros estavam em péssimo estado. Eu sempre fora a única a cuidar das flores. Achei desanimador ver como elas estavam sendo negligenciadas. Mas isso não era problema meu.

Abri a porta e entrei na casa que outrora fora meu orgulho. Eu sabia que Sean contratava um serviço de limpeza uma vez por semana. A ideia que eu tinha de minha própria importância tinha sido afetada pela facilidade com a qual eu fora substituída. Apenas uma empresa de manutenção de gramados e um serviço de limpeza eram o suficiente. Para minha surpresa, a casa estava uma zona.

Os balcões da cozinha estavam cheios de correspondência, jornais, copos vazios e caixas de comida pronta. Eu comecei por aquele cômodo, disposta a encher a máquina de lavar louça, até que percebi que ela estava cheia de pratos limpos. Passei quase uma hora na cozinha antes de ficar satisfeita.

O quarto não estava muito melhor. Sean havia jogado roupas no chão. Ele sempre fora meticuloso quando se tratava de guardar as roupas. Encontrei o cesto cheio de roupa suja e coloquei um carregamento de peças brancas na lavadora, então troquei os lençóis e arrumei a cama.

O banheiro e a sala de estar também estavam uma desordem. Encontrei um conjunto de roupas íntimas de renda preta debaixo da almofada do sofá e revirei os olhos. Pegando um par de pinças da cozinha, eu as removi. Era o conjunto mais minúsculo que eu já vira e provavelmente custara uma fortuna. Suspeitava que a dona estava chateada por tê-lo perdido.

Procura-se um novo amor 265

Demorou três horas e meia para limpar a casa. Saí com pressa e corri de volta para o hospital, com medo de perder o cirurgião. Não havia recebido uma ligação, então tive que presumir que tudo estava no horário.

De fato, não precisei me preocupar. Passou uma hora inteira depois do meu retorno até que o cirurgião viesse falar comigo. Levantei quando ele entrou no quarto. Ele me levou para o corredor do lado de fora, onde tínhamos um pouco mais de privacidade.

— Seu marido passou pela cirurgia sem nenhuma complicação.

Meus ombros relaxaram com alívio.

— Você conseguiu remover todo o tumor?

— Não por completo. O que eu consegui extrair está sendo analisado. Devemos ter os resultados dentro de alguns dias.

— E se for câncer? — Eu mal conseguia fazer a pergunta.

— Se for câncer, faremos tudo o que for possível. Mas não há necessidade de se preocupar com isso agora.

Notei que ele não conseguia me encarar enquanto falava. Não parecia que estava tudo bem, mas eu podia estar errada. Eu esperava estar errada.

— Seu marido está em recuperação agora. Vou pedir para o enfermeiro vir e levá-la até ele antes de você ir embora.

— Obrigada — sussurrei, sentindo-me desconfortável com a mentira piedosa.

Ele deu um tapinha no meu ombro e foi embora.

Eu não estava com humor para companhia, então não liguei para Kacey como havia planejado originalmente. Em vez disso, caminhei até a cafeteria em busca de uma tigela de sopa. Eu sabia que Jake estaria se perguntando sobre o pai, então liguei para ele.

— Como está meu pai? — Jake perguntou assim que atendeu, sua preocupação era óbvia.

— Ele saiu da cirurgia e está indo bem.

— O tumor era cancerígeno?

Isso, claro, estava em nossas mentes. Eu sabia que Jake, tanto quanto eu mesma, odiava não ter a resposta ainda.

— Temos que esperar pelos resultados da análise. O médico disse que levará alguns dias.

— Eu me sinto mal por não poder estar aí com o papai. Eu sei que ele ficou feliz com a sua companhia.

— Tudo bem, querido. Eu não tenho nenhuma má vontade para com seu pai.

Eu tinha certeza de que ele sabia disso, mas um lembrete não faria mal.

Jake ficou em silêncio, e quando falou novamente sua voz estava cheia de dor.

— Mamãe...

— Jake — sussurrei —, você não precisa se preocupar. Seu pai sempre se cuidou. Ele vai ficar bem.

Eu tentei parecer confiante e reconfortante.

— Eu sei, eu sei. Este fim de semana... Ouça, mãe, conheci o Rocco. Nichole está levando esse cara a sério? Porque tenho que dizer, ele parece que é parte de uma gangue de motoqueiros ou algo assim.

Meu filho queria me usar para descobrir informações sobre sua ex-esposa. Eu não iria colaborar. Sempre tentava permanecer o mais neutra possível quando se tratava de assuntos de Jake e Nichole.

— A pessoa para quem você precisa perguntar isso é Nichole, não eu.

— Mas vocês duas são próximas.

— Sim, somos.

Jake já havia me usado uma vez para influenciar Nichole, e eu não me permitiria ser manipulada novamente.

— Nichole não pode estar falando sério sobre ele, simplesmente não pode. Esse cara é uma má influência para Owen. Eu não quero meu filho andando por aí com um homem assim. Ela está desesperada? É isso?

Procura-se um novo amor 267

Sabendo o tipo de mulher que meu filho tinha levado para casa, uma fofoca que Kacey tinha estado muito ansiosa para compartilhar, achava interessante que ele estivesse me fazendo essas perguntas.

— Nichole não está desesperada — afirmei, fazendo o meu melhor para manter a irritação sob controle. — Além disso, eu não acredito que você deva ter uma opinião sobre quem Nichole vê ou não, Jake.

Eu tentei ser o menos crítica possível. Infelizmente, não consegui refrear minha língua.

— Me matou vê-la com aquele cara — admitiu Jake, a voz dura e irritada.

A duplicidade de padrões do meu ex-marido e do meu filho me surpreendiam. Eu acabei retrucando, apesar das minhas melhores intenções.

— Você achou que foi mais fácil para Nichole descobrir que você estava traindo ela? Ou ouvir sobre o desfile de mulheres que você leva para a casa que já foi dela?

Ele respirou fundo.

— Isso foi golpe baixo, mãe.

Eu deveria ter mordido a língua. Jake estava com raiva agora. Eu podia ouvir em sua respiração. A voz dele era fria quando ele falou em seguida:

— Me avise se tiver qualquer novidade sobre papai.

— Pode deixar — prometi.

Jake desligou antes que eu tivesse a chance de dizer mais alguma coisa. Não me dava nenhum prazer saber que meu filho estava sofrendo por causa do fim de seu casamento. Como o pai, ele havia causado isso a si mesmo, mas não parecia reconhecer ou aceitar sua parcela de culpa no divórcio.

Quando voltei, Sean já havia saído da UTI e sido levado ao quarto. Sentei-me à cabeceira e li uma revista até ele acordar. Ele sorriu quando me viu.

— Eu sabia que você estaria aqui — ele sussurrou, os olhos brilhando de gratidão. — Quanto tempo eu fiquei na cirurgia?

Eu disse a ele.

— Eu não esperei no hospital. Fui até a casa e a arrumei para quando você receber alta.

O arrependimento brilhou nos olhos dele.

— A empregada não deu certo. Estava uma bagunça, não?

Eu não confirmei nem neguei o que ele já sabia.

— Você gostaria que eu contratasse alguém para você?

— Por favor.

Ele estava com dificuldade para falar, e eu peguei um copo de água e coloquei o canudo em sua boca. Ele bebeu com sede.

Quando terminou, retirei o canudo e coloquei o copo de volta na mesa.

— Eu preciso ir agora. Dou aula hoje.

Eu podia ver pelo seu olhar que ele queria que eu ficasse.

— Eu voltarei amanhã — assegurei-lhe. — O resultado do teste pode estar pronto até lá.

Ele fechou os olhos e sussurrou, a voz emocionada:

— Obrigado, Leanne. Eu acho que não poderia ter passado por isso sem você.

Eu me inclinei para a frente e beijei sua testa. Quando saí do hospital, meu celular tocou. O identificador de chamadas me dizia que era Nikolai.

— Olá!

— Como está Sean? — Ele perguntou, preocupado e zeloso.

— Eu *rezar* esta manhã. Eu *acender* mais velas e *pedir* a Deus para ser misericordioso.

— Obrigada. — Meu coração inchou de amor, sabendo que ele havia orado pelo meu ex-marido. — Sean passou bem pela cirurgia. Ele está fora de perigo por enquanto, o que eu já esperava.

— É câncer? Você não *ter* resposta?

— Ainda não, mas em breve.

Nikolai hesitou, como se não tivesse certeza de que deveria perguntar.

— Eu vejo você antes da escola?

Depois do dia que eu havia passado, estava ansiosa para ver Nikolai.

— Eu gostaria muito.

— Eu gosto também. Nos encontramos para jantar antes da aula, ok?

Marcamos um horário e decidimos por um pequeno restaurante não muito longe do Centro Comunitário.

Quando cheguei ao local algumas horas depois, Nikolai estava do lado de fora esperando. Assim que me viu, caminhou em minha direção e me abraçou apertado. Os olhos dele ficaram nos meus, escuros e intensos.

— Há algo errado? — perguntei quando entramos no restaurante.

Ele não teve a chance de responder antes de sermos levados a uma mesa e recebermos os menus.

— Nikolai? — pressionei.

Ele leu o cardápio.

— Eu *ter* vergonha de dizer a você.

— O que foi?

Ele esperou alguns longos momentos antes de responder.

— O Sr. Ciúme ficou comigo o dia todo. — Ele colocou a mão no peito. — Você no meu coração o dia todo. Eu sei que você *estar* com Sean e ele precisar de você e eu sinto que não tenho compaixão. Eu digo a mim mesmo que preciso ser melhor homem.

— Nikolai — falei, esticando o braço sobre a mesa e segurando a mão dele. — Você esteve no meu coração o dia todo também. Você.

— Mas você estava com Sean.

— Na verdade, eu não estava. Ele ficou em cirurgia por várias horas, então eu dirigi até a casa dele. Eu queria ter certeza de que ela estaria limpa para quando ele saísse do hospital. — Eu sabia que estava tagarelando, mas não conseguia parar. — Foi uma boa ideia, porque a casa estava uma bagunça terrível. Aparentemente, a empregada que ele contratara não dera certo. Ele me pediu para contratar alguém para ele.

Nikolai afastou a mão e seu rosto se apertou.

— Você *limpar* para ele?

— Sim. A casa estava em péssimo estado. Eu não podia deixar Sean voltar do hospital para aquela imundície.

Nikolai recuou a cadeira e começou a andar ao lado da mesa, claramente de mau humor. Ele passou a mão pelo cabelo grisalho e murmurou em sua língua nativa.

— Nikolai, o que foi? — perguntei, observando-o.

Ele se inclinou para a frente e apoiou as mãos no encosto da cadeira, os dedos curvando-se ao redor da madeira.

— Isso não *estar* certo. Você *limpar* para ele é errado.

Eu não teria feito isso se não achasse que era necessário para o bem-estar de Sean. Não me atrevi a deixar que Nikolai soubesse que eu havia dito ao hospital que era a esposa de Sean para vê-lo antes da cirurgia. Se Nikolai descobrisse, ele ficaria doido.

— Nikolai, por favor, não fique chateado.

Ele se sentou e cobriu o rosto com as mãos. Eu podia ver que ele estava se esforçando para se recompor.

Aparentemente, o que eu tinha feito fora o mesmo que servir a Sean o pão que Nikolai assara para mim.

A garçonete escolheu esse momento para chegar à mesa para anotar o nosso pedido. Eu ainda não tinha olhado para o cardápio.

— Eu não comer — Nikolai murmurou.

A verdade é que eu também não estava com fome.

A mulher saiu e Nikolai se levantou.

— Não é bom que eu esteja aqui agora — afirmou ele enquanto pegava o casaco na cadeira ao lado da minha. — Eu preciso pensar.

Eu me senti mal.

— Sinto muito... — sussurrei.

Eu não considerei que ajudar Sean limpando a casa seria um problema, mas claramente era.

— Vejo você na escola?

Nikolai hesitou e depois assentiu.

— Eu vejo você então e tento esquecer você como empregada para esse homem que não te ama.

CAPÍTULO 25

Nichole

O Dia de Ação de Graças foi um sucesso. Cheguei na tarde de quarta-feira na casa de Cassie e Steve com Owen e Kaylene. Eu realmente odiava deixar Rocco para trás, mas ele se juntaria a nós na manhã de sábado, a tempo para o casamento. Eu me sentia levemente culpada por ele passar o feriado trabalhando e sozinho, mas ele insistira. Trocamos mensagens durante todo o dia.

> Eu: Sinto sua falta.
> Rocco: Um homem tem que fazer o que um homem tem que fazer.
> Eu: O peru está delicioso, o melhor recheio que já preparei.
> Rocco: Vc é uma mulher malvada.
> Eu: Retire o que disse. Eu guardei um pouco para você.
> Rocco: Tem mais alguma coisa para mim?
> Eu: Torta de Nozes?
> Rocco: Eu estava pensando em algo mais pessoal.
> Eu: Como?
> Rocco: Melhor entregar pessoalmente do que por mensagens.

Eu: Mal posso esperar.

Rocco: Grrrrrr.

Sorrindo, coloquei o celular de volta no bolso do avental e peguei os pratos para arrumar a mesa com a ajuda de Kaylene e Amiee. As garotas estavam se dando muito bem. Eu podia ouvi-las tagarelando; elas tinham passado metade da noite conversando. Cassie e eu estávamos cozinhando desde às 8h do Dia de Ação de Graças e começamos a comer às 15h.

Meus pais morreram com pouca diferença de tempo um do outro. Basicamente, mamãe ficou perdida sem meu pai e não achava que tinha mais motivo para viver. Foi difícil perder os dois tão rapidamente.

Apesar de terem se passado vários anos desde que eles se foram, parecia que estavam conosco neste Dia de Ação de Graças. Foi o primeiro que passei com Cassie desde os meus 13 anos. Juntas, cozinhamos as receitas de nossa infância, aquelas passadas de geração em geração.

Depois da refeição, recostamos em nossas cadeiras, estufadas e felizes. Quando éramos crianças, cada um na mesa menciona-va algo pelo qual se sentia grato naquele ano. Foi tão bom fazer isso de novo, especialmente quando todos nós havíamos sido tão abençoados.

Fora um ano difícil para mim com o divórcio e tudo mais. Havia aprendido muito sobre mim mesma. Eu estava muito mais forte emocionalmente do que imaginava. Claro que tive ajuda, principalmente de Leanne e do guia que havíamos criado. Como a mais nova da família, eu havia sido mimada e, depois que me casei com Jake, ele havia me mimado também. Este fora o ano em que eu aprendera a andar com as próprias pernas e a ser adulta. Não havia sido fácil. Eu ainda não tinha decidido qual era a coisa pela qual eu era mais grata quando a vez de Kaylene chegou.

— Sou muito grata pela Nichole — disse ela, me surpreenden-do. — E não porque ela me ajudou a comprar um vestido e deu aulas de dança para meu pai, embora isso tenha sido muito legal. Sou grata a ela porque ela faz meu pai feliz. Ele assobia agora e nunca tinha feito isso antes.

Ela corou e olhou para Amiee.

Amiee olhou ao redor da mesa e sorriu com gracejo.

— Sou grata pelo KFC.

— Amiee! — protestou Cassie.

— Estou brincando, mãe! — Ela riu. — Sou grata pelos meus primos e por novos amigos. — Ela olhou para Kaylene. — Só di-zendo, se seu pai se casar com minha tia Nichole, seremos primas!

— Legal! — sussurrou Kaylene.

— Nichole — disse Cassie, olhando para mim.

Ela sentara-se ao lado de Steve e os dois uniram as mãos. Vi quando Steve levou a mão dela aos lábios para um beijo.

— Minha vez — afirmei. — Sou grata por estar cercada pelas pessoas que amo, que me encorajaram e me apoiaram durante o ano passado. Sou abençoada.

— E amada — acrescentou Cassie.

Todos ajudamos com a limpeza. As garotas tiraram a mesa e Cassie guardou as sobras enquanto eu empilhava os pratos na lava-louças. Owen tentou ajudar, mas ele removia os talheres da máquina de lavar louça mais rápido do que eu os colocava. Steve enxotou todo mundo e lavou a louça com as mãos.

Com a limpeza finalizada, desmoronamos na frente da televi-são. As crianças estavam em outro quarto assistindo a um filme. Owen fora com as meninas, que o achavam adorável. Steve queria ver um jogo de futebol, e Cassie e eu concordamos. Minha irmã estava mais interessada em tirar uma soneca, e eu mesma não teria me importado de fazer o mesmo. Steve ficou com a poltrona reclinável e Cassie estava em uma das extremidades do sofá. Eu estava na outra. Costumávamos compartilhar um sofá assim quando éramos crianças.

Meu celular tocou e olhei para encontrar uma mensagem de Rocco.

Rocco: Kaylene disse que o jantar foi ótimo e gostou de compartilhar sua gratidão.
Eu: Eu faço você feliz?
Rocco: Foi isso que ela disse?
Eu: Sim. Eu faço?
Rocco: Mais do que você imagina.
Eu: Você me faz feliz também.
Rocco: Bom saber.
Eu: Eu queria que você estivesse aqui.
Rocco: Eu também, querida. Eu também.

Sexta-feira passou rapidamente enquanto Cassie e eu nos preparávamos para o ensaio do jantar de casamento. Karen e a família chegaram no meio da tarde, e o resto do dia foi passado com crianças correndo em um caos feliz. O jantar foi ótimo, em um restaurante mexicano no centro de Kent que era o favorito de Cassie e Steve. Eles alugaram o lugar inteiro para a ocasião. As margaritas foram distribuídas livremente e houve música, cantoria, risadas e brincadeiras. Os donos do estabelecimento se juntaram aos convidados. Quando a noite acabou, eu estava mais do que um pouco bêbada.

Assim que cheguei em casa, mandei uma mensagem para Rocco, que sairia logo de manhã.

Eu: olÁ.
Rocco: O jantar acabou?

Eu: SiM, esto na cama agr.

Rocco: Quantas margaritas você bebeu?

Eu: nAO sai.

Eu: SAI.

Eu: Sei. Maldito corrEtor.

Rocco: Você está me matando, querida.

Eu: ?

Rocco: Estarei aí de manhã.

Eu: Depressa.

Rocco: Droga. Queria estar aí agora. Odeio perder a chance
de ver você bêbada.

Eu: RePETIREI pra VC.

Sábado de manhã acordei com uma leve ressaca, mas feliz. Por
volta das 10h, Karen, Cassie, Kaylene, Amiee e eu fomos ao salão no qual Cassie trabalhava. As mulheres da loja basicamente
fecharam o salão para nos preparar para o casamento. Nosso
cabelo foi lavado, seco e penteado. Passamos pela manicure
e pedicure e recebemos tratamentos faciais. Quando saímos,
havíamos sido cutucadas, depiladas e pintadas. Nunca tinha
rido tanto na minha vida como fiz com as colegas de trabalho
de Cassie, que eram encantadoras. Elas iriam ao casamento
também.

Eu estava ansiosa para voltar para a casa de Steve porque
recebi uma mensagem avisando que Rocco havia chegado. Steve
o entreteve enquanto estávamos fora. Quando chegamos fazendo
barulho, Steve e Rocco estavam sentados em frente à televisão,
bebendo cerveja e assistindo a outro jogo de futebol. Meu cunhado
parecia relaxado e à vontade, e Rocco também.

Assim que a porta se abriu, Rocco virou-se e, quando me viu,
pôs de lado a garrafa de cerveja. Ele saiu da cadeira e caminhou
em minha direção, passando o braço em volta da minha cintura.

Então, ele quase me inclinou para trás com um beijo faminto e exigente, que me disse exatamente o quanto ele sentira minha falta.

Quando ele se afastou, ofeguei. Se ele não tivesse mantido o braço ao meu redor, tinha certeza de que teria me estatelado no tapete.

— Eita! — exclamou Steve, saudando Rocco com sua garrafa de cerveja. — Você poderia engravidar uma mulher com um beijo desse.

Rocco sorriu.

— Talvez sim, mas eu prefiro a maneira tradicional.

Steve riu.

Com a ajuda de Rocco, endireitei-me e respirei fundo para me estabilizar.

— Vejo que você e Steve estão se dando bem.

— Sim. Ele encontrou o prato de jantar que você havia guardado para mim. Como você prometeu, era o melhor recheio de todos os tempos.

— Farei o mesmo no Natal — garanti, e então franzi a testa. — Por favor, não me diga que você tem que trabalhar no Natal?

Ele deu de ombros.

— É negociável.

Além daqueles breves cinco minutos, não vi Rocco novamente até o momento em que caminhei pelo corredor da igreja. Rocco estava no final de um banco, vestido de terno e gravata. Confesso que ele parecia sexy o suficiente para incendiar o prédio. Eu quase tropecei quando o vi. O olhar dele era intenso quando encontrou o meu. Passei por ele e fiquei no altar com minha irmã, e Amiee entrou como dama de honra.

Cassie era uma noiva deslumbrante. Nunca a tinha visto mais bonita. Eu havia sentido a presença de mamãe e papai no Dia de Ação de Graças, mas senti a presença deles ainda mais forte ali na igreja quando Cassie prometeu sua vida a Steve. Minha irmã usava o lindo camafeu que uma vez pertenceu à nossa avó.

Papai sempre quisera que ela o tivesse, e era sabido que ela o usaria no dia de seu casamento. Quando ela fugiu e se casou com Duke, não ouvimos falar dela por anos, não sabíamos onde ela estava. Presumimos que ela não quisesse mais nada com a nossa família. Anos depois, papai me deu o camafeu, mas, no meu coração, ele sempre pertencera a Cassie.

Quando nos reconectamos, vi como a vida dela fora difícil com Duke. Percebi que foi necessária muita coragem e determinação para Cassie encontrar seu caminho para casa. Senti que não poderia ficar com o camafeu, e o devolvi para ela. Eu sei que meu pai teria ficado orgulhoso de vê-la usando-o ao se casar com Steve.

Quando Steve e Cassie trocaram seus votos, tive uma vontade quase irreprimível de virar e olhar para Rocco. A voz de Steve soou forte e clara, sem hesitação e cheia de amor. Cassie respondeu com a mesma convicção sincera. Estas eram duas pessoas profundamente apaixonadas, comprometidas a amar e honrar uma à outra pelo resto de suas vidas.

A igreja tinha menos de cinquenta pessoas, pois Cassie e Steve queriam apenas os amigos e familiares mais próximos na cerimônia.

O jantar e a recepção que se seguiram foram uma história completamente diferente. A recepção foi realizada no salão de festas de um hotel. Steve não poupara despesas. Os homens e mulheres que trabalhavam para ele estavam lá, junto a muitos amigos íntimos da *Habitat para a Humanidade*. Fora através dessa organização que o casal se conhecera.

Eu sabia que Cassie fizera vários bons amigos através da *Habitat*. Eu podia ver quão profundamente ela era amada e admirada. Eu também a admirava e percebi que minha irmã do meio tinha mais iniciativa e coragem do que qualquer pessoa que eu conhecia. Mamãe e papai teriam ficado muito orgulhosos.

Karen deve ter pensado a mesma coisa, porque nossos olhos se encontraram e percebi que os dela, assim como os meus, estavam brilhando com lágrimas não derramadas. Eu me esforcei para conter a emoção.

Rocco sentou-se ao meu lado no jantar, e Kaylene e Owen também. Rocco, gentilmente envolveu os dedos ao redor dos meus.

— Esse foi o casamento mais bonito do qual eu já participei — anunciou ele.

Inclinei-me para ele e sussurrei de volta:

— Pelo que lembro, este é o único casamento do qual você já participou.

— Eu não vou a outro.

Meu sorriso sumiu.

— Você não vai?

— Eu não acho que ele deveria, também — afirmou Kaylene do meu outro lado.

— Kaylene! — advertiu Rocco, olhando para a filha.

— Ele chorou como um bebê — revelou Kaylene, baixando a voz. — Foi horrível ver meu pai soluçando durante o casamento.

— Eu não estava soluçando! Derramei algumas lágrimas. Nada de mais. Fiquei apenas um pouco emocionado.

Apertei a mão de Rocco. Entrelaçamos nossos dedos e ficamos de mãos dadas durante toda a refeição. Quando a dança começou, olhei para ele, esperando que entendesse a dica.

— Você vai dançar com Nichole? — Kaylene perguntou ao pai.

Rocco parecia desconfortável.

— Se eu não tiver escolha...

Aquilo fora algo horrível de se falar.

— Não sei se você recorda — eu tinha prazer em lembrá-lo —, mas a primeira vez que nos beijamos foi quando estávamos dançando.

Os olhos dele brilharam e ele recuou a cadeira.

— Tudo bem, vamos nos mexer um pouco.

Eu não me incomodei em esconder minha expressão divertida. Quando chegamos à pista de dança, a área estava lotada e foi fácil se misturar com os outros. Rocco passou os braços em volta de mim, colocando as mãos nas minhas costas, e eu deixei meus braços ao redor do pescoço dele. Eu adorava ficar colada em seu corpo.

— Eu já disse o quão bonita você está? — Ele me perguntou baixinho, com os olhos cheios de afeto.

Eu sorri.

— Cerca de uma dúzia de vezes, mas não se preocupe, não vou me cansar de ouvir isso.

Ele estava muito bonito, também. Notei várias mulheres me olhando com inveja. O que eu amava, o que me fazia querer beijar esse homem até desmaiar, era que ele não prestara atenção em nenhuma delas. Ele só tinha olhos para mim. Todas as outras mulheres na festa desapareceram. Ele nem pareceu notar. Só de perceber isso me fazia querer passar o resto da minha vida com Rocco.

Eu estava prestes a dizer que ele estava lindo e elegante quando ouvi meu nome. Eu virei a cabeça e, para meu horror, vi que era Jake. Meu ex-marido aparecera no casamento da minha irmã. Ele estava com a mão no ombro forte de Rocco.

— Você está dançando com a minha esposa — disse ele em voz alta, chamando a atenção das pessoas que estavam ao nosso redor.

— Eu não sou sua esposa! — insisti, mortificada, imaginando que Jake começaria um escândalo.

— Deixe-me lidar com isso — respondeu Rocco suavemente. Ele tirou a mão de Jake do ombro. — Você está bêbado.

— E daí? Eu não quero um mecânico sujo como você dançando com minha esposa. Você é um pobretão e um... um...

Aparentemente, ele não conseguia pensar em uma palavra adequada.

— Nichole! — exclamou Jake, implorando. — Não faça isso. Você é minha esposa.

Steve apareceu.

— Por que não levamos essa discussão lá para fora? — Ele sugeriu.

— Volte para sua esposa — insistiu Rocco. — Eu escolto Jake para fora.

— Tenho um convite! — afirmou Jake. — Você não pode me expulsar!

— Eu acredito que podemos, sim — disse Steve calmamente. Ele olhou para Rocco. — Não me prive do prazer. Eu nunca gostei desse idiota. Não consigo entender o que Nichole viu nele.

Steve e Rocco ficaram um de cada lado de Jake, pegaram um braço do meu ex-marido e o levantaram alguns centímetros do chão. Quando chegaram à saída, o segurança do hotel apareceu para escoltar Jake para fora.

Eu estava envergonhada e pressionei as mãos na boca até Steve e Rocco retornarem.

— Steve, eu sinto muito — sussurrei.

— Não tem problema, Nichole. Na verdade, gostei muito de fazer isso.

Rocco passou o braço em volta de mim novamente e me trouxe para perto dele.

— Agora, o que você estava dizendo sobre a primeira vez que dançamos? Pelo que me lembro, você ficou impressionada com a força da minha masculinidade e não conseguiu tirar as mãos de mim.

Eu sorri para ele.

— Sim, foi algo assim.

Ele aproximou a boca da minha.

— Foi isso que eu pensei — afirmou ele, antes de roubar um beijo.

CAPÍTULO 26

Leanne

Nikolai não estava feliz comigo. Durante as aulas de segunda e quarta-feira, ele permaneceu em silêncio. Antes, havia sido um colaborador entusiasta de nossas discussões. Ele não parecia entender que, embora eu não fosse mais casada com Sean, sentia certa obrigação de ajudá-lo com esse problema de saúde.

Sean acabou precisando ficar no hospital por mais um dia e foi liberado na manhã do Dia de Ação de Graças. O *timing* não poderia ter sido pior.

— Eu não consigo falar com Jake — Sean ligou para me dizer. — Não há ninguém que possa me acompanhar até em casa. Eu odeio pedir a você, Leanne, mas não tenho escolha.

Nikolai e eu tínhamos planos de jantar com nossos amigos da classe. Um dos meus alunos, Jakob Cirafesi, havia nos chamado para jantar com ele e a esposa. Os convidados deveriam levar um prato de seu país natal. Sun Young prometera preparar um pote da mesma sopa maravilhosa que fizera para mim durante o episódio do cobreiro, e outras três pessoas também estavam ansiosas para levar comida. Nikolai e eu pretendíamos comparecer e, natural-mente, ele prometeu levar pão.

— Eu vou ver o que posso fazer.

Presumi que Jake estaria presente para o pai dele. Eu não tinha falado com meu filho desde a nossa última conversa, quando me recusei a discutir o relacionamento de Nichole com Rocco. Jake tinha sido mal-humorado comigo, e quase um pouco agressivo.

— Eu preciso saber logo — afirmou Sean.

Ele soava mais como uma criança do que o empresário confiante que eu sabia que ele era.

— Vou ligar para Nikolai.

Eu temia fazer a ligação. Nikolai e eu ainda não estávamos em bons termos, e este último pedido de Sean certamente complicaria ainda mais as coisas.

Ser colocada naquela posição não era nada conveniente. Eu entendia Sean, no entanto. Era Dia de Ação de Graças e nossos amigos, ou aqueles que já haviam sido nossos amigos, estavam envolvidos com as próprias famílias ou estavam fora da cidade. Nosso filho tinha desapontado a nós dois. Eu encerrei a ligação e liguei para Nikolai.

Ele atendeu imediatamente, a voz alegre e feliz.

— Sim, minha Leanne!

— Feliz Dia de Ação de Graças, Nikolai.

Ele fez uma pausa e eu jurei que ele sabia que algo estava acontecendo.

— Recebi uma ligação de Sean agora de manhã — falei, esforçando-me para soar o mais otimista e positiva possível. — Ele está recebendo alta do hospital hoje. Infelizmente, não conseguiu falar com Jake e precisa de alguém para levá-lo para casa. Ele não queria me pedir, mas não teve escolha.

— Hoje?

— Sim, hoje.

— E ele *pedir* a você?

— Como eu disse, não há mais ninguém.

Implorei silenciosamente por compreensão. Nikolai não disse nada.

— Não deve demorar muito. Eu vou pegá-lo no hospital, levá-lo para a casa e colocá-lo na cama. Encontro você na casa dos Cirafesi.

Parecia a solução perfeita. Eu seria a mais rápida possível.

— Não — afirmou Nikolai.

— Não? — Eu repeti, mal conseguindo acreditar no que estava ouvindo.

— Eu *ir* com você. Você não me *encontrar* mais tarde, porque eu conheço esse homem. Eu sei que ele *manter* você. Ele não quer você comigo. Vou ser *esmaga-prazeres* dele.

Eu segurei uma risada.

— Você quer dizer que quer ser um estraga-prazeres?

— Sim, é isso que eu quero dizer.

E foi assim que fomos juntos buscar Sean após sua liberação.

Logo que meu ex-marido viu Nikolai, pude ver que ele não ficou feliz. Nikolai poderia muito bem estar certo. Sean usaria qualquer desculpa que pudesse para me atrasar e me manter longe daquele jantar.

— Você se lembra de Nikolai, não é? — falei, entrando no quarto de Sean.

Os dois homens se encararam como boxeadores antes de uma partida. Um querendo intimidar o outro.

— Eu lembro — afirmou Sean, a voz baixa e firme.

Nikolai assentiu com firmeza, o olhar o mais duro que já tinha visto nele.

— Eu me lembro também.

A ajudante veio levar Sean com a cadeira de rodas. Fiquei com ele enquanto Nikolai saiu para pegar o carro e dirigi-lo até a frente do hospital, onde os pacientes eram liberados. A enfermeira citou uma lista de instruções e medicamentos. Eu ouvi atentamente, embora tudo estivesse escrito. Sean era quem precisava lembrar, não eu.

Meu ex-marido estava muito diferente com a cabeça raspada e enfaixada. Ele estava mais magro do que eu podia lembrar. Era possível dizer que ele estava fraco. Não mencionou os resultados do teste e eu tive medo de perguntar. Meu palpite era que se ele tivesse informações, me contaria. Pelo menos eu esperava que o fizesse.

Finalmente, eu não aguentei continuar sem respostas.

— Alguma novidade? — perguntei enquanto a ajudante estava fora da sala, pegando os papéis de liberação.

— Nenhuma — respondeu ele, frustrado e irritado ao mesmo tempo. — O doutor disse que é por causa do feriado. Eu saberei a resposta na manhã de segunda-feira.

— Tudo isso?! Ah, Sean, você deve estar sofrendo muito por não saber.

Eu dei um aperto suave ao ombro dele. Sean estendeu a mão e pegou a minha, segurando-a na descida do elevador. Assim que chegamos ao andar principal, soltei a mão dele, não querendo que Nikolai visse o contato.

Nikolai tinha o carro estacionado e a porta do passageiro aberta quando saímos do hospital. A ajudante auxiliou Sean a entrar no carro e me entregou a bolsa de remédios.

— Sua esposa está com os medicamentos — ela avisou a Sean.

Nikolai se endireitou e disse com os dentes cerrados:

— Ela não é esposa dele.

A moça olhou para a papelada.

— Sinto muito, mas é o que diz aqui. Você é Leanne Patterson, não é?

— Sim — respondi, sem olhar para Nikolai. — Sou Leanne, mas sou a ex-esposa de Sean.

— Sinto muito.

A ajudante me lançou um olhar arrependido.

— É um simples mal-entendido — afirmei, ansiosa para sair do hospital.

A tensão no carro, enquanto Nikolai dirigia para a casa de Sean, era mais espessa do que a Grande Muralha da China. As únicas palavras ditas foram por mim quando dei as instruções para chegar no endereço. Pude ver, assim que estacionamos, que Nikolai ficou surpreso com o esplendor casa que eu e Sean construímos juntos.

Ajudamos Sean a sair do carro e a entrar em casa. Eu o coloquei em sua cadeira favorita na sala de estar.

— Nós vamos agora — disse Nikolai assim que Sean estava sentado.

— Só um minuto. — Eu não queria me apressar até ter certeza de que Sean tinha tudo o que precisava. Eu chequei a geladeira e percebi que as prateleiras estavam praticamente vazias. Nikolai também viu. — Sean está precisando de comida — afirmei, deixando a decisão nas mãos de Nikolai.

A frustração dele era evidente. Ele esperou um momento desconfortável e depois assentiu. Saímos da casa e seguimos em silêncio até a primeira mercearia aberta que pudemos encontrar. Peguei alguns itens essenciais: pão, leite, suco de laranja e banana, junto com várias latas de sopa e um pote de manteiga de amendoim. Por ser Dia de Ação de Graças, também coloquei um pacote de peito de peru fatiado na pilha. Ao todo, levou menos de quinze minutos para reunir os suprimentos para Sean.

Nikolai insistiu que eu permanecesse no carro enquanto ele levava as compras para Sean. Não sei o que os dois conversaram, mas demorou muito mais do que o necessário.

Quando ele voltou, o rosto dele estava vermelho e ele não parecia feliz.

— Obrigada por fazer isso — eu disse assim que ele entrou no carro.

Eu sabia que Nikolai estava certo. Se eu tivesse ido sozinha, Sean teria encontrado uma desculpa para eu ficar. Eu teria perdido completamente a nossa celebração de Ação de Graças.

As mãos de Nikolai apertaram o volante.

— Eu não *gostar* desse homem. Eu *rezar* por ele, mas ele *precisar* mais do que oração. O coração dele é escuro.

Eu não precisava que ele me lembrasse disso.

— Por favor, não fique chateado — pedi, minha voz baixa e trêmula.

Com minhas palavras, Nikolai parou ao lado da estrada e estacionou o carro. Virando, ele segurou meu rosto com as mãos e olhou profundamente nos meus olhos.

— Chateado com você, minha Leanne? Nunca. Você *estar* no meu coração. Se eu *estar* chateado, é com aquele homem que não ama você. Ele é tolo e eu não gosto de tolos. Ele *usar* você e faz você se sentir mal por ele. Você é muito gentil. Muito carinhosa.

Eu sorri para ele e ele me beijou docemente.

— Eu não gosto que você *ser* empregada dele. Você me *prometer* que não vai fazer isso de novo.

— Eu prometo.

— Se ele precisar de sopa, eu cozinho. Eu levo para ele. Ele não *usar* você. Eu digo a ele. Eu digo que você em meu coração agora. Ele é tolo em perder você.

Então foi isso que fez Nikolai demorar tanto tempo.

— Você disse isso a Sean?

— Sim, e mais! Eu digo que ele tem filho para ajudar. Eu digo que ele tem namorada. Eu digo que ele deixar minha Leanne comigo. Meu trabalho é cuidar de você. Meu trabalho agora é amar você. Não é o trabalho dele — disse ele, lutando com o inglês. — É minha alegria cuidar de você.

As mãos dele continuaram a segurar meu rosto. Eu assisti enquanto o olhar dele ficou mais preocupado.

— Nikolai?

— Eu nunca *comprar* casa como aquela para você. Eu nunca *dar* a você muitas coisas bonitas. Eu não *ser* rico como Sean. Eu ser pobre, mas rico de amor.

Nunca saberei o que havia feito de bom para ter encontrado um homem tão maravilhoso quanto Nikolai.

— Você não sabe que eu tive tudo isso antes e abri mão de bom grado? Nada do que eu compartilhei com Sean valeu o que custou à minha alma. Eu preferiria viver cinco minutos com você do que cem anos com Sean.

Pela primeira vez naquele dia, vi Nikolai relaxar os ombros e sorrir.

— Sou o homem mais sortudo da América — afirmou, e então riu. — O homem mais sortudo do mundo por amar você.

Engraçado, eu estava pensando a mesma coisa.

Nossa festa de Ação de Graças foi realmente maravilhosa. Compartilhamos pratos tailandeses tradicionais e a sopa deliciosa de Sun Young com o pão de Nikolai. Levei inhame e salada de frutas e os Cirafesi fizeram um assado de carne de porco e uma espécie de bolinhos recheados que eram deliciosos.

Depois de comermos, nos reunimos ao redor da TV e assistimos a um jogo de futebol americano. Meus amigos imigrantes não compreendiam ou apreciavam o esporte, então expliquei o melhor que pude. Meu pai e meu irmão haviam sido grandes fãs, então eu tinha um melhor entendimento do jogo.

No final do dia, peguei meu casaco e minha bolsa e enviei uma mensagem para Jake. Eu não sabia qual era o problema dele, mas ele precisava superar isso.

Eu: Você precisa visitar seu pai.

A resposta dele veio rapidamente.

Jake: Estou com ele agora. Não foi legal o que você fez.

O que eu tinha feito? Havia tirado um tempo do meu feriado de Ação de Graças para buscar Sean no hospital e levá-lo para casa porque meu ex-marido não tinha conseguido falar com o nosso filho. Antes que eu pudesse responder, outra mensagem de Jake apareceu na minha tela.

Não há necessidade de esfregar o rosto de papai na lama com seu namorado imigrante. Você é tão ruim quanto Nichole. Isso foi baixo da sua parte, mãe. Perdi o respeito por você e por minha ex.

Eu suspeitava que Jake tivesse bebido, então ignorei as mensagens. Não adiantaria discutir com ele e, de fato, poderia fazer mais mal do que bem.

Domingo à tarde, Nichole e Owen voltaram do casamento da irmã dela. Eu tinha feito uma janta para eles e estava ansiosa para ouvir os detalhes do fim de semana prolongado. Comemos juntos no meu apartamento enquanto Nichole perguntava sobre meu Dia de Ação de Graças.

— Tive um dia agradável com Nikolai e alguns amigos da classe. — Eu não mencionei o incidente com Sean ou a mensagem de Jake. — O casamento foi bom?

Eu preferia ouvir sobre o tempo que ela passara com as irmãs e Rocco.

Um olhar sonhador surgiu no rosto de Nichole.

— Ah, Leanne, o casamento foi lindo! Nunca tinha visto minha irmã tão feliz ou mais radiante! Cassie me disse que ela e Steve querem começar uma família imediatamente.

Eu sabia que minha nora não queria que Owen fosse filho único e que ela iria querer mais filhos se decidisse se casar novamente.

Se esse fosse o caso, eu pretendia ser a avó da próxima criança também.

Nichole se mexeu na cadeira e desviou o olhar.

— Jake apareceu bêbado na recepção.

Meu coração afundou. Eu não sabia o que havia de errado com meu filho. Ele costumava ter mais noção do que isso.

— Ah, Nichole, sinto muito! Ele fez um escândalo?

Ela deu de ombros.

— Não foi tão ruim. Algumas pessoas notaram, mas isso não acabou com a festa. Rocco e Steve escoltaram Jake para fora do salão e, em seguida, a equipe de segurança assumiu.

— Acredito que ele estava bêbado quando me enviou uma mensagem no Dia de Ação de Graças.

Eu estava preocupada com o meu filho. Este não era um comportamento típico dele. Eu precisaria falar com Sean e ver se ele tinha conhecimento de algo que eu não sabia.

— Falando em Sean, como ele está?

Nichole parecia ansiosa para mudar de assunto e eu não a culpei.

— Sean está bem. Só falei com ele uma vez desde que ele saiu do hospital.

— Alguma novidade sobre o teste?

Eu neguei com a cabeça.

— O feriado atrapalhou o expediente do laboratório. Ele só saberá a resposta amanhã.

— Isso é horrível!

Concordei com ela. Eu sabia que ele estava ansioso — e quem não estaria? —, mas ele disfarçava bem. Eu não estava a par de todas as informações por causa das leis do sistema de saúde do país. Rezei para que meu ex-marido fosse poupado de ter que lidar com um câncer.

* * *

Segunda-feira, no meio da tarde, Sean ligou e, quando vi o nome dele no identificador de chamadas, soube que ele recebera a notícia do médico.

— Sean, você já sabe? — perguntei, ansiosa para ouvir a notícia.

— Sim, acabei de falar com o médico.

A voz dele estava sombria, assustada, e naquele momento eu soube.

— É câncer, não é?

— Sim.

Soltei um suspiro.

— Ah, Sean, eu sinto muito.

Eu não era mais a esposa dele. A única conexão que tínhamos era Jake. Tivemos um casamento terrível, mas eu não desejava o seu mal.

— Eu sei. Sinto muito, também. — Ele ficou em silêncio, como se estivesse lutando contra si mesmo. — Eu tive que fazer uma escolha difícil. Espero que você me apoie.

Calafrios subiram pelas minhas costas.

— O que é?

— Conversei com o oncologista, que recomendou radiação e quimioterapia, mas decidi não fazer o tratamento.

Eu respirei fundo.

— Sean, por que você decidiu isso?

— Na melhor das hipóteses, tenho de seis meses a um ano.

Ele passou a explicar que o câncer era agressivo e havia pouca esperança.

— Não!

Eu estava abalada.

— Se tenho apenas esse curto período de vida, não quero desperdiçá-lo com tratamentos dolorosos.

— Ah, Sean!

Tive dificuldade em compreender o que ele estava me dizendo.

— Por favor, não tente me convencer do contrário. Eu já tomei minha decisão.

Minha voz estava embargada com lágrimas não derramadas.

— Ok.

— Eu sei que esse novo homem em sua vida não quer que você me veja. Ele deixou isso claro no Dia de Ação de Graças. Eu só peço uma coisa de você, e não vou incomodá-la novamente.

— Sim, claro. O que é?

Sean parecia estar prestes a desmoronar.

— Eu sei que é pedir muito, mas não confio em mais ninguém para isso.

— Sean, o que é?

— Você poderia me ajudar a escolher meu caixão?

CAPÍTULO 27

Nichole

— Eu gostei da sua irmã e do marido dela — Rocco mencionou na noite de sexta-feira, uma semana depois do Dia de Ação de Graças.

Eu não o tinha visto a semana toda e sentira falta dele. De verdade. Ele estava começando a ser uma parte importante da minha vida. O trabalho o mantinha ocupado e era muito bom quando podíamos ficar juntos.

Sugeri que jantássemos no bar onde ele me levara uma vez, sabendo que Rocco gostava de lá. Era importante para ele saber que eu ficava confortável em seu mundo. Os amigos dele eram meus amigos.

Sentamo-nos em uma mesa e pedimos cerveja e asinhas de frango, sua comida favorita. A música estava alta, e a multidão, barulhenta. Parecia ser um ponto de encontro de motoqueiros ou, pelo menos, de aspirantes. Fiz o meu melhor para me vestir de acordo. Eu usava uma calça jeans justa, um suéter vermelho com gola V e botas até o joelho. Coloquei um broche de azevinho no suéter. Era a época de festas, afinal. Apesar disso, eu parecia ser a única que não estava completamente vestida de preto. Johnny

Cash teria se encaixado bem ali. Eu, nem tanto, embora fizesse um esforço.

— Karen e Garth são um ótimo casal — concordei, um pouco surpresa porque não tinha visto Rocco conversando com eles.

— Eu estava falando sobre Cassie e Steve.

— Claro! — Eu vivi a maior parte da minha vida adulta sem Cassie. Era natural supor que Rocco se referia a Karen e Garth.

— Estou tão feliz por você ter ido ao casamento comigo.

— Eu também estou.

Rocco pegou outra asa de galinha. Ele já comera três, e eu, uma — usando talheres, para o divertimento dele. A verdade era que elas eram picantes demais para o meu gosto. Eu também gostava de asinhas apimentadas, mas não a ponto de exigir uma mangueira de incêndio para apagar a queimação.

Rocco lambeu os dedos e não olhou para mim.

— Jake buscou Owen?

Eu sabia que os dois homens basicamente se odiavam. A animosidade havia irradiado deles na recepção do casamento.

— Ele pegou Owen na escolinha, então não precisei falar com ele.

Ou vê-lo, também.

Olhando para cima, Rocco me encarou.

— Você falou com ele desde o casamento?

— Se falei com Jake?

Sim, eu tinha, e fora ruim. Jake reclamara por vários minutos desconfortáveis sobre meu namoro com Rocco. Ele tinha muito a dizer sobre Rocco ser uma influência negativa para nosso filho.

— Você está evitando a pergunta. — O olhar de Rocco endureceu. — Ele está pegando no seu pé?

Dei de ombros, não querendo discutir o meu ex-marido.

— Está tudo bem, Rocco.

Eu não queria desperdiçar a nossa noite discutindo Jake.

Procura-se um novo amor 295

— Você precisa que eu converse com ele, de homem para homem?

— Não!

Essa era a última coisa que eu queria. Eu não podia ver nada de bom saindo disso.

— Eu ficaria mais do que feliz em colocá-lo na linha.

Eu não tinha dúvidas disso, e não achava que haveria muita conversa envolvida.

— Eu posso lidar com Jake.

Até mesmo falar sobre meu ex-marido me deixava aborrecida, e pedi uma segunda cerveja. Rocco me olhou com desconfiança.

— Tem certeza de que quer mais uma?

— Sim.

Jake estava me fazendo beber. Rocco ficou em silêncio.

— Eu odeio pensar que Jake está perturbando você.

— Está tudo bem — eu prometi, e estava.

Meu ex logo descobriria que não tinha controle sobre com quem eu namorava.

Rocco me estudou atentamente e voltou a ficar em silêncio.

— O que foi? — perguntei, rindo da intensidade que ele emanava.

Ele me ofereceu um sorriso fraco.

— Eu quero fazer tudo certo, Nichole. Se você disser para eu me afastar de Jake, eu farei. Não gosto disso, mas se é o que você quer, é o que vou fazer. — Ele desviou o olhar por um momento. — Eu nunca estive em um relacionamento como este. Eu não sei o que é o amor entre um homem e uma mulher... o aspecto emocional. O físico eu sei, mas essa angustiante sensação de *"eu morreria por você"* está além de qualquer coisa que eu já experimentei.

Tudo o que eu pude fazer foi olhar para Rocco. Para um homem que dizia ser ruim com palavras, péssimo em se expressar, ele estava fazendo um belo trabalho.

— Sempre que estamos juntos, você me mostra o que significa se importar com alguém de uma maneira rica, profunda e poderosa. Eu quero isso para nós. Eu sei que você ainda não está pronta para isso...

Rocco fez uma pausa quando Sam, seu amigo, foi até nossa mesa. Era possível ver que Sam estava bebendo há um tempo.

Ele agarrou a borda da mesa e inclinou-se para mim, sorrindo como se soubesse de algo que eu não sabia.

— Vejo que você ainda está saindo com esse filho da...

— Sam! — Rocco exclamou, cortando-o. — Nichole não está acostumada com esse linguajar, então preste atenção no que fala.

— Rocco... — sussurrei. — Não se preocupe com isso.

— Não — ele respondeu rapidamente. — Não vou deixar que ninguém use esse tipo de linguagem na sua frente.

A cabeça de Sam virou-se como se Rocco o tivesse agredido.

— Você deve estar brincando comigo, Rocco. Qual é o problema? Está virando uma mulherzinha?

— Eu quero que você respeite minha namorada — afirmou Rocco. — Você é um amigo, Sam, um bom amigo, e eu gostaria de continuar assim. Nichole é especial e não vou deixar que você a desrespeite. Ok?

Os olhos de Sam se arregalaram.

— Assim diz o homem que tinha a política de uma noite.

— A o quê? — perguntei, confusa.

Sam olhou para mim.

— Aposto que ela não sabe sobre isso.

Rocco o ignorou e olhou para mim.

— Eu não acho que vir aqui foi uma boa ideia.

— Eu diria que você está certo — respondeu Sam, rindo. — Ela não se encaixa aqui, e pelo que você falou, você também não. Não mais.

Ele suspirou e saiu.

Rocco parecia decididamente desconfortável.

Procura-se um novo amor 297

— O que ele quis dizer com "política de uma noite"? — questionei, curiosa agora.

— Foi há muito tempo — afirmou ele, balançando a cabeça. — Eu não tenho seguido isso desde que ganhei a guarda de Kaylene.

— Rocco, diga-me.

Achei que tinha o direito de saber. Ele suspirou e olhou além de mim.

— Tudo bem — ele disse forçadamente. — Eu falei antes que eu tinha um passado e que eu fora bem rebelde. Você pode ouvir a pior parte, então. Política de uma noite significava que eu só dormia com uma mulher uma vez e, quando conseguia o que eu queria, eu a enxotava para fora da minha vida. Sem repetecos.

Meus olhos se arregalaram e um calafrio desceu pela minha espinha. Rocco sempre fora aberto e honesto comigo. Pelo que eu sabia, ele nunca tinha mentido para mim.

— Eu não sou mais essa pessoa, Nichole — ele reiterou. — Não sou esse homem há muitos anos.

— Eu sei.

— Foi um erro trazê-la aqui. — Ele pegou a conta e colocou algumas notas na mesa. — Vamos.

— Ok.

A noite que tinha começado de forma tão linda dera uma guinada brusca para a direção contrária.

Rocco me ajudou a colocar o casaco e depois pegou minha mão. Fora do bar, ele me soltou e enfiou as mãos nos bolsos de trás da calça.

— Peço desculpas por Sam. Ele bebeu um pouco demais. Ele geralmente não é assim e sabe o que sinto por você.

— Está tudo bem — assegurei a ele.

Rocco parecia esquecer que eu lecionava em uma escola e ouvia crianças xingarem regularmente. Eu não gostava, e certamente não fora criada naquele ambiente. Meu pai dizia que uma pessoa que usava linguagem chula era alguém que precisava estudar vocabulário, porque havia maneiras mais civilizadas de se expressar.

Passei meu braço em volta do cotovelo de Rocco.

— Onde você gostaria de ir agora? — perguntei.

Rocco estava imerso em pensamentos e eu não tinha certeza se ele me ouviu.

— Que tal o meu apartamento? — sugeri. — Vamos nos aconchegar no sofá e assistir a um filme. Tenho pipoca.

Ele olhou para mim como se eu tivesse sugerido que ele saltasse das Cataratas Multnomah.

— O que foi?

Pessoalmente, achava que era uma ótima ideia. Rocco simplesmente balançou a cabeça.

— De jeito nenhum.

— Por que não?

— Entenda, Nichole. Tenho muita dificuldade em manter minhas mãos longe de você normalmente. Além disso, você já tomou duas cervejas.

— E daí? Quem disse que eu quero que você mantenha as mãos longe de mim?

Ele olhou para mim.

— Não diga coisas que você não quer dizer.

— Eu pareço estar brincando?

Coloquei a mão na cintura. Quanto às cervejas, tudo o que elas fizeram foram me soltar um pouco.

Os olhos dele não deixaram os meus.

— Você precisa entender uma coisa. Se começarmos isso, não há como voltar atrás.

Eu não tinha certeza do que isso implicava.

— O que você quer dizer?

Ele suspirou e pegou minha mão.

— Foi o que eu pensei.

— O quê? — perguntei, quase tropeçando para acompanhá-lo. As botas eram lindas, mas não eram as melhores para se andar rápido. Eu deslizei uma vez e teria caído se Rocco não tivesse me segurado.

— Para onde você está me levando?

— Não é para o seu apartamento.

— Não? — Não me incomodei em esconder minha decepção.

— Nós vamos para a sua casa, então?

— Kaylene está lá.

— Ah...

— Vou levar você ao cinema.

— Cinema? — exclamei, desapontada. — Você deve estar brincando!

— Não. — Ele inclinou a cabeça para trás e olhou para o céu. — Eu gostaria de estar brincando. Deus sabe disso.

— Tudo bem, se ir ao cinema é o que você quer...

Estava desapontada e magoada.

— Vou comprar pipoca para você — ele disse, em um esforço para aliviar o meu humor.

— Com manteiga?

— Com manteiga.

Ele me deixou escolher e eu optei por um filme romântico. Na metade da história, Rocco adormeceu. Eu tive que acordá-lo, e ele bocejou e depois me levou para casa. Ele me beijou do lado de fora do elevador e não me levou até minha porta do jeito que sempre fazia.

— Vejo você em breve? — perguntei.

— Claro, querida — ele me assegurou.

Meus pensamentos estavam confusos quando entrei no apartamento. Ainda era cedo e não pude deixar de me perguntar sobre o estado de espírito de Rocco. Eu não sabia o que pensar. Acreditava que tudo estava indo bem entre nós.

O casamento da minha irmã fora há uma semana, e havíamos dançado quase todas as músicas. Rocco tinha sido maravilhoso e minha família realmente gostara dele, especialmente Steve. Os dois tinham várias coisas em comum. Ambos eram homens que possuíam o próprio negócio, gostavam de conversar sobre esportes e beber cerveja. Embora ninguém tivesse mencionado isso, instintivamente soube que eram homens que amavam profunda e devotadamente.

Quando entrei em meu apartamento, senti meu ânimo afundar. Impulsivamente, decidi fazer uma visita a Leanne. Eu não tinha falado com minha sogra desde que ela recebera as más notícias sobre Sean. Eu sabia que descobrir que ele tinha câncer a afligia profundamente.

Leanne se sentia mal pelo ex-marido. Eu entendia. Depois de passar a maior parte da vida com Sean, ela continuava a ter sentimentos por ele. Seria impossível não o fazê-lo. Podia não ser o amor que ela sentira uma vez, mas ela ainda se importava. Ela era esse tipo de pessoa.

Eu timidamente bati em sua porta. Nikolai podia estar visitando. Ela não havia mencionado se eles tinham planos quando nos falamos pela última vez naquela manhã.

Leanne apareceu e eu senti que era bem-vinda.

— Pensei que você e Rocco iam sair hoje à noite — ela disse, me levando para dentro.

Eu a segui até a cozinha e vi que havia uma salada na bancada. Parecia que ela não tinha comido, e já era tarde para estar jantando.

— Eu interrompi a sua refeição — afirmei, me sentindo culpada. — Você saiu?

Leanne negou.

— Não. Eu estava sem apetite e imaginei que poderia sentir fome um pouco mais tarde, mas ainda não senti.

Não parecia que ela tinha comido mais do que uma ou duas garfadas.

— Você está se sentindo bem? — perguntei.

— Estou bem. Essa coisa toda com Sean me deixou deprimida. Não consigo parar de pensar que ele tem apenas seis meses de vida.

— Você contou para Nikolai?

— Ainda não. Prometi a ele que não seria o que ele chama de "empregada de Sean", mas ele vai precisar de ajuda.

— Contrate alguém — sugeri.

Isso fazia sentido. Sem dúvida, Sean precisaria de alguém para cuidar dele e da casa, especialmente à medida que ficava progressivamente mais fraco, mas isso não significava que Leanne deveria ser a única a arcar com o fardo. Eu concordava com Nikolai nesse caso.

— É uma boa ideia.

— Deixe Jake assumir essa tarefa. Ele precisa assumir alguma responsabilidade em relação ao pai.

Eu havia ficado irritada quando soube que ele não tinha tirado folga do trabalho para acompanhar Sean na cirurgia.

Leanne revirou os olhos com a minha sugestão e eu quase ri. O olhar dela dizia tudo. Jake era tão responsável como filho quanto foi como marido.

— Entendido.

Sentei-me ao balcão e apoiei meus cotovelos contra a superfície. Conhecendo-me, Leanne automaticamente me preparou uma xícara de café.

— Então, qual é o problema com Rocco? — Ela perguntou enquanto colocava a xícara na minha frente.

— Eu não sei. Fomos a um dos lugares favoritos dele. É um bar onde seus amigos se reúnem. Sam e Rocco são amigos há anos. Eu o conheci antes e jogamos sinuca juntos. Ele é um cara legal, mas bastante durão. Ele fala palavrões o tempo inteiro.

Leanne assentiu como se soubesse exatamente o tipo de pessoa de quem eu estava falando.

— Em outras palavras, ele é como Rocco, mas mais despudorado, com uma boca que uma mãe deveria ter lavado com sabão.

— Exatamente. Ele veio até onde Rocco e eu estávamos sentados e começou a puxar papo. Imediatamente, Rocco se ofendeu com o linguajar de Sam. A questão é que Sam usou o mesmo palavrão quando estávamos jogando sinuca e Rocco não se opôs naquela ocasião.

— Provavelmente havia uma razão para isso.

Eu não podia imaginar o que seria. Leanne respondeu como se tivesse ouvido minha pergunta não dita.

— Rocco poderia estar esperando para ver sua reação — ela ofereceu —, ou...

Ela fez uma pausa e um sorriso apareceu até quase virar uma risada.

— O quê? — Eu pressionei, querendo saber.

— Ou pode ser que ele se importe mais com você agora do que antes.

Eu sorri, esperando que fosse o caso. Não mencionei o que mais Sam havia dito sobre como Rocco tratava relacionamentos com mulheres. Como Rocco me explicara, isso fora há anos. Eu suspeitava que Kaylene tivesse sido o resultado de um daqueles relacionamentos de uma noite só.

— O que aconteceu depois? — Leanne perguntou, me puxando de volta para o presente.

— Sam e Rocco discutiram e pude ver que Rocco ficou com muita raiva.

Eu admirava a maneira como ele mantivera a compostura, não só com Sam, mas com Jake também. Ele não era facilmente manipulado para entrar em uma briga.

— Saímos, fomos ao cinema e ele adormeceu. E eu esperando um encontro picante.

Havia ficado desapontada por ele não ter ido ao apartamento comigo. Eu não queria ser tratada como uma boneca de porcelana.

* * *

Esperei até estar de volta ao meu apartamento antes de mandar uma mensagem para Rocco.

Eu: Vc tá em casa?
Rocco: Sim.
Eu: Por que não veio ao meu apto?
Rocco: Você sabe por quê.
Eu: Queria que você tivesse ficado.

Esperei, e não recebi uma resposta por vários minutos.

Rocco: Vc não está pronta. Logo, querida, em breve, e da próxima vez sem cerveja.
Eu: Da próxima vez sem pipoca e sem desculpas.
Rocco: Será um prazer para mim, e espero que para você também.

CAPÍTULO 28

Leanne

Eu dei uma desculpa para passar na casa de Jake na tarde de domingo. Eu liguei antes e me ofereci para pegar Owen. Ele prontamente concordou, e eu suspeitava que estivesse tentando evitar Nichole, especialmente depois de ele ter feito papel de tolo na recepção do casamento de Cassie e Steve.

Quando cheguei, encontrei Owen sentado em frente à televisão, assistindo a um filme. Feliz em me ver, meu neto saltou e correu pela sala de estar com pés descalços antes de pular para os meus braços.

— Onde está a mamãe?

— Ela está em casa — respondi quando o levantei no colo.

Não demoraria muito para que ele não me deixasse mais fazer isso. Owen gostava de pensar em si mesmo como um menino grande, especialmente agora que frequentava a pré-escola.

— Você se divertiu com seu pai?

Owen assentiu.

— Ele me levou para ver o Papai Noel e me deixou *dilguir* o carrinho de golfe.

Fiz contato visual com meu filho e dei-lhe um sinal de positivo com o dedo. Owen mencionava com frequência as babás que cuidavam dele nos fins de semana que passava com o pai. Me preocupava que Jake não passasse tempo de qualidade com o filho.

— Posso te oferecer alguma coisa, mãe? — Jake perguntou.

— Água — respondi, embora não estivesse com sede.

Eu o segui até a cozinha e Owen voltou a assistir ao filme do Bob Esponja, que eu juro que ele deveria saber de cor a esta altura. Meu neto sentou-se de pernas cruzadas na frente da televisão com o caminhão de reboque ao seu lado.

Jake pegou duas garrafas de água na geladeira e me entregou uma. O olhar dele era levemente desafiador.

— Suponho que você esteja aqui para me dar um sermão sobre o último fim de semana. Se for esse o caso, não se incomode.

— Essa não era minha intenção.

— Ótimo.

— Estou aqui para falar sobre seu pai.

Jake abriu a água e tomou um gole.

— O que tem papai?

Ocorreu-me que Sean talvez não tivesse contado a Jake as novidades. Vendo quão próximo os dois eram, achei difícil de acreditar.

— Estou preocupada com ele.

— Todos nós estamos, mas não há mais nada que possamos fazer.

Eu mal podia acreditar na reação frívola do nosso filho ao fato de que o pai estava morrendo.

— Eu acho que nós dois devemos fazer o que pudermos para ajudá-lo nos próximos seis meses — respondi intencionalmente.

— O que eu posso fazer? — Jake perguntou, dando de ombros.

— Primeiro, tenho minha própria vida. Eu trabalho cinquenta horas por semana. E depois, fico com Owen alguns fins de semana. Eu não tenho tempo nem para mim. Eu farei o que puder, mãe, você sabe, mas realmente não há muito que eu possa fazer além de visitá-lo de tempos em tempos.

— Eu estava esperando que você pudesse procurar alguém para cuidar dele.

— O quê? — Jake reclamou. — Papai odiaria isso.

Eu sabia que Jake estava certo. Sean não gostaria de ter alguém para lavá-lo e alimentá-lo.

— Não imediatamente, mas, você sabe, mais tarde...

Jake deu de ombros.

— Deixe Barbara lidar com isso.

Barbara? Eu não fazia ideia de quem era Barbara.

Ele deve ter lido a pergunta no meu rosto, porque acrescentou:

— Ela é uma das *amigas* de papai.

Ele não precisou elaborar. Eu sabia o que queria dizer. Eu não diria isso a ele, mas suspeitava fortemente que, uma vez que a saúde de Sean se deteriorasse ao ponto de precisar de um cuidador, Barbara já teria partido há muito tempo.

— Você viu o estado da casa? Ele definitivamente precisa de uma empregada.

— Então deixe-o contratar uma. Eu não sou a babá dele. — Ele revirou os olhos e pegou a garrafa de água, tomando mais um longo gole. — Mãe, eu não quero parecer insensível, mas o fato é que tenho minha própria vida e meus próprios problemas. Não está sendo exatamente fácil para mim. Eu farei o que puder para o papai, você sabe que eu vou.

Essa conversa foi uma grande surpresa para mim. Eu não tinha percebido quão egoísta meu filho era. De muitas maneiras, Jake era de fato igualzinho ao pai.

— Talvez contratar uma governanta seja outra coisa que eu deva deixar para Barbara — sugeri com um leve sorriso.

— Não é uma má ideia — disse Jake, sorrindo. — Mas você deve saber que a mulher é uma desleixada.

Isso ajudou a explicar por que a casa estava um desastre.

— Eu limpei a casa quando ele estava no hospital. A calcinha minúscula que encontrei na almofada do sofá deve pertencer a ela.

— Ou a Candace. Ou Susan.

Ah. Eu levantei minha mão. Eu não precisava ouvir uma lista de nomes. Decidi que era hora de falar sério.

— Seu pai me pediu para ajudá-lo a escolher um caixão.

— O quê? — Jake quase cuspiu a água. — Isso é um pouco macabro, não é?

— Talvez — respondi. Eu tinha dificuldade em entender o fato de que Sean estava com câncer. — Pode parecer prematuro, mas ele me pediu para ajudar e senti que não poderia recusar.

Jake revirou os olhos.

— Papai sempre foi muito dramático.

— Eu prometi que iria com ele.

Estava claro agora que Jake estava em negação e não podia aceitar que o pai tinha apenas seis meses de vida.

Meu filho se sentou em uma das cadeiras da cozinha.

— Você contou a Nikolai sobre isso?

— Ainda não.

Ele colocou a tampa de volta na garrafa de água.

— Eu ouvi sobre a conversa dos dois. Papai disse que Nikolai deixou claro que ele era *seu homem* agora e que papai teve sua chance. Aparentemente, Nikolai disse que ele era um tolo. — Jake riu. — Achei ridículo da parte dele, vendo como papai estava fraco, recém-saído do hospital.

— Eu não sei o que eles conversaram. Nikolai me pediu para esperar no carro.

Jake manteve a cabeça abaixada.

— Parece que você não é a única que seguiu em frente. Nichole certamente o fez.

— Parece que sim.

Jake passou a mão pelo rosto.

— Foi uma estupidez da minha parte fazer uma cena no casamento de Cassie — ele murmurou, e soou genuinamente arrependido.

Eu não respondi propositalmente. Ele não precisava que eu confirmasse o que já sabia.

— Não gosto deste homem que ela está namorando — afirmou ele, e seu maxilar ficou tenso.

Eu tinha a sensação de que Jake se sentiria assim com qualquer homem que estivesse interessado em Nichole.

— Rocco é um cara legal.

— Ele não é, mãe. — Ele olhou para cima, o olhar intenso. — O quão bem vocês o conhecem?

— Só sei o que Nichole me disse. — Não era como se eu tivesse contratado um detetive para investigar a vida de Rocco. — Eu sei que ele é pai solteiro. Ele é dono da *Reboque do Potter* e trabalha muitas horas.

— Você sabia que ele tem passagem pela polícia por agressão e por resistir à prisão? Além disso, há um monte de outras questões sobre ele que estão em registro público. — Jake falou como se sentisse orgulho de sua descoberta. — Esse não é o tipo de homem que eu quero perto do meu filho.

— Há quanto tempo foi isso? — perguntei, porque isso não soava como o Rocco que eu conhecia.

— Alguns anos, mas está no registro dele. Se ele não possuísse essa empresa, provavelmente não conseguiria um emprego. Não com uma condenação por agressão e passagem pela cadeia.

— Owen o ama. — No minuto em que as palavras saíram, eu sabia que era a coisa errada a dizer.

— Isso é outra coisa — Jake exaltou-se, irritado. — Tudo o que Owen fala é "Rocco isso, Rocco aquilo". Como você acha que isso me faz sentir? Eu sou o pai dele. — A voz ficou mais alta

Procura-se um novo amor 309

a cada palavra, até que ele estava a ponto de gritar. — É como se Rocco estivesse roubando meu filho de mim. Eu fui levá-lo para passear no carrinho de golfe hoje de manhã, no frio e na chuva, porque senti a necessidade de competir com um presidiário. Há algo errado nesta história.

— Owen ama você.

— Claro que sim, mas eu tive que dizer a Nichole para deixar aquele macacão idiota em casa, porque era a única coisa que Owen queria vestir. Não só isso, é o maldito caminhão de reboque que ele brinca o tempo inteiro. Eu compro para o garoto um iPad mini e ele prefere brincar com esse caminhão de plástico.

Eu sabia que o macacão que Rocco tinha dado ao meu neto também tinha sido motivo de discórdia. Era uma batalha todos os fins de semana para Nichole mantê-lo no apartamento, por medo de que Jake o fizesse desaparecer.

— Owen está passando por uma fase. Não se preocupe, ele vai se cansar disso.

— Eu não vou deixar esse homem roubar minha esposa e meu filho. Estou dizendo, isso não vai acontecer.

Eu não discuti. Não adiantaria nada e isso poderia colocar uma pressão adicional em nosso relacionamento, que já estava complicado.

O resto da nossa conversa foi razoavelmente bom, embora a atitude arrogante de Jake em relação ao câncer do pai me perturbasse. Ele precisava aceitar que aquilo era real e que o pai estava morrendo.

De muitas maneiras, Sean e Jake eram muito parecidos, certamente no temperamento. Quando eles brigavam, era sempre eu que suavizava a situação. Agora que eu estava praticamente fora de cena, eles haviam sido deixados à própria sorte, o que me levava a pensar que poderia haver um mal-entendido entre os dois.

— Está tudo bem entre você e seu pai? — perguntei, na chance de que eu estava certa.

310   *Debbie Macomber*

Jake deu de ombros.

— Estamos bem. Não se preocupe, mãe.

Mas eu me preocupei, apesar de não ser mais casada com Sean e de meu relacionamento com meu filho estar balançado.

Na segunda-feira à tarde, parei na padaria mais ou menos na hora que sabia que Nikolai terminaria seu turno. Assim que me viu, o rosto dele se iluminou com uma expectativa alegre. Eu nunca tinha recebido esse tipo de reação amorosa de um homem antes e descobri que era viciante.

— Minha Leanne!

Eu amei o som do meu nome no forte sotaque. Às vezes, quando Nikolai não estava por perto e eu me pegava sentindo sua falta, eu fechava os olhos e ouvia o eco dele dizendo meu nome em minha mente.

Nikolai pegou minhas mãos e deu-lhes um aperto suave antes de se inclinar para a frente e beijar minha bochecha.

— Estou feliz por você aqui.

— Você tem alguns minutos?

— Para você, o tempo todo, todos os dias, sempre. — Ele passou o braço em volta da minha cintura e me levou para fora da padaria. — O que você *precisar* me dizer? Você *estar* na escola hoje à noite, sim?

— Sim.

— Isso não *esperar* até a aula?

— Eu achei melhor conversarmos antes da aula.

— Sobre o que é? — Ele perguntou, e então endureceu, como se tivesse adivinhado o assunto. — Isso tem a ver com aquele homem que não *amar* você, certo?

— Sean me ligou na segunda-feira passada...

Ele me soltou e deu um passo para trás.

— Você *esperar* uma semana inteira para me dizer?

Eu podia ver que ele estava chateado.

— Nikolai, não tenho obrigação de dizer a você com quem falo ou não. Se você acha que tenho, então precisamos ter uma conversa séria sobre isso.

Era visível que ele não tinha gostado do que ouviu, mas balançou a cabeça lentamente e admitiu:

— Você *estar* certa sobre isso. Tudo que eu quero é proteger você.

Demos os braços enquanto continuávamos andando sem destino.

— Eu ouvi dizer que você falou para Sean que eu sou sua namorada.

Nikolai exalou duramente.

— Isso *fazer* você querer ter uma discussão séria comigo também?

— Não. — Saber que ele se sentia assim me fazia querer beijá-lo até desmaiar. — Estou muito feliz que você disse isso a ele.

O sorriso que apareceu no rosto dele era tão largo quanto o rio Columbia, mas depois ele ficou sério.

— Por que o Sean *ligar* agora? Ele quer você *limpar* para ele de novo? Eu *bater* meu nariz no chão se ele perguntar isso. De jeito nenhum minha namorada *limpar* para aquele homem.

— Sean está morrendo, Nikolai. Ele está com câncer.

Eu não senti a necessidade de suavizar a verdade.

Nikolai parou de andar.

— Câncer?

— O médico preparou um tratamento de quimioterapia e radiação que eles esperam que prolongue sua vida.

— Eu sinto muito, minha Leanne. Sinto muito.

Ele me abraçou, como se quisesse absorver o choque da notícia. Eu me senti aquecida e segura em seus braços. Eventualmente, nos separamos e continuamos nosso passeio.

— Sinto muito por ele também. Sean me ligou para dizer que decidiu não fazer o tratamento.

— Por que ele faria isso?

Eu tinha a mesma dúvida.

— A quimioterapia e a radiação só prolongariam sua vida. Não vão curar o câncer. O médico disse que ele tem seis meses para viver sem tratamento e um ano caso queria seguir os procedimentos. Sean escolheu viver os últimos meses de sua vida ao máximo.

— Ele *viver* apenas seis meses?

— Eu prometi a você que não iria cozinhar ou limpar para Sean.

— De jeito nenhum. Eu não me importo se você *estar* com raiva. Você *ter* uma discussão séria e isso não *mudar* minha mente.

Ah, como eu amava Nikolai! Ele me fazia tão feliz que era difícil não o amar.

— Falei com meu filho ontem sobre o pai dele. Algo está acontecendo entre os dois, mas eu não sei o que é. Jake está zangado com o pai, mas se recusa a discutir isso comigo.

Me machucou que Jake se sentisse daquele jeito.

— Lamento ouvir isso... — sussurrou Nikolai.

— Hoje conversei com Sean e perguntei se ele gostaria que eu contratasse um serviço de limpeza para ele. Ele disse que gostaria muito disso.

— Você não limpar? — Ele esclareceu.

— Não, mas eu vou encontrar uma empresa que possa fazer isso.

— Sean não é capaz de fazer isso sozinho?

A verdade era que Sean podia, mas ele não o tinha feito até aquele momento. Em vez de admitir isso, sutilmente mudei de assunto.

— Ele vai voltar a trabalhar em alguns dias e pediu que eu não deixe ninguém no escritório saber sobre o diagnóstico.

— Se acontecer comigo, também não *querer* que as pessoas saibam — concordou Nikolai.

Eu estava grata pela compreensão dele.

Andamos uma curta distância antes de ele perguntar:

— Tudo o que você *fazer*, certo? Encontrar pessoa de limpeza?

— Mais tarde vou precisar contratar uma cuidadora.

Eu não confiava a tarefa para Jake ou para a elusiva Barbara.

— Quando chegar a hora, eu ajudar. Ok?

— Ok.

Meu braço se apertou ao redor do de Nikolai.

— Há uma última coisa que Sean me pediu para fazer por ele esta semana.

— Seja o que for, eu vou com você.

— Não desta vez, Nikolai. Isso é algo que Sean e eu precisamos fazer sozinhos.

— Seja o que for que ele pedir, eu não *gostar*. — Ele estreitou os olhos. — O que ele quer dessa vez?

— Sean quer que eu o ajude a planejar o funeral e a escolher o caixão.

Nikolai ficou imóvel e quieto.

— Eu não *gostar*. Eu não *confiar* nesse homem, mas se você *sentir* que precisa fazer isso, então tudo bem. Eu não *afastar* você da sua promessa.

— Obrigada, Nikolai.

— Ele não *amar* você.

— Eu sei.

— Sou o único que amo você.

— E eu sou a única que ama você.

Nikolai me deu mais um de seus belos sorrisos e me levou até o meu carro. Eu o veria mais tarde naquela noite e estava ansiosa por isso.

CAPÍTULO 29

Nichole

Jake pediu para encontrá-lo na tarde de terça-feira e eu concordei. Nós não nos falávamos pessoalmente desde o casamento de Cassie e eu presumi que ele queria se desculpar. O comportamento dele na recepção havia sido completamente fora de sua personalidade. Eu sabia que, com o tempo, ele se arrependeria de ter feito uma cena.

Nos encontramos em uma Starbucks perto da escola. Ele estava esperando por mim, sentado a uma mesa perto da janela. Eu vi que ele me comprara uma bebida. Jake ficou de pé quando me aproximei, os olhos escuros e sérios.

— Você está — ele fez uma pausa e limpou a garganta — linda, como sempre.

— Obrigada.

Eu vi o arrependimento em seus olhos quando me sentei. Como nossas vidas poderiam ter sido diferentes se ele tivesse pensado nas consequências de sua traição...

— Eu comprei um mocha com leite desnatado para você — ele disse, colocando a bebida um pouco mais perto do meu lado da mesa.

Ele havia lembrado que era o meu favorito.

— Muito gentil de sua parte.

Seria para sempre um mistério como meu ex-marido poderia ser atencioso e gentil sobre os pequenos detalhes da vida e desconsiderar o mais básico.

Jake tomou um gole de café.

— Eu achei que era hora de conversarmos.

— Concordo.

— Primeiro, sinto muito por aparecer no casamento de Cassie. Foi um erro.

— Concordo — repeti meu comentário anterior. — Eu aprecio o pedido de desculpas, Jake. Eu não quero que sejamos inimigos. Nós somos os pais de Owen e é importante que nos tratemos com respeito.

— Eu também quero isso. — Ele se mexeu e se inclinou um pouco para a frente. — Há outra razão pela qual eu pedi que você me encontrasse esta tarde.

— Ok.

Com o Natal se aproximando, poderia haver alguns detalhes a serem resolvidos. Estávamos seguindo um plano de criação e este era o ano de Owen passar o Natal com o pai. Eu não gostava da ideia de não ter meu filho comigo, mas eu era uma pessoa justa.

— Não estou fazendo isso para iniciar uma guerra judicial entre nós, Nichole. Eu quero que você saiba disso.

— Uma guerra judicial? — repeti, atordoada e alerta ao mesmo tempo. — O que você quer dizer?

— A questão é que não me sinto bem com você namorando Rocco. Não sei quanto você está envolvida com ele ou se está dormindo com ele...

Eu o interrompi.

— Minha relação com Rocco não é da sua conta.

Eu podia sentir minha raiva aumentando e lutei para manter a compostura. Minha mão apertou meu copo de café. Eu não me importava se Jake gostava de Rocco ou não. Meu ex-marido não tinha o direito de escolher quem eu namorava.

— O homem tem passagem pela polícia.

— Eu sei.

Jake não estava me dizendo nada que eu já não soubesse. Desde o começo, Rocco tinha sido honesto comigo.

— Ele passou um tempo na cadeia.

— Eu sei de tudo isso — repeti, com um pouco mais de força dessa vez. — Ele pagou pelo crime que cometeu e seguiu em frente. Ele aprendeu a lição. Rocco não é o mesmo homem que era há 15 anos.

O olhar de Jake estreitou e sua expressão era acusatória.

— Eu sabia que você iria defendê-lo. Você está apaixonada por ele, não é?

— Isso não é da sua conta.

— É aí que você se engana. É muito da minha conta.

— Acho que esta conversa já acabou. — Comecei a levantar, mas Jake segurou firmemente meu pulso.

Eu queria me libertar, e teria o feito, se não fosse pelo olhar inflexível do meu ex.

— Sente-se, Nichole. Precisamos terminar essa conversa. Caso contrário, pedirei ao meu advogado para fazer isso por mim.

Meu coração batia irregularmente e minha respiração estava ofegante quando me sentei de novo. Jake soltou meu pulso e tomei um gole do café porque minha boca ficara surpreendentemente seca.

— Quem você namora me diz respeito por causa de Owen. Eu não quero que meu filho se associe a um homem que tenha antecedentes criminais. Se isso me faz um cara mau, então que seja.

De repente, eu sabia de onde isso estava vindo. Jake temia que Rocco roubasse Owen dele.

— Você está com ciúme porque Owen ama Rocco — afirmei, na esperança de argumentar com ele —, mas Jake, nosso filho também ama você. Owen tem apenas 3 anos. O coração dele é enorme.

Jake balançou a cabeça, recusando-se a ouvir.

— Rocco é uma influência negativa.

— Como pode dizer isso? Rocco tem sido ótimo com Owen desde o momento em que nos conhecemos.

— É mais do que isso — insistiu Jake.

— O que você quer dizer?

— Ok. Bem, se você quer saber, eu desejo que nosso filho tenha maiores aspirações do que dirigir um caminhão — explicou ele, e balançou a cabeça como se estivesse enojado com o pensamento.

Provavelmente não era uma boa ideia rir, mas não pude evitar.

— Owen tem 3 anos — lembrei e ele. — Ele está passando por uma fase na qual ama grandes caminhões. Eu acho que é um pouco prematuro se preocupar com a escolha de carreira dele agora.

— Você acha isso engraçado? — Jake exigiu, cada palavra dura como uma pedrada.

— Francamente, sim.

— Confie em mim, não é, Nichole. Você tem uma opção aqui, e se você acha que isso é um blefe, então está completamente errada. Eu estou falando tão sério quanto jamais falei na minha vida.

— O que é que você quer de mim? — perguntei, achando toda essa conversa absurda.

Eu só podia esperar que, com o tempo, Jake percebesse quão ridículo ele estava sendo.

— Eu quero que você pare de ver Rocco.

Eu fiquei chocada.

— De jeito nenhum! Recuso-me a deixá-lo ditar meu relacionamento com Rocco ou qualquer outro homem só porque você não gosta do fato dele dirigir um caminhão de reboque.

— É muito mais que o trabalho dele, Nichole. É o seu passado.

Recusei-me a usar o passado de Rocco contra ele.

— Tudo o que você mencionou aconteceu anos atrás.

— Eu não me importo. Ou você termina com Rocco, ou vou pedir a custódia total de Owen.

Incapaz de falar, por um momento tudo o que pude fazer foi olhar para meu ex-marido. A raiva me dominou, seguida de choque. Eu lutei contra Jake a partir do momento em que soube que ele havia me traído. Eu tinha sido forte, mas quando se tratava do meu filho e da possibilidade de perdê-lo, eu imediatamente fiquei apavorada. Jake sabia que Owen era minha fraqueza. Eu não poderia perdê-lo. Eu não podia deixar Jake levar meu filho para longe de mim.

— Assim que eu apresentar aos tribunais as evidências do passado de Rocco, você não terá como se defender.

— Você está falando sério, Jake? — Eu estava tonta com o impacto daquilo. Eu não tinha a menor condição de pagar os honorários advocatícios para lutar contra Jake de novo. De repente, me senti enjoada.

— Eu já tenho os papéis redigidos. — Ele os tirou do bolso interno da jaqueta e os entregou para mim. Desdobrei as folhas e li o conteúdo. Isso não era uma ameaça ou uma piada — Jake falava sério. Minha cabeça estava girando. Eu era incapaz de acreditar que meu ex seguiria com sua atitude.

— Você vai fazer o que eu pedi, Nichole, ou quer levar essa situação até as últimas consequências?

Eu olhei para ele por um longo tempo, levando em consideração o que significaria ser jogada em uma batalha judicial.

— Se você acha que estou fazendo isso por razões egoístas, saiba que conheci alguém também. Carlie é uma boa pessoa; nos conhecemos no trabalho, e ela seria uma madrasta maravilhosa para Owen. Isso não é um blefe, Nichole. Eu não quero entrar com o processo, mas eu vou.

Jake estava falando sério.

Procura-se um novo amor   319

— Ou você termina com Rocco, ou vamos ao tribunal. Eu não vou permitir que meu filho conviva com um criminoso. E não é só Rocco, são os homens que ele contrata e que trabalham com ele. Não é seguro para você ou nosso filho estar perto desse homem. O que você está pensando, Nichole? Você não entende o risco?

Fechei meus olhos, lutando contra minha indignação.

— Eu... Eu não vou deixar você me manipular com ameaças.

— Tudo bem, então. Vou entrar com o processo.

Ele se levantou, e eu sabia que ele não estava blefando.

— Ok, ok — falei em pânico, incapaz de respirar. — Eu vou fazer isso.

Eu estava enjoada e minha cabeça estava latejando. Tudo o que Jake dissera sobre Rocco era verdade. Ele tinha antecedentes criminais; ele contratava homens em regime semiaberto para trabalhar. Eu sabia como tudo isso ficaria diante de um tribunal. Eu sempre fui forte e resisti a Jake. Eu havia tomado decisões difíceis antes. Owen era meu ponto fraco, e Jake sabia disso. Meu filho era tudo para mim. Por mais que eu me importasse com Rocco, eu não arriscaria perder a custódia de Owen.

— Eu quero ter certeza de que estamos na mesma página — disse ele. — Você está concordando em terminar com Rocco?

Meu coração estava na garganta, e eu assenti.

— Diga.

— Eu não vou ver Rocco novamente.

— Obrigado — falou Jake, a voz mais suave. — Eu sei que você pensa que estou fazendo isso por razões egoístas, mas não estou. Estou fazendo isso pelo bem do meu filho.

Eu sentei no carro e liguei para Leanne para pedir a ela que buscasse Owen na escolinha para mim. Algo na minha voz deve tê-la alertado para o fato de que eu estava terrivelmente abalada.

— O que aconteceu?

— Eu... Eu preciso falar com Rocco.

Eu ainda não tinha compreendido completamente o ultimato de Jake. Uma coisa era certa: eu precisava terminar com Rocco. Meu estômago estava embrulhado, e quanto mais cedo eu cortasse nossa relação, melhor. Se eu pensasse muito sobre isso, ficaria tentada a enfrentar Jake. Eu o faria, se isso envolvesse qualquer outra coisa que não a custódia do meu filho. O risco era muito grande.

Eu dirigi até a *Reboque do Potter* e fiquei sentada no carro por vários minutos, me perguntando o que eu poderia dizer, como eu encontraria uma maneira de fazer isso. Rocco sempre fora honesto comigo, nunca escondendo seu passado. Desde o começo ele fora completamente aberto. Me matava saber que eu machucaria esse homem que só tinha sido decente e gentil comigo e Owen.

Ele merecia a verdade, mas eu não tinha coragem de dizer a ele, por medo de sua reação. Eu estava com receio de que Rocco decidisse confrontar Jake e que um impasse acontecesse, como na noite em que peguei Owen quando ele estava doente. Jake procuraria uma maneira de insultar Rocco e depois acusá-lo de agressão. Eu podia ver isso claramente como um filme vencedor do Oscar.

O cerne das exigências de Jake não era seu medo de Rocco corromper Owen ou a mim. Jake estava com ciúme e não suportava a ideia de eu amar outro homem. Tampouco seu ego podia aceitar o fato de que Owen admirava Rocco.

Assim que o tremor diminuiu, saí do carro e entrei no escritório. No minuto em que Shawntelle me viu, ela levantou de sua mesa e saiu correndo em minha direção.

— Você está bem, amiga? — Ela perguntou. — Está pálida como um fantasma.

Eu tentei sorrir.

— Rocco está aqui?

— Ele está fora, mas deve voltar dentro de trinta minutos. Sente-se. Vou buscar água, café ou o que você precisar.

— Água — pedi, mais para me segurar a algo do que por causa da sede.

Shawntelle levou-me ao escritório e sentou-me na cadeira em frente à sua mesa. Rocco tinha sido bom o suficiente para lhe dar uma chance, e eu o amava por sua vontade de contratá-la.

Shawntelle me trouxe uma garrafa de água. Eu tomei um gole.

— Você se sente melhor agora?

Improvável.

— Sim, obrigada.

— Parece que alguém morreu — afirmou ela, e depois bateu a mão sobre a boca. — Você perdeu alguém, querida? Eu e minha boca grande. Eu não consigo manter minha boca fechada. Sinto muito.

— Ninguém morreu.

Algo tinha morrido, no entanto. Fora meu coração. Precisei me lembrar de que a única função do meu coração era bombear sangue, não se envolver emocionalmente. Especialmente se isso significava que eu ia me machucar ou machucar alguém.

— Ainda estou vendo Jerome — contou Shawntelle, corando um pouco —, e também não deixei que ele me convencesse a ir para a cama com ele. — Ela riu e pareceu um pouco boba. — Não que eu não tenha ficado tentada. Esse homem podia ganhar um troféu pelo jeito que beija. Juro que os beijos dele são fortes o suficiente para derreter minha calcinha.

Eu sabia exatamente como ela se sentia. Os beijos de Rocco faziam o mesmo comigo. Uma pontada de dor passou por mim com o pensamento de nunca mais estar nos braços dele.

— Estou pensando em apresentá-lo aos meus filhos. Na minha opinião, se ele ainda me quiser depois de conhecer todos os cinco, então vale a pena ficar com ele. Se ele correr o mais longe que puder, saberei que tudo que ele quer é dormir comigo, e não vou aceitar isso.

— Garota esperta.

Shawntelle levantou-se de trás da mesa.

— Eu acho que é Rocco estacionando agora.

— Obrigada — falei, e terminei a água. Joguei a garrafa de plástico no recipiente de reciclagem e saí do escritório para o estacionamento.

Rocco deve ter tido uma premonição, porque não sorriu quando me viu. Ele saiu do guincho e caminhou na minha direção. O vento estava frio, mas o frio que senti não tinha nada a ver com o clima.

— Nichole?

— Você tem um minuto?

— Claro. — Ele começou a andar em direção ao escritório, esperando que eu o seguisse.

— Seria melhor se pudéssemos fazer isso em particular — expliquei, e minha voz começou a tremer.

— Tudo bem.

Eu o senti se distanciando de mim emocionalmente e eu ainda tinha que dizer a ele a razão pela qual eu estava aqui. Olhando ao redor da garagem, mordi o lábio. Eu havia perdido a conta do número de vezes que Rocco levara Owen para dirigir caminhões. Owen sentava-se em seu colo e ele deixava meu filho guiar enquanto to discretamente mantinha as mãos no volante. Owen sentiria sua falta tanto quanto eu.

Rocco me levou até uma das baias vazias da garagem.

— O que está acontecendo?

Os olhos dele perfuraram os meus.

Eu não podia olhar para ele, então me concentrei no chão de concreto.

— Tenho pensado muito ultimamente e acho que seria bom se não nos víssemos por um tempo.

Minhas palavras foram recebidas com silêncio até que eu não aguentei mais e olhei para cima. Rocco não demonstrou nenhuma emoção. Ele não tentou discutir comigo, não fez perguntas. Parecia aceitar completamente minha decisão. Na verdade, ele não disse nada.

O silêncio entre nós era terrível.

— Sinto muito — sussurrei, sem saber o que dizer.

— Basicamente, você está dizendo que quer dar um tempo.

Eu assenti.

— Não.

— Não? — Eu pisquei, confusa.

— Estamos terminando.

A completa falta de emoção da parte dele me abalou. Fiquei chocado com a descrença.

— Isso é tudo que você tem a dizer?

— Você quer que eu implore para que você reconsidere? É isso que você quer?

Os olhos dele eram duros e frios.

— Não — respondi, mal conseguindo falar.

— Você acha que isso me surpreende?

Eu não sabia como responder.

— Eu estava esperando que você terminasse desde o início, mas especialmente depois da sexta-feira passada.

Ele acreditava que isso tinha a ver com o que eu aprendera sobre ele: sua política de uma noite. Não era o caso, mas eu não poderia dizer o contrário.

Lutei contra o desejo de argumentar, mas ele aparentemente não queria ouvir de qualquer maneira.

— Você disse o que veio dizer. Agora vá. Saia daqui.

Tudo que eu podia fazer era olhar para ele.

— Vá embora!

Sua raiva me levou a dar dois passos para trás.

— Saia da minha vida! — Ele gritou.

Eu pisquei.

— Vá! — Ele exigiu. — Apenas vá!

Fui até o meu carro e fiquei lá, desnorteada, desolada e sozinha. Cinco minutos devem ter passado antes de eu encontrar forças para abrir a porta e entrar.

Um barulho terrível soou atrás de mim. Eu sabia que tinha que ser Rocco. Ele tinha permanecido na garagem. Eu recuei quando ouvi algo bater novamente. O som foi seguido por outro e depois outro. Cada estrondo discordante me fez tremer.

Enquanto me afastava, a sensação de perda que eu sentia era quase esmagadora. Meu corpo ficou dormente. Não sei como consegui atravessar o trânsito intenso do centro de Portland até chegar em casa. A próxima coisa que eu soube é que eu estava no estacionamento do meu prédio sem nenhuma lembrança de como eu tinha chegado lá.

Mais uma vez, fiquei sentada no carro por vários minutos, enquanto a sensação de morte no meu coração me mantinha imóvel. Eu não sabia o que esperar de Rocco, mas certamente não tinha sido aquela resolução fria e dura de aceitação, como se não me ver de novo fosse de pouca importância.

CAPÍTULO 30

Leanne

Nichole me contou sobre seu encontro com Jake e eu fiquei furiosa. Eu deveria ter adivinhado que ele estava escondendo alguma coisa quando conversamos no último domingo. Ele sabia que Rocco não era uma ameaça para Nichole ou Owen. Sugerir o contrário era mais um golpe baixo do meu filho. Eu precisava me acalmar antes de falar com Jake, mas quando o fizesse, ele ia ouvir minha opinião, quer ele quisesse ou não. Eu dava o meu melhor para ficar fora dos assuntos dos dois, mas daquela vez eu não conseguiria ficar quieta.

Minha maior apreensão era Nichole. Ela estava com o coração partido e, francamente, eu estava preocupada. Era como se estivesse vivendo em um nevoeiro. Quando descobriu sobre a infidelidade de Jake, ela sentira raiva e fora esperta. Uma das primeiras coisas que fez foi ligar para um amigo da faculdade que era advogado. Ela descobriu exatamente o que precisava fazer para se proteger financeiramente. Eu admirava como ela tinha tomado o controle da situação e como lidara consigo mesma. Eu havia testemunhado muita emoção em sua vida naquela ocasião. Ela tinha sido esmagada, mas soube como cuidar de si mesma.

Agora era diferente. Era como se ela estivesse vagando, quase afundada em arrependimento. Como ela conseguia dar aulas e manter sua agenda diária estava além da minha compreensão. Tentei falar com ela várias vezes, mas Nichole apenas olhava para o horizonte. Eu sinceramente duvidava que ela estivesse me ouvindo.

Sean e eu marcamos uma visita à casa funerária na tarde de sexta-feira para preparar o enterro. Aparentemente, não era um processo tão simples quanto meu ex-marido fizera parecer. Muito provavelmente ele mesmo não entendia do assunto.

Nikolai ainda não estava feliz por eu estar fazendo isso, mas prometi falar com ele assim que terminássemos.

Liguei para ele antes de ir para o Lago Oswego.

— Você *ligar* assim que terminar, ok?

— Pode deixar.

— Você se lembra de você *estar* comigo agora.

— Eu lembro — afirmei, esperando que fosse o suficiente para tranquilizá-lo.

— Eu *esperar* para respirar até você ligar.

Eu não conseguia imaginar o que ele achava que poderia acontecer. Não era como se eu estivesse comovida com a triste notícia de Sean a ponto de concordar em me casar com ele novamente. Isso era tão improvável que eu quase ri alto.

Encontrei Sean na casa dele. Ele tinha voltado ao batente naquela semana, mas estava trabalhando meio período. Pelo que explicou, era improvável que voltasse a trabalhar o horário integral. Sean queria trabalhar tempo suficiente para colocar as coisas em ordem antes de entregá-las a uma nova pessoa que assumiria a posição. Sabia que era difícil para ele falar sobre sua falta de futuro, então evitei o assunto.

Sean atendeu a porta e pude ver que a casa estava uma bagunça *novamente*. Eu havia ligado para um serviço de limpeza com excelentes recomendações e os contratado para limpar.

— Obrigado — disse ele, soando mais reservado do que eu poderia lembrar. — Eu não posso dizer quanto eu agradeço por você ir comigo, Leanne. Eu não sei se conseguiria sozinho.

Eu olhei ao redor da casa.

— O serviço de limpeza não deu certo?

— Não, infelizmente.

— O que aconteceu?

Ele deu de ombros e pareceu envergonhado.

— Eu estava tendo um dia ruim. Um dos funcionários quebrou minha xícara de café favorita e, em um ataque de raiva, eu os dispensei. — Ele desviou o olhar, como se estivesse constrangido. — Foi idiota da minha parte. Eu me arrependi imediatamente, chamei o serviço de volta e me desculpei.

— O que eles disseram?

— Só que não me queriam mais como cliente. Não posso dizer que eu os culpo. Eu me comportei mal.

Ele me impressionou com sua vontade de admitir que estava errado e o fato de que se arrependera de ter explodido com a equipe de limpeza. Eu fizera o meu melhor por ele. Eu não ia procurar outro serviço de limpeza. Como Nikolai fora rápido em lembrar, Sean era completamente capaz de encontrar um por conta própria.

— Você sempre pode pedir a Barbara para arrumar para você — eu provoquei.

Um olhar ferido apareceu no rosto de Sean.

— Você sabe sobre Barbara?

— E Candace e Susan. Jake mencionou todas elas.

Ele desviou o olhar.

— Assim que Barbara descobriu sobre o câncer, ela deixou de atender minhas ligações. Acho que ela não está interessada em namorar um moribundo.

Isso diz muito sobre as mulheres que meu ex se interessava.

— Eu sinto muito em ouvir isso.

Eu merecia uma recompensa por não o lembrar das outras mulheres que ele desfilara em sua vida antes e depois do divórcio.

Quando chegou a hora de ir, Sean colocou o código de segurança e nós caminhamos até o carro. Era melhor eu dirigir. Assim que estávamos acomodados, perguntei-lhe: — Tudo bem entre você e Jake?

Mais uma vez ele pareceu desconfortável.

— Na maioria das vezes.

— Acho que ele está em negação sobre o seu câncer.

Sean concordou, com os olhos tristes.

— Tenho essa impressão. Ele mal me procura atualmente. Se ele não me visitar ou falar comigo, não precisará encarar o fato de que não estarei por perto por muito mais tempo.

Eu suspeitava que Sean estivesse certo. O ato de evitar era algo que Jake herdara do pai.

Sean escolhera uma funerária a vários quilômetros do Lago Oswego. Presumi que ele quisesse uma mais perto da área em que morava. Ele me deu instruções e explicou.

— Pesquisei vários cemitérios on-line e escolhi este porque tem uma bela vista da água.

Eu franzi a testa, me perguntando por que ele consideraria isso um critério importante. Lembrá-lo de que ele não seria capaz de apreciar essa visão teria sido indelicado, então não o fiz, apesar de ter ficado tentada.

Chegamos com bastante antecedência do horário marcado. O diretor da funerária nos encontrou e nos levou para seu escritório. Enquanto discutimos os detalhes do funeral e do enterro de Sean, senti-me começando a ficar emocionada. Era como se a realidade daquilo tudo me atingisse na cara. Não era brincadeira; Sean estava morrendo.

Aquele homem que uma vez eu amara com todo o meu coração logo iria embora da minha vida de uma forma que me trazia dor, uma emoção que eu não esperava. Ah, tivemos nossos problemas durante anos. Eu havia me divorciado dele. Não morava com ele há mais de dois anos, mas nunca lhe desejei mal.

O que mais me surpreendia era como Sean estava aceitando a própria morte. Ele escolhera um plano financeiro específico que estava um pouco acima da média, mas não muito. Quando terminamos de examinar uma série de opções, flores, música e uma dúzia de outros detalhes minúsculos que eu nunca havia considerado, fomos levados a uma sala onde os caixões eram exibidos.

Sean passou a mão sobre o de mogno e notei que todo o sangue havia sumido de seu rosto. Por um momento, pensei que ele fosse desmaiar. Passei meu braço ao redor dele e ele me agradeceu com um sorriso fraco.

— Este está bom — ele sussurrou.

— Tudo bem se terminarmos outro dia? Meu marido está fraco. Preciso levá-lo para casa.

— É claro, é claro. Ligue quando puder e agendaremos outra data.

— Obrigada.

Levei Sean para o carro e o ajudei a entrar. Ele esperou até que eu estivesse sentada ao lado dele antes de falar. Ele pegou minha mão e apertou-a ao ponto da dor.

— Obrigado — ele sussurrou com dificuldade, e eu sabia que ele estava me agradecendo por mais do que ajudá-lo naquela tarde. — Eu nunca mereci você — acrescentou, e eu juro que eu podia sentir lágrimas em sua voz.

Eu dirigi de volta ao Lago Oswego e fiquei de olho em Sean. Ele inclinou a cabeça contra a janela do passageiro e fechou os olhos.

— Você me chamou de seu marido — ele sussurrou.

— Você foi por 35 anos.

— Trinta e quatro.

Achei incrível que ele se lembrasse de um detalhe tão pequeno.

— Tudo bem, 34 anos e sete meses.

Quando chegamos à casa dele, eu ajudei Sean a entrar. Ele se apoiou pesadamente em mim e eu estava com medo de deixá-lo sozinho.

— Quer que eu pegue alguma coisa para você? — perguntei.

— Estou com frio.

— Vou buscar um cobertor — afirmei, até que me lembrei de que tinha levado o melhor comigo quando nos divorciamos.

Sean ficava tão pouco em casa que nunca o usara. Encontrei outro no armário do corredor. Desdobrando, eu o cobri até os ombros.

— Melhor?

Ele sorriu e me agradeceu.

— Quando foi a última vez que você comeu?

Ele parecia terrivelmente cansado.

— Esta manhã.

Era o que eu temia. Fui até a geladeira e peguei os ovos que comprei no Dia de Ação de Graças, junto com pão e manteiga. Eu estava com a panela no fogão quando Sean me parou.

— Por favor, não faça isso.

— Você não comeu, Sean. Você precisa de algo no estômago. Não é de se admirar que esteja fraco e pálido.

— Nikolai... ele não gostaria que você fizesse isso.

O lembrete me pegou desprevenida. Eu prometera a Nikolai que não cozinharia ou limparia para Sean novamente, mas estas eram circunstâncias atenuantes.

— Ele vai ter que lidar com isso — afirmei, quebrando os ovos contra o lado da panela.

— Eu não quero causar problemas entre vocês dois.

— Você não vai.

E ele não iria. Eu me certificaria disso.

Fiz uma omelete para Sean e a coloquei em uma bandeja na frente da poltrona, junto com um copo de suco de laranja e duas fatias de torrada com manteiga. Sean comeu como se estivesse faminto. Quando terminou, lavei os pratos. Parecia um pouco ridículo ignorar todo o resto da pia.

No momento em que terminei de encher a lava-louças, comecei a lavar à mão as panelas que não cabiam dentro, e então limpei as bancadas da cozinha.

Quando olhei para Sean, ele estava dormindo. Imaginei que seu corpo precisava de descanso. Eu não queria perturbá-lo. Sabia que poderia demorar um pouco para ele comer novamente. Uma de suas refeições favoritas, estrogonofe de carne, podia ser preparado na panela elétrica. Checando o freezer, vi que ele tinha carne e achei os outros ingredientes no armário. Juntei tudo e coloquei na panela. Aquela comida era suficiente para que Sean se alimentasse várias vezes e não tinha sido nada trabalhoso prepará-la.

Eu estava prestes a sair silenciosamente e deixá-lo dormir quando vi que a sala não estava tão bagunçada quanto eu pensava. Jornais e correios estavam espalhados, mas era basicamente isso. Organizei os papéis e afofei os travesseiros. Depois que comecei, parecia bobeira parar. Quando saí da casa, havia trocado os lençóis e limpado o banheiro também.

Só quando voltei para Portland me lembrei que tinha prometido ligar para Nikolai. Eu sabia que ele ficaria chateado comigo, mas não ousei usar meu celular enquanto dirigia. Havia esperado tanto tempo, mais alguns minutos não fariam tanta diferença.

Quando cheguei ao meu prédio, fiquei chocada ao ver Nikolai andando de um lado para o outro no hall.

— Nikolai, o que você está fazendo aqui? — perguntei, mal sabendo o que pensar.

— Nós *falar* sério — disse ele, os olhos escuros e sombrios.

Subimos juntos de elevador. Assim que entramos no meu apartamento, ele se virou para mim. Seu olhar era como um raio.

— Por que você não *atender* o celular? Eu ligo e ligo e você não responder.

Eu peguei o aparelho na minha bolsa e me lembrei de que tinha o colocado no silencioso quando fomos conversar com o agente funerário.

— Eu sinto muito — falei, explicando a situação.

— Por que você demorou tanto? Você diz duas horas, talvez três. Ficou fora quase sete.

Teria sido realmente esse tempo todo? Aparentemente sim.

— Sean estava cansado e não tinha comido, então fiz uma omelete para ele...

— Você *cozinhar* para ele? — Os olhos de Nikolai se arregalaram. — Você *prometer* que não *fazer* isso de novo.

— Eu sei, mas...

— Não são necessárias muitas horas para cozinhar ovos. — Ele pegou minhas mãos e olhou para elas. Os olhos dele se arregalaram novamente. — Você *limpar* também. Você se *tornar* criada para este homem quando *prometer* que não *fazer* isso.

Ele estava certo. Eu sabia que ele estava certo.

— Tenha um pouco de compaixão, Nikolai — eu disse, não querendo discutir com ele. — Sean está doente. Ele está ficando mais fraco a cada dia.

Ele olhou para mim como se estivesse me vendo pela primeira vez, absorvendo meu olhar suplicante. Eu não sei o que ele viu que o fez recuar um passo. Um olhar ferido se apoderou dele. Ele abriu a boca para falar e depois fechou novamente. Levou uma segunda tentativa antes que ele pudesse pronunciar as palavras.

— Você ainda o ama.

As palavras dele me abalaram e eu engoli em seco enquanto processava as emoções que percorriam minha mente. Nikolai estava certo. Eu amava Sean. O choque daquilo me atingiu. Presumi que tudo o que sentia era simpatia e compaixão, mas era mais. Eu ainda

Procura-se um novo amor 333

me importava com Sean, apesar do fato de termos nos divorciado. Ele continuava a ter um lugar no meu coração.

— Nós fomos casados...

Sentada no escritório do agente funerário, fiquei impressionada com a sensação de perda, sabendo que homem de quem me divorciara em breve desapareceria deste mundo.

— Isso é diferente — disse Nikolai. — Você me *dizer* uma vez que ama a memória. Você *amar* o homem quando se *casar*, mas esse amor secou e morreu. O que sobrar não *ser* amor. *Ser* outra coisa.

Lembrei-me bem da conversa.

— Você amava Madalena.

— Ela me amava. Este homem, ele não *amar* você. Ele *usar* você. Ele *tratar* você como lenço de papel. Ele *assoar* o nariz em você e depois *jogar* fora.

— Você está errado, Nikolai. Isso é diferente. Sean está diferente.

Lembrei-me da maneira como meu ex-marido apertara minha mão antes, como se me segurar fosse o que o mantinha vivo.

— Não — afirmou Nikolai em voz alta, me assustando. — Não, ele não *estar* diferente. Aquele que *estar* diferente é você.

Eu caí no sofá e cobri meu rosto com as mãos. Um calafrio desceu pelas minhas costas. Naquele momento, eu soube que Nikolai estava certo. Todos aqueles anos eu ansiei pelo amor do meu marido, precisei dele, e agora ele estava morrendo e precisava desesperadamente de mim. Eu não podia dizer com certeza se Sean havia mudado, mas sabia que eu tinha mudado. Não importava quão difícil isso seria e independentemente dos meus sentimentos por Nikolai, ajudar Sean era algo que eu tinha que fazer. Para Sean, certamente, mas também para mim.

— O que você *dizer*? — Nikolai exigiu. — Diga-me o que você *dizer*?

Eu balancei a cabeça. Eu não tinha nada para contar a ele.

— Isso é o que eu *achar* — ele sussurrou. — Eu não *lutar* contra homem morrendo. Eu não *ganhar*. Eu *deixar* você agora. Eu não *cozinhar* pão para você novamente.

Eu queria chamá-lo e pará-lo, mas sabia que ele estava certo. A porta bateu suavemente e tudo que eu parecia capaz de fazer era olhar para ela. Nikolai havia me abandonado. Ele se fora e, instintivamente, eu sabia que não voltaria.

Eu mal dormi ou comi todo o fim de semana. Sean me ligou duas vezes, precisando da minha ajuda, e apesar de tudo eu fui até ele, cozinhei e limpei a casa. Ele ficou grato ao ponto de chorar. Eu não pude abandoná-lo.

Segunda-feira à noite, quando cheguei para a aula, Nikolai não estava no estacionamento esperando por mim. Quando entrei no Centro, recebi um aviso de que Nikolai Janchenko havia abandonado a aula.

CAPÍTULO 31

Nichole

Dar aula foi um tormento para mim. Não ajudava o fato de que tudo em que os alunos pensavam eram o Natal e as férias de inverno. De alguma forma, sobrevivi dia após dia durante duas semanas. Toda aula me levava ao limite. Eu só queria me enrolar em um cobertor e hibernar, mas isso era impossível.

Se Jake estivera procurando uma maneira de me punir por eu ter tido a ousadia de me divorciar dele, então ele encontrara a tortura perfeita. Eu lembraria até o dia da minha morte a expressão de dor nos olhos de Rocco, antes de ele se fechar para mim. Rocco não tinha sido nada além de maravilhoso comigo, e eu sentia sua falta.

Owen perguntava diariamente quando veria Rocco e Kaylene novamente. Eu o enrolei até ele ter um ataque de choro. Depois da primeira semana, fui forçada a dizer ao meu filho que provavelmente não veríamos Rocco novamente. Foi então que senti a primeira nuvem de emoção romper minha névoa de dor e perda.

Sexta à tarde, avistei Kaylene na escola. Os alunos subiam e desciam pelo corredor lotado, correndo entre as aulas. Eu congelei e ela também. Os olhos dela encontraram os meus e depois se estreitaram. Nós duas sempre havíamos tido uma ótima relação. Meu coração imediatamente se encheu de perguntas. Queria saber como estava Rocco. Carregava comigo uma dor constante por saber que o havia machucado. Eu também estava sofrendo, muito mais do que jamais pensei que faria.

O olhar de Kaylene me perfurou com o que poderia ser descrito apenas como ódio antes que ela se virasse e marchasse na direção oposta. Pelo resto do dia, eu não consegui tirá-la da cabeça. Depois da escola, sentei-me na minha sala e apoiei os cotovelos na mesa. Eu precisava de ajuda. Eu não conseguia mais aguentar. Eu não seria capaz de viver mais um dia de sofrimento.

Eu não tinha opções; estava contra a parede. Jake ameaçou brigar pela custódia do meu filho. No fundo, eu sabia que ele não queria ficar com Owen. Cuidar de um menino de 3 anos prejudicaria seu estilo de vida. O que ele queria era machucar a mim e a Rocco, e ele conseguira — eu havia deixado ele fazer isso conosco.

Até o momento eu não tinha falado com ninguém sobre isso, exceto Leanne. Ela ficara furiosa com Jake e prometera conversar com o filho. Isso não havia acontecido ainda. Sean parecia estar definhando dia após dia, e ela passava muito tempo com ele. Além disso, Leanne estava lidando com a própria dor. Eu não tinha certeza do que havia acontecido entre ela e Nikolai, mas sabia que eles não estavam mais se vendo.

Owen passaria o final de semana com o pai e Jake o pegara na escolinha. Eu preferia assim, e sabia que ele também. Não estava dormindo bem e fiquei agradecida por ter sido escalada para trabalhar na *Vestida para o sucesso* no sábado. Isso me daria algo para fazer, em vez de ficar chorando em casa. Nossa árvore de Natal ainda não estava montada, nem nenhuma das decorações. Eu não estava em um clima festivo.

Estava na loja há pouco mais de meia hora quando Shawntelle entrou pela porta, abrindo-a com tanta força que me surpreendeu

Procura-se um novo amor   337

o vidro não ter quebrado. Ela ficou de pé no meio da loja, com as mãos na cintura, examinando a sala até me encontrar.

Aquela mulher era uma força da natureza quando estava com raiva. Vê-la naquele momento era absolutamente assustador. Ela apontou o dedo indicador para mim e gritou:

— Você e eu, querida, vamos ter uma conversa séria!

Algumas mulheres que estavam fazendo compras de Natal na loja olharam para Shawntelle e se dirigiram para a porta como se suas vidas estivessem em perigo. Quanto a mim, eu estava para-lisada, incapaz de me mover. Shawntelle não precisava explicar porque ela queria falar comigo. Eu já sabia.

Ela marchou até mim como se fosse parente de Átila, o Huno.

— É melhor você ter uma boa razão para ter feito o que fez com Rocco!

Eu tentei sorrir.

— Como ele está? — perguntei, desesperada por notícias de Rocco.

— Como você acha? Aquele homem está sofrendo. Ninguém nunca o viu assim. Ele quase destruiu a garagem, jogando na parede todas as ferramentas que conseguiu encontrar. Ele socou a parede e agora está com um humor tão raivoso que ninguém se atreve a falar com ele.

Fechei os olhos, com medo de dizer uma única palavra e cair no choro.

— O que há com você, mulher? Você consegue um bom homem e depois o trata assim? — Os olhos dela estavam cheios de desgosto. — Você não é metade da mulher que eu pensei que fosse.

Ela estava certa e eu sabia disso.

— Jerome sentou-se para conversar com Rocco tomando cer-veja e sabe o que Rocco disse? Ele disse que sempre quisera saber o que era amar uma mulher de coração e alma. Agora ele sabe e tudo o que pode concluir é que é uma droga.

Eu cobri a boca com a mão. Senti como se minhas pernas estivessem prestes a ceder. Agarrei uma prateleira de exibição com medo de desmoronar no chão.

— Que tipo de mulher é você? — esbravejou Shawntelle. — Por que faria isso com um homem sem uma boa razão?

— Pelo meu filho — eu sussurrei.

— Você não está fazendo sentido nenhum! Não importa, porque você não é minha amiga. Não mais. Pensei que você era diferente. Rocco também, mas você provou a nós exatamente o tipo de pessoa que é. Eu não quero mais nada com você.

Tendo dito seu recado, ela saiu da loja com a cabeça erguida, como se uma banda inteira estivesse diretamente atrás dela.

Por vários segundos, houve um silêncio mortal no estabelecimento. Demorou um bom tempo para eu respirar novamente.

Quando cheguei em casa, peguei meu celular e fiquei olhando para a tela por vários minutos. Eu precisava de alguém para conversar, alguém que me ajudasse a encontrar meu caminho através desse campo minado emocional. Minha irmã Cassie passara por coisa muito pior e, embora eu odiasse sobrecarregá-la com meus problemas, estava ficando desesperada.

Ela atendeu imediatamente.

— Oi, Nichole. Tudo bem? — Ela perguntou, alegre e feliz, e ela tinha todo o direito de estar.

— Tudo. Apenas checando os recém-casados. Como vai a vida de casada?

Fiz o meu melhor para soar feliz.

— Estamos amando! Steve e eu passamos o dia arrumando minha casa para colocá-la à venda.

— Ótimo.

— Como está Owen?

— Bem.

Eu engoli em seco.

— Rocco?

Eu ouvi uma ligeira hesitação na voz dela, como se Cassie tivesse percebido o fato de que havia algo errado comigo. Foi então que desabei. As lágrimas pareceram explodir de mim em uma tempestade de emoção e eu deixei escapar toda a história terrível, começando com Jake e minha reunião na Starbucks e terminando com a visita de Shawntelle naquela manhã.

— Nichole, Nichole — disse Cassie, interrompendo-me. — Eu não consigo entender o que você diz chorando desse jeito.

— Que parte você não entendeu? — perguntei entre soluços.

— Ok, deixe-me ver se entendi. Você não está mais vendo Rocco porque Jake ameaçou levá-la ao tribunal pela custódia de Owen?

— Sim.

— E Shawn odeia você?

— Shawntelle... ela trabalha para Rocco e é minha amiga. Ou costumava ser. Agora ela também me odeia e eu não a culpo.

A essa altura, não achava que tinha uma única amiga no mundo.

— E você está se desesperando porque ama Rocco?

— Sim. E eu o machuquei tanto!

Cassie soltou um suspiro profundo.

— Você me ligou porque está infeliz e não sabe o que fazer?

— Eu não sabia com quem mais poderia falar — afirmei, fazendo o meu melhor para parar de chorar.

Cassie murmurou algo baixinho que eu não consegui entender. Então, ela começou um discurso que durou uns bons dez minutos.

— Você está me dizendo que vai deixar Jake manipular você assim? Ora, Nichole, você é melhor do que isso! Você foi forte e destemida até agora.

— Mas estamos falando do meu filho! — exclamei, interrompendo-a.

— Ele está blefando! Você conhece Jake. Você honestamente acha que ele está falando sério? E daí se ele estiver? Nenhum juiz em sã consciência daria a guarda de Owen ao pai se o menino está claramente melhor com a mãe.

— Sim, mas...

— O que há de errado com você, irmãzinha? Vamos lá, mulher, cadê sua coragem!

Minha coragem? Não havia entendido.

— Não se atreva a permitir que Jake faça esse tipo de exigência — ela continuou. — Essa doninha tem zero interesse em obter a custódia de Owen. Ele sabe que você ama Rocco e arranjou uma desculpa conveniente para tornar a vida dos dois miserável. E você, idiota, deixou.

— Mas não posso arriscar perder meu filho! E ele sabe que não posso pagar um advogado — lamentei.

— Claro que você não pode. Mas ele também não, então o desafie.

— Desafiá-lo? — Repeti, soluçando.

— Você me ouviu. Apenas faça isso. Ele recuará tão depressa que você não vai nem entender o que aconteceu.

Eu me perguntei se isso poderia ser verdade. Tanta coisa estava em jogo que eu temia o que aconteceria se eu desafiasse Jake.

— Você me ouviu? — perguntou Cassie.

— Sim, apenas...

— Apenas nada! Confronte Jake!

— Ok.

Eu estava disposta a fazer qualquer coisa para que a dor que eu sentia em meu coração fosse embora.

— Agora que resolvemos isso, vamos voltar a falar de Rocco.

— Por favor.

Eu sabia que ele estava com raiva, e fazê-lo confiar em mim novamente não seria fácil.

— Steve e Rocco se deram bem. Aqueles dois se conectaram tão rápido que alguém pensaria que são irmãos. Rocco disse a Steve que nunca amara uma mulher até conhecer você, e que você virou o mundo dele de cabeça para baixo. Ele é louco por você e eu juro que se não encontrar uma maneira de acertar as coisas entre vocês, Steve pode não ser capaz de perdoá-la.

— O que eu faço?

— Primeiro, peça desculpas, e depois, explique-se. Se você tivesse dito a ele a verdade logo de cara, poderia ter evitado tudo isso. Não seja imbecil, Nichole. Você é mais esperta que isso.

— E se Rocco não quiser mais nada comigo?

E, francamente, eu não o culparia se ele desse as costas para mim... o que eu suspeitava que ele faria.

— Seja paciente. Ele ama você. Lembre-se disso, não importa quão teimoso ele seja.

— Vou lembrar — prometi.

Já me sentia muito melhor.

— Já acabou de chorar? — perguntou Cassie.

— Sim — respondi, sorrindo pela primeira vez em quase duas semanas.

— Então mãos à obra, irmãzinha, e vá atrás do seu homem!

Eu ri baixinho.

— Obrigada, Cassie.

— Ei, para que servem as irmãs, afinal? Amo você, Nichole.

— Eu também te amo.

Desligamos e imediatamente entrei em contato com Jake. Ele atendeu, mal-humorado e impaciente.

— O que foi? — Ele exigiu, como se tivesse sido um verdadeiro inconveniente ouvir minha voz.

— Tenho quatro palavras para você, Jake. Apenas quatro palavras. *Ligue para seu advogado.*

Com isso, encerrei a ligação. Minha nossa, aquilo tinha sido bom! Dei um soquinho no ar, peguei meu casaco e saí pela porta.

Não é preciso dizer que, se eu ligasse para Rocco, ele não atenderia. Eu precisava ser inteligente em relação a isso, então liguei para Kaylene. Eu precisava encontrar Rocco. Sentei no meu carro e digitei o número dela.

A atitude dela não foi melhor do que a de Jake quando atendeu.

— O que você quer?

— Onde está seu pai?

— O que faz você pensar que eu contaria a você? Você é a última pessoa que ele quer ver na face da Terra.

Eu sabia que ela estava certa.

— Porque eu o amo.

— Isso não tem graça.

— Kaylene, por favor, preciso falar com seu pai. Ele está em casa ou está trabalhando?

Ela hesitou, como se não tivesse certeza do que me dizer.

— Você o machucou. Ele amava você.

— Eu sei, sinto muito.

— É tarde demais. Ele não quer mais saber de você.

— Eu sei. — Se Deus quisesse, eu esperava fazê-lo mudar de ideia.

— Ele quebrou um monte de coisas por sua causa.

Shawntelle já havia me dito que ele tinha se exaltado.

— Eu farei tudo ao meu alcance para fazer as pazes com vocês dois.

Kaylene permaneceu incerta. Eu podia sentir a dúvida em sua voz.

— Meu pai realmente se importava com você.

— Por favor — sussurrei, fechando os olhos e esperando intensamente que ela me ajudasse.

— Você promete não dizer a ele que eu contei?

Eu podia senti-la hesitando.

— Eu prometo.

— A não ser que tudo termine bem. Então você pode dizer, ok?

— Farei o que você quiser. Só me diga onde posso encontrá-lo.

Kaylene fez uma pausa.

— A única razão pela qual estou dando essa informação a você é porque ele está com um mau humor terrível desde que vocês dois se separaram. É melhor que isso ajude, porque se ficar pior, eu saio de casa.

— Você pode morar comigo — prometi.

Se ela não me dissesse logo, eu iria gritar.

— Papai saiu para tomar cerveja.

Eu gemi por dentro, porque sabia exatamente onde Rocco tinha ido. Agradeci a Kaylene e saí com o carro. Eu era uma mulher com um objetivo, e me recusava a falhar. O tempo estava ruim, e uma tempestade de gelo ameaçava cair. Eu não me importaria nem se um alarme de tornado estivesse soando nos céus. Eu ia encontrar Rocco.

Dirigi até o bar, estacionei e endireitei os ombros. Eu estava pronta para enfrentar a fera. Entrei na taverna e meus olhos demoraram um pouco para se ajustar à iluminação fraca. Parecia que o lugar inteiro havia congelado. Vi Rocco sentado no bar. De costas para mim, ele tinha os ombros curvados, como se quisesse desencorajar conversas. Ele deve ter notado a mudança na atmosfera, porque olhou por cima do ombro. O olhar dele pousou em mim, mas não vi nenhum sinal de reconhecimento. A expressão dele permaneceu vazia quando voltou a beber sua cerveja.

Andei até o bar como se fizesse isso todos os dias e sentei a dois bancos de distância. O barman olhou para mim e depois para Rocco.

— O que eu posso servir para você?

— Quero uma dose de uísque com canela — falei, procurando por coragem na bebida. Eu nunca havia tomado uísque na vida. Sam pedira um igual na noite em que jogamos sinuca. O barman colocou o copo na minha frente. Tomei o primeiro gole e felizmente não engasguei, embora meus olhos tenham começado a lacrimejar. Juro que senti meus dentes amolecerem.

Não olhei para Rocco e ele não olhou para mim.

Cinco minutos se passaram até que Sam aparecesse e se sentasse do meu outro lado, deixando os dois lugares entre mim e Rocco livres.

— Como está a vida? — Ele perguntou.

Dei de ombros.

— Não tão bem ultimamente.

Olhei na direção de Rocco. Ele não dera nenhuma indicação de que tinha me ouvido, não que eu esperasse que ele o fizesse.

— Cometi um erro estúpido — acrescentei, observando Rocco com o canto do olho.

Nada.

— Que tipo de erro? — Sam questionou.

Antes que eu pudesse responder, Rocco se levantou do banco, colocou um pouco de dinheiro no balcão e pegou o casaco.

Eu não o deixaria ir embora até ter a chance de falar com ele. Agarrando a bolsa, coloquei dinheiro no balcão e segui Rocco para fora do bar. Ele começou a andar em um ritmo acelerado.

Eu acompanhei seu ritmo como pude, até que ele finalmente se virou e me encarou, os olhos tão duros quanto a ameaçadora tempestade de gelo.

— O que foi?

A pergunta me acertou com a força e velocidade de um tiro.

Por um minuto, tudo o que pude fazer foi olhar para ele. Levou cada grama de autocontrole que eu possuía para não me lançar aos braços dele. Quando falei, foi diretamente do meu coração. Eu só podia rezar para que ele percebesse isso e soubesse que eu estava sendo sincera.

— Eu te amo, Rocco.

Ele balançou a cabeça.

— Não é o suficiente.

Ele se virou e começou a se afastar.

Bem, aquilo não havia saído como o esperado. Corri atrás dele, minhas botas deslizando na calçada escorregadia.

— É melhor que seja bom o suficiente!

Ele aumentou o passo.

— Acabei de colocar Owen e todo o meu futuro em jogo por você.

Nada. Ele não mostrou absolutamente nenhuma reação.

— Você me ouviu?! — gritei.

Nada.

Ele virou a esquina e vi seu caminhão estacionado a umas três vagas de distância. Ele estava segurando as chaves. Ele apertou um botão e ouvi o bipe do veículo, indicando que estava destrancado. Ele foi até o lado do motorista e abriu a porta.

Eu estava ficando desesperada. Ele tinha que me ouvir. Ele tinha que entender.

— Jake ia lutar comigo pela custódia...

Eu não consegui dizer mais nada quando meus pés escorregaram e eu perdi o equilíbrio. Meus braços voaram para cima antes de eu me estatelar na calçada. Caí de lado, batendo meu ombro com força. Por um minuto, fiquei atordoada demais para me mexer, falar ou até respirar.

Rocco já estava sentado no caminhão com o motor ligado. Por um longo momento, nenhum de nós se moveu.

Eu tentei me levantar e falhei, caindo de bunda. Eu podia sentir o frio e o gelo se infiltrarem na minha calça, mas ainda assim não conseguia me mexer. Meu coração doía com a mesma intensidade que meu ombro e quadril. Tudo o que eu pude fazer foi encarar Rocco, sentado no caminhão, olhando para mim.

Ele saiu do veículo e parou no meio-fio.

— Você se machucou? — Ele perguntou, a voz desprovida de simpatia.

— Seria bom ter uma ajuda para me levantar.

Estendi meu braço. Meu corpo inteiro latejava, mas não era nada comparado à dor no meu coração.

Rocco me ajudou a ficar de pé enquanto me analisava.

— Tem certeza de que não se machucou?

Eu neguei com a cabeça, embora eu não tivesse certeza de nada no momento. Ficamos na calçada apenas nos encarando. Eu tentei falar e não consegui. Lágrimas caíram pelo meu rosto, mas eu me recusei a desviar o olhar.

Eu podia ver que Rocco travava uma luta interna. Ele deu um passo para trás e eu estava convencida de que ele ia me deixar.

— Já disse que não temos mais nada.

Em resposta, tudo que consegui fazer foi balançar a cabeça. Ele se virou.

Eu não aguentava aquilo. Eu não podia simplesmente assistir àquele homem ir embora. Olhando para baixo, fechei os olhos. Lágrimas escorriam da ponta do meu nariz, caindo na calçada e congelando instantaneamente. Era isso que o coração de Rocco estava fazendo. Ele estava me congelando.

— É isso que você quer? — perguntei, parando-o.

A porta do caminhão estava aberta. Ele ficou parado de costas para mim.

— Você disse... você disse que não sabia o que era amar uma pessoa a ponto de estar disposto a morrer por ela.

Ele não se mexeu.

— Eu te amo o suficiente para arriscar perder a custódia do meu filho. Se isso não for bom o suficiente para você, Rocco, então nada será. Vá em frente, me afaste... — Eu tive que parar de falar porque minha voz tremia terrivelmente. — Mas se você fizer... se você fizer...

Eu não conseguia dizer mais nada.

Então, com um resmungo, Rocco voltou-se para mim e em segundos seus braços envolveram minha cintura. Ele me abraçou como se o mundo estivesse prestes a acabar, o aperto tão forte que eu mal conseguia respirar. Soluçando, enterrei meu rosto no pescoço dele.

Eu não sei quanto tempo ficamos daquele jeito. Eu não me importei se alguma vez nos mexemos. Depois do que pareceu uma eternidade, Rocco soltou um suspiro trêmulo e me soltou um pouco, deixando meus pés se acomodarem na calçada.

— Por favor — sussurrei. — Por favor, me ame o suficiente para nos dar uma chance.

Ele fechou os olhos como se ainda estivesse travando uma batalha dentro de si.

— Rocco, por favor... — sussurrei novamente.

Ele soltou o ar, apertando os olhos com força, como se dizer as palavras lhe causasse uma dor horrível.

— Deus me ajude, eu amo você.

— Eu estava com medo e fui estúpida. Vou lutar contra Jake... Não me importa quanto isso vai me custar. Eu não posso perder você.

O abraço dele ficou ainda mais apertado, e suas mãos amassaram meu casaco. Eu solucei uma vez e me agarrei a ele. Ele me beijou, seus lábios me punindo, mas eu não me importei. Estar nos braços dele era como estar no céu; parecia que eu estava voltando para casa.

Ele interrompeu o beijo e me encarou com firmeza.

— Jake ameaçou tirar Owen de você?

Minhas mãos emolduraram o rosto dele.

— Ele vai pedir a custódia. Eu decidi lutar contra ele.

Se o que Cassie disse era verdade, Jake iria recuar. De qualquer maneira, eu não deixaria meu ex-marido me manipular.

Rocco me beijou novamente.

— É por isso...

Eu assenti. Não conseguia parar de olhar para Rocco, mesmo quando meus olhos ficaram borrados de lágrimas.

— Deixe-me lidar com Jake — afirmou Rocco gentilmente, e seu beijo foi uma promessa.

Eu não podia deixá-lo fazer isso.

— Essa é minha batalha.

— Não — ele insistiu. — É nossa batalha.

Começamos a andar e, quando dei o primeiro passo, uma dor subiu pela minha perna e quase desmaiei. Felizmente, Rocco estava com braço na minha cintura e me segurou antes que eu caísse novamente.

— Você está ferida.

A preocupação dele foi imediata.

— Não — respondi. — Nunca me senti tão bem em toda minha vida.

Dez ossos quebrados teriam valido a pena, já que a queda trouxera Rocco de volta para mim.

CAPÍTULO 32

Leanne

Fiquei chocada com a rapidez com que a saúde de Sean piorou. Tirando daquela semana em que trabalhou meio período, ele nunca mais voltou ao escritório. Depois, trabalhou em casa por mais uma semana e desistiu completamente.

Enquanto o Natal se aproximava, me vi passando mais e mais tempo com ele até que se tornou muito mais conveniente ficar na casa o tempo inteiro. Eu me preocupava quando deixava Sean à noite, temendo que, se ele caísse, não tivesse forças para se levantar. O que me surpreendeu foi quão poucos amigos de verdade ele tinha. Eu sabia que, se as nossas situações fossem invertidas, eu sempre poderia contar com Kacey. Alguns homens do clube foram visitá-lo, mas só isso, e eles apareceram apenas uma vez. Mesmo as pessoas com quem ele trabalhara durante anos fizeram apenas visitas simbólicas.

Tentei o melhor que pude não pensar em Nikolai. Eu me perguntava se ele pensava em mim ou se havia me tirado de seu coração tão rapidamente quanto havia me tirado de sua vida. Centenas de vezes, talvez mais, fiquei tentada a procurá-lo e a ligar para ele, ou mandar uma mensagem. Então percebi que não podia — não quando Sean precisava da minha total atenção.

Na sexta-feira antes do Natal, Jake passou para ver o pai. Sean estava sentado na poltrona reclinável, uma manta cobrindo as pernas. Não importava o quanto eu aumentasse o aquecedor, ele parecia não conseguir se aquecer. Já perdera quase quinze quilos a essa altura, pois seu apetite era praticamente inexistente. Eu fazia o meu melhor para persuadi-lo a comer, muitas vezes sem sucesso.

— Como você está se sentindo, pai? — Jake perguntou, sentando-se no sofá ao lado da poltrona reclinável e inclinando-se para a frente.

— Melhor, eu acho.

Sean ofereceu ao filho um sorriso fraco.

Eu sabia que isso era mentira. O médico tinha acabado de aumentar a medicação para a dor, que ele odiava porque jurava que o deixava enjoado, e os remédios para náusea não pareciam surtir efeito. As drogas eram responsáveis por deixá-lo sonolento. Sean dormia várias horas todas as tardes, e muitas vezes estava pronto para ir dormir às 19h.

— Engraçado como a vida se resume ao noticiário, ao clima e à televisão durante o dia — falou Sean, fazendo um esforço para brincar.

Ele olhou para mim, os olhos quentes com amor e apreciação. Eu nunca pensei que veria isso no meu ex-marido.

— Não sei se eu sobreviveria outro dia se não fosse pela sua mãe — disse ele a Jake. — Ela é uma boa mulher.

Jake olhou para mim e assentiu.

— Ela é.

— Eu nunca a apreciei como deveria, e isso me custou caro.

— Para mim também — Jake sussurrou.

Eu não tinha certeza se Sean o ouvira, pois adormeceu logo depois. Jake estava se referindo ao fato de que seu próprio casamento fracassara por ter seguido os passos do pai.

Nosso filho se juntou a mim na cozinha e eu poderia dizer que ele tinha algo em mente.

— Você tem um minuto, mãe?

— Sim. O que houve?

Eu estava ocupada separando os ingredientes para fazer uma sopa caseira para Sean naquela noite. O freezer do meu apartamento estava cheio de pão de Nikolai, então tinha levado um pedaço. Se Nikolai soubesse que eu estava servindo seu maravilhoso pão ao meu ex-marido, eu tinha certeza de que ele ficaria profundamente ofendido. Mas eu não precisava mais me preocupar com isso. Não tivera notícias de Nikolai desde a nossa última conversa, o que cortara meu coração.

Jake puxou um banquinho até o balcão da cozinha.

— Eu recebi uma visita de Rocco Nyquist.

Parei de cortar a cebola e coloquei minha faca de lado. Isso era sério. Puxando mais um banquinho, sentei-me em frente ao meu filho. Eu não tinha escondido como me sentia sobre ele entrar na justiça pela custódia de Owen. Até onde eu sabia, Jake não tinha continuado com a ameaça. Se ele tivesse, eu tinha certeza de que Nichole teria me contado.

— O que ele disse? — perguntei, esforçando-me para permanecer calma.

Jake olhou para as mãos dele.

— Como você pode imaginar, não fiquei feliz em vê-lo. Para ser justo, Rocco foi educado. Ele perguntou se poderíamos falar de homem para homem sobre Nichole e Owen.

Confrontar meu filho deve ter sido desconfortável para Rocco, e igualmente para Jake.

— O que você disse?

Meu filho parecia quase divertido.

— Comecei dizendo exatamente o que pensava dele e não me contive. Joguei na cara o fato de que eu sabia que ele tinha sido preso. Falei que achava que ele era uma influência negativa para Nichole e especialmente para Owen. Não fui educado sobre isso, também. Em outras palavras, fiz um escândalo.

Eu poderia muito bem imaginar.

O mesmo olhar impressionado permaneceu no rosto de Jake quando ele continuou:

— Francamente, eu esperava irritá-lo. Até pensei que ele poderia me dar um soco. Eu meio que esperava que ele o fizesse, mas não. A verdade é que se eu tivesse sido vítima de um discurso como o meu, provavelmente teria perdido a calma. Rocco não. Ele sentou-se, ouviu e não interrompeu. Quando acabei, ele simplesmente perguntou se eu estava pronto para resolvermos as coisas. Isso me surpreendeu, sabe?

— Então, o que ele tinha a dizer?

— Basicamente, que sabia que eu amava Nichole e Owen, e sentia muito que nosso casamento não tivesse dado certo. Eu não tinha certeza se acreditava naquilo, mas não resolvi não discutir a questão. Em suma, ele sente o mesmo por eles. Ele ama Nichole e Owen, mas deixou claro que não tem intenção de tirar Owen de mim.

Rocco havia me impressionado. Naturalmente, eu sabia que Rocco e Nichole estavam juntos novamente e fiquei feliz em saber disso. Eles faziam bem um para o outro. Eu gostava de Rocco e apreciava a maneira como ele tratava minha ex-nora e meu neto.

— Então, ele me perguntou sobre a questão da custódia. Rocco disse que esperava que eu mudasse de ideia, mas que se fosse em frente com o processo, eu perderia no final. — Jake fez uma pausa e suspirou, como se essa parte fosse mais difícil de explicar. — Ele disse que isso destruiria qualquer relacionamento que eu esperasse ter com Nichole e Owen. Ele tinha certeza de que um processo longo nos levaria à falência, à amargura e à hostilidade, especialmente quando os advogados entrassem na história.

— Ele está certo — acrescentei, embora não tivesse certeza se Jake apreciava meu comentário.

— Olhando por esse ponto de vista, fui forçado a concordar — afirmou Jake, surpreendendo-me.

Meu filho estava lidando com muita bagagem emocional em um curto período. O divórcio, uma mudança de emprego, o câncer do pai e agora isso. No fundo, acho que ele acreditava que seria capaz de enganar Nichole, fazendo-a acreditar que ele era um homem mudado. Ele esperava poder convencê-la a voltar para ele e esquecer o divórcio. O plano dele havia falhado; ela percebera exatamente o que ele pretendia. O que meu filho não esperava era que Nichole fosse seguir em frente com a vida dela. Seguir em frente e conhecer outra pessoa, especialmente um homem trabalhador como Rocco.

— Rocco ama e aprecia Nichole muito mais do que eu jamais fiz — sussurrou Jake. — Isso não é fácil de admitir. Ele a ama o suficiente para me procurar e fazer o que puder para nos salvar de uma longa batalha judicial em que o único perdedor seria eu. Tenho que dizer que respeito isso. Não deve ter sido fácil para ele baixar a guarda o suficiente para me confrontar.

Admito que o meu próprio respeito por Rocco havia subido vários degraus.

— Eu não espero que sejamos grandes amigos tão cedo — acrescentou ele —, mas é bom saber que entendemos um ao outro. Como Rocco apontou, nós dois amamos Owen, e trabalhar juntos, em vez de um contra o outro, é uma situação vantajosa para todos.

Meu filho mostrara mais maturidade na última hora do que o fizera em anos, e eu estava orgulhosa dele.

Uma profunda tristeza tomou conta de Jake quando ele olhou para o pai.

— Sabe, mamãe, estraguei tudo com a Nichole. Papai... ele sempre parecia ter o controle de tudo. Externamente, ele tinha a vida perfeita. Ele tinha você, dinheiro e um pouco de diversão "extra". Você nunca disse nada e fingiu que não sabia. Eu pensei que era o que todas as esposas faziam.

Doeu ouvir meu filho dizer isso, porque, em essência, ele estava me dizendo que, ao não enfrentar meu marido e lutar por meu casamento, eu aprovara a infidelidade de Sean.

— Eu presumi que Nichole faria o mesmo — confessou Jake.
— Eu sabia que, se ela descobrisse, não gostaria nem um pouco,
mas isso não me impediu. Eu fui estúpido o suficiente para pensar
que poderia ter tudo.

Eu engoli em seco.

— Na outra noite, passei para verificar se papai estava bem.
Você tinha voltado para o seu apartamento para pegar algumas
coisas.

Eu me lembrava disso, pois ligara para Jake e pedi para que
ele ficasse com o pai enquanto eu estivesse fora.

— Papai e eu tivemos uma longa conversa. Vendo vocês dois
agora e quão próxima você está é uma grande surpresa, e eu acho
que papai também sente isso. Ele me disse que percebeu tarde
demais o quanto ama você. Ele pode não ser capaz de dizer isso
agora, mas se arrepende muito das traições. Ele me disse isso com
lágrimas nos olhos. Disse que você vale dez vezes mais que todas
as outras mulheres que ele conheceu.

Conheceu provavelmente no sentido bíblico, pensei, segurando
um sorriso.

— Papai não sabe onde estaria agora se não fosse você cuidando dele. Eu não pude fazer o que você está fazendo. Provavelmente
ele estaria em algum lar de idosos à mercê de estranhos.

Minha atenção permaneceu concentrada em Sean, e eu falei
com todo o meu coração.

— Eu sempre amei seu pai, Jake. Por muito tempo, enterrei
esse amor sob meu ressentimento.

— Papai não entendia quanto você era parte da vida dele
até te perder. Ele não percebeu o quanto amava você. Ele está
morrendo e sabe disso. Aceita que tem apenas alguns meses, e
sabe o que ele disse? Papai me disse que valia a pena estar com
esse tumor, porque ele mostrou o que ele deveria ter percebido
há muito tempo: que ele tinha uma esposa maravilhosa, generosa
e amorosa.

Aquilo me abalou. Mordi meu lábio em um esforço para conter as lágrimas.

Jake continuou:

— Papai segurou minha mão e implorou para que eu não cometesse os mesmos erros estúpidos que ele fez. Eu disse a ele que era tarde demais, eu já havia perdido Nichole, mas ele não aceitou isso como uma resposta. Ele queria saber se eu aprendera alguma coisa com o divórcio.

Pelo que eu tinha visto, Jake não aprendera nada. De acordo com Kacey, mulheres entravam e saiam da casa dele, algumas permanecendo semanas por lá. Nenhuma durava muito tempo, no entanto. Desde o começo, eu estava preocupada em como Jake ia criar Owen. Ele tinha estado muito disposto a deixar o filho com babás, enquanto passava os fins de semana jogando golfe e socializando.

— A pergunta do papai ficou na minha cabeça durante a semana passada, e por mais doloroso que tenha sido admitir, acho que não aprendi nada desde o divórcio até recentemente. Quando Nichole foi embora, eu estava confiante de que poderia reconquistá-la. Imaginei que usaria meus poderes de persuasão para convencê-la a me dar uma nova chance. Mas, mesmo assim, eu saí escondido com outras mulheres. Fiquei enfurecido quando ela se recusou a me dar uma segunda chance.

— Depois que o divórcio foi finalizado, eu me tornei um verdadeiro idiota, ficando com mulheres a torto e a direito, dormindo por aí, tendo relacionamentos casuais. A questão é que eu estava infeliz e a culpava por isso.

Fez bem ao meu coração ouvir a honestidade do meu filho.

— Quando Rocco apareceu em casa para uma conversa de homem para homem, eu tinha percebido que não teria uma única justificativa para conseguir a custódia de Owen. Tudo o que Nichole precisaria fazer era mostrar a maneira como eu estava vivendo desde o divórcio. Nenhum juiz desse mundo me daria a custódia, e com razão. Não que eu fosse deixar isso me deter.

Estendendo os braços, abracei Jake. Era um pouco estranho, mas eu estava orgulhosa dele, orgulhosa da maneira como havia cortado todas as mentiras que estava alimentando a si mesmo. Pela primeira vez em anos, eu tinha esperanças de que ele se tornasse um adulto responsável.

Jake me abraçou de volta e sorriu pela primeira vez desde que começamos nossa conversa.

— Eu conheci alguém um tempo atrás. O nome dela é Carlie Olsson e ela trabalha no meu escritório. Ela é linda e muito inteligente. Não tinha uma opinião boa sobre mim e deixou claro que não estava interessada em sair comigo. Precisei convidá-la cinco vezes até ela finalmente concordar em me dar uma chance. — O sorriso dele aumentou. — Em nosso primeiro encontro, conversamos por cinco horas. A parte louca é que eu a vi todas as noites desde então e ainda não fomos para a cama.

Levantando a mão, sorri e disse:

— Muita informação.

Jake riu.

— Desculpa. É só que nos últimos dois anos isso é algo a ser notado. Se as coisas acontecerem do jeito que eu espero, gostaria de casar com ela um dia. Não se preocupe, mãe. Se eu trair essa mulher, ela não pensará duas vezes antes de cortar meu pau.

Não aguentei e ri.

— Parece que ela é exatamente o tipo de mulher de que você precisa.

Jake concordou.

— Eu ficarei com Owen na manhã de Natal, e pensei em vir passar parte do dia com você e papai, se estiver tudo bem.

— Claro!

— Eu quero que Owen tenha o máximo de lembranças do avô que puder.

Procura-se um novo amor   357

— Vai ser bom para os dois. — Eu queria alertar a Jake o quão rápido seu pai ficava cansado, mas decidi não o fazer. — Vou preparar um jantar especial para nós.

— Você poderia fazer aquele prato de massa que eu gosto tanto? Você lembra, aquele com os moluscos? Owen gosta de macarrão e eu queria compartilhar com ele.

— Claro.

Eu precisaria vasculhar meus livros de receitas e me certificar de que tinha todos os ingredientes. Fazia muitos anos desde a última vez que eu cozinhara esse prato.

— Não vamos ficar muito tempo, eu prometo — afirmou Jake, olhando para o pai novamente.

— Não se preocupe, filho. Vai fazer bem ao seu pai ver Owen.

— Vou pegá-lo a partir de amanhã. Você acha que seria muito trazê-lo para visitar o avô?

— Nem um pouco.

— Eu gostaria que você conhecesse Carlie também.

Ele disse isso como se não tivesse certeza se eu gostaria da ideia, já que eu e Nichole éramos muito próximas.

— Eu gostaria de conhecê-la, Jake. E também não acho que você precisa se preocupar com Nichole. Ela seguiu em frente. Sei que ela quer que você faça o mesmo.

Ele suspirou como se estivesse aliviado.

— Espero que possamos ser cordiais um com o outro.

— Desistir do processo pela custódia de Owen será um grande passo em direção a isso.

Jake sorriu e parecia quase uma criança.

— Você deveria ter escutado o que Carlie disse quando contei a ela sobre minha ameaça. Ela me deu um enorme sermão.

— Em outras palavras, você mais ou menos mudou de ideia antes de falar com Rocco.

— Na verdade, não. Mesmo sabendo que eu provavelmente fosse perder, queria lutar contra Nichole. Depois de falar com

Rocco, percebi o quanto meu pensamento estava errado. Além disso, se quero ter um relacionamento sério com Carlie, preciso melhorar meu comportamento.

— Parece que você está fazendo progresso.

— Com certeza. Este mês serviu para abrir meus olhos.

Eu estava grata por tudo que havia aberto os olhos do meu filho.

— E você, mamãe? Como está a vida?

Meus pensamentos instantaneamente foram para Nikolai, e senti o peso do arrependimento.

— Está indo...

— Percebi que cuidar do papai está tomando todo o seu tempo agora. E as aulas?

— O semestre terminou e eu não renovei meu contrato.

As últimas aulas foram uma tortura para mim por conta da ausência de Nikolai. Ver o lugar dele vazio na frente da sala de aula fazia meu coração doer. Mesmo que eu quisesse continuar lecionando, não teria tempo agora. Sean precisava de mim.

Jake foi embora logo depois e Sean acordou. Ajudei-o a ir ao banheiro e convenci-o a comer um pouco de sopa e pão. Ele fez um esforço e isso me deixou feliz. Sei que ele só tinha comido porque queria me mostrar que gostava que eu cozinhasse para ele.

À noite, sentei-me ao lado dele e ele pegou minha mão. Ele fazia isso várias vezes agora. Francamente, eu não conseguia me lembrar da última vez que meu marido sentira vontade de segurar minha mão. Acho que foi logo depois do nascimento de Jake.

Eu sabia que Sean tinha arrependimentos e fiquei grata por ele ter conversado com Jake sobre eles. Nosso filho precisava ouvi-los, e fiquei contente por Jake ter escolhido compartilhar um pouco da conversa comigo. Pensando bem, acredito que Sean esperava que nosso filho fizesse isso. Teria sido muito difícil emocionalmente para meu ex-marido me dizer aquelas coisas. As palavras não importavam. Eu já sabia que Sean havia percebido o que desperdiçara todos aqueles anos. Era melhor não discutirmos isso. Passaríamos os meses restantes livres de dúvidas e tensão.

Depois que Sean foi dormir, limpei a cozinha e guardei as sobras de comida. Meu olhar caiu sobre o pão, meu único contato com Nikolai naquele momento. Eu engoli a sensação de perda e voltei para a tarefa que estava fazendo.

CAPÍTULO 33

Nichole

Passar o Natal sem Owen ia ser difícil. Fiquei com ele no Dia de Ação de Graças, e era justo que Jake tivesse o filho no Natal. Ele buscou Owen no final da tarde de sexta-feira. Leanne ligara anteriormente para me avisar que Jake tinha ido visitar o pai e que tudo correra bem.

Eu estava um pouco nervosa em vê-lo. Não havíamos nos falado de verdade desde a nossa última rápida conversa, quando eu dissera que tinha decidido lutar contra ele caso insistisse em ter a custódia do nosso filho. Eu já tinha marcado um encontro com meu advogado de divórcio para depois do primeiro dia do ano.

Jake ficou do lado de fora do meu apartamento e eu o convidei para entrar enquanto Owen corria para pegar sua mochila.

— Como está seu pai? — perguntei, puxando assunto.

Um olhar de tristeza tomou conta dele, e percebi que deveria ter escolhido um tema diferente.

— Não tão bem.

— Sinto muito, Jake.

— Sim, é uma droga. Olha — ele disse, abaixando a cabeça —, você pode esquecer o que eu disse sobre ir à justiça. Você é uma boa mãe e eu estava fora de mim.

Fiquei surpresa.

— Owen precisa de você.

— Ele também precisa de você.

Mas precisa mais de mim. Nos próximos anos isso poderia mudar, percebi, embora não quisesse pensar nisso naquele momento.

— Eu não fiz um bom trabalho até agora, mas quero que você saiba, Nichole, que pretendo ser um pai melhor a partir de hoje.

Por um instante fiquei atordoada demais para falar.

— O que fez você mudar de ideia?

— Muitas coisas. Minha conversa com Rocco, principalmente.

— Rocco?

Minha cabeça começou a girar. Rocco não havia dito nada sobre isso. Ele havia mencionado que queria conversar com Jake, mas não falara nada sobre o assunto desde então.

Jake olhou para cima e me chocou ainda mais quando acrescentou:

— Rocco é um cara legal. Se eu a tivesse amado metade do que ele ama, não estaríamos trocando nosso filho em feriados e fins de semana. Como eu disse à minha mãe, Rocco e eu nunca seremos bons amigos, mas confio nele para fazer o certo por você e por Owen.

Leanne sabia sobre essa conversa e não dissera nada para mim também. Eu não sabia quantos choques meu cérebro poderia aguentar. Talvez ela achasse que eu já soubesse, pensei.

Antes que eu pudesse interrogá-lo ainda mais, Owen voou para a sala de estar.

— Estou *plonto*, papai. Papai Noel vai vir e eu vou abrir meus presentes, *celto*?

— Isso mesmo, rapazinho.

Jake levantou Owen e o abraçou até que meu filho se contorceu e quis descer.

— Vamos, pai, vamos *cauir fola* daqui.

Não pude evitar um sorriso, pois isso era algo que Rocco dizia. Em circunstâncias normais, acho que Jake poderia ter reclamado, mas não agora. Em vez disso, ele riu e segurou a mão de Owen.

Assim que meu ex e meu filho saíram, peguei o celular.

Eu: Ei, o que aconteceu entre vc e Jake?
Rocco: Estou a caminho. Pegue o ramo de visco e se arrume.
    Estou morrendo de vontade de provar sua boca.
Eu: Não até me contar sobre o que aconteceu entre vc e
    Jake.
Rocco: Beijos primeiro.
Eu: Veremos.

Fiquei feliz em perder essa discussão.

Passei o dia de Natal na casa de Rocco e Kaylene. Como uma boa parte dos funcionários de Rocco eram ex-presidiários, muitos deles não tinham familiares, então Rocco fazia uma festa para eles. Caso contrário, acabariam passando o dia sozinhos.

Quando me ofereci para ajudar no bufê, Rocco ficou mais do que feliz em me receber. Passamos grande parte da manhã e do início da tarde na cozinha, fazendo molho de espaguete, pãezinhos de alho e uma salada verde.

Estava ocupada cortando alface para a salada quando me virei e quase esbarrei em Rocco. Ele me pegou pelos ombros e parou, sorrindo para mim. O olhar dele foi o suficiente para fazer meus dedos se contorcerem. Antes que eu percebesse, estávamos nos braços um do outro. Depois de uma rápida hesitação, ele me beijou. Era o tipo de beijo que, nas palavras de Shawntelle, tinha o poder de derreter a calcinha de uma mulher.

— Papai! — exclamou Kaylene, em completo desgosto. — Vocês dois não têm coisas mais importantes para fazer do que ficar se agarrando no meio da cozinha?

Os olhos de Rocco se fixaram aos meus com intensidade.

— Não posso dizer que tenho.

— Você me dá vergonha.

— Acostume-se a isso — Rocco disse a filha e me beijou mais uma vez, praticamente me dobrando ao meio.

— Pai, eu estou falando sério!

Rocco relutantemente interrompeu o beijo.

— Eu também estou falando sério — afirmou ele, encarando meus olhos. — Muito sério.

Ela bufou e voltou para a sala.

Apesar de todas as pausas na preparação da refeição, nós conseguimos colocar tudo na mesa a tempo. Eu havia levado biscoitos caseiros e doces feitos com as receitas que minha mãe costumava usar. Foi divertido saber que Karen e Cassie tinham feito muitas das mesmas receitas que eu. Cada uma de nós tinha lembranças felizes das guloseimas que nossa mãe preparava com amor.

A primeira pessoa a chegar foi Shawntelle, acompanhada de Jerome. Eu não a via desde a nossa conversa na *Vestida para o sucesso*. No minuto em que entrou na casa, ela jogou os braços para o ar e foi direto ao meu encontro.

— Eu sabia que você não era tão burra quanto parece! — gritou, me envolvendo em um abraço de urso forte o suficiente para me levantar do chão. — Você não é boba. Você reconhece um homem bom quando encontra um, igual a mim. — Ela me colocou de volta ao chão e pegou a mão de Jerome, trazendo-o para a frente para me conhecer. — Este é Jerome. Ele conheceu meus filhos, todos os cinco, e ainda está comigo — ela se gabou.

Jerome era alto, magro e quase o completo oposto de Shawntelle. Eu duvidava que ele tivesse a chance de falar com ela por perto, mas estava claro, pela maneira como ele olhava para a minha amiga, que ela era tudo para ele.

— Oi, Jerome — cumprimentei, sorrindo para os dois. — Falando das crianças, onde elas estão?

— Com a minha prima. Lembra da Charise? Eu tive que suborná-la para ficar com elas por algumas horas, mas Jerome precisava de uma pausa.

— *Você* precisava de uma pausa — respondeu Jerome.

Rocco se juntou a nós e passou o braço pela minha cintura.

— O que é isso que eu ouvi? — Ele perguntou, me estudando. — Você e Shawntelle tiveram uma conversa séria?

Shawntelle falou, ansiosa para contar a história:

— Pode apostar que tivemos! Fiz essa mulher me escutar, porque ela estava claramente com algum problema na cabeça e precisava da minha ajuda. — Ela tinha a mão na cintura enquanto falava. — Foi bom ela ter me ouvido.

— É isso mesmo — concordou Rocco, e me segurou com força ao ponto de me grudar a ele.

Essa era a maneira de Rocco dizer que não me deixaria ir embora novamente. Não que eu não gostasse... Eu adorava estar exatamente onde eu estava.

Uma hora depois, a casa estava cheia de funcionários e amigos. Sam e alguns outros homens que eu havia conhecido no bar passaram pela festa também. Rocco e eu ficamos ocupados em nossas tarefas de anfitriões.

Todo mundo parecia saber quem eu era, embora eu tivesse conhecido apenas alguns funcionários de Rocco anteriormente. Meu palpite era que Shawntelle tinha mais a ver com isso do que ele. No final do dia, sabia o nome de cada um e senti que havia aprendido um pouco sobre eles.

Rocco havia se arriscado ao contratá-los, e nenhum deles o decepcionara. Ele explicou que era um bom juiz de caráter e que não demorava muito para perceber quem iria durar ou não. Todos os homens e mulheres faziam elogios a Rocco com prazer. Ele era mais do que um empregador. Ele era um amigo e, para alguns, talvez a primeira pessoa disposta a olhar além de erros cometidos e dá-los uma segunda chance de serem independentes.

Quando os últimos convidados partiram, estávamos exaustos. A única que ainda mostrava qualquer animação era Kaylene.

— Foi o melhor Natal de todos os tempos! — exclamou a menina.

— Melhor do que no ano passado? — Rocco perguntou, e então sussurrou em meu ouvido: — Ela ganhou um iPad, que estava no topo da lista de presentes, *e* um celular.

— Sim, melhor que o do ano passado.

— Por quê? — perguntou o pai.

Kaylene desabou no sofá, ao lado de onde Rocco e eu estávamos deitados.

— Porque nunca vi meu pai tão feliz. — Os seus olhos se iluminaram quando ela olhou para mim. — Obrigada, Nichole!

— Você poderia estar com ciúme, sabe?

Eu ouvira muitas histórias de filhas de pai solteiro que se ressentiam do interesse amoroso do pai.

— Eu poderia, acho... — Kaylene disse, pesando minhas palavras.

— Não dê ideias a ela — sussurrou Rocco, e depois mordiscou o lóbulo da minha orelha, enviando calafrios pelo meu corpo.

— Não é só porque você é boa para o meu pai — continuou Kaylene, ficando pensativa. — Você é boa para mim também. Você está me ensinando a ser mulher.

— Estou?

— Ela come pizza com garfo e faca agora — murmurou Rocco, e ele não parecia feliz com isso.

— E você sabe sobre moda e maquiagem e todas as coisas que uma mulher da minha idade precisa aprender.

— *Mulher?* — repetiu Rocco, erguendo uma sobrancelha com a pergunta.

— Sou uma mulher, pai — insistiu Kaylene, e depois perguntou rapidamente: — Posso assistir à TV? Está passando um filme que quero ver.

— Claro — respondeu Rocco.

Kaylene pulou do sofá e foi para o quarto.

Rocco estava com o braço ao meu redor. Meus pés cansados estavam em cima do sofá e minha cabeça descansava contra o ombro dele.

— Você também curtiu ver Shawntelle com Jerome? — Rocco me perguntou.

A lembrança dos dois me trouxe um sorriso.

— Eles definitivamente formam um casal estranho.

— Nós também — ele sugeriu.

— Não, não formamos — argumentei, levantando a cabeça do ombro dele.

Parecia que ele estava exausto demais para discordar.

— Você notou a maneira como Jerome olha para ela? Como se ela não fosse capaz de fazer nada de errado na vida.

Eu tinha notado, e fiquei tocada pelos olhares carinhosos que Jerome dava a Shawntelle.

— Eu reconheci porque é assim que olho para você — sussurrou Rocco, enfiando o nariz em meu cabelo. — Já falei o quanto amo seu cheiro? É algo que não consigo descrever... uma combinação de rosas e amêndoas. — Ele fez uma pausa e depois gemeu. — Não vá mencionar isso para meus amigos, ou vão pensar que estou ficando manso.

— Minha boca é um túmulo.

Ele resmungou sobre outra coisa, mas eu não entendi. Fechei os olhos. Eu poderia dormir com os braços de Rocco ao meu redor.

— Eu te amo, Rocco — disse no final de um bocejo.

Ele ficou quieto e imóvel, e por um momento tive medo de ter dito a coisa errada. Sabia que alguns homens costumavam surtar quando mulheres confessavam seus sentimentos. Esta não era a primeira vez que eu dizia aquilo, também. Eu já havia confessado naquele dia, pouco antes de cair na calçada.

Várias pessoas mencionaram para mim que Rocco me amava, então eu não esperava que ele fosse ficar chateado por eu dizer o que estava em meu coração.

— Eu também te amo — ele sussurrou, depois do que pareceu uma eternidade. — Quando você disse que queria parar de me ver, senti como se meu mundo inteiro tivesse implodido. Eu meio que esperava que você fosse terminar comigo em algum momento, mas quando realmente aconteceu foi muito pior do que eu imaginava. Só não foi pior do que quando fui preso.

— Foi um momento horrível para mim também — expliquei a ele. — Praticamente virei uma morta-viva depois. Pergunte a Leanne. Foi pior até que o dia em que descobri que Jake estava me traindo. Quando soube que meu marido havia engravidado outra mulher, fiquei com muita raiva. Quando terminei com você, tudo o que senti foi uma sensação horrível de pesar. A única coisa com a qual posso comparar foi com o que senti quando meus pais morreram.

— Você deveria ter sido honesta comigo.

De fato, ele estava certo. Eu deveria ter contado a Rocco sobre a ameaça de Jake imediatamente. Isso teria poupado muito sofrimento desnecessário. Ainda assim, acredito que as coisas aconteceram do jeito que deveriam acontecer. Em outras circunstâncias, Rocco poderia ter conversado com Jake com a mente dominada pela raiva e pelo ressentimento.

— Leanne conheceu Carlie, a mulher que Jake está saindo — contei a Rocco —, e ela acha que é exatamente o tipo de mulher que o filho precisa.

— Você é exatamente o tipo de mulher que eu preciso — respondeu Rocco. — E eu preciso muito de você.

Como eu amava ouvir o que Rocco dizia.

— Quanto tempo você acha que vai levar para eu convencê-la a se casar comigo?

A pergunta me inebriou.

— Não estamos saindo há muito tempo — eu o lembrei. — Devemos esperar pelo menos mais seis meses... um ano provavelmente.

— É difícil esperar mais seis minutos — ele resmungou. — Você vai morar comigo, não vai?

— Não.

Embora eu tivesse que admitir que a oferta era tentadora.

— Tinha a sensação de que você ia dizer isso.

— Vamos esperar um ano antes de nos comprometermos seriamente.

— Um ano — ele gemeu, como se eu estivesse sendo completamente irrealista. — Você quer que eu espere tudo isso? Mulher, seja razoável! Eu amo você, e você me ama.

— Amo — concordei, beijando-o com todo o amor que eu tinha no meu coração.

— Então por que me fazer sofrer assim? Preciso de você. Kaylene precisa de você.

— Eu quero ter certeza, Rocco...

— O que tenho que fazer para provar que ninguém nunca vai amar você mais do que eu?

Eu o abracei forte, saboreando tudo sobre o homem que havia se provado repetidas vezes.

— Eu não sei... possivelmente esperar um ano para que possamos ter certeza de nossos sentimentos? Até onde você sabe, posso ter hábitos repugnantes com os quais você não pode viver.

— Você quer dizer além de comer pizza com garfo e faca? Ou cortar um maldito chocolate caro em quatro partes antes de comê-lo? — Ele reclamou, revirando os olhos.

Eu lhe dei uma cotovelada nas costelas, o que obviamente não o perturbou.

— Algo assim...

— Um ano... — ele resmungou.

— Prometo a você que valerá a espera.

— Não posso convencer você do contrário? — perguntou ele, mordiscando minha orelha novamente.

— Bem, talvez...

— Vamos negociar — ele sussurrou, virando-me em seus braços para me convencer da melhor maneira possível.

CAPÍTULO 34

Leanne

Sean morreu em 15 de fevereiro, o dia depois do Dia dos Namorados. Àquela altura, ele estava internado em uma unidade de cuidados paliativos, pois eu não era mais capaz de ajudá-lo por conta própria.

Tanto Jake quanto eu estávamos ao seu lado quando ele morreu. Nós nos sentamos um em cada ponta da cama, segurando suas mãos. Rezei enquanto meu marido dava seu último suspiro, enquanto Jake encarava estoicamente o horizonte, lamentando a seu modo. Sean e eu já havíamos feito os preparativos para o funeral, e eu estava grata por não ter que tomar esses tipos de decisões naquele momento. Havíamos comprado o túmulo e a lápide.

O funeral foi muito maior do que eu previra. Fiquei emocionada com os amigos que apareceram para prestar as últimas homenagens. A igreja que eu frequentava estava cheia, e o pastor passou uma mensagem maravilhosa, apesar de ter conhecido Sean apenas em suas últimas semanas. Eu estava tranquila por saber que meu marido finalmente encontraria a paz.

Quando chegamos ao enterro, olhei para a paisagem e fiquei feliz por ele ter escolhido um cemitério com uma vista tão bonita.

Parecia bobo na época, mas percebi que a visão não era para ele, e sim para mim.

Nichole foi ao funeral com Rocco. Os dois ficaram lado a lado no local da sepultura, em frente ao caixão de Sean, com Jake e Carlie. Owen ficou entre os dois casais, uma mão segurando a da mãe, e a outra, a do pai. Ele tinha 4 anos agora, e eu não tinha certeza se entendia completamente o que estava acontecendo ou por quê. Jake o quisera lá.

Sean passara a amar profundamente o neto em suas últimas semanas de vida. A última foto que tenho do meu marido é com Owen esparramado no peito dele, os pequenos braços presos no pescoço do avô. A doce cabeça de Owen descansava no ombro de Sean enquanto ambos dormiam profundamente. Vou guardá-la para Owen quando ele ficar mais velho, para que sempre se lembre do avô que ele mal conhecera.

Meu casamento não fora feliz, especialmente nos últimos dez anos. Nos divorciamos, mas Sean permaneceu meu marido em minha mente durante os últimos três meses. As semanas que passei com ele me ajudaram a lembrar porque eu havia me apaixonado por ele quando jovem. Embora estivesse doente e muitas vezes com dor, ele nunca deixava transparecer, e raramente reclamou. Admirava a coragem dele de enfrentar a morte, sua aceitação e, no final, sua fé.

Quando ele morreu, sofri por todos os anos que desperdiçamos e agradeci a Deus pela oportunidade de amá-lo novamente. Sean nunca me deixara esquecer quão grato ele era pelos meus cuidados, ou o quanto ele estava triste por ter me machucado. Acredito que Sean tenha percebido que ele mesmo fora punido ao me trair e acabar com a chance de nos aproximarmos e sermos íntimos.

Depois que terminamos o enterro, Jake permaneceu no túmulo, olhando para o caixão. Vi Nichole e Rocco conversando com Carlie. Fui até meu filho e coloquei a mão em seu ombro. Os ombros de Jake se sacudiram com soluços dolorosos. Era a primeira vez que via meu filho chorar desde a morte do pai.

Carlie veio para ficar com ele, e a mão dela roçou a minha quando ela colocou o braço ao redor dele. Eu a tinha encontrado algumas vezes e gostara muito dela. Era uma mulher sensata, e eu achava que os dois combinavam. Eu não sabia o que o futuro reservava para eles, mas Jake parecia estar levando o relacionamento a sério. Fiquei feliz por isso. Ele precisava de uma mulher que o colocasse na linha.

Depois que deixei Jake com Carlie, Nichole veio até mim e passou o braço pela minha cintura.

— Você está bem? — perguntou ela.

Seu toque gentil era um bálsamo. Nichole e eu éramos tão próximas que ela poderia ter sido minha filha. Descansei minha cabeça no ombro dela.

— Já estive melhor.

— Sem dúvida.

— Você está pronta para o velório?

Eu assegurei a ela que estava. A recepção foi realizada no clube. Jake e eu nos misturamos com a multidão, agradecendo aos amigos por suas condolências. Em vez de flores, Sean pediu que doações fossem feitas para a Sociedade Americana de Câncer. Pelo que me contaram depois, várias centenas de dólares foram doadas no nome dele. Poucos visitaram Sean enquanto ele estava doente, por isso fiquei surpresa com a quantidade de pessoas presentes no funeral. Claro, o número incluía os colegas de trabalho e os amigos de Jake, juntamente com meus amigos também.

No final da recepção, eu estava exausta e pronta para relaxar e ficar sozinha. Voltei para casa. Ela seria colocada à venda agora. Sean mudara seu testamento quando nos divorciamos e supus que a maioria dos bens fosse para Jake e Owen, ou talvez para a caridade. Nos últimos dois meses e meio, conversamos sobre quase tudo, mas esse era um assunto que Sean e eu nunca havíamos discutido.

O acordo de divórcio havia me deixado bem financeiramente. Eu não precisava de mais nada, e ele sabia disso.

Foi apenas uma semana após o funeral que eu soube que Sean havia mudado o testamento e deixado a casa para mim. Quase todo o resto fora para Jake, além de uma poupança criada para a faculdade de Owen. Quando o advogado de Sean me avisou que eu havia herdado o imóvel, fiquei atordoada. Além do tempo que havia passado lá enquanto cuidava de Sean, eu não considerava mais o local como meu lar. Eu tinha seguido em frente. Meu apartamento era grande e eu pretendia continuar morando no coração do centro de Portland. Eu amava a vida na cidade.

Agora que Nichole e Rocco estavam namorando, pretendia comprar um novo apartamento, e esperava encontrar um no mesmo bairro em que morava agora. Mas não estava com pressa.

Por ter gastado todo meu tempo e energia cuidando de Sean, temi que não teria nada a fazer quando voltasse para a vida no meu apartamento. Eu estava enganada. Descobri que me sentia exausta emocional e fisicamente. Meus dias foram ocupados com projetos muito atrasados que me prenderam em casa. Eu lia um livro após o outro, mergulhando na ficção. Nas manhãs, fazia as palavras cruzadas do jornal e completava muitos livros de Sudoku. Dormia todas as tardes, às vezes por duas horas. Meu corpo exigia isso.

Antes que eu percebesse, março havia passado. Certa manhã, acordei com um desejo irresistível de fazer pão. Havia prometido a Nikolai que nunca mais usaria uma máquina de pão, e mantive minha palavra. Lembrei-me de tudo o que ele me explicara sobre misturar a farinha e a água com o fermento. Descobri que amassar pão era terapêutico. Minha primeira fornada ficou celestial. Compartilhei com Nichole e Owen.

Nichole me deu notas altas.

— Este é um dos melhores pães caseiros que já provei. Bem, além do...

Ela não precisava terminar a frase. Eu sabia que ela estava prestes a mencionar Nikolai e se conteve em cima da hora.

Encorajada pelo elogio de minha ex-nora, continuei a assar: pão, rolinhos de canela, bolinhos, tudo o que me apetecia — e isso acontecia bastante. Adorei cada minuto.

Todos os dias, me sentia mais viva. A tristeza que me consumia começou a ir embora lentamente. Logo descobri que podia sorrir de novo, rir de novo. Passei a fazer longas caminhadas à tarde, substituindo minhas sonecas por exercícios. Voltava para o apartamento sentindo-me revigorada e alegre.

Quanto mais eu assava, mais meus pensamentos se dirigiam para Nikolai. Eu não tivera notícias dele durante todos aqueles meses, e esperava que ele tivesse seguido em frente. Por impulso, uma tarde, fui até a padaria Koreski. Tinha assado um pão para Nikolai e esperava dizer com isso o que não conseguia dizer com as palavras. Escolhi um horário que eu sabia que padaria não estaria cheia demais.

O Sr. Koreski estava atrás do balcão quando me aproximei. Ele me viu e fez uma expressão estranha, como se não tivesse certeza de onde tinha me visto antes.

— Sr. Koreski, sou Leanne Patterson.

O reconhecimento brilhou nos olhos dele.

— Ah, sim, lembro agora. Você é amiga de Nikolai.

— Sim.

Eu sinceramente esperava que, depois de todo esse tempo, Nikolai ainda me considerasse uma amiga e — tinha esperança — muito mais.

— Tenho algo para ele. Você se importaria de entregar para mim?

O rosto do proprietário da padaria ficou triste.

— Nikolai não trabalha mais aqui. Sinto falta dele todos os dias.

Meu coração quase parou com o choque. Nunca havia imaginado que ele deixaria o emprego que tanto amava.

— Ah... — consegui falar depois de um momento estranho. Coloquei o pão no balcão. — Então, por favor, aceite isso e aproveite.

Não dei a ele a oportunidade de responder antes de me virar abruptamente e sair.

Estava com medo de que Nikolai tivesse ido embora não só do trabalho na padaria. Era como se ele tivesse fechado a porta para mim, também. Voltando ao meu apartamento, me senti vazia por dentro, perdida e sozinha. Pior: me sentia velha e desgastada, da mesma forma que me sentira quando havia deixado Sean pela primeira vez.

No dia seguinte, Kacey ligou me convidando para um almoço. Recusar não ajudaria em nada. Ela estava determinada a não aceitar um "não" como resposta, e sem ter uma desculpa plausível, concordei. Ela estava atrás de mim há semanas e era hora de sair da minha concha. Eu havia dado o primeiro passo mais cedo, com Nikolai, apenas para recuar rapidamente para onde me sentia segura.

Como sempre, Kacey estava animada e vivaz, entretendo-me com histórias da vida no clube. Ela tinha sido um pilar para mim enquanto Sean estava doente, ao qual eu constantemente podia me apoiar. Ela cuidara de meu marido de vez em quando, dando-me um descanso muito necessário. Embora não fosse a melhor cozinheira, fizera o esforço de nos levar guisados e outros pratos, me ajudando a me concentrar apenas em cuidar de Sean. Eu sempre valorizara a amizade dela — agora mais do que nunca.

Admito que me senti melhor depois do nosso encontro. Era mais tarde do que de costume quando fui fazer minha caminhada. O clima no noroeste do Pacífico em abril era muitas vezes imprevisível, então levei um casaco impermeável. O céu estava nublado e o meu aplicativo de celular previa chuva no final da tarde. Como segurança, também levei um guarda-chuva.

Minha rota me levou até um parque, e eu estava pensando sobre a minha conversa com Kacey quando senti alguém caminhar ao meu lado. Quando me virei, vi Nikolai. Meu coração disparou e eu congelei, ficando completamente sem palavras.

O sorriso dele era quente e brilhante.

— Olá, minha Leanne!

— Nikolai!

Eu não podia acreditar que era realmente ele. Estendi a mão e toquei sua bochecha, só para ter certeza de que ele não era fruto da minha imaginação.

Ele segurou meu pulso e levou minha mão aos lábios, beijando a pele sensível.

— Você me *assar* pão — disse ele, como se eu o tivesse presenteado com um diamante.

— Como... Como você sabe?

— Meu amigo me *dizer*. Ele *dizer* que você vai para padaria com pão.

— O Sr. Koreski disse que você não trabalha mais lá.

— Não, eu *sair* e *começar* meu próprio negócio.

— Sério?

— Sim. Eu agora *assar* pão para restaurantes. Eu *alugar* cozinha.

Eu não conseguia parar de encará-lo e mal sabia por onde começar. Tudo o que eu podia fazer era olhar para ele. Quando finalmente consegui falar, minhas palavras estavam cheias de emoção, saindo trêmulas dos meus lábios enquanto lágrimas enchiam meus olhos.

— Eu não acho que consigo sobreviver mais um minuto sem você.

O sorriso dele era enorme quando me puxou para um abraço. Ele falou em ucraniano, a própria voz cheia de emoção. Embora não entendesse uma palavra, eu sabia exatamente o que ele havia dito. Nikolai dissera que me amava e que sentira minha falta. Então, me beijou, as mãos ásperas cobrindo meu rosto enquanto ele espalhava beijos da minha testa até a ponta do meu queixo. Pareceu demorar uma eternidade para chegar em meus lábios. Derreti nos braços de Nikolai, saboreando o cuidado e o amor que sentia por estar com ele.

Voltamos para o meu apartamento abraçados. Nos beijamos no elevador, perdemos o andar e tivemos que descer de novo. Então, rimos de como tínhamos sido bobos. Dentro do apartamento, nos beijamos de novo e de novo. Lágrimas brilhavam nos olhos dele enquanto ele segurava meu rosto e olhava para mim como se ainda não pudesse acreditar que eu era dele. E, ainda assim, durante todo o tempo em que cuidei de Sean, meu coração esteve com Nikolai. Nunca havia sido capaz de entender como era possível amar dois homens ao mesmo tempo. Agora eu entendia.

— Sean? — Nikolai perguntou.

— Ele morreu em fevereiro.

Nikolai me abraçou forte, como se quisesse absorver minha dor e perda.

— Sinto muito.

— Eu sei.

De todos aqueles que ofereceram condolências, eu sabia que Nikolai estava sendo sincero. Ele havia enterrado a esposa, e entendia a situação melhor do que muitos dos meus amigos.

— Você se *afligir* por longos meses.

— Sim. Estou melhor agora.

Mil vezes melhor com Nikolai em minha vida.

— Eu *dar* um ano para chorar — ele sussurrou, e então mudou de ideia. — Não, seis meses. Desculpe, não posso esperar mais.

— Esperar mais tempo, Nikolai? Para quê?

Os olhos dele se arregalaram de surpresa.

— Para fazer de você minha esposa. Você *minha* Leanne agora.
— Ele colocou a mão no peito. — Você aqui do primeiro momento que *ver* você. Eu *olhar* para você e *saber* que é mulher para mim.

— Mas você me deixou... — eu sussurrei.

Ele balançou a cabeça, negando o que havia acontecido entre nós.

— Não, meu amor, *você* me *deixar*. Você *ir* para Sean; ele *precisar* de você mais do que eu. Eu nunca *deixar* você, nunca esqueço. Você sempre bem aqui no meu coração. Eu sei que você *voltar* um dia. Eu espero. Eu rezo. Eu confio em Deus para trazer você de volta. Deus *ouvir* a minha oração e Ele *enviar* você para mim.

Eu podia me sentir enfraquecendo enquanto estudava Nikolai. Os olhos dele estavam cheios de amor.

— Você me *assar* pão — continuou ele. — Você *dizer* com pão o que é muito difícil dizer com palavras, igual a mim. Quando *ouvir* sobre pão, meu coração *cantar* e sei que você não me *esquecer*.

— Nunca — sussurrei. — Nunca poderia esquecer de você.

— Eu sei. No fundo eu sei. Eu *esperar*, mas esperar é difícil. Todo dia eu *acender* uma vela.

— Para Sean?

— Não, para você. Eu *rezar* porque conheci você. Eu *rezar* para você se lembrar de mim. A maioria das vezes eu *rezar* para que sinta meu amor.

— Eu sinto... Eu senti.

— Seis meses é tudo que pude dar. Você *precisar* mais, azar.

O sorriso dele quase me cegou.

— Você tem alguma ideia do quanto eu te amo? — perguntei a ele.

Ele negou com a cabeça.

— Não, mas eu *deixar* você mostrar.

— Vou mostrar a você — prometi.

— Eu também *mostrar* a você. Todos os dias pelo resto de nossas vidas.

Isso era bom o suficiente para mim.

Eu nunca havia esperado encontrar um amor assim. Quão abençoada eu era por ter encontrado a coragem para seguir em frente.

EPÍLOGO

Nichole

Três anos depois

Mcus amigos c colegas professores da Escola de Portland me prepararam um chá de bebê surpresa um mês antes do nascimento de meu filho com Rocco. Eles tiveram muita ajuda de Kaylene e Shawntelle.

Rocco me tirou de casa cedo em uma tarde de sábado, insistindo que queria comprar um carro novo. Como a boa esposa que eu era, concordei em acompanhá-lo, embora não tivesse interesse em comprar carros. O problema era que meu querido e amoroso marido se recusava a me perder de vista. Do jeito que ele agia, alguém pensaria que eu era a única mulher grávida da Terra.

Quando reclamei, Rocco respondeu:

— Argumente tudo o que você quiser, mas você é a única mulher na Terra que está gerando um filho meu.

Desde o momento em que o teste de gravidez deu positivo, Rocco não saiu de perto de mim. Ele havia comparecido a todas as consultas médicas, fora às aulas de parto e tudo o mais. Nada que ele fazia parecia ser o suficiente aos seus olhos. Rocco me amava antes de eu engravidar, mas juro que o amor dele aumentara dez vezes depois que descobriu que teríamos um bebê.

Muitas manhãs eu acordava com a mão dele sobre minha barriga protuberante e o ouvia falando baixinho com nosso filho.

A única coisa em que discordávamos era o nome. Eu queria chamá-lo de Jaxon Rocco Nyquist, e Rocco queria um nome mais tradicional: Matthew Saul Nyquist. Ele tivera um tio Saul quando criança a quem fora muito próximo, mas que havia morrido quando Rocco tinha 10 anos. De jeito nenhum eu daria o nome "Saul" a nosso filho, e eu definitivamente queria que ele fosse batizado com o nome do pai.

Quando voltamos da nossa expedição de busca por carros, notei os veículos estacionados na rua.

— Os vizinhos devem estar dando uma festa — sugeriu Rocco.

— E não nos convidaram! — brinquei.

Quando entramos pela porta da frente, as duas primeiras pessoas que vi foram minhas irmãs, Karen e Cassie. A sala explodiu com gritos de "Surpresa!". Cassie tinha o filho de 2 anos, Myles, nos braços e estava grávida de uma garotinha.

Dei a Rocco um olhar acusatório.

— Você sabia?

Ele sorriu e deu de ombros.

— Sabia, mas se eu dissesse alguma coisa, não acho que sobreviveria para contar a história.

— Não, não sobreviveria — insistiu Shawntelle. — É melhor que esse bebê nasça logo, porque acho que ninguém do escritório consegue ficar perto de Rocco por muito mais tempo. Toda vez que o telefone toca, ele está pronto para ir ao hospital, e o telefone toca muito em uma empresa de reboque.

Leanne e Nikolai estavam lá, e pude ver que haviam trazido uma enorme bandeja repleta de deliciosos rolinhos de canela. Os dois trabalhavam juntos agora, assando pães e rolinhos para os restaurantes da região. Eles estavam indo tão bem nos negócios que contrataram dois padeiros adicionais. Leanne estava casada e feliz com Nikolai há dois anos e meio. Era impossível olhar para os dois e não ver o amor fluindo.

Eu também estava feliz — mais feliz do que jamais imaginei ser possível. Lembrei-me de como eu e Leanne havíamos ficado despedaçadas quando deixamos nossos maridos. Nunca passara pelas nossas cabeças que teríamos um casamento fracassado. Saímos derrotadas, deprimidas e convencidas de que não éramos amadas nem dignas de amor. Rocco e Nikolai haviam nos mostrado o contrário.

— Mamãe, posso ajudar a abrir os presentes? — Owen perguntou.

— Claro.

Aos 7 anos, ele era um grande ajudante.

Rocco e Jake eram fortes figuras paternas para meu filho, e eu apreciava como eles trabalhavam juntos. O fato de que Jake estava com Carlie ajudava. Sua nova esposa trouxera equilíbrio para sua vida. Eu duvidava que meu ex-marido pudesse fazer com ela a mesma coisa que havia feito comigo. Não conhecia Carlie muito bem, mas era grata por ela ser uma boa madrasta para Owen.

Todos se reuniram quando peguei o primeiro presente e entreguei a meu filho, que estava sentado de pernas cruzadas na minha frente. Ele arrancou o cartão e me entregou para ler.

Olhei para cima e vi Rocco em pé, do outro lado da sala, conversando com Nikolai. Nossos olhos se encontraram e me lembrei do dia em que enfiei meu carro na vala. Na época, estava furiosa comigo mesma, e não percebi que aquele fora, talvez, o dia mais sortudo da minha vida.

Quando Leanne e eu criamos nosso guia para seguir em frente, nunca imaginei onde isso me levaria. A lista de regras nos ajudara a encontrar nosso caminho da cura e do amor.

Para Rocco e para Nikolai.

Este livro foi impresso em 2019, pela Santa Marta,
para a HarperCollins Brasil. A fonte usada no miolo é
Sabon MT. O papel do miolo é pólen soft 80g/m².